Diogenes Taschenbuch 21028

Margaret Millar

Der Mord von Miranda

Roman

Aus dem Amerikanischen von Hans Hermann

Diogenes

Titel der Originalausgabe
›The Murder of Miranda‹

Die Erstausgabe erschien 1981
im Diogenes Verlag
Umschlagzeichnung von
Tomi Ungerer

Veröffentlicht als Diogenes Taschenbuch, 1983

100/83/29/2
ISBN 3 257 21028 0

Für meinen Enkelsohn Jim Pagnusat

Teil 1

Mr. Van Eyck hatte sehr viel Geld und Zeit; mit dem einen wollte und mit dem anderen konnte er nichts anfangen. An sonnigen Tagen saß er auf der Terrasse des Klubhauses und schrieb anonyme Briefe.

Über den Tisch aus Glas und Aluminium gebeugt, wirkte er sehr zielstrebig und konzentriert. Man hätte meinen können, er schreibe ein Gedicht über die Wellen, die unten gegen die Kaimauer klatschten, oder über die hoch oben dahinsegelnden Möwen, die sich als träge weiße Fische in den Tiefen des Schwimmbeckens spiegelten. Doch Mr. Van Eyck nahm weder die Geräusche des Meeres noch den Anblick der Vögel wahr. Je freundlicher das Wetter, desto boshafter wurde der Inhalt seiner Briefe. So virtuos wie eine Schlittschuhläuferin über das Eis glitt und wirbelte seine Feder über das Papier.

... Sie erbärmliche, armselige Heuchlerin. Alle Welt weiß, was Sie im Duschraum treiben ...

Er ließ sich auch nicht von der neuen Helferin des Bademeisters ablenken, die auf dem Hochsitz über dem Wasser thronte: das grobknochige, rothaarige Mädchen hatte mehr Bizeps als Busen, und Van Eycks Vorliebe galt immer noch Blondinen mit einer konventionelleren Anatomie. Im Augenblick interessierten ihn auch die anderen Klubmitglieder nicht, die auf bequemen Liegen dösten, auf Klappstühlen tratschten, unter Sonnenschirmen lasen, sich im Wasser tummelten. Ob naß oder trocken: nach außen hin boten sie ein langweiliges Bild.

Wenn man sich aber näher mit ihnen und ihrem Privatleben befaßte, waren sie alles andere als langweilig. Van Eyck konnte sich da ein Urteil erlauben, hatte er diese Nachforschungen doch zu seinem persönlichen Anliegen und Steckenpferd gemacht. Immer wieder schlurfte er über die im Halbdunkel liegenden Gänge, die zu den Badehäuschen führten, schlenderte durch die Sauna- und Massageräume auf dem Dach, ging im Weinkeller und im Kesselraum ein und aus und betrat, falls die Tür mit dem Schild »Privat, Zutritt verboten« nicht verschlossen war, auch das Büro, das Henderson, dem Manager, gehörte.

Schlösser und Riegel und Hinweise wie »Zutritt verboten« störten Van Eyck nicht. Er nahm einfach an, daß sie auf andere Leute gemünzt sein mußten, auf neugierige Besucher etwa, auf neue Mitglieder, unehrliche Angestellte. Mit dieser zwanglosen Einstellung war es ihm gelungen, sich allerlei Grundkenntnisse anzueignen; er wußte über erlesene Weine ebenso Bescheid wie über die therapeutische Wirkung von Massagen, über Hendersons Beziehung zu seinem Buchmacher, das Beheizen und Verchloren von Schwimmbädern und die menschliche Natur im allgemeinen.

... Sie spinnen ein wirres Netz, und Sie werden sich darin verfangen, stümperhafte Spinne, die Sie sind ...

Van Eyck kam bei seinen Nachforschungen noch ein Vorteil zugute. Er tat oft so, als sei er schwerhörig. Er blickte verständnislos drein, schüttelte traurig den Kopf, hielt die Hand wie einen Trichter ans Ohr. »Wie? Was ist? So reden Sie doch lauter!« Und so redeten die Leute lauter und sagten oft hochinteressante Dinge, sowohl vor ihm als auch hinter seinem Rücken. Wie ein hungriges Eichhörnchen schnappte er die Brocken auf und speicherte sie in den verschiedenen Hohlräumen seines Schädels. Wenn er sich langweilte, holte er sie hervor, um auf ihnen herumzukauen und sie dann aufs Papier zu spucken.

... Sie müssen unglaublich dumm sein, wenn Sie sich einbilden, Sie könnten Ihre üblen Machenschaften vor einem klugen Mädchen wie mir verbergen ...

Van Eyck las den Satz noch einmal durch. Dann zog er einen feinen Strich durch »Mädchen«, so daß es noch gut zu lesen war, und ersetzte es durch »Mann«. Es war einer seiner Lieblingstricks, den Leser auf eine falsche Spur zu locken und von einer Sackgasse in die andere zu führen, weit weg von der Mitte des Labyrinths, wo Van Eyck im sicheren Versteck saß, anonym, in geheimnisvolles Dunkel gehüllt, wie ein Minotaurus.

Er lehnte sich zurück und nahm seine Brille ab, putzte sie am Ärmel seines polynesischen Kattunhemdes und blickte mit einem Lächeln zu dem rothaarigen Mädchen auf der anderen Seite des Schwimmbeckens hinüber. Niemand würde je auf die Idee kommen, bei diesem freundlichen alten Mann, der nicht mehr gut hören und sehen konnte, handelte es sich um einen Minotaurus.

»Er ist wieder am Werk«, sagte Walter Henderson zu Ellen, seiner Sekretärin. »Geben Sie ihm kein klubeigenes Briefpapier mehr.«

»Wie soll ich es ihm abschlagen?«

»Sagen Sie einfach nein, und damit hat sich's.«

»Es hat sich noch niemand beschwert. Er schreibt seine Briefe bestimmt nicht an Klubmitglieder, sonst hätten wir längst Klagen bekommen.«

»Angenommen, er schreibt Drohbriefe an den Präsidenten. Auf *unserem* Briefpapier.«

»Ach, das tut er nie. Ich meine, warum sollte er?«

»Weil kein Wärter ihn davon abhält«, sagte Henderson mit finsterer Miene. »Sie brauchen alle einen Wärter ... Ellen, normale Menschen wie Sie und ich gehören nicht in dieses Irrenhaus. Ich finde, wir beide sollten durchbrennen. Wär das nicht ein Spaß?«

Ellen schüttelte den Kopf.

»Sie meinen wohl, mit mir würde es keinen Spaß machen? Nun gut. Aber vergessen Sie nicht, daß Sie mich nur in Situationen erlebt haben, in denen nicht zu spaßen ist. Nach fünf kann ich unheimlich amüsant sein ... Es ist dieser Bademeister, Grady, nicht wahr? Ellen, Ellen, Sie machen da einen bösen Fehler. Grady ist ein mieser Typ ... Nun, wo waren wir stehengeblieben?«

»Beim Briefpapier.«

»Wie gesagt, mit solchen Dingen ist nicht zu spaßen. Nun denn: In Zukunft ist das klubeigene Briefpapier ausschließlich für Klubangelegenheiten zu verwenden.«

»Wenn Mitglieder um Briefpapier bitten, kann man es ihnen schlecht verweigern«, sagte Ellen. »Es ist schließlich ihr Klub, sie kommen für mein Gehalt auf.«

»Jedes Mitglied hat sich mit seiner Unterschrift verpflichtet, die Regeln einzuhalten.«

»Wir haben aber keine Regel über die Verwendung des klubeigenen Briefpapiers.«

»Dann machen Sie eine. Und hängen Sie sie an das Schwarze Brett.«

»Meinen Sie nicht, Sie als Manager sollten das selbst in die Hand nehmen?«

»Nein. Und finden Sie eine einfache Formulierung, die meisten von ihnen können nicht lesen. Vielleicht sollten Sie es mit Bildern oder einer Zeichensprache versuchen.«

Ellen konnte seinem Gesicht nicht ansehen, ob er das ernst meinte. Er trug eine Polaroid-Sonnenbrille, die seine Augen verbarg und Ellens Spiegelbild zurückwarf, Ellen-Zwillinge im Kleinformat, wie bei einem Blick durch das falsche Ende eines Fernrohrs. Hendersons Brille war schon länger nicht mehr geputzt worden, und daher waren die Ellen-Zwillinge nicht nur verkleinert, sondern auch verwischt und undeutlich, zwei verschwommene blasse Gesichter, und auf beiden saß der kurze bräunliche Haarschopf wie ein umgestülpter Korb. Tief innen fühlte sich Ellen manchmal ganz interessant und voller Leben und ungewöhnlich, und so traf es sie jedesmal wie ein Schock, wenn sie in Hendersons Brille ihrem wahren Selbst begegnete.

»Warum starren Sie mich an, Ellen?«

»Ich habe Sie nicht angestarrt, Sir. Mir fiel nur gerade ein, daß am Schwarzen Brett kein Platz mehr ist, seit Sie dort all die von Ihrem Neffen fotografierten Sonnenuntergänge angeschlagen haben.«

»Was haben Sie an Sonnenuntergängen auszusetzen?«

»Nichts, Sir.«

»Und im übrigen wäre ich Ihnen dankbar, wenn Sie mich nicht immer Sir nennen würden. Ich bin gerade neunundvierzig, da ist man noch kein Sir für eine erwachsene Frau von –«

»Siebenundzwanzig.«

»Als ich seinerzeit hier anfing, habe ich doch eindeutig festgelegt, wie die verschiedenen Angestellten mich anzureden haben. Ich will es Ihnen noch einmal sagen. Für die Handwerker und Kellnerlehrlinge bin ich der Chef. Oberkellner und Bademeister haben mich Sir zu nennen, der Hausmeister und der Wirtschaftsleiter nennen mich Mr. Henderson. Und Sie dürfen mich Walter nennen, oder vielleicht finden Sie ein hübsches kleines Kosewort.« Und mit einem erbärmlichen Grinsen fügte er hinzu: »Mausilein, Goldkind, Herzblättchen, etwas in der Art.«

»Also wirklich, Mr. Henderson«, sagte Ellen, aber es klang nicht sehr streng. Hendersons lüsterne Anwandlungen kamen so zaghaft und unregelmäßig, daß Ellen sie zu den geringeren Erschwernissen ihres Jobs zählte. Sie rechnete ohnehin nicht damit, daß er länger dasein würde. Er war der siebte Manager, seit sie im Klub arbeitete, und obschon er durchaus fähig war und auch ausgezeichnete Referenzen vorgelegt hatte, schien er vom Naturell her kaum geeignet, mit den vielfältigen Notfällen fertigzuwerden, die ein solcher Klub mit sich brachte.

Der aktuellste Notfall lag im Duschraum der Männer vor. In eine der Toiletten waren ein Paar Turnschuhe und ein T-Shirt gestopft worden. Die drei Objekte waren zwar gründlich eingeweicht, aber sie trugen immer noch die gut lesbare Aufschrift »Frederic Quinn«; anhand dieser Indizien wurde der Neunjährige überführt und von Grady, dem Chefbademeister, in den Erste-Hilfe-Raum gesperrt, wo er Zeit hatte, über sein Verbrechen zu reflektieren.

Der kleine Frederic, der eine vornehme Knabenschule besuchte, konnte in mehreren Sprachen fluchen, doch im Augenblick brauchte er davon nur eine: »He, du kannst mich hier nicht festhalten, du schwuler Bulle, du hast mich nicht über meine Rechte belehrt.«

»Okay, hier sind deine Rechte«, sagte Grady. »Du hast das Recht, hier drinzubleiben, bis die Hölle zufriert.«

»Die Hölle gibt's ja gar nicht, das weiß jedes Kind.«

»Oder bis eine Flutwelle den Klub wegschwemmt.«

»Das richtige Wort ist *Tsunami,* nicht Flutwelle.«

»Oder bis ein Erdbeben die ganze Stadt verschluckt.«

»Laß mich raus, Himmel Herrgott!«

»Bedaure, ich hab jetzt Mittagspause.«

»Dann sag ich jedem, daß Sie mich verprügelt haben.«

Doch Grady war schon unterwegs zu seinem Spind, um seine Sandwiches und die Thermosflasche zu holen.

Sich selbst überlassen, goß sich Klein-Frederic eine Flasche Mercurochrom über den Kopf, um Blut vorzutäuschen, und malte sich mit abgebrannten Streichhölzern Blutergüsse unter die Augen. War seine schöpferische Phantasie erst mal angeregt, gab es kein Halten mehr. Er ließ einen Schnurrbart folgen, dann einen Spitzbart und Koteletten und als Krönung einen gewaltigen Leberfleck mitten auf die Stirn. Und dann konzentrierte er sich wieder auf das Problem, wie er sich wohl aus seiner Lage befreien könnte:

»Hilfe! Mayday! Polizei! Sanitäter!«

Auch wenn ihn vielleicht einige Klubmitglieder hörten, so schenkte ihm doch niemand Beachtung. Zum einen wurde der Status quo im Klub traditionell hochgehalten, zum anderen herrschte eine fast religiöse Überzeugung, irgendwo und irgendwie werde sich schon irgendwer um alles kümmern.

Miranda Shaw lag auf einem Liegestuhl neben dem Schwimmbecken; gegen die Sonne schützte sie sich mit einem großen Badetuch, einem Strohhut, einem Schirm und mehreren Schichten einer Salbe, die sie sich aus Mexiko kommen ließ. Sie konnte nicht ahnen, daß sich Mr. Van Eycks derzeitiges literarisches Projekt um ihre Person drehte.

> ... Was sind Sie nur für eine Heuchlerin. Nach außen hin tun Sie so vornehm, aber insgeheim treiben Sie all die anderen Dinge, Sie-wissen-schon-was. Mich können Sie mit Ihren blauen Kinderaugen nicht täuschen. Sie sollten sich schämen. Der arme Neville war Ihnen immer ein guter Ehemann, doch kaum ist er unter der Erde, machen Sie jungen Männern wie Grady verliebte Augen. Grady ist fast noch ein Junge, und Sie sind eine alte Schachtel, da können Sie sich die Haut im Gesicht, am Hintern und am Busen noch so oft straffen lassen. Eine straffere Moral würde Ihnen besser anstehen ...

Miranda begann, sich unbehaglich zu fühlen, und es gab eigentlich keinen bestimmten Grund dafür. Die Wellen plätscherten sanft und friedlich, die Sonnenstrahlen waren nicht zu heiß, und die Luftfeuchtigkeit betrug vierzig Prozent, genau richtig für den Teint. *Es ist bestimmt die Wirkung der neuen Salbe,* dachte sie, *die die Nervenenden reizt und dadurch die Zellen verjüngt. Ach Gott, ich hoffe, es tut nicht weh. Ich kann keine Schmerzen mehr ertragen.*

Sie zuckte, hustete, setzte sich auf.

Van Eyck blickte von der anderen Seite des Schwimmbeckens zu ihr herüber und lächelte. Zumindest glaubte sie das. Sie mußte ihre Brille aufsetzen, um sich zu vergewissern, und als sie das tat, hob Van Eyck seine freie Hand und winkte zu ihr herüber. Es war eine lebhafte Geste, die bei ihm geradezu jungenhaft und ausgelassen wirkte, hatten ihn doch die Jahre nüchtern und bedächtig gemacht. *Er muß achtzig sein; Neville war fast achtzig, als er im letzten Frühjahr starb –*

Mit einem kurzen, heftigen Kopfschütteln vertrieb sie die Gedanken an das Alter und den Tod. Dr. Ortiz drang darauf, daß seine Patienten nur angenehme, sanfte Dinge im Kopf hatten, Blumen und Vögel und fröhliche Kinder und im Wind schwankende Bäume. Nichts übertrieben Lustiges allerdings. Beim Lachen wurden die Muskeln um Augen und Mund überdehnt.

Sie versuchte sich fröhliche Kinder auszumalen, aber unglücklicherweise ließ der kleine Frederic Quinn wieder einen Schrei los.

Da die Hilfeschreie nichts bewirkt hatten, versuchte es Klein-Frederic nun mit Drohungen.

»Mein Vater kauft mir ein Fünfzigtausend-Volt-Schockgewehr, das versetzt Ihnen einen Schlag, daß Sie aus den Socken kippen. Was sagen Sie dazu, Grady, Sie Fiesling?«

»Ganz gut für den Anfang«, sagte Grady und verdrückte den Rest seines zweiten Erdnußbuttersandwichs. »Und dann?«

»Sie gehen zu Boden, Mann, und kriegen Krämpfe.«

»Was du nicht sagst.«

»Und Sie sterben vielleicht daran.«

»Und wenn nun dein Vater nichts davon hält, daß du mit einem Schockgewehr durch die Gegend läufst?«

»Mein Bruder Harold kann mir eins besorgen«, sagte Frederic. »Der hat Mafia-Kontakte in der Schule.«

»Sag bloß.«

»Das hab ich Ihnen schon mal gesagt.«

»Und ich hab es dir schon mal nicht geglaubt. Jetzt glaub ich dir schon wieder nicht.«

»Es stimmt aber. Harolds bester Freund heißt Bingo Firenze, und der Onkel von Bingo ist ein Killer. Bingo bringt Harold eine Menge bei, und ich lerne es dann von Harold.«

»Du könntest wahrscheinlich beiden noch was beibringen. Und dem Onkel dazu.«

»Scheiße mit Ei, Mann. Ich bin nur ein kleiner Junge, ein unschuldiger Junge, der im Umkleideraum vom Chefbademeister belästigt worden ist. Ich bin gespannt, wie *das* in Hendersons Ohren klingen wird.«

»Wie Musik. Wahrscheinlich wird er mir einen Orden verleihen.«

»Du bist ein gemeines Schwein, Grady.«

»Worauf du dich verlassen kannst.«

Fröhliche Kinder, Bäume im Wind, Vögel, Blumen – Miranda konnte sich einfach nicht darauf konzentrieren. Ihr Unbehagen wuchs. Der Arzt hatte ihr versichert, die neue Salbe sei keines der üblichen Präparate, aber das Gefühl war gleich wie beim letztenmal, als zerfresse eine Säure die obersten Hautschichten, zersetze die Falten, die Altersflecken und verhornten Stellen. *Er hat versprochen, daß es nicht wehtut. Ich würde kaum etwas spüren, hat er gesagt. Vielleicht habe ich zuviel aufgetragen. O Gott, nichts wie raus hier. Ich muß es abwaschen.*

Sie ließ sich ihre Panik nicht anmerken. Sie stand auf, legte sich das Badetuch mit nachlässiger Eleganz um die Schultern und machte sich auf den Weg zum Duschraum. Sie ging so, wie sie es bei der Physiotherapeutin in der Klinik gelernt hatte, schlaff und schleppend, als bewege sie sich im Wasser. In dem Leitfaden wurde einem geraten, man solle sich ein Aquarium anschaffen und beobachten, wie selbst noch der häßlichste Fisch in seinen Bewegungen ein Muster an Anmut sei. Miranda hatte sich ein Aquarium ins Schlafzimmer stellen lassen, aber Neville hatte geklagt, das ewige Hin- und Herschwimmen hindere ihn am Einschlafen. Der Fisch sorgte selber für die Lösung des Problems, indem er ziemlich rasch wegstarb, unter Mithilfe Nevilles, wie Miranda vermutete, denn das Wasser war immer trüber geworden und hatte nach Scotch gerochen.

Sie stellte sich vor, sie bewege sich unter Wasser, ein Wesen voller Anmut. Vorbei an dem Bademeister, der ein Erdnußbuttersandwich aß, vorbei an den jungen Schwestern, die sich um eine Zeitschrift zankten, und in den Gang, wo sie Charles Van Eyck begegnete.

»Guten Morgen, guten Morgen, Mrs. Shaw. Wie wunderschön Sie heute wieder aussehen.«

»Ach, Mr. Van Eyck, das stimmt doch gar nicht. Wirklich nicht.«

»Wie Sie wollen«, sagte Van Eyck und schlurfte ins Büro, um sich Briefpapier zu beschaffen. Es war ein schöner, sonniger Tag. Die Boshaftigkeit durchströmte ihn wie der Saft einen jungen Ahornbaum.

Der Vorfall brachte Miranda so aus dem Gleichgewicht, daß sie alle Gedanken an Fische und Aquarien vergaß und plötzlich zu laufen anfing. Van Eyck folgte ihr mit den Blicken, sachlich abwägend wie ein langjähriger Coach: Miranda war noch ganz munter, und die kleine Operation war ihrem Hintern gut bekommen.

»Nein, Mr. Van Eyck«, sagte Ellen. »Ganz ausgeschlossen. Das Papier trägt unseren Briefkopf und darf nur für offizielle Klubangelegenheiten benutzt werden.«

»Den Briefkopf kann ich wegschneiden.«

»Es könnte trotzdem identifiziert werden.«

»Von wem denn?«

»Von der Polizei.«

»Warum sollte sich die Polizei für unser Klubbriefpapier interessieren?« sagte Van Eyck arglos. »Hat es denn irgendeine Unterschlagung, einen Mord oder sonst was Interessantes gegeben?«

»Nein.«

»Warum sollte sich dann die Polizei einmischen?« Er blickte sie über seine randlose Halbbrille hinweg scharf an. »Aha. *Aha.* So langsam komme ich mit.«

»Wenn Sie sich doch nur mit einem Nein zufriedengeben wollten, Mr. Van Eyck.«

»Als Sie über die Terrasse gingen, haben Sie mir über die Schulter geguckt.«

»Eigentlich nicht. Und ich konnte gar nicht anders –«

»Eigentlich doch. Und Sie konnten anders. Was haben Sie *gesehen*?«

»Das Wörtchen Sie. Das ist alles. Nur Sie.«

»Sie, und was noch?«

»Sie – na ja, vielleicht noch ein paar Adjektive oder so. Vielleicht auch noch ein Substantiv.«

Van Eyck machte ein ernstes Gesicht und sagte kopfschüttelnd: »Ich halte das für einen schwerwiegenden Verstoß gegen die Klubetikette, Ellen. Ich bin jedoch bereit, darüber hinwegzusehen, wenn Sie mir dafür ein paar Blatt Papier geben. Das ist doch nur fair, oder?«

»Für mich nicht. Ich habe strenge Anweisungen von Mr. Henderson. Wenn ich mich nicht daran halte, kann mich das meine Stellung kosten.«

»Unsinn. Sie überleben ein Dutzend Hendersons. Seien Sie jetzt ein braves Mädchen und rücken Sie das Papier raus. Fünf, sechs Blatt, mehr brauche ich im Augenblick nicht.«

Klein-Frederic versuchte es mit einer neuen Kriegslist.

»Grady, Sir, würden Sie bitte diese Tür aufschließen?«

»Geht nicht. Ich hab den Schlüssel verschluckt.«

»He, das ist Spitze, Mann. Sie können den Klub auf Schadenersatz verklagen, und ich trete als Ihr Anwalt auf. Das bringt uns bestimmt zwei, drei –«

»Abgelehnt.«.

»Okay, Sie lassen mich hier raus, ein Händedruck, und die ganze Sache ist vergessen.«

Grady schälte eine Banane und biß drei Fingerbreit davon ab. »Die ganze Sache?«

»Sie wissen schon, das mit der Toilette.«

»Ist das ein Geständnis, Quinn?«

»Nein, verdammt noch mal. Ich bin doch nicht so blöd und verstopfe eine Toilette mit meinen eigenen Kleidern. Dazu bin ich doch viel zu schlau. Irgend jemand hat mich reingelegt.«

»Wenn du so schlau bist«, sagte Grady, »wieso wirst du dann dauernd reingelegt?«

»Irgendwer ist hinter mir her.«

»Falls du's noch nicht weißt, Quinn: *alle* sind hinter dir her.«

»Sie können allen ausrichten, mein Vater kauft mir ein Schockgewehr.«

»Wird gemacht, und zwar gleich.«

»Wo wollen Sie hin?«

»Ins Büro. Die sollen's als erste wissen.«

Vor dem Weggehen kämmte sich Grady vor dem Spiegel in der kleinen Kammer, die den Bademeistern als Umkleideraum diente. Er wußte, Ellen interessierte sich für ihn, und es war immerhin denkbar, daß auch er sich eines Tages für sie interessieren würde. Sie war ein nettes vernünftiges Mädchen mit einem sicheren Job und fantastischen Beinen. Sicher, sie war nicht das höchste der Gefühle, aber er hatte sich oft genug mit weit weniger zufriedengegeben.

»Wir können Frederic nicht aus dem Klub ausschließen«, sagte Ellen. »Er ist bereits ausgeschlossen.«

»Wieso ist er dann hier?«

»Er muß über den hinteren Zaun geklettert sein.«

»Da sind doch vier Stränge Stacheldraht oben drauf.«

»Der Hausmeister hat gestern gemeldet, daß sein Drahtschneider aus dem Geräteschuppen verschwunden ist.«

»Genial, dieser Junge«, sagte Grady. »Ein Jammer, daß wir ein solches Genie nicht auf etwas Konstruktives ansetzen können.«

»Sie werden schon mit ihm fertig. Die Mitglieder sind der Auffassung, daß Sie sehr gut mit Kindern umgehen können. Die mögen Sie offenbar – die Kinder, meine ich.«

»Und die anderen?«

»Welche anderen?«

»Die keine Kinder mehr sind.«

»Ach so; ich glaube, Sie sind bei allen beliebt.«

»Bei Ihnen auch?«

Sie starrte auf einen Punkt an der Wand, genau über seiner linken Schulter. »Es ist gegen die Vorschriften, daß Sie nur mit einer Badehose bekleidet ins Büro kommen. Es wird erwartet, daß Sie Ihren Trainingsanzug anziehen.«

»Mir ist nicht kalt«, sagte Grady. »Ihnen vielleicht?«

»Sie finden Ihre Nummer wohl komisch.«

»Hätten Sie gern eine andere? Ich bin ein Mann mit vielen Talenten.«

»Das glaube ich Ihnen aufs Wort. Aber ich mache mir nichts aus Ihren Talenten.«

Auf einer Ecke des Schreibtischs sitzend, baumelte er

mit den Beinen und bewunderte den Kontrast der sonnengebräunten Haut und der zu einem rötlichen Gold gebleichten Haare. Dann wandte er seine Aufmerksamkeit wieder Ellen zu. Normalerweise wäre es ihm nicht in den Sinn gekommen, sich an sie ranzumachen, aber die Auswahl war im Augenblick nicht groß. Klubmitglieder waren tabu, vor allem die Teenager, die während des Sommers ständig um ihn herumgestrichen waren und sich ihm mit einer Eindeutigkeit angeboten hatten, die ihre Eltern nicht weniger schockiert hätte als Klein-Frederics fantastisches Schockgewehr. Nun, die Sommerferien waren ohnehin vorbei, die Teenager mußten wieder zur Schule. Doch Ellen war nach wie vor da.

Er sagte: »Sie geben sich ganz schön zugeknöpft. Warum eigentlich?«

»Und weil wir gerade von Vorschriften reden: Bringen Sie Ihren Freundinnen mal bei, daß sie hier nicht anrufen können. Mr. Henderson mißbilligt private Telefongespräche während der Dienstzeit.«

»He, he, jetzt werden Sie aber ganz schön massiv. Regen Sie sich ab, ich bin nicht irgendein Nullachtfünfzehn-Unhold.«

»Fast hätte ich Sie dafür gehalten.«

»Warum sind Sie eigentlich so sauer?«

»Ich bin nicht sauer, aber ich habe Augen im Kopf. Und den ganzen Sommer habe ich mit angesehen, wie Sie für Ihre vierzehnjährigen Groupies Ihren Charme versprühten und –«

»Sie haben schöne Augen, wenn Sie wütend sind. Hellgrün und leuchtend, wie Smaragde. Oder Limonadeflaschen.«

»Ihre sind grau. Grau und hart wie Granit.«

»Ich wußte gar nicht, daß Sie so abscheulich sein können.«

»Ich auch nicht.« Ellen schien ein wenig überrascht. »Wahrscheinlich kann mich nur ein abscheulicher Mann dazu bringen.«

»Also gut, noch einmal von vorne. Ich komme ins Büro, um zu berichten, daß ich mit einem der jungen Burschen Schwierigkeiten habe. Und Sie sagen mir, wir können ihn nicht rauswerfen, weil das bereits geschehen ist. Darauf sage ich – ach zum Teufel, ich weiß nicht mehr, was ich gesagt habe. Sie haben wirklich hübsche Augen, Ellen. Es sind Smaragde. Nehmen Sie mir die Limonadeflaschen nicht übel. Das sollte ein Witz sein, aber Sie haben leider nicht gelacht.«

»Es war nicht komisch.«

»Sie lachen überhaupt nie mehr, wenn ich etwas sage.« Das Telefon läutete, und als sie den Hörer abnehmen wollte, griff er ihr schnell in den Arm. »Ich seh doch, wie Sie mit Klubmitgliedern, mit dem Hausmeister und sogar mit Henderson herumalbern. Was haben Sie plötzlich gegen mich?«

»Von plötzlich kann keine Rede sein. Das geht schon eine ganze Weile.«

»Aber warum? Ich hab Ihnen nichts getan. Ich hab immer geglaubt, wir seien Freunde, Sie wissen schon: auf der gleichen Seite, aber cool.«

»So definieren Sie Freunde – auf der gleichen Seite, aber cool?«

»Was stört Sie an meiner Definition?«

»Nur, daß ein paar wichtige Dinge fehlen.«

»Die schenk ich Ihnen, aber Freunde sind wir so oder so. Oder vielleicht nicht?« Das Telefon hatte aufgehört zu läuten. Sie merkten beide nichts davon. Grady sagte noch einmal: »Oder vielleicht nicht?«

»Nein.«

»Und warum nicht ...? Ach Scheiße, geben Sie mir lieber keine Antwort darauf. Ich würde als Freund sowieso nicht viel hergeben. Soll ich Ihnen mal was Lustiges sagen? Ich war bestimmt schon oft befreundet – ich hab schließlich ne Menge zu bieten – aber ich weiß nicht mehr, mit wem. Die verschiedenen Orte kann ich mir heute noch vorstellen, keiner auch nur einen Pfifferling wert, aber an die Leute kann ich mich nicht erinnern. Sie sind weggelaufen, oder ich bin weggelaufen. Kommt aufs gleiche raus. Sie sind jedenfalls weg, so gut wie gestorben.«

»Soll ich Sie bedauern?«

»Bedauern? Wieso denn das? Die Welt liegt mir zu Füßen.«

»Umso besser. Und wie ist die Aussicht dort oben?«

»Im Moment gar nicht so schlecht.«

Eine Frau kam den Gang entlang aufs Büro zu, und ihre Bewegungen gefielen ihm; sie ging mit langsamen, tänzelnden Schritten, wie eine Braut auf dem Weg zum Altar. Sie trug einen langen Seidenumhang, der sich um ihre Schenkel schmiegte. Die blonden Haare hatte sie zu einem Zopf geflochten, der über die Schulter nach vorne hing und mit einer blaßroten Blume geschmückt war. Bei jedem Schritt streifte die rote Blume ihre linke Brust. Es konnte Zufall sein, aber Grady kannte die Frauen gut genug, um nicht daran zu glauben.

Er sagte: »Wer ist denn das?«

»Mrs. Shaw.«

»Sieht reich aus.«

»Das ist sie wohl auch.«

»Sehr reich?«

»Ich weiß nicht. Wie soll man zwischen reich und sehr reich unterscheiden?«

»Ganz einfach. Die Superreichen zählen ihr Geld, stekken es in eine Bank und werfen den Schlüssel weg. Die Reichen geben ihr Geld aus. Sie verfahren es, verfliegen es, essen es, tragen es, trinken es.«

»Mrs. Shaw schmiert es sich ins Gesicht.«

»Keine schlechte Investition.«

Ellens Stimme klang kalt. »Ich kann ja verstehen, daß ein hormonell übersteuerter Typ wie Sie auf junge Groupies fliegt; aber eine fünfzigjährige Witwe – ist das nicht ein bißchen übertrieben? Sie ist sogar zweiundfünfzig. Als vor ein paar Monaten ihr Mann starb, mußte ich ihren Aufnahmeantrag heraussuchen, um die Todesanzeige für das Klubbulletin schreiben zu können. Er war übrigens ein reizender alter Mann von fast achtzig Jahren.«

»Wie heißt sie mit Vornamen?«

»Warum?«

»Ich möchte es eben wissen. Aus Ihrem Mund hört sich alles, was ich sage oder tue, wie ein Verbrechen an.«

»Sie heißt Miranda. Aber für Sie ist es Mrs. Shaw, das möchte ich Ihnen nur geraten haben.«

»Kann ich denn nicht mal eine Frage stellen, ohne daß Sie gleich hochgehen?«

»Mr. Henderson hat persönliche Kontakte zwischen Mitgliedern und Angestellten streng untersagt. Sie wurden im letzten Sommer mehrfach verwarnt, haben Sie das schon vergessen? Frederics Schwester April, die kleine Peterson, Cindy Kellogg –«

»Da gibt's nichts zu vergessen. Es ist ja nichts passiert.«

»Nichts passiert?«

»Fast nichts.«

»Irgendwann einmal, wenn ich mich eine Woche freimachen kann, werden Sie mir erklären müssen, was Sie unter ›fast nichts‹ verstehen.«

Einen Moment zögerte er, doch dann beugte er sich über den Schreibtisch und strich ihr behutsam über den Kopf. Ihr Haar war sehr weich, wie die Federn einer kleinen Ente, die er als Junge am Ufer eines Baches gefunden hatte. Das Entlein war in seinen Händen gestorben. »Hören Sie doch auf, sich zu sträuben. Ich bin gar nicht so schlimm. Was finden Sie denn so schlimm an mir?« Das Entlein war aus keinem erkennbaren Grund in seinen Händen gestorben. Vielleicht einfach deshalb, weil er es angefaßt hatte. Vielleicht gab es weiche, zarte Dinge, die man nie anfassen sollte.

Er richtete sich auf, kreuzte die Arme über der Brust, als sei er sich plötzlich seiner Nacktheit bewußt. »Ich mag die Mädchen, und die Mädchen mögen mich. Warum kann es nicht dabei bleiben? Es ist normal.«

»Dann ist es eben normal. Hurra.«

»Haben Sie was gegen normal?«

»Ich mag normal.«

»Bloß nicht bei mir«, sagte Grady. »Ich wollte, wir wären Freunde, Ellen, ganz ehrlich. Sie sind doch mit allen anderen hier gut Freund. Was ist bloß an mir so schlimm?«

Als die Salbe abgewaschen und durch Feuchtigkeitscreme und Make-up ersetzt war, wurde Miranda etwas ruhiger. Aber jede Minute konnte die panische Angst wiederbringen: es gab einen neuen bräunlichen Fleck auf der Stirn, das Muttermal an ihrem Hals schien größer zu werden, und die ersten verdächtigen Fältchen einer nicht mehr aufzuhaltenden Zellulitis zeigten sich auf ihren Oberarmen und Schenkeln. Wenn nur Neville da wäre, um ihr zu sagen, das Muttermal und die braune Stelle auf der Stirn seien ihre besonderen Schönheitsflecken und die bösen Fältchen existierten nur in ihrer Einbildung. Geglaubt hätte sie ihm allerdings nicht; sie wußte, daß sie echt waren, daß es Zeit war, wieder nach Mexiko in die Klinik zu gehen, Zeit für neue Injektionen.

Sie konnte die Reise nicht sofort antreten oder auch nur buchen. Ihr Anwalt hatte ihr geraten, in der Stadt zu bleiben, bis Nevilles Testament eröffnet und gerichtlich bestätigt war. Als sie nach einem Grund fragte, wich er aus, als wisse er etwas, was man am besten von ihr fernhalte. Seine Haltung beunruhigte sie, zumal das Gerücht umging, Nevilles Sohn aus erster Ehe habe vor, das Testament anzufechten. Sie hätte gern gewußt, was Ellen von alledem hielt – Ellen wußte möglicherweise Bescheid, denn alle möglichen Leute vertrauten sich ihr an –, aber als Miranda ins Büro kam, war der Bademeister da, und Ellen schien etwas aus dem Gleichgewicht.

Miranda sagte: »Ich erwarte eine Nachricht von meinem Anwalt, Mr. Smedler. Hat er angerufen?«

»Nein, Mrs. Shaw.«

»Wenn er sich meldet, lassen Sie mich bitte benachrichtigen. Ich bin in der Snackbar zu finden.«

Sie hatte von Grady noch keine Notiz genommen, ja noch nicht einmal in seine Richtung geblickt, aber er wußte genau, daß sie ihn gesehen hatte. Sie hatte ihn schon den ganzen Vormittag unter dem breitrandigen Strohhut hervor und durch die übergroße Bernstein-Sonnenbrille mit den Blicken verfolgt.

Nun wandte sie sich ihm zu und nahm, wie bei einem gekonnten Striptease, ganz langsam die Brille ab. »Sie sind der Bademeister, nicht wahr?«

»Ja, Madam. Grady.«

»Wie bitte?«

»So heiße ich. Grady Keaton.«

»Ach ja, natürlich. Sagen Sie, da schreit doch irgendwo ein Kind?«

»Ja, Madam. Es ist der kleine Quinn. Frederic.«

»Können Sie denn nichts unternehmen?«

»Wahrscheinlich nicht.«

»Sie könnten es wenigstens versuchen. Es hört sich so an, als ginge es ihm nicht besonders gut.«

»Es ginge ihm noch viel schlechter, wenn sein Vater keine zehn Millionen besäße. Vielleicht sind es auch zwanzig. Wer zählt nach der ersten Million schon weiter?«

Ihr Lächeln war kaum wahrzunehmen; nur der Ausdruck ihrer Augen wurde eine Spur sanfter. »Alle zählen, Grady. Sie müssen neu hier sein, sonst wüßten Sie das.«

»Ich bin ein bißchen schwer von Begriff. Vielleicht sollte ich Privatstunden nehmen.«

»Gewiß. Ich bin sicher, Ellen wäre bereit, Sie mit einigen der Grundregeln vertraut zu machen.«

»Ellen und ich sind uns über die Grundregeln nicht einig. Das erschwert die Sache.«

»Dann sollten Sie sich vielleicht auf die naheliegenden Probleme konzentrieren, Frederic Quinn zum Beispiel.«

Das sollte streng klingen, denn sie wollte ihn damit in die Schranken weisen, aber es gelang ihr nicht ganz. In den Jahren ihrer Ehe mit Neville hatte sie nie Gelegenheit gehabt, sich mit ihrer Stimme Geltung zu verschaffen oder sie im Zorn zu erheben. Alles wurde stets so eingerichtet, daß sie keinen Anlaß hatte, unzufrieden oder unsicher zu sein. Schlimm war es nur in der Klinik in Mexiko, wo sie während der Injektionen laut geschrien hatte. Und selbst diese Schreie waren irgendwie nicht von ihr gekommen, sondern von einer lauten, undisziplinierten Fremden, einer armen, verängstigten alten Frau: *»Hören Sie auf, Sie bringen mich ja um.« – »Die Señora wird wieder jung sein!« – »Um Himmels willen, hören Sie bitte auf.« – »Die Señora wird wieder fünfundzwanzig sein . . .«*

Zum erstenmal blickte sie Grady gezielt und genau an. Er hatte einen feinen, zu den Augenbrauen passenden goldblonden Schnurrbart und auf der rechten Wange eine Narbe, die wie ein Grübchen aussah. Er war höchstens fünfundzwanzig. Sie spürte plötzlich einen stechenden Schmerz zwischen den Brüsten, so als werde ihr eine Nadel durch die Haut unmittelbar in den Knochen gestoßen. *»Hören Sie auf, Sie bringen mich ja um.« – »Die Señora wird wieder fünfundzwanzig sein.«*

Sie atmete tief durch. »Sie kümmern sich besser um den Jungen.«

»Ja, Madam.«

»Vielleicht kann ich dabei helfen. Ich habe zwar nicht viel Erfahrung im Umgang mit Kindern, aber ich mag sie.«

»Ich nicht«, sagte Grady.

»Aber Sie kennen doch sicher auch nette Kinder?«

»Nein, nicht ein einziges.«

»Nicht alle benehmen sich wie Frederic.«

»Alle wären so, wenn ihre Väter zehn Millionen Dollar hätten.«

»Jetzt sind wir schon wieder bei den zehn Millionen. Das setzt sich ganz schön fest, nicht wahr, wie ein Gestank.«

»Ganz recht, Madam. Wie ein Gestank.«

»Man darf jedenfalls den Jungen nicht leiden lassen, nur weil sein Vater eine Menge Geld hat. Das wäre nicht fair. Kommen Sie, ich werde Ihnen helfen, ihn zu beschwichtigen.«

»Das ist nicht nötig, Mrs. Shaw«, sagte Ellen, »Grady kann das allein.«

»Natürlich kann er das. Ich gehe auch nur mit, um zu sehen, wie das gemacht wird ... falls Grady nichts dagegen hat. Haben Sie etwas dagegen, Grady?«

Grady hatte nicht das geringste dagegen.

Ellen stand auf und sah den beiden nach, die Seite an Seite den Gang entlanggingen. Sie wollte sich abwenden und an ihrem Schreibtisch ihrer eigenen Arbeit nachgehen, aber sie konnte die Augen nicht von ihnen lassen. Auf eine seltsame, beunruhigende Art schienen sie perfekt zusammenzupassen, als seien sie in einem Spielwarengeschäft zusammengestellt und als ein Paar verkauft worden.

Van Eyck hatte sein Briefpapier in Sicherheit gebracht und beschloß, Henderson in seinem Privatbüro aufzusuchen und sich bei ihm zu bedanken.

Henderson überflog gerade ein acht Tage altes *Wall Street Journal*, während er sein Mittagessen zu sich nahm, einen großen Becher Quark, den er mit Chips auslöffelte. Er las immer beim Essen, denn er vertrat die Theorie, seine Magensäfte könnten freier fließen, wenn sie nicht durch die Unterhaltungen irgendwelcher Einfaltspinsel gestört wurden.

Was er las, war nicht wichtig, und es wurde von ihm auch nicht gezielt ausgesucht. Wenn abends der Badebereich im Klub geschlossen wurde, sammelte er all das Lesematerial ein, das weggeworfen oder vergessen worden war – Taschenbücher, Zeitungen, Reiseprospekte, medizinische Fachzeitschriften, Flugpläne, Illustrierte, gelegentlich sogar eine Aktentasche mit so interessanten Papieren wie dem streng geheimen Geschäftsbericht einer Ölgesellschaft oder den vom Konteradmiral a. D. Cooper Young ausgearbeiteten kompletten Einsatzplänen für einen kombinierten Luft- und Seeangriff auf Mogadischu. Henderson hatte keine Ahnung, wo Mogadischu lag, aber es war beruhigend zu wissen, daß Admiral Young die Situation im Griff haben würde, sollte ein solcher Angriff je einmal erforderlich werden.

Wirtschaft, Krieg, Politik, Porno, Pathologisches – Henderson verschlang alles, während seine Magensäfte rege flossen, wie ein verläßlicher alter Strom, der nie über die Ufer trat und nie versiegte. Doch selbst ein so manierlicher Strom konnte durch einen Staudamm gebremst werden.

»Sehr anständig von Ihnen, Henderson, mir dieses Zeug zu leihen«, sagte Van Eyck.

»Was?«

»Das Briefpapier. Wenn Sie es mir nicht geliehen hätten, hätte ich es natürlich geklaut, aber so ist es mir lieber.« Der alte Herr räusperte sich. »Sie werden es sich als Verdienst anrechnen können, einen kleinen Beitrag zur Weltliteratur geleistet zu haben.«

»Was?«

»Ich schreibe an einem Roman.«

»Auf unserem Klubpapier?«

»Danken Sie mir lieber noch nicht, Henderson, das wäre ein wenig voreilig. Doch eines Tages könnte eine einzige Seite davon ein ganzes Vermögen wert sein.«

»Was?«

»Sie sagen immer nur *was.* Ist vielleicht irgendwas mit Ihren Ohren nicht in Ordnung?«

Henderson fuhr mit einem Chip in seinen Quark, aber er konnte nichts hinunterschlucken, sein Mund war trokken. Der verläßliche alte Strom war schon an seinem Ursprung versiegt. »Was Sie da auf unser Klubpapier schreiben, das soll einmal ein Vermögen wert sein?«

»Ganz richtig.«

»Und für wen?«

»Die Nachwelt. All die Leute da draußen. Im übertragenen Sinn.«

In einem weniger übertragenen Sinn sah Henderson all die Leute da draußen als eine Schlange von Anwälten, die nur darauf warteten, den Klub wegen Beleidigung, böswilliger Verleumdung und Ehrverletzung zu verklagen. Er ging hinüber zum Wasserspender, um einen Schluck zu trinken. Vielleicht würde er eine Reise nach Mogadischu buchen. Wenn dort der Krieg ausbrach, hatte er vielleicht das Glück, als einer der ersten auf der Liste der Gefallenen zu stehen.

»Ach übrigens«, sagte Van Eyck, »Sie könnten mir möglicherweise bei meinen Recherchen helfen und mir sagen, wie der Klub zu seinem Namen kam.«

»Die Vögel.«

»Was für Vögel?«

»All die Pinguine, die da draußen nach Fischen tauchen.«

»Das sind Pelikane. Der nächste Pinguin ist zehntausend Meilen weit weg. Es ist eine antarktische Tierart.«

»Es muß hier irgendwo in der Nähe einen Pinguin geben«, sagte Henderson schnell. »Wie sollte der Klub sonst zu diesem Namen gekommen sein?«

»Das, guter Mann, wollte eigentlich *ich* von *Ihnen* wissen.«

»Zehntausend Meilen?«

»So ungefähr.«

»Das bringt mich in eine unmögliche Lage. Ich habe jedem, der es wissen wollte, erzählt, diese kleinen Biester seien Pinguine, und nun sind sie's gar nicht.«

»Sie waren es noch nie.«

»Sind Sie sicher?«

»Absolut. Aber lügen Sie ruhig weiter, wenn Sie wollen. Kein Gesetz kann Sie daran hindern.«

Van Eyck kehrte an seinen Tisch auf der Terrasse zurück. Es zeigte sich immer deutlicher, daß Henderson komisch wurde, genau wie all die anderen Manager vor ihm. In den nächsten Wochen würden die gleichen Symptome zu beobachten sein, er würde immer häufiger zukken, in unpassenden Augenblicken lächeln, vor sich hin murmeln. *Ein Jammer*, dachte Van Eyck und griff wieder zur Feder. *Im Grunde ist er kein schlechter Kerl, auch wenn er bei seinem Buchmacher eine Menge Schulden hat.*

Admiral Youngs Schlachtpläne für Mogadischu kümmerten seine beiden Töchter wenig; sie trugen in der Snackbar ihre eigenen Gefechte aus. Ihre Waffen waren einfach, ihre Attacken direkt. Cordelia schlug Juliet einen Selleriestengel auf den Kopf und rannte dann zur Tür, um der Vergeltungsaktion zu entkommen; doch in dem Augenblick traf Juliet sie mit einer reifen Olive am Ohr. Der Vorfall wurde Ellen gemeldet, die ihrerseits mit Admiral Young telefonierte und ihm nahelegte, herzukommen und seine Töchter abzuholen.

Schon nach wenigen Minuten fuhr Young in seinem altehrwürdigen Rolls-Royce vor. Er war zwar seit Jahren pensioniert, aber er bewegte sich immer noch wie eins seiner Schlachtschiffe. Er vertraute völlig darauf, daß sich ihm keine Hindernisse in den Weg stellten und daß die Stabilisatoren einsatzbereit waren, falls die See stürmisch werden sollte. Er trug seinen dichten weißen Haarschopf immer noch in jenem strengen Bürstenschnitt, den er sich als junger Mann auf der Marineakademie zugelegt hatte; aus der Ferne wirkte er wie ein in ein kurzes Schneegestöber geratener Kahlkopf.

Er stellte den Rolls-Royce ins Parkverbot am Haupteingang, wo seine Töchter zusammen mit Ellen warteten.

»Was muß ich denn da über euch hören, Mädchen, ihr habt euch gestritten? In eurem Alter sollte man eigentlich wissen, daß das nicht geht.«

»*Sie* weiß es«, sagte Juliet. »Sie ist älter als ich.«

»Nur zwei Jahre«, sagte Cordelia.

»Du konntest also schon sprechen und gehen, als ich geboren wurde.«

»Daß man nicht streiten soll, hab ich jedenfalls nicht gelernt.«

»Das müßtest du aber wissen. Jetzt bist du schon ganz erwachsen und hast noch nichts gelernt.«

»Du meine Güte«, sagte der Admiral sanft. »Bist du wirklich schon erwachsen, Cordelia?«

»Das müßtest du doch wissen. Mrs. Young hat dir ein Telegramm geschickt, als ich geboren wurde. Du warst damals gerade in Hongkong.«

»Ich hätte nicht mehr gewußt, daß es Honkong war.«

»War es aber. Sie wollte ja hinfahren, aber es hat nicht mehr gereicht, da brachte sie mich in Manila zur Welt. Im Krankenhaus waren überall Ratten.«

»Dann kam es wohl auf eine weitere Ratte nicht an.« Juliet mußte über ihren eigenen Witz so unbändig lachen, daß ihr Kopf mit den kurzen braunen Haaren wie ein Mop durchgeschüttelt wurde und sie beinahe das Gleichgewicht verlor.

»Du darfst deine Schwester nicht hänseln, Juliet«, sagte Admiral Young sanft. »Das ist herzlos.«

»Sie ist aber herzloser als ich, sie hat mir zwei Jahre Übung voraus. Ich muß aufholen. Es ist doch nur fair, daß man mich aufholen läßt.«

»Niemand kann euch garantieren, daß es im Leben immer fair zugeht, Mädchen. Man muß schon froh sein, wenn einem Gerechtigkeit widerfährt, von Mitleid ganz zu schweigen.«

»Ach komm, verschon uns mit diesem Blödsinn«, sagte Cordelia.

»Spar dir's für die Matrosen auf«, fügte Juliet hinzu.

»Oder die Hilfsmatrosen.«

»Wir sind *deine* Töchter.«

»Und das geschieht dir ganz recht.«

»*Du* hast uns auf dem Gewissen.«

»Denk mal drüber nach, Papa. Hättest du nicht –«

»Aber du *hast.*«

»Und jetzt sind wir da.«

Und jetzt waren sie da, ein in den Dienstvorschriften der Marine nicht vorgesehenes Problem, und doch bis zu einem gewissen Grad ein Produkt der Marine.

Sie waren in vielen Teilen der Welt herangewachsen. Auf der Sprachenschule in Genf lernten sie genug Französisch und Italienisch, um sich ein Essen bestellen und ein Taxi oder die Polizei rufen zu können. Sie besuchten vornehme Internate in London, Rom und Paris, doch Nachwirkungen zeigten allenfalls die Lehrer. Auf der Musikakademie in Österreich sollte Cordelia Violine und Juliet Flöte spielen lernen; doch anstatt zu üben, saßen sie lieber im Kellergeschoß und spielten Elvis Presley-Schallplatten und sahen sich die deutsche Version alter Hollywoodfilme an. An der Amerikanischen Schule in Singapur brachten sie die meiste Zeit damit zu, in einem Jeep durch die Straßen zu rasen, nachdem Cordelia irgendwo zwischen Sydney und Tokio fahren gelernt hatte. Dieser kosmopolitische Hintergrund hatte nicht bewirkt, daß sie weltoffen und umgänglich wurden; vielmehr wurden sie immer stärker isoliert. Während die äußere Welt um sie her immer größer wurde, verkleinerte und verdichtete sich ihre private Welt. Auch in Gesellschaft redeten und zankten die beiden nur untereinander, als seien sie von lauter Fremden umgeben, lauter austauschbaren und unwichtigen Menschen. Wie Imker gegen Bienenstiche waren sie gegen Menschen immun geworden.

»Ich kann diesen Klub sowieso nicht leiden«, sagte Cordelia. »Du vielleicht?«

Juliet spitzte den Mund, als denke sie darüber nach. Es war natürlich überflüssig. Denn wenn Cordelia den Klub nicht mochte, mochte sie ihn auch nicht. »Nein, ich mochte ihn noch nie.«

»Gehn wir nach Hause.«

»Wir sollten uns erst bei Ellen verabschieden.«

»Wieso denn?«

»Noblesse oblige.«

»Das ist französisch. In den USA gelten für mich keine französischen Vorschriften.«

»Papa hat seinen staatsmännischen Blick aufgesetzt.«

»Also gut, meinetwegen. Wiedersehn, Ellen.«

»Wiedersehn, Ellen.«

»Auf Wiedersehn, Mädchen«, sagte Ellen.

Fast jeder nannte sie Mädchen. Cordelia war fünfunddreißig, Juliet dreiunddreißig.

Van Eyck hatte seinen Platz auf der Terrasse mit Bedacht so gewählt, daß er genau überblicken konnte, was sich am Eingang zum Klub abspielte. Desinteressiert – aber nicht ohne Abscheu – verfolgte er, wie sein Schwager, Admiral Young, mit den zwei Mädchen in dem Rolls-Royce davonfuhr.

Was das Militär betraf, so hatte Van Eyck ganz entschiedene Ansichten, und er arbeitete seit Jahren an Plänen zur Begrenzung seines Einflusses. Van Eycks Ideen blieben im Grunde unverändert, auch wenn sich von Zeit zu Zeit die Schwerpunkte verschoben. Die Besoldung war sofort und drastisch zu kürzen, besonders in den oberen Rängen. Ruhegehälter sollten erst ab siebzig gezahlt werden, und auch dann nur für einen begrenzten, vernünftig bemessenen Zeitraum. Man sollte die hohen Tiere nicht darin bestärken, länger als nötig auf Kosten des Steuerzahlers zu leben. Kriege sollten auf Länder mit schwer auszusprechenden Namen und schwierigen klimatischen Bedingungen beschränkt werden – ersteres würde Fernseh- und Nachrichtensprecher davon abhalten, sie zu erwähnen, letzteres würde die Zahl der Auslandskorrespondenten auf ein Minimum beschränken.

Am wichtigsten war jedoch, daß Uniformen abgeschafft oder vereinfacht wurden: weg mit den extravaganten Mützen und den maßgeschneiderten Uniformröcken mit all ihren goldenen Litzen und Streifen.

Wäre die Uniform nicht gewesen, hätte seine Schwester Iris keinen zweiten Blick auf Cooper Young geworfen. Es war der zweite Blick, der den Ausschlag gegeben hatte. Bis dahin war Iris ein nettes intelligentes Mädchen gewesen, und man konnte erwarten, daß sie einen netten intelligenten Mann heiraten würde, der mit ihrem Vermögen vernünftig umging und drei, vier Söhne zeugte, die in diesem Sinne weitermachen würden. Stattdessen fiel sie auf eine Uniform rein, brachte zwei hohlköpfige Töchter zur Welt und wurde zu einem verbitterten, kranken alten Weib. Arme Iris. Der ironische Gipfel war aber, daß der Admiral in den Ruhestand trat und nun seine Uniform nur noch einmal im Jahr zum Regimentsball trug. Van Eyck fand weder an der Musik noch am Tanzen Gefallen, und er gab sein Geld bestimmt nicht leichtfertig aus, aber einen Regimentsball ließ er sich nie entgehen. So wurde sein Zorn auf das Militär einmal im Jahr neu geschürt.

Van Eyck griff zur Feder und schrieb auf einen der Briefbogen, die Ellen ihm gegeben hatte:

Verteidigungsministerium, Pentagon, Washington (D.C.)

Sehr geehrter Herr Minister:

Maßlose Ausgaben führen zu maßlosen Morden. Prüfen Sie die folgenden Vorschläge zur Kürzung Ihres absurd hohen Budgets:

Die Gehälter werden gesenkt.

Die Pensionsberechtigung beginnt später und erlöscht früher.

Alle Uniformen werden abgeschafft.

Zu streichen sind ferner die Verpflegungsämter mitsamt ihren Planstellen, die Erholungszentren für Kurzurlauber sowie die kostenlose Beförderung an die Front und zurück.

Kriege sind zu vermeiden. Sofern das nicht möglich ist, muß mit dem Verkauf der Fernsehrechte und ähnlichen Maßnahmen wenigstens erreicht werden, daß sie sich selbst finanzieren.

Sir, die Parole lautet: reformieren, reduzieren oder demissionieren.

Ein Steuerzahler

Van Eyck las den Brief noch einmal durch. Er unterstrich *Alle Uniformen werden abgeschafft* und setzte ein Ausrufungszeichen dahinter. Nach Abschaffung der Uniformen würden die anderen Neuerungen früher oder später von selbst kommen.

Er hörte jemand »Feuer« rufen, aber er kümmerte sich nicht darum. Wenn es tatsächlich brannte, sollte man nicht so blöd herumschreien, sondern die Feuerwehr holen.

Es brannte tatsächlich.

Der kleine Frederic Quinn, der den Rat seines älteren Bruders Harold beherzigte, der auf den Rat seines besten Freundes Bingo Firenze hörte, dessen Onkel als Killer für die Mafia arbeitete, hatte immer eine Schachtel Streichhölzer bei sich, obwohl er mit sieben das Rauchen aufgegeben hatte. Es war Bingos Idee: Nichts ließ die Menschen so schnell zusammenlaufen wie ein kleines Feuer, und etwas Brennbares war immer und überall zu finden. Die naheliegenden Dinge waren Holz und Papier, aber da war beispielsweise auch Gradys Trainingsanzug aus Kunstfaser, der an einem Haken im Erste-Hilfe-Raum hing. Fast der ganze Vorrat an Streichhölzern ging drauf, bis der Trainingsanzug endlich Feuer fing.

»Ha ha, Grady«, waren Frederics letzte Worte, ehe er in dem dichten Rauch ohnmächtig wurde.

In der Aufregung, die der Entdeckung des Feuers folgte, konnte niemand den Schlüssel zum Erste-Hilfe-Raum finden. Grady versuchte es mit einer Nagelfeile als Dietrich, und als er damit keinen Erfolg hatte, stemmte der Hausmeister die Tür mit einem Beil auf und löschte das Feuer, indem er Gradys Trainingsanzug in das Schwimmbecken warf.

Nach ein paar Minuten künstlicher Beatmung kam Frederic wieder zu sich und hustete sein ganzes Frühstück heraus: Pizza, Schmalzkringel und Kartoffelchips.

Miranda Shaw kniete neben ihm und drückte ihm ein nasses Handtuch auf die Stirn. »Das arme Kind. Was ist denn passiert? Geht es dir wieder besser?«

»Ich will ein Himbeer-Cola mit Schokoladeneis.«

»Ein Glas Milch wäre aber –«

»Ich will ein Himbeer-Cola mit Schokoladeneis.«

»Natürlich, du Ärmster. Halt schön still, man wird es dir gleich bringen. Wie hat denn das Feuer angefangen?«

»Ich weiß nicht«, sagte Frederic. »Ich leide an Amnestie.«

»Was ist denn das?«

»Hab ich vergessen.«

»Der kleine Dreckskerl hat gezündelt«, sagte Grady. »Und sobald sein Puls auf normal ist, verpaß ich ihm eine Tracht Prügel. Gib mir die restlichen Streichhölzer, Frederic.«

»Was für Streichhölzer? Ich kann mich nicht an Streichhölzer erinnern. Ich leide an Amnestie.«

»Du wirst eine Amnestie brauchen, Bürschchen, wenn du das Beweismaterial nicht herausrückst.«

»Ich will einen Anwalt.«

»Einen Anwalt?« wiederholte Miranda. »Was soll denn ein Kind mit einem Anwalt?«

»Ich bekenne mich nicht schuldig, und im übrigen mache ich von meinem Recht auf Zeugnisverweigerung Gebrauch.«

»Hier gibt's doch keine Zeugnisse? Ich verstehe kein Wort.«

»Mann, das ist schon ne irre Braut, was Grady?«

Miranda stand auf und sah dabei Grady hilflos an, während sie das nasse Handtuch mit gestrecktem Arm von sich hielt, als hätte es sich in eine Schlange verwandelt. »Er benimmt sich irgendwie merkwürdig. Meinen Sie, er hat einen Schock erlitten?«

»Nein, Madam, er benimmt sich immer so.«

»Wenn ich erst meinen Anwalt habe«, sagte Frederic, »verklage ich euch beide wegen übler Nachrede.«

Mirandas Seidenumhang war vom Rauch und von Frederics Frühstück gezeichnet, und die Blume hatte sich aus ihrem Haar gelöst. Grady las sie auf. Während er sie noch in der Hand hielt, fielen einige der Blütenblätter ab und schwebten langsam dem Fliesenfußboden entgegen. Er hatte bis dahin nicht bemerkt, daß die Blume echt und daher empfindlich war. Er mußte wieder an die kleine Ente denken, die in seinen Händen gestorben war, und an all die weichen und verletzlichen Dinge, die man nicht anfassen sollte.

»Das tut mir leid«, sagte Grady. »Ich wollte sie nicht kaputtmachen.«

»Sie können nichts dafür.«

»Ich dachte, das Ding sei aus – na ja, Plastik oder so, etwas, was man nicht kaputtmachen kann.«

»Machen Sie sich bitte keine Gedanken. Sie können nichts dafür, es ist einfach passiert.«

»Wie das Feuer«, sagte Frederic. »Ganz ehrlich, Grady, ich saß friedlich da, in meine Transzendentale Meditation versunken, und plötzlich war ich von lodernden Flammen umgeben.«

»Es gab keine lodernden Flammen.«

»*Ich* hab jedenfalls lodernde Flammen gesehen. Es war bestimmt der Schock.«

»Es gab keine Flammen, und es gab keinen Schock. Nur einen kleinen Rotzjungen mit Streichhölzern und einen schwelenden Trainingsanzug; der Klub wird für fünfundzwanzig Dollar einen neuen anschaffen müssen. Ein neues Türschloß bringt die Rechnung auf zweihundert, und für Aufräum- und Malerarbeiten kommen noch mal fünfzig dazu. Vielleicht sollte ich meine Erste-Hilfe-Maßnahmen mit zehn Dollar anrechnen. Ich hab dir das Leben gerettet.«

»Wer hat Sie darum gebeten?«

»Niemand. Die Leute flehten mich auf Knien an, dich abkratzen zu lassen. Aber ich hab nun mal ein gutes Herz.«

»Ach ja? Dann holen Sie mir jetzt endlich ein Himbeer-Cola mit Schokoladeneis, und eine doppelte Portion Sahne drauf.«

»Hol's dir doch selber.«

»Ich kann nicht.«

»Versuch's doch.«

»Aha, ich soll verduften, damit du die Braut hier anmachen kannst. Ich geh aber nicht, ha ha.«

»Du hast es dir gerade anders überlegt, Frederic.« Grady griff ihm unter die Arme und zerrte ihn hoch. »Du gehst, und zwar plötzlich, ha ha.«

»Schon gut, schon gut, ich geh ja. Wart aber, bis ich zurück bin, eh du hier deine Schau als Supermann abziehst, okay? Ich muß langsam was für meine Fortbildung tun. Schließlich verlassen sich die Jungs darauf, daß ich sie aufkläre.«

Miranda stand an die Wand gelehnt und blickte Frederic nach, der den Gang hinunterlief und den Weg zur Snackbar einschlug. Ihr Zopf war aufgegangen, und im Gesicht spürte sie schon die ersten Anzeichen eines Sonnenbrandes.

»Ein sehr eigenartiger kleiner Junge«, sagte sie noch einmal. »Ich verstehe nicht immer, wovon er redet. Haben Sie da auch Schwierigkeiten?«

»Nein, überhaupt nicht.«

»Er hat mich eine Braut genannt. Was meinte er denn damit?«

»Ein Mädchen.«

»Ein *Mädchen.*« Unwillkürlich führte sie eine Hand zum Gesicht, als wolle sie die winzigen Narben bedekken, die das letzte Messer hinterlassen hatte. »Wie nett. Wenn auch nicht sehr treffend, fürchte ich.«

»Ich finde schon.«

»Sie nehmen mich auf den Arm.«

Klar tu ich das, Gnädigste, aber du willst es ja nicht anders.

»Damit ich Sie richtig verstehe, Ellen.« Mr. Henderson machte die Augen zu und drückte die Fingerspitzen fest zusammen. Das sollte einen magnetischen Strom in Gang setzen, der besänftigende und heilende Wirkung hatte. »Die Tür zum Erste-Hilfe-Raum ist abgebrannt.«

»Jawohl, Mr. Henderson.«

»Vielleicht meinen Sie angesengt oder verrußt, so daß hier und da die Farbe erneuert werden muß?«

»Abgebrannt«, sagte Ellen. »Außerdem ist das Schloß aufgebrochen worden.«

»Ich versteh das nicht, es ergibt keinen Sinn, daß ausgerechnet mir so merkwürdige Dinge passieren.«

»Frederic Quinn hat mit Streichhölzern gespielt.«

»Im Erste-Hilfe-Raum?«

»Ja.«

»Warum?«

»Grady hatte ihn dort eingeschlossen, um ihm das Verstopfen von Toiletten abzugewöhnen.«

»Und während ihm das Verstopfen von Toiletten abgewöhnt wurde, lernte er, wie man einen Brand legt.«

»Das wußte er bereits. Im letzten Jahr war es ein Haufen Badetücher am Strand, zur Einäscherung einer toten Möwe.«

Henderson lockerte seine Finger, die zu schmerzen begannen. Kein magnetischer Strom hatte sich eingestellt, zumindest keiner, der besänftigend oder heilend wirkte. Er spürte nach wie vor eine vage, hartnäckige Unzufriedenheit. Auf die eine oder die andere Weise versetzte ihm das Leben immer wieder einen Dämpfer. Es gab auch Positives – er hatte eine nette Wohnung und einen Job mit einem gewissen Prestige, seine Exfrau hatte wieder geheiratet und damit auf weitere Unterhaltszahlungen verzichtet, er setzte gelegentlich auf den richtigen Außenseiter beim Pferderennen –, aber das Negative nahm immer mehr überhand. Die Außenseitersiege wurden immer rarer, und die Nachbarn beschwerten sich über seine neue Stereoanlage. Es gab Ärger im Klub, Mitglieder, die ihre Getränkerechnungen nicht bezahlten, Van Eycks anonyme Briefe und nicht zuletzt Frederics Eltern, die mit hitzigen Auseinandersetzungen und nicht weniger hitzigen Versöhnungen – Frederic, Harold,

Foster, April und Caroline – ständig für neue, nervenaufreibende Schwierigkeiten sorgten.

»Es war offensichtlich keine gute Idee von Grady, den Jungen einzusperren«, sagte Henderson. »Er hätte ihn zu mir schicken sollen.«

»Er hat ihn letzte Woche zu Ihnen geschickt. Sie haben den Jungen zurückgeschickt. Sie sagten Grady, er solle in solchen Situationen selbständig handeln. Wie können Sie ihm da einen Vorwurf machen?«

»Ganz einfach. *Ich* hab den kleinen Dreckskerl jedenfalls nicht eingesperrt.«

»Ich war dabei, wie Sie Grady angewiesen haben, in Zukunft nach eigenem Ermessen zu handeln. Nun, die Zukunft ist gekommen, und er hat gehandelt. Vielleicht kam nichts Besonderes dabei heraus, aber er hat es versucht.«

»Sie werden«, sagte Henderson, »immer durchsichtiger. Wissen Sie, was ich meine, Ellen?«

»Nein.«

»Denken Sie mal in Ruhe darüber nach.«

Hendersons Büro schmückten Bilder von Flugzeugen, die nach einer Tagung von Flugzeugbauingenieuren zurückgeblieben waren. Henderson hatte sie selbst aufgehängt. Er interessierte sich zwar nicht für Flugzeuge oder irgendwelche Motoren, aber er mochte die Bilder, weil sie nichts Menschliches an sich hatten. Er brauchte sich keine Gedanken darüber zu machen, was ein Gesichtsausdruck bedeutete oder was ein Mund gerade sagen wollte oder was zwei Ohren gehört hatten. Niemand brauchte sich zu fragen, was ein Flugzeug getan hatte oder noch tun würde. Es stieg auf und kam wieder herunter.

»So durchsichtig wie Glas«, sagte Henderson. »Seit fünfundzwanzig Jahren arbeite ich in der Menschenbranche, wenn Sie so wollen. Ich kenne mich da aus. Lassen Sie sich einen Rat geben, Ellen. Verschwenden Sie Ihre Zeit nicht an Grady. Er hat keinen Charakter, kein Stehvermögen. Bestimmt keine große Zukunft, wenn er nicht gerade einen Glückstreffer landet, aber auf eine solche Außenseiterchance würde nicht mal ich setzen.«

»Warum erzählen Sie das mir? Ich bin nicht –«

»Doch. Das sind alle Mädchen. Sich in den Bademeister zu verknallen, das gehört zum Heranwachsen. Nur daß Sie schon erwachsen sind ... Je nun, da ist wohl nichts mehr zu machen. Guter Rat kommt meistens zu spät.«

Auf dem Parkplatz am Südausgang bemühte sich Miranda vergeblich, ihren Wagen in Gang zu setzen, und sie ließ durch einen der Gärtner Hilfe herbeiholen.

Der Wagen, ein Geschenk Nevilles zu ihrem letzten Geburtstag, war so schwarz und plump wie der Witz, den sich Neville mit den Nummernschildern geleistet hatte: U R 52 – du bist 52. Sie haßte diesen Wagen und wollte ihn bei der erstbesten Gelegenheit loswerden. Aber er gehörte – wie das Haus und die Möbel in Palm Springs – zur Erbmasse und konnte erst verkauft werden, wenn Nevilles Testament eröffnet und bestätigt war. »Für die Übergangszeit werden Sie etwas Witwengeld bekommen«, hatte Smedler, der Anwalt, gesagt. »Zunächst einmal darf nichts angerührt werden. Soll ich Ihnen erklären, was blockierte Vermögenswerte sind, Mrs. Shaw?« »Nein, danke, Mr. Smedler. Ich weiß . . .« Sie wußte genau Bescheid. Ihre Vermögenswerte waren jahrelang blockiert gewesen.

Grady kam aus der Hintertür des Klubs, barfuß, aber mit Jeans über der Badehose und einem T-Shirt, auf dem ein Wellenreiter abgebildet war. Ihr Anblick schien ihn zu überraschen. Vielleicht traf er sich hier immer mit seinen Freundinnen, und er erwartete gerade eine von ihnen. Oder zwei, oder ein Dutzend.

»Ach, Sie sind's, Mrs. Shaw.« Er lächelte und entblößte dabei seine Zähne, die klein und ebenmäßig, aber nicht sehr sauber waren. »Der Gärtner sagte mir, eine Dame habe nach mir verlangt.«

»Ich habe nicht – nicht nach Ihnen verlangt.«

»Oh, ein Mißverständnis.«

»Ich meine, nicht nach Ihnen persönlich. Es ist nur, der Motor will nicht anspringen.«

Der Wagen stand in der prallen Sonne, und der schwarze Lack und die schwarzen Ledersitze hatten die Hitze gespeichert. Es war heiß wie in einem Backofen. *»Ein helles Auto wäre mir wirklich lieber gewesen, Neville. In denen wird es lange nicht so heiß.« – »Schwarz ist würdevoller, Miranda.«*

Nun saß sie ermattet am Lenkrad; die Hitze und die Würde hatten sie geschafft.

»Alles in Ordnung, Mrs. Shaw?«

»Ich – es ist sehr warm hier drin.«

»Steigen Sie aus und stellen Sie sich in den Schatten. Kommen Sie, ich helfe Ihnen.«

»Das schaffe ich schon allein, danke.«

»Lassen Sie den Zündschlüssel stecken.«

Sie stieg aus, und er setzte sich hinters Lenkrad. Beim zweiten Versuch sprang der Motor an. Der Ton gefiel ihm, leise, kraftvoll, stetig.

»So, das hätten wir, Mrs. Shaw. Sie können fahren.«

»Was war denn damit?«

»Wahrscheinlich ist er abgesoffen. Wenn es wieder passiert, drücken Sie das Gaspedal ganz durch und gehen dann mit dem Fuß langsam wieder hoch. Oder wenn Sie nicht in Eile sind, warten Sie einfach ein paar Minuten.«

»Ich bin nie in Eile. Ich habe nichts zu tun.«

Sie wußte nicht, warum sie es sagte. Er offensichtlich auch nicht. Er schien verwirrt und ein wenig verlegen, als habe sie eine sehr persönliche Bemerkung gemacht und er wisse nicht recht, wie er darauf reagieren sollte.

»Ich will damit sagen, nichts Wichtiges«, fügte sie hinzu. »Keine Arbeit, wie Sie zum Beispiel.«

»Die ist bestimmt nicht wichtig. Ich leiste meine Zeit ab und werde dafür bezahlt. Das ist alles.«

»Sie retten Menschenleben. Sie haben erst vor einer halben Stunde Frederic das Leben gerettet.«

»Der wäre auch so wieder zu sich gekommen. Daß er weiterlebt, können Sie mir nicht ankreiden ... Und seit ich hier Bademeister bin, mußte ich noch keinem Ertrinkenden zu Hilfe kommen. Da war noch nie was. Mir soll's recht sein. Ich bin nämlich nicht sicher, was ich tun würde, wenn einer um Hilfe schreien sollte. Vielleicht würde ich weglaufen und ihn ertrinken lassen.«

»So etwas dürfen Sie nicht sagen. Nachher nimmt es noch jemand ernst.«

»Sie vielleicht nicht?«

»Natürlich nicht.«

»Ich hoffe, Sie können gut schwimmen.«

Sie hatten gegen den Motorenlärm angeredet. Er streckte die Hand aus und stellte ihn ab. Dann stieg er aus und wischte sich mit dem Handrücken den Schweiß von der Stirn. »Okay, jetzt sind Sie dran, Mrs. Shaw.«

»Warum lassen Sie denn den Motor nicht laufen?«

»Das verpestet nur die Luft und kostet Benzin. Sie können ihn wieder anlassen, wenn Sie wegfahren wollen.«

Sie standen neben dem langen schwarzen Wagen, fast auf Tuchfühlung, aber ohne sich anzusehen, wie Fremde auf einer Beerdigung.

Sie sagte: »Es ist ein sehr häßliches Auto, meinen Sie nicht auch? Ein riesiges Ding und jede Menge PS, nur um jemand wie mich von zuhause zum Klub, zum Supermarkt und wieder nach Hause zu bringen. Mein Mann hat es mir zu meinem letzten Geburtstag geschenkt. Haben Sie das Nummernschild gesehen?«

»Ich kann mich nicht erinnern.«

»U R 52. Neville dachte sich diesen Scherz aus, damit ich niemand wegen meines Alters belügen konnte. Er wollte nicht grob sein, er verehrte mich sehr, er wäre nie absichtlich grob gegen mich gewesen. Es war für ihn einfach ein Ulk.«

»Wenn Sie im nächsten Jahr dreiundfünfzig sind, können *Sie* lachen. Behalten Sie den Wagen noch zehn oder fünfzehn Jahre, dann sind Sie endgültig obenauf.«

»Nein«, sagte sie heftig. »Ich werde ihn abstoßen, sobald man mir die Erlaubnis gibt.«

»Man?«

»Die Anwälte, die mit dem Testament meines Mannes befaßt sind. Wenn natürlich dem Wagen etwas *zustoßen* würde, müßten sie mir wohl die Erlaubnis geben, oder nicht?«

»Was meinen Sie mit zustoßen?«

»Genau weiß ich das nicht, aber man liest in den Zeitungen immer wieder von Leuten, denen irgend jemand das Auto mit Farbe vollschmiert, die Scheiben einschlägt oder die Reifen aufschlitzt.«

»Wenn Sie das haben wollen«, sagte Grady, »kann ich es vielleicht für Sie arrangieren. Ich hab da ein paar Kumpels, die sind nicht zimperlich.«

»Ach wirklich? Ich meine, haben Sie wirklich solche Kumpels?«

»Ich kenn fiese Typen genug.«

Mit einem besorgten Lächeln blickte sie zu ihm auf. »Wenn ich gesagt habe, dem Wagen könnte ja etwas zustoßen, dann dürfen Sie das nicht ernst nehmen. Es war ziemlich verrückt. Ich weiß nicht, wie ich plötzlich auf eine so irre Idee kommen konnte. Ich bin nämlich kein gewalttätiger Mensch.«

»So sehen Sie auch gar nicht aus.«

»Ehrlich, ich bin nicht gewalttätig.«

»Ich glaub's ja, ich glaub es ja.«

»Warum sagen Sie das gleich zweimal? Das hört sich dann so an, als ob Sie mir letztlich doch nicht glauben.« Sie verschränkte die Arme vor den Brüsten, wie um sich zu schützen. Ihre Haut war sehr weiß, und die dicht an der Oberfläche verlaufenden Adern sahen aus wie Straßen oder Flüsse auf einer Landkarte. »Wie kommen Sie bloß auf die Idee, ich sei ein gewalttätiger Mensch?«

»Lassen Sie's gut sein, Mrs. Shaw«, sagte Grady. »Das

ist heute nicht Ihr Tag. Gehen Sie nach Hause und trinken Sie was Ordentliches.«

»Ich kann nicht trinken, wenn ich allein bin.«

»Dann nehmen Sie zwei Aspirin. Oder tun Sie das auch nur in Gesellschaft?«

Sie ließ den Kopf sinken, als sei er ihrem Hals plötzlich zu schwer geworden. »Das war nicht sehr nett. Vielleicht stimmt es doch, was Sie vorhin über sich gesagt haben, Grady. Wenn jemand am Ertrinken wäre, würden Sie vielleicht tatsächlich weglaufen.«

»Nun mal langsam. Was ist eigentlich mit Ihnen los?«

»Ich bin am Ertrinken«, sagte sie. »Sie sind kein besonders guter Lebensretter, wenn Sie nicht merken, wie jemand ertrinkt.«

Der kleine Frederic Quinn lag hinter einem mitten im Parkplatz stehenden Eukalyptusbaum auf der Lauer. Bis jetzt war die Unterhaltung doof gewesen, es hatte sich überhaupt nichts abgespielt, und so beschloß er, sein Versteck zu verlassen und damit die Szene ein wenig zu beleben.

Er trat hinter dem Baum hervor. Von der kunstvollen Gesichtsbemalung mit den abgebrannten Streichhölzern war zwar nichts mehr zu sehen, aber das Mercurochrom war größtenteils noch da: er trug rosarote Streifen im Haar, und seine Haut schien von einer interessanten Krankheit verfärbt.

»He, Grady, wie stehn die Aktien?«

»Verpiß dich, du kleines Ekel«, sagte Grady.

»So was sagt man nicht vor einer Dame, das find ich nicht korrekt.«

»Und wenn ein kleiner Junge zu Hackfleisch verarbeitet und den Haien zum Fraß vorgeworfen wird, wie findest du dann das?«

»Weshalb sind Sie denn so geladen? Der große Herzensbrecher bringt's wohl nicht mehr? Wenn ich das den Jungs erzähle, ha ha.«

»Du hörst wohl nicht gut, Quinn. Du sollst dich verpissen, hab ich gesagt.«

»Na gut, dann geh ich eben.«

»Und zwar gleich.«

»Schon gut, ich geh ja. Bin schon unterwegs. Bin schon – Hilfe! Polizei! Mayday! Mayday!«

Admiral Cooper Young mußte noch einmal in den Klub zurück, um die Handtasche abzuholen, die Cordelia in der Snackbar vergessen hatte. Es war ein so schöner Tag, daß er das Fenster heruntergerollt hatte, auch wenn Iris, seine Frau, bestimmt den Staub am Armaturenbrett entdecken und ihm Vorhaltungen machen würde. Als er am Parkplatz vorbeifuhr, hörte er jemand Mayday rufen.

»Wahrhaftig, ich höre jemand um Hilfe rufen.«

»Dann mach eben das Fenster zu«, sagte Juliet.

»Nur weil da jemand um Hilfe ruft«, wägte Cordelia ab, »brauchst du doch nicht gleich hinzuhören. Du bist nicht mehr bei der Marine. Außerdem müssen wir uns beeilen. Ich hab eine Hundertdollarnote in meiner Handtasche.«

Die das Lenkrad umklammernden Hände des Admirals packten sichtbar fester zu. »Aha, und woher hast du die Hundertdollarnote, Cordelia?«

»Von Mrs. Young, deiner Frau.«

»Wofür hast du sie denn bekommen?«

»Bestechungsgeld.«

»Mir hat sie auch eine gegeben«, sagte Juliet, »aber von Bestechung würde ich nicht unbedingt reden, Cordelia.«

»Ich schon. Ist doch ein klarer Fall. Sie hat dafür verlangt, daß wir erst nach Hause kommen, wenn der Klub schließt; sie hat heute nämlich Backgammon-Unterricht.«

»Ich wußte gar nicht, daß eure Mutter Backgammon spielen kann«, sagte der Admiral.

»Kann sie auch nicht«, sagte Cordelia. »Noch nicht. Sie macht ja erst einen Kurs.«

»Ach so, natürlich.«

Der Admiral hatte gleich begriffen. Es war ja nicht der erste Kurs, es hatte Dutzende davon gegeben, aber keiner von ihnen schien seine arme Iris zufriedenzustellen. Sie wurde immer wieder betrogen und war außerstande, mit gleicher Münze zurückzuzahlen.

Die kritische Situation auf dem Parkplatz trat in ein neues Stadium, als plötzlich Mr. Tolliver auftauchte, Rektor der Schule, die Frederic mehr oder weniger besuchte. Als Mr. Tolliver über Mittag erfuhr, daß die Brandungswellen zur Zeit besonders hoch waren, brachte er diese Information scharfsinnig mit der hohen Zahl an Schulschwänzern in Zusammenhang. Deshalb patrouillierte er nun durch die Strandgebiete, bewaffnet mit einem stark abgenützten Fernglas und einem Offiziersstöckchen aus seiner Armeezeit in Kanada.

Frederic Quinn war seine erste Trophäe. Er gab dem Jungen mit dem Offiziersstöckchen eins auf den Hosenboden und versprach ihm außerdem, sein Disziplinarkonto mit zweihundert Minuspunkten zu belasten. Anschließend sperrte er ihn in den »Bullenkäfig«: so nannten die Schüler den hinteren Teil des schuleigenen Kombis, der durch ein Geflecht aus schwerem Zeltstoff vom Fahrersitz getrennt war.

Frederic erwies sich als zahmer Häftling. Zum einen war er müde, so daß ihm nichts Neues mehr einfiel. Zum anderen lag er im Rennen um die diesjährige Schulmeisterschaft nach dem neuesten Stand um hundertfünfzehn Punkte vor Bingo Firenze. Das war keine Kleinigkeit, denn schließlich war Bingo älter und hatte Mafia-Verbindungen, und so lehnte sich Frederic zurück und grinste in Erwartung des triumphalen Empfangs, den die Jungs ihm bereiten würden.

Mr. Tolliver warf einen prüfenden Blick auf seine Trophäe. »Nun, Quinn, was hast du zu deiner Verteidigung zu sagen?«

»Mea culpa.«

»Du gibst deine Schuld also zu?«

»Nolo contendere«, sagte Frederic. »Es spielt sowieso keine Rolle. Ich bin ja schon bestraft worden.«

»Du wirst dich noch wundern, Bürschchen.«

Die Hundertdollarnote war zu Cordelias großer Enttäuschung immer noch in der Handtasche. Das Geld war ihr nicht so wichtig wie die Aufmerksamkeit, die sie hätte erregen können, wenn jemand den Schein gestohlen hätte. Sie stellte sich die ganze Aufregung vor: Bullen würden mit heulenden Sirenen vor dem Klub vorfahren, Henderson würde die Angestellten zum Verhör zusammentrommeln, Zeitungsleute und Fotografen wären da, vielleicht sogar ein Krankenwagen, falls es ihr gelingen würde, eine Ohnmacht vorzutäuschen ...

»Ach Scheiße, der Schein ist noch da.«

Cordelia stieg zum zweitenmal an diesem Tag in den Rolls-Royce, während ihr Vater sich zum zweitenmal höflich von Mr. Henderson und Ellen verabschiedete. Er wünschte ihnen auch ein frohes Erntedankfest und machte noch einen kleinen Scherz über Truthähne, den Ellen nicht verstand und Henderson nicht hörte.

»Es sind noch über vier Wochen bis zum Erntedankfest«, sagte Henderson, als der Rolls majestätisch in die Straße einbog. »Ob er das sarkastisch gemeint hat, was meinen Sie? In dem Fall hätte ich ihm mit Pearl Harbor eins auswischen sollen. ›Und Ihnen ein fröhliches Pearl Harbor, Admiral.‹ *Das* hätte ich sagen sollen ... Weil wir gerade von Truthähnen reden, was ich im übrigen gar nicht vorhatte und auch jetzt nur widerwillig tue, aber schicken Sie in den nächsten Tagen den Wirtschaftsleiter in mein Büro, damit ich die Speisekarte fürs Erntedankfest mit ihm absprechen kann. Erntedank, mein Gott, dabei hab ich mich noch nicht mal vom Tag der Arbeit und vom Vierten Juli erholt. Ob ich bis Weihnachten durchhalte? Was meinen Sie, Ellen?«

»Ich weiß nicht«, sagte Ellen.

»Und es kümmert Sie auch nicht. Ich höre diesen Ist-mir-doch-schnuppe-Ton in Ihrer Stimme. Sie sind grausam.«

»Tut mir leid. Aber ich hab schon so viele Manager erlebt, Mr. Henderson. Mitleid kann ich mir in meinem Job nicht leisten, da würde ich schnell unter die Räder kommen. Ich muß einen ganz bestimmten emotionalen Abstand halten.«

»Hören Sie bloß mit dem Unsinn auf.«

»Sie haben doch damit angefangen.«

Admiral Cooper Young wohnte mit seiner Frau Iris und den Mädchen in einem gediegenen Steinhaus in einer Straße, die einmal die vornehmste in der ganzen Stadt gewesen war.

Auf der kurzen Fahrt nach Hause verhielten sie sich still. Erst gegen Ende meldete sich Cordelia, und ihre Stimme klang ungewohnt düster: »Mrs. Young wird das nicht gefallen. Vielleicht nimmt sie uns sogar das Geld wieder ab.«

»Das kann sie nicht, wenn wir uns weigern«, sagte Juliet. »Wir müssen einfach hart bleiben.«

»Ihr wird schon was einfallen. Du kennst ja die miese Tour, wie sie uns jeden Scheck sperrt.«

»Das ist doch was anderes. Diesmal haben wir Bargeld. So gut wie Gold. Harte Münze. Und es läßt sich gut im BH verstecken.«

»Trotzdem ... Papa, wir müssen doch noch nicht heim, oder?«

»Doch, Mädchen, ich finde schon.« Der Admiral räusperte sich. »Seht mal, daß man euch aus dem Klub ausgeschlossen hat, sollte euch eine Lehre sein, und dazu gehört eben auch, daß ihr ein bißchen leidet.«

»Wenn ich leiden muß, kommt es mir immer gleich hoch«, sagte Juliet heftig. »Und wenn mir das im Wagen passiert und wir auch noch drei Stunden zu früh ankommen, dann wird Mrs. Young erst recht wütend sein.«

»Aber, aber, Mädchen, macht euch da keine unnötigen Sorgen. Eure Mutter wird euch so empfangen wie sonst auch.«

Und er behielt recht.

»Ich hab euch doch gesagt, ihr sollt bis fünf im Klub bleiben«, sagte Iris Young. »Was ist denn passiert?«

Cordelia redete zuerst. »Wir sind rausgeflogen.«

»Unehrenhaft entlassen«, ergänzte Juliet.

»Wegen ungehörigen Betragens.«

Iris knallte ihren Stock auf den Boden. Früher einmal war sie eine große, sportlich wirkende Frau gewesen, doch nun war sie unförmig und gebeugt. Der Ausdruck ihres breiten, fahlen Gesichts änderte sich kaum einmal, und der Buckel zwischen ihren Schulterblättern war ein Rucksack voller Haßgefühle, der von Jahr zu Jahr schwerer wurde.

Sie blickte ihren Mann an, nicht um ihn zu sehen, sondern um sich zu vergewissern, daß er sie und ihren Verdruß sah. »Du hättest sie nicht heimzubringen brauchen, Cooper. Du hättest sie am Zoo absetzen können.«

»Wir waren erst gestern im Zoo«, sagte Juliet. »Was bringt das schon, sich dauernd von irgendwelchen Viechern anstarren zu lassen?«

»Man geht in den Zoo, um die *Tiere* anzustarren, und nicht umgekehrt.«

»Du hast uns aber gesagt, daß es unhöflich ist, jemand anzustarren. Wir starren nie jemand an, stimmt's, Cordelia?«

»Großer Gott«, sagte Iris, aber Er hörte, wie gewöhnlich, nicht zu.

Die Mädchen gingen in die Küche, um Buttertoffee-

Kokos-Pekannuß-Plätzchen zu backen, und Iris war allein mit ihrem Mann in dem kleinen hellen Zimmer, das sie beide als Büro und Zufluchtsort benutzten.

Hier verbrachte Iris den größten Teil ihrer Zeit mit ihren Büchern und Stereoplatten, einem winzigen champagnerfarbenen Pudel namens Alouette und einer ganzen Sammlung von Miniaturschachspielen. Auf dem Postweg trug sie mit Leuten in anderen Teilen der Welt Schachpartien aus: mit der Frau eines Diplomaten in Bogotá, einem Missionsarzt, den es an eine Klinik in Djakarta verschlagen hatte, einem Professor an der Universität von Tokio, einem Erdölingenieur in Täbris. Sie war durchaus noch beweglich und hätte auf Reisen gehen können, aber sie war bereits überall gewesen, und ihre zunehmende Taubheit erschwerte den Umgang mit Fremden.

Mit dem bejahrten Pudel auf dem Schoß saß sie am Fenster und beugte sich der Sonne entgegen, als ob deren Strahlen sie beide verjüngen könnten.

»Cooper.«

»Ja, Iris.«

»Die Mädchen machen keine Fortschritte.«

»Den Eindruck habe ich auch.«

»Können wir denn nichts tun? Irgend etwas? In den Zeitungen und Zeitschriften schreiben sie von Vitamin E. Meinst du, wenn wir es ihnen ins Essen tun –«

»Nein.«

»Wir könnten es doch versuchen, oder nicht?«

»Nein, das kommt nicht in Frage.«

Der kleine Hund fing im Schlaf an zu winseln. Iris fuhr ihm mit der Hand über den wolligen Kopf und flüsterte ihm ins Ohr: »Wach auf, Alouette. Es ist nichts, es ist nur ein Traum.«

Cooper hörte zu und seufzte: er wollte, alles wäre nur ein Traum. Aber nicht mal der Hund ließ sich etwas vormachen. Mit einem lauten Schnaufer wachte er auf und blickte melancholisch um sich. Seine Augen erinnerten an bittere Schokolade.

»Hast du etwas gesagt, Cooper?«

»Nein.«

»Ich dachte, ich hätte –«

»Nein.«

»Wir reden fast nie mehr miteinander.«

»Es ist schwer, sich immer wieder etwas Neues einfallen zu lassen.« Und es laut genug zu sagen und deutlich genug zu artikulieren. »Iris, du hast mir versprochen, mit dem Arzt wegen eines Hörgeräts zu sprechen. Ich will dich ja nicht drängen, aber –«

»Dann laß es.«

Er ließ es. Zum einen wußte er, daß weitere Diskussionen sinnlos waren, und zum anderen war der Kampf Mann gegen Mann nicht nach seinem Geschmack. Wenn seine Frau und die Mädchen zu streiten anfingen, hielt er sich nach Möglichkeit heraus und zog sich meistens in sein winziges Versteck im Glockenturm zurück; es war nur über eine Leiter zu erreichen, die Iris nicht mehr erklimmen konnte, und das häufige Quieken und Trippeln schreckte die Mädchen ab. In diesem Türmchen, wo noch vor hundert Jahren eine Glocke gehangen und von Frieden und Liebe unter den Menschen gekündet hatte, hockte der Admiral und entwarf Kriegspläne.

Es waren keine gewöhnlichen Kriege, wie sie in Geschichtsbüchern zu finden sind. Es waren kleine interessante Kriege unter Ehrenmännern, nach den alten Regeln ausgetragen, Kapitän gegen Kapitän, Flugzeug gegen Flugzeug. Und sie hinterließen kein Elend, keine Armut oder Verbitterung. Man erholte sich schnell und rüstete zum nächsten Waffengang. Ein paar Leute mußten natürlich ihr Leben lassen, doch sie nahmen es tapfer hin und entschuldigten sich fast dafür: »Tut mir leid, daß ich dich im Stich lassen muß, Kamerad. Ich muß – jetzt – gehen –«

Seiner Frau erzählte er nichts von diesen kleinen Privatkriegen. Sie nahm alles zu ernst. Ein einziger Blick von ihr konnte einen Panzer aufhalten oder eine Kompanie in die Flucht schlagen oder ein Flugzeug vom Himmel holen. Iris würde einem in einem Gefecht den Spaß verderben – sie würde unbedingt gewinnen wollen.

»Hörst du mir überhaupt zu, Cooper?«

»Gewiß, gewiß doch.«

»Mein Bruder Charles hat angerufen, um dir zum Geburtstag zu gratulieren. Hast du Geburtstag?«

»Nein.«

»Gut. Ich habe dir nichts gekauft ... Charles hat bestimmt nicht ohne Grund angerufen. Vielleicht hat *er* Geburtstag und wollte mich sanft daran erinnern. Würdest du mal im Geburtstagsbuch nachsehen? Es liegt in der oberen Schublade in meinem Schreibtisch.«

Der Schreibtisch war, wie die anderen Möbel in dem Raum, eine Antiquität. Iris hatte im Grunde kein Interesse an Antiquitäten. Sie hatte das Haus möbliert gekauft, als Cooper pensioniert wurde, denn sie und Cooper hatten nie länger als ein paar Jahre an einem Ort gewohnt, und sie genoß es, ein Haus zu besitzen, das wie ein Erbstück aussah und sogar danach roch.

Cooper sagte: »Steht Charles unter Charles oder unter Van Eyck?«

»Van Eyck.«

»Ja. Hier ist es. Er hat nächste Woche Geburtstag, seinen fünfundsiebzigsten.«

»Ich hatte also recht. Sein Anruf war ein Wink mit dem Zaunpfahl. Na ja, vielleicht sollten wir irgendwie feiern, er wird es ja nicht mehr lange machen. Was hältst du von einer kleinen Dinnerparty?«

Cooper hielt überhaupt nichts davon, aber er behielt es für sich. Er wußte ganz genau, daß seine Meinung nicht gefragt war, Iris führte nur Selbstgespräche.

»Der Haken an einer Dinnerparty ist, daß wir für Charles irgendeine Tischdame einladen müssen. Er hat so viele Leute vor den Kopf gestoßen, da bleibt kaum mehr jemand übrig. Kannst du dich an Mrs. Roffmann erinnern, die die ganzen Schlachthausmillionen geerbt hat? Ich hab noch keine Todesanzeige von ihr gelesen, du?«

»Nein.«

»Dann lebt sie wahrscheinlich noch. Wir könnten es immerhin mit ihr versuchen.«

»Mrs. Roffmann ist fast achtzig. Charles zieht jüngere Frauen vor.«

»Früher sah sie ganz gut aus.«

»Ich glaube kaum, daß er das berücksichtigen würde.«

»Wenn du alles nur negativ siehst, dann lassen wir es eben bleiben.«

»Ich sehe nicht alles negativ, Iris. Ich möchte nur, daß du dich amüsierst.«

»Daß ich mich *amüsiere*?« Der kleine Hund sprang von ihrem Schoß und jagte quer durch das Zimmer, um sich unter dem Schreibtisch zu verstecken. »Daß ich mich *amüsiere*? Hast du den Verstand verloren? Sieh mich an, von morgens bis abends sitze ich hier fest, kann mich kaum noch bewegen, mache mir die größten Sorgen wegen der Mädchen, frage mich, was aus ihnen werden soll, aus mir, aus –«

»Eine kleine Dinnerparty wäre sehr nett«, sagte Cooper. »Sehr nett. Und was die Tischdame für Charles angeht, da wäre doch auch Nevilles Witwe.«

»Wer?«

»Miranda Shaw. Ich habe sie heute kurz im Klub gesehen, sie ist also offenbar nicht mehr in Trauer. Es würde ihr vielleicht guttun, wieder unter die Leute zu kommen, auch wenn sie dafür Charles als Tischnachbarn in Kauf nehmen muß.«

»Eigentlich mochte ich Miranda Shaw noch nie leiden«, sagte Iris, »aber so auf Anhieb fällt mir auch keine andere ein.«

Teil II

Es war für Tom Aragon erst das zweite Mal, seit er in Smedlers Anwaltskanzlei arbeitete, daß ihn Smedler selbst ins Penthouse-Büro kommen ließ.

Was die reine Entfernung anging, so war das Penthouse nicht weit weg. Nach den städtischen Bauvorschriften durfte in Santa Felicia nur bis zu einer bestimmten Höhe gebaut werden, und so lag Smedlers Büro tatsächlich nur drei Stockwerke über dem Gehweg. Was jedoch die Zugänglichkeit betraf, so hätten es statt drei Stockwerken ebensogut drei Kilometer sein können. Es gab zwar einen Aufzug, doch den konnte Smedler mit Hilfe eines Stromunterbrechers steuern, der neben seinem Schreibtisch angebracht war. Natürlich gab es in dem Aufzug die üblichen kleinen Knöpfe, die man drücken konnte, um sich einzubilden, man sei ganz Herr der Lage, aber wenn man ein paar Minuten irgendwo zwischen den Stockwerken hing oder hinter einer Tür stand, die nicht aufgehen wollte, dann blieben einem doch gewisse Zweifel.

Smedlers Sekretärin Charity Nelson, deren orangefarbene Perücke ein klein wenig schief saß, klebte sich eben die Tages-Fingernägel an. Ohne aufzublicken, sagte sie: »Aragon, Sie sind spät dran.«

»Tut mir leid.«

»Wir erwarten von unseren jüngeren Angestellten, daß

sie sich wie Pfadfinder verhalten: zuverlässig, treu, hilfsbereit, freundlich, pünktlich –«

»Zur Pünktlichkeit sind Pfadfinder nicht verpflichtet.«

»Ab sofort sind sie's. Pünktlich.«

»Der Aufzug wollte nicht«, sagte Aragon. »Das passiert hier dauernd. Die Klimaanlage und die elektrischen Geräte funktionieren noch, die Lichter brennen überall, aber der Aufzug geht nicht.«

»Die Elektrizität steckt voller Rätsel.«

»Halb so schlimm. Als Jurastudent war ich in meinem Wohnheim die rechte Hand des Hausverwalters. Ich könnte mir ja mal den Transformator ansehen –«

»Hier sind Sie jedenfalls nicht die rechte Hand des Hausverwalters. Kümmern Sie sich gefälligst um Ihre eigenen Angelegenheiten. Nehmen Sie erst mal Platz. Smedler telefoniert gerade.«

Charity legte die Klebstoff- und Fingernägelreste zu den Akten, unter K wie Kauen. »Hat er Ihnen gesagt, was er will?«

»Nein.«

»Daß er gerade Sie herbestellt hat, hat vielleicht mit Ihrer sauberen Arbeit im Lockwood-Fall zu tun. Übrigens warten wir immer noch darauf, daß Mrs. Lockwood endlich bezahlt. Aber das ist nur Kleinkram und braucht Sie nicht zu kümmern. Wir wollen doch nicht, daß Sie sich wegen so banaler Dinge wie Geld das hübsche Köpfchen zerbrechen, nicht wahr?«

Aragon setzte sich in einen Ledersessel vor Charitys Schreibtisch. Schon vormittags um halb elf war es in dem Raum unangenehm schwül, und das Ende Oktober. Den Topfpflanzen zuliebe, die in der Ostecke des Zimmers eine Art Bonsai-Dschungel bildeten, hatte Charity die Klimaanlage abgeschaltet. Die Pflanzen mochten die Klimaanlage nicht, und Charity war wie eine Mutter zu ihnen: sie erfreute sich an ihrem Wachstum und ihrer guten Gesundheit und schlug alle Feinde in die Flucht, Blatt- und Schildläuse ebenso wie Blattspinnmilben.

Aragons Blick fiel auf eine der Pflanzen, und er fragte sich, ob Charity mit ihr redete, und wenn ja, warum sie dann nicht längst verwelkt und eingegangen war.

»Wollen Sie wissen, warum ich glaube, daß Sie als Rechtsanwalt Erfolg haben werden, Aragon?«

»Nicht unbedingt.«

»Sie sehen einfältig aus. Einfältig nicht im Sinne von doof, sondern harmlos, unschuldig. Jeden Richter und jeden Geschworenen wird das Mitleid packen, wenn diese Kalbsaugen hinter der Hornbrille ihn ansehen. Für einen gutaussehenden, elegant gekleideten Anwalt haben Geschworene nichts übrig.«

»Sprechen Sie manchmal mit Ihren Pflanzen, Miss Nelson?«

»Nein.«

»Das hab ich mir gedacht.«

»Ich bin doch nicht behämmert. Was zum Teufel soll ich denn einer Pflanze sagen?«

»Na ja, etwas Tröstendes, Angenehmes, Schmeichelhaftes – Sie wissen schon, Dinge, die Sie auch einem neuen Angestellten sagen.«

»Solche Dinge sage ich *keinem* Angestellten. Wollen Sie hier den Witzbold spielen, junger Mann? Das würde ich mir an Ihrer Stelle gründlich überlegen.«

Aragon überlegte es sich gründlich und wechselte das Thema. »Was will Smedler?«

»Das, was er immer will, *alles*.«

»Von mir, meine ich.«

»Die Akte, die uns raufgeschickt wurde, kommt vom Nachlaßgericht. Erwarten Sie also kein Honigschlecken, wie bei Ihrem letzten Fall. Nachlaßsachen sind was Ödes.« An der Sprechanlage leuchtete ein Lämpchen auf. »Okay, er hat aufgelegt, Sie können reingehen.«

Selbst Montag früh sah Smedler frisch und tatkräftig aus. Nach Gerüchten, die im Büro umliefen, stritt er sich zwar jedes Wochenende mit seiner dritten Frau im Country-Club, aber nichts an ihm deutete auf irgendwelche physischen oder psychischen Verletzungen hin. Er trug einen Nadelstreifenanzug mit Weste, eine teure Krawatte und ein leichtes Dauerlächeln, das nicht das geringste mit dem zu tun hatte, was er gerade sagte. Seine Bewunderer, meist weiblichen Geschlechts, meinten, dieses Lächeln lasse ihn so unergründlich aussehen, und sie waren dann immer enttäuscht, wenn sie feststellten, wie leicht er in Wirklichkeit zu ergründen war.

»Diese Angelegenheit ist eher lästig als problematisch«, sagte Smedler. »Bisher jedenfalls. Ich habe Sie zu mir gebeten, weil ich gehört habe, Sie kämen gut mit Frauen zurecht. Stimmt das?«

»Das kommt auf die Umst–«

»Sicher. Nun, kommen wir zur Sache. Ich habe hier einige Nachlaßpapiere, die unterschrieben werden müssen. Ein alter Herr, Neville Shaw, starb im letzten Frühjahr und machte seine Frau Miranda zum Nachlaßverwalter und Alleinerben. Ich machte Mrs. Shaw klar, daß

Nachlaßverfahren oft langwierig und kompliziert sind, und ich riet ihr, mit mir in Verbindung zu bleiben, da für manche Dinge ihre notariell beglaubigte Unterschrift benötigt werde. Inzwischen gibt es eine ganze Menge von solchen Papieren, die sie unterschreiben muß, aber ich bemühe mich nun schon eine Woche lang vergeblich, sie zu erreichen. Wenn ich bei ihr zuhause anrufe, meldet sich niemand; wenn ich ihr eine Nachricht in ihrem Klub hinterlasse, reagiert sie nicht; und zwei eingeschriebene Briefe waren nicht zustellbar und kamen zurück. Selbst wenn sie uns voll unterstützt, kann sich das Verfahren monatelang hinziehen. Sehen Sie also zu, daß Sie sie finden.«

»Ich werde mich bemühen.«

»Allzu schwierig sollte das nicht werden. Ich bin sicher, daß sie nicht absichtlich Versteck spielt – sie ist eine nette kleine Frau, um einiges jünger als ihr Mann, wohlerzogen, hübsch, nicht allzu hell, wirkt immer etwas ängstlich. In diesem Fall hat sie, weiß Gott, allen Grund, ängstlich zu sein.«

Es entstand eine lange Pause, für Aragon eine vertraute Gerichtssaaltaktik: die Frage steht im Raum, die Antwort wird hinausgezögert. Er sagte nichts.

Smedler schien irritiert. »Wollen Sie denn nicht wissen, *warum*?«

»Ich nahm an, Sie würden es mir schon sagen.«

»Natürlich werde ich es Ihnen sagen. Das Problem ist, wieviel ich Ihnen sagen soll. Es ist wichtig, nicht noch mehr Gerüchte über Neville Shaws Testament zu verbreiten. Es wird schon zuviel geredet. Er war fast achtzig, als er starb, und in den letzten paar Jahren seines Lebens hätte unbedingt ein Vormund sein Vermögen zusammenhalten müssen. Er wurde zunehmend senil, steckte sein Geld in die verrücktesten Geschäfte und Investitionen, in Spekulationspapiere, Devisen, Immobiliengesellschaften. Er offerierte sogar sein Haus als Anzahlung auf ein Gestüt in Kentucky. Ich hatte keine Ahnung von all diesen Dingen – und fungierte nur als sein Rechtsbeistand, als er vor zehn, zwölf Jahren sein Testament aufsetzte –, doch dann kam ich schnell dahinter. Kaum war die übliche Mitteilung an die Gläubiger rausgegangen, da kamen sie auch schon aus ihren Löchern gekrochen: Makler, Bankiers, Erschließungsgesellschaften, selbst der Immobilienhecht, der das Kentucky-Geschäft abgewickelt hatte. Kurzum, die Erbmasse reicht für die Forderungen der Gläubiger nicht aus. Shaw war pleite, als er starb.«

»Und Mrs. Shaw ahnt nichts davon?«

»Nein.«

»Kaum zu glauben, daß es das in der heutigen Zeit noch gibt.«

»Die Shaws lebten nicht in der heutigen Zeit.«

»Wann werden Sie es ihr beibringen?«

»Zunächst einmal sind Sie dran, Aragon. Hier habe ich ihre Anschrift und Telefonnummer, und die ihres Klubs. Wenn Sie Kontakt mit ihr aufnehmen, machen Sie ihr unmißverständlich klar, daß sie zu mir ins Büro kommen und einige Unterschriften leisten muß. Danach dann werde ich – nun, ich werde ihr einfach sagen, sie sei nicht mehr ganz so reich wie früher einmal und müsse deshalb in ihrem Lebensstandard ganz erheblich zurückstecken.«

»Vielleicht sollten Sie ihr lieber die Wahrheit sagen, daß sie pleite ist.«

»Frauen sagt man nicht die Wahrheit«, stellte Smedler

fest. »Zumindest nicht auf einmal, und schon gar nicht einer Frau wie Mrs. Shaw, die immer ein abgeschiedenes, von der Welt abgeschirmtes Leben führte. Mein Gott, sie würde vielleicht losschreien, einen Weinkrampf bekommen oder in Ohnmacht fallen. Womöglich würde sie mich gar erschießen.«

»Wenn Mrs. Shaw ein so abgeschiedenes Leben führt, wie Sie mir sagen, dann hat sie wohl kaum eine Schußwaffe zur Hand.«

»Ich meinte ja nur, man weiß nie, wie eine Frau reagiert, wenn sie mit dem Rücken zur Wand steht. Und glauben Sie mir, in genau der Lage wird sie sein. Selbst wenn sie alles verkraftet, das Gestüt in Kentucky wird ihr den Rest geben.«

»Eine hübsche Freudsche Pointe.«

Smedler ging zu dem Wasserspender und ließ einen durchsichtigen Plastikbecher vollaufen. Das Wasser sah ein wenig trübe aus, und als er es trank, verzog sich sein Gesicht. »Haben Sie schon mal von dem Zeug getrunken, Aragon? Tödlich, sag ich Ihnen. Oft hab ich den Verdacht, meine Sekretärin will mich vergiften. Daß ich noch am Leben bin, verdanke ich ausschließlich der Tatsache, daß ich mit der Zeit immun geworden bin. Bedienen Sie sich.«

»Nein, danke.«

»Sie sollten frühzeitig damit beginnen, Ihre Immunität aufzubauen. Es ist nicht damit zu rechnen, daß die Wasserlage besser wird. Ja, ich sage voraus, die Welt wird eines Tages vertrocknen und fortgeweht werden. Das mit der Sintflut und der Arche ist Unsinn, es wird nur eine Menge Staub übrigbleiben. Denken Sie mal darüber nach.«

»Gewiß, Sir.« Aragon dachte darüber nach und kam zu dem Schluß, daß Smedlers Krach mit seiner Frau an diesem Wochenende noch schlimmer gewesen sein mußte als sonst.

Smedler ging wieder an seinen Schreibtisch. »Ich war in Ihrem Alter, Aragon, als ich meine Prüfungen ablegte und von einer Anwaltspraxis träumte. Doch aus der Anwaltspraxis wurde eine Menschenpraxis. Oder um es anders auszudrücken: Wichtiger als die Strafgesetze sind die Gesetze der Straftäter.«

»Das ist sehr schön gesagt, Sir.«

»Ich weiß. Ich hab das schon dutzendmal angebracht. Nun, auf Sie wartet Arbeit, ich will Sie nicht aufhalten.«

Der Penguin-Klub war ein langgestrecktes blaues anderthalbgeschossiges Gebäude auf dem schmalen Landstreifen zwischen der Straße und dem Meer. Nach außen hin war nicht mehr zu sehen als eine fensterlose Fassade, aufgelockert durch eine Reihe von Lüftungsklappen, die wie halbgeschlossene Augen unter dem Dach hervorlugten. Obwohl der Klub im Ruf stand, Treffpunkt der Superreichen zu sein, unterschieden sich die Autos auf dem Parkplatz in nichts von denen, die vor einem Supermarkt oder einem Waschsalon zu finden waren. Allerdings standen hier sehr viel weniger Autos – nicht einmal jeder vierte Platz war belegt. In dieser Atmosphäre des Überflusses war der ungenutzte Raum der letzte wahre Luxus.

Tom Aragon war nicht mehr im Penguin-Klub gewesen, seit er als Pennäler mit einigen seiner Kameraden eines Nachts vom Strand heraufgekommen war, um über den Zaun zu klettern und sich im Schwimmbecken zu vergnügen. Bevor sie noch ins Wasser springen konnten, gingen im gesamten Klub die Lichter an – am Eingang und im Büro, auf den Gängen und auf der Terrasse, unter Wasser und in allen Büschen, in den Wipfeln der Palmen und im Innern der Badehäuschen. Ein uniformierter Nachtwächter erschien und schrie mit gezogener Waffe: »Zurück in den Barrio mit euch, ihr elenden Halbaffen!«

Inzwischen war er zehn Jahre älter und benutzte den Haupteingang. Für ein paar kurze Augenblicke war er nervös, so als fürchte er, demselben Aufpasser zu begegnen und von ihm erkannt zu werden.

Die feinen Goldbuchstaben an der Tür mahnten streng: NUR FÜR MITGLIEDER UND DEREN GÄSTE. KEIN ZUGANG FÜR UNBEFUGTE. DIE KLEIDERORDNUNG IST EINZUHALTEN.

Er ging hinein, und niemand erkannte ihn, niemand nahm Notiz von ihm. Im Büro war hinter dem Schalter nur eine junge Frau an einem Schreibtisch zu sehen; sie hatte einen Bleistift hinter dem Ohr und schien untätig ihren Gedanken nachzuhängen.

Aragon brach das Schweigen. »Entschuldigen Sie.«

Sie legte den Bleistift weg und kam an den Schalter. Sie war groß, und mit den dunklen Haaren und den ernsten grünen Augen konnte man sie beinahe hübsch nennen. Die Augenlider waren gerötet, als habe sie eben noch geweint. Er fragte sich, warum, und schätzte gleichzeitig seine Aussichten, den Grund zu erfahren, als sehr gering ein.

»Kann ich etwas für Sie tun?« Der rauhe Ton in ihrer Stimme paßte zu den geröteten Lidern. »Ich bin Miss Brewster, die Klubsekretärin.«

Er gab ihr eine seiner Visitenkarten: Tomas Aragon, Rechtsanwalt, Smedler, Downs, Castleberg, McFee, Powell. »Ich suche eine unserer Klientinnen, Mrs. Miranda Shaw. Soviel ich weiß, ist sie ein Mitglied dieses Klubs.«

»Stimmt.«

»Sie muß ein paar wichtige Papiere unterschreiben, und Mr. Smedler konnte sie zuhause nicht erreichen. Er meinte, sie könnte hier sein.«

»Ich habe sie nicht gesehen.«

»Heißt das, daß sie nicht hier ist?«

»Nicht unbedingt. Sie kann während meiner Kaffeepause gekommen sein, oder vielleicht war sie heute morgen schon vor mir da. Ich kam nämlich zu spät. Mein Auto lief nicht an, und ich mußte das Fahrrad nehmen.«

»Was ist das denn für ein Fahrrad?«

»Was für ein Fahrrad? Ändert das denn irgend etwas?«

»Nein. Ich wollte nur die Zeit überbrücken, bis Sie bereit sind, über Mrs. Shaw zu reden.«

Sie atmete tief durch. Es schien ihr wehzutun. Sie begann zu husten und faßte sich dabei mit der Hand an den Hals.

Er wartete und blickte zum Schwimmbecken hinüber. Ein paar Leute schwammen ihre Runden, und im flachen Teil des Beckens lief ein Schwimmkurs mit einem halben Dutzend Frauen. Auf der Terrasse saß ein alter Herr mit Tennismütze an einem Tisch und schrieb. Die Liegestühle auf der gegenüberliegenden Seite des Schwimmbeckens waren größtenteils unbesetzt.

Der Hochsitz für den Bademeister interessierte Aragon am meisten. Im Augenblick hielt ihn ein rothaariger Junge von acht oder neun Jahren besetzt, der durch ein riesiges Fernglas spähte. Aragon hatte den Eindruck, daß es auf ihn gerichtet war. Um sich zu vergewissern, lächelte und winkte er, und sofort wurde das Fernglas gesenkt; der Junge stieg vom Hochsitz herunter und verschwand.

Die junge Frau hatte aufgehört zu husten. »Wir dürfen über unsere Mitglieder keine Auskunft geben. Es steht in den Dienstvorschriften. Fast alles ist uns untersagt, auch der vertrauliche Umgang mit Mitgliedern.« Sie sagte das mit einem bitteren Unterton, den er nicht verstand. »Ich – hören Sie, ich hab schon den ganzen Morgen Ärger. Am besten reden Sie mit dem Manager, Mr. Henderson. Warten Sie hier, und ich seh mal nach, ob er Zeit hat.«

»Ist gut. Tut mir leid, daß Sie Ärger haben. Vielleicht sieht in ein paar Stunden alles schon besser aus.«

»Oder schlimmer.«

»Oder schlimmer«, sagte Aragon. Es war sinnlos, Miss Brewster aufmuntern zu wollen. Sie war nicht in der Stimmung, sich irgend etwas sagen zu lassen.

Genau wie Mr. Henderson.

Henderson hatte die Liste der Mitglieder vor sich liegen, die mit den Beiträgen im Rückstand waren, und er überlegte sich gerade, ob er den drastischen Schritt tun und sie ans Schwarze Brett hängen sollte oder ob es genügte, eine Abschrift davon an strategischen Orten wie dem Spielzimmer aufzubewahren. Er mußte außerdem entscheiden, welche Namen von der Liste zu streichen waren.

Jeder Fall lag anders und mußte entsprechend beurteilt werden. Die Whipples waren zum Beispiel auf einer Reise durch den Orient und hatten die Benachrichtigung, daß die Miete für ihr Badehäuschen überfällig war, wahrscheinlich gar nicht erhalten. Billy Parr Davis hatte von der Party zu seinem sechzigsten Geburtstag noch eine offene Rechnung von zweitausend Dollar, aber es war nur eine Frage der Zeit, bis seine Mutter, wie üblich, die Schulden mit einem Scheck beglich. Die Redferns schlugen sich gerade mit der Scheidung herum, und da noch nicht entschieden war, wer das Sorgerecht für die Klubmitgliedschaft bekommen würde, konnte man nicht erwarten, daß einer von ihnen die ausstehenden Gebühren bezahlte. Mr. und Mrs. Quinn fochten die Rechnung für die Schäden an, die Klein-Frederic im Erste-Hilfe-Raum und im Umkleideraum der Männer angerichtet hatte. Mrs. Guinevere war in »Kur«, um fünfzig Pfund abzuspecken, und ihre Rechnung wurde sicher bezahlt, sobald die restlichen zweihundert Pfund zurückkehrten.

Natürlich gab es auch die üblichen Schnorrer; entweder waren sie, wie Charles Van Eyck, sehr wohlhabend und wollten es auch künftig bleiben, oder aber sie hatten wirklich Mühe, mit der Inflation und den reicheren Nachbarn Schritt zu halten. Henderson ging die Liste noch ein letztes Mal durch, als Ellen die Tür zu seinem Büro öffnete.

Er hob den Kopf und sah sie mißbilligend an. »Sie haben nicht geklopft. Ich hab Ihnen doch gesagt –«

»Verzeihung. Klopf, klopf.«

»Herein, und machen Sie's kurz.«

»Jawohl, Sir. Ein Tomas Aragon ist hier, Rechtsanwalt. Ich glaube, Sie sollten mit ihm reden.«

»Will er Mitglied werden?«

»Nein. Er fragt nach Mrs. Shaw.«

»Das ist ja ein sonderbarer Zufall.« Henderson klang beunruhigt. Er mochte keine sonderbaren Zufälle. Eine unerklärliche Gesetzmäßigkeit sorgte dafür, daß sie sich meistens zu seinem Nachteil auswirkten. »Ich wollte Sie nämlich auch gerade nach Mrs. Shaw fragen. Auf der Liste der säumigen Zahler ist ihr Name ausgestrichen.«

»Sie hat bezahlt«, sagte Ellen. »Bar.«

»Sie steht schon eine ganze Zeit auf der Liste. Ich wollte keinen Druck auf sie ausüben. Schließlich muß sie erst über den Verlust ihres Mannes wegkommen.«

»Offenbar ist sie inzwischen drüber weg.«

»Ich frage mich nur, warum sie bar zahlt. Kein Mensch hier zahlt bar. Man nimmt nicht mal das Wort in den Mund ... Dieser Anwalt, Aragon, was will der von Mrs. Shaw?«

»Er sucht sie, sie muß irgendwelche Papiere unterschreiben.«

»Das hört sich ganz plausibel an«, sagte Henderson. »Was ist er denn für ein Typ?«

»Jung, dunkle Haare, Hornbrille, nicht unattraktiv.«

»Sein Äußeres interessiert mich weniger.«

»Das Innere kann ich nicht sehen. Jedenfalls macht er einen ehrlichen Eindruck.«

»Zur Heimlichtuerei besteht also kein Anlaß. Sagen Sie ihm, Mrs. Shaw sei nicht hier. Natürlich nur, wenn sie nicht hier ist.«

»Ich hab sie nicht gesehen.«

»Ich auch nicht. Komisch, eine Zeitlang kam sie jeden Tag. Mr. Van Eyck starrte immer von der anderen Seite des Schwimmbeckens zu ihr herüber. Da schien sich eine Romanze zwischen zwei einsamen Menschen anzubahnen.

Für den Klub wäre das gut gewesen – wir hätten zur Hochzeit einen schönen Empfang im Ballsaal arrangieren können, mit weißen Orchideen, Silberbändern und Tannengrün statt Farnen. Farne sind gewöhnlich ... Wann haben Sie Mrs. Shaw zum letztenmal im Klub gesehen?«

»Ich weiß nicht mehr genau«, sagte Ellen. Doch sie wußte es. Auf die Minute genau: *»Auf Wiedersehen, Ellen. War das nicht wieder ein schöner Tag heute? Ich muß mich beeilen. Also dann, bis morgen.«*

Sie trat hinaus auf den Gang. Auf einer der Sitzbänke aus Peddigrohr, die in bestimmten Abständen an der Wand standen, saßen Admiral Youngs zwei Töchter in identischen Posen. Sie wirkten steif und gehemmt, für Ellen ein sicheres Zeichen dafür, daß sie an der Tür gelauscht hatten. Cordelias Gesicht war blaß wie immer, doch Juliets Wangen und Kinn und Nasenspitze waren vor Aufregung ganz rot.

Ellen wollte schnell an ihnen vorbei, doch sie erhoben sich gleichzeitig und versperrten ihr den Weg.

»Tut mir leid, Mädchen, ich habe im Moment keine Zeit, mich mit euch zu unterhalten.«

»Sie haben sich mit *ihm* unterhalten«, sagte Cordelia.

»Und mit dem anderen«, fügte Juliet hinzu. »Wir glauben, daß da irgendwas nicht stimmt. Ich hab das Unglück gleich gerochen, als ich den Namen Miranda Shaw hörte.«

»Die Klassenbeste war Juliet nie«, erklärte ihre Schwester, »aber eins muß man ihr lassen: sie hat ein sehr feines Gespür.«

Juliet senkte bescheiden den Blick. »Das stimmt wirklich, nicht wahr, Cordelia?«

»Das sag ich doch. Und mach jetzt endlich mit der Geschichte weiter.«

»Warum erzählst du sie nicht selber, wenn du's so verdammt eilig hast?«

»Nein. Du erzählst, und ich korrigiere.«

»Ich laß mich nicht korrigieren, ich finde das widerlich«, schrie Juliet. »Herr Gott, mir wird speiübel, wenn ich daran denke.«

Cordelia zog ihre Rhett-Butler-Nummer ab – *Ehrlich gesagt, meine Liebe, das kümmert mich einen Dreck* –, um Juliet wieder in Stimmung zu bringen, damit sie mit der Geschichte fortfahren konnte: »Dieses Jahr hatte Mrs. Young die seltsame Idee, für ihren Bruder, unseren Onkel Charley Van Eyck, eine Geburtstagsparty zu arrangieren.«

»Ich möchte bloß wissen, warum du *das* Unglück nicht gerochen hast.«

»Gott im Himmel, ich kann ja nicht alles riechen ... Die Idee von Mrs. Young hatte nur einen Haken: es war schwer, für Onkel Charley eine Tischdame zu finden, weil er doch so ein Spinner ist. Sie beschloß, es mit Miranda Shaw zu probieren, wahrscheinlich weil Miranda Onkel Charley nicht gut kennt. Mrs. Young hing pausenlos am Telefon, aber am anderen Ende nahm einfach niemand den Hörer ab, und da schickte sie uns jeden Tag in den Klub; sobald Miranda hier auftauchte, sollten wir die Einladung an sie weitergeben. Nur tauchte sie nie auf, und letzte Woche war die Party.«

Cordelia begann die Party zu schildern, wie Onkel

Charley sich betrank und eine der alten Uniformen des Admirals anzog und die Marinehymne mit obszönem Text sang, doch Ellen unterbrach sie.

»Vielen Dank für eure Hinweise, Mädchen. Macht euch wegen Mrs. Shaw keine Sorgen; ich bin sicher, es ist alles in Ordnung.«

»Sie sind sehr weltfremd, Ellen«, sagte Cordelia. »Frauen kann alles *mögliche* passieren.«

Juliet nickte. »Sogar uns. Als wir in Singapur in Begleitung von –«

»Halt den Mund. Die Singapur-Geschichte geht niemand was an.«

»Du hast es damals aber überall rumerzählt. Du konntest es kaum erwarten, dem ganzen Yachtklub davon zu berichten.«

»Wir sind hier nicht in Singapur, und niemand ist Mrs. Shaw zu nahe getreten«, sagte Ellen. *Und wenn es mal einer versucht, bleibt sie ihm bestimmt keine Antwort schuldig.* »Mrs. Shaw hat sich wahrscheinlich entschlossen, in Ferien zu fahren.«

Sie sagte das auch zu Aragon, während die Mädchen im Hintergrund zuhörten; Cordelia gab ihrem Unglauben pantomimischen Ausdruck und rollte die Augen, Juliet bewegte eine Hand wie einen Fächer vor dem Gesicht, als gelte es einen üblen Geruch zu vertreiben.

Aragon sagte: »Mrs. Shaw hat aber eine Ferienreise nicht ausdrücklich erwähnt?«

»Nein. Manche unserer Mitglieder reden ein halbes Jahr vorher und nachher über ihre Reisen, aber Mrs. Shaw ist eher der stille Typ.«

»Ich verstehe. Nun, wenn Sie doch noch von ihr hören, geben Sie mir bitte Bescheid. Sie haben ja meine Karte.«

»Ja.« Sie hatte die Karte unbesehen in den Papierkorb geworfen. »Es tut mir schrecklich leid, daß ich Ihnen nicht weiterhelfen konnte.«

Beim Hinausgehen mußte Aragon daran denken, daß sie ganz und gar nicht so ausgesehen hatte, als tue ihr irgend etwas leid.

Auf dem Parkplatz stellte er fest, daß sein Wagen bereits besetzt war. Hinter dem Lenkrad saß der rothaarige Junge, den er auf dem Hochsitz des Bademeisters gesehen hatte. Er trug ein T-Shirt mit dem Bild eines Wellenreiters und der Aufforderung *Macht Wellen!*, doch er sah nicht so aus, als müsse man ihn erst dazu ermuntern.

Der Junge rutschte nach rechts, um Aragon Platz zu machen. »Sie sollten Ihren Schrotthaufen abschließen, Mann. Auf solche Oldtimer sind die Leute scharf.«

»Nett, daß du mir das sagst.«

»Ich sag es nicht nur, Mann, ich *zeige* es Ihnen. Nur so kann man etwas lernen.«

»Also gut, vielen Dank, daß du's mir gezeigt hast.«

»Geschenkt. Es liegt an der Zündung.«

»Was liegt an der Zündung?«

»Daß die alten Chevys so oft geklaut werden. Sie lassen sich auch ohne Zündschlüssel ganz einfach starten. Ich zeig's Ihnen.«

»Nicht nötig«, sagte Aragon. »Ich hab einen Schlüssel.«

»Klar, aber Sie könnten ihn ja mal verlieren und –«

»Das einzige, was ich je verliere, ist die Geduld.«

Der Junge studierte seine Fingernägel, fand sie uninteressant, zwängte seine Hände in die Gesäßtaschen seiner Jeans. Mit dieser Körperhaltung sah er aus, als stecke er in einer Zwangsjacke. »Sie fragen sich wahrscheinlich, wer ich bin.«

»Es ist mir durch den Kopf gegangen, ja.«

»Ich bin Frederic Marshall Quinn, in der dritten Generation, *número tres*.«

»Und offenbar bist du auch ein Klugscheißer *número uno*.«

Frederic quittierte das Kompliment mit einem gelassenen Achselzucken. »Klar, Mann. Warum auch nicht? Es geht schließlich ums Überleben.«

»Falls du's noch nicht weißt, Freddy: den Klugscheißern geht's zuerst an den Kragen.«

»Das war vielleicht zu Ihrer Zeit so. Es ist nicht mehr wie früher.« Die Hände verließen die Jeanstaschen, und die Fingernägel wurden aufs neue untersucht. »Ich hab Sie über Mrs. Shaw reden hören. Anwalt?«

»Ja.«

»Vielleicht brauch ich irgendwann mal einen Anwalt, drum hab ich mir gedacht, ich tu Ihnen einen Gefallen, dann schulden Sie mir auch einen. Abgemacht?«

»Ich werd es mir überlegen«, sagte Aragon.

»Das reicht mir nicht. Ich will einen richtigen Vertrag mit Ihnen schließen, gleich jetzt. Schließlich sitzen wir im gleichen Boot, ich suche nämlich auch jemand.«

»Was du nicht sagst.«

»Ehrlich. Die haben hier einen Bademeister, Grady. Der ist in Ordnung, das heißt, er ist eigentlich mein Freund. Von ihm lerne ich, wie man eine Frau anmacht, und dann kann ich es ein paar von den Jungs in der

Schule beibringen. Und gerade jetzt, wo ich dabei bin, ihm ein paar Tricks abzugucken, muß er verduften. Einfach so, ohne zu sagen, wohin und für wie lange. Nicht einmal den Zahltag hat er abgewartet.«

»Woher willst du das alles wissen?«

»Ich habe gehört, wie Ellen mit Henderson darüber redete; sie wußte nämlich nicht, wo sie Gradys Gehalt hinschicken sollte. Sie wurde richtig wütend, weil ihre ganze Buchführung im Eimer ist, wenn Grady seinen Scheck nicht einlöst. Sie hat sogar geheult. Sie heult immer gleich. Richtig widerlich.«

»Wen hat denn Grady gerade angemacht?«

»Ich sagte doch, Mann, ich tu Ihnen einen Gefallen: *Sie* war es, Mrs. Shaw. Sie war seine neue Braut.«

Aragon sah schweigend zu, wie ein dicker brauner Vogel auf dem Kühler seines Wagens landete, zur Windschutzscheibe hüpfte und eine Mücke vom Scheibenwischer pickte. »Du würdest eine solche Geschichte doch nicht etwa erfinden, oder?«

»Klar würde ich das, nur diesmal hab ich's nicht getan. Genau hier auf dem Parkplatz hab ich sie zum erstenmal zusammen beobachtet. Grady probierte eine andere Masche, die vornehme Tour, ohne Hände, nur mit den Augen und mit viel Gerede. Danach fuhren sie in ihrem Wagen weg, einem schwarzen Lincoln Continental, Sonderanfertigung. Was ist nun mit unserer Abmachung?«

»Sie gilt. Ich schulde dir einen Gefallen. Ruf mich an, wenn du meine Dienste brauchst. Hier ist meine Karte.«

Frederic schüttelte den Kopf. »Ich hab schon eine, aus Ellens Papierkorb.«

»Siehst du, Frederic, jetzt bin ich dir sogar einen zweiten Gefallen schuldig.«

»Wieso denn das?«

»Privatangelegenheit.«

»Ich mag Privatangelegenheiten.«

»Ich auch«, sagte Aragon. *Aber in dem Fall nicht. Sie warf die Karte in den Papierkorb, weil sie gar nicht die Absicht hatte, mir irgend etwas zu sagen. Ihre Auskünfte waren ein Täuschungsmanöver, reiner Hokuspokus.* »Diese Ellen, die im Büro sitzt, was ist das für ein Mädchen?«

»Sie dreht täglich einmal durch und motzt mich an, aber sie steht nicht auf meiner H-Liste.«

»Was ist das, Frederic, deine H-Liste?«

»H wie Haß.«

»Ist das eine echte Liste, oder hast du sie nur im Kopf?«

»Echt, Mann. Und jede Menge Leute stehn drauf. Heut kam wieder einer dazu, Van Eyck, der alte Fiesling. Er sagte mir, er wolle mich an den Daumen im Kesselraum aufknüpfen. So was sagt der zu einem Kind, das muß man sich mal vorstellen.«

»Ich versuche mir vorzustellen, was das Kind vorher zu ihm sagte.«

»Ich hab ihn nur gefragt, ob er eine schwule Tunte sei.«

»Mit solchen Fragen machst du dich nicht beliebt, Frederic.«

Frederic blickte mit zusammengekniffenen Augen in die Sonne. »Wie soll ich denn was lernen, wenn ich nicht frage? Wenn er nicht schwul ist, hätte er ja nein sagen können. Und wenn er es doch ist, wen juckt's, wir leben in einer aufgeklärten Gesellschaft.«

»Darauf würde ich mich an deiner Stelle nicht verlassen.«

»Ich wär ja gar nicht von selber draufgekommen. Diese zwei vertrottelten Schwestern, die hier immer rumhängen, die haben davon geredet. Sie wissen schon, Hormone. Sie sagen, wenn der alte Herr Hormonprobleme hat, dann läßt sich noch was machen, wenn es aber die Gene sind, dann läuft nichts, dann müssen auch sie damit leben. Möchten Sie wissen, was *ich* glaube?«

»Lieber nicht, danke.«

»Van Eyck hat höchstens ein Gen: Sorgen.« Der Junge bog sich vor Lachen, und sein tomatenrotes Gesicht sah aus, als könne es jeden Augenblick platzen. »Den Witz hab ich in der Schule gehört. Sor*gen*, ist das vielleicht nicht gut? He, Mann, haben Sie denn keinen Sinn für Humor?«

»Der ist vorübergehend außer Betrieb«, sagte Aragon. »Und jetzt schlage ich vor, daß du in die Schule zurückgehst und ich ins Büro.«

»Nein. Nein, das geht nicht. Sie müssen Grady suchen. Der Fall ist fast schon gelöst. Finden Sie Mrs. Shaw, dann haben Sie auch Grady. Wahrscheinlich sind sie bei ihr zuhause und treiben's miteinander. Darum gehen sie auch nicht ans Telefon.«

»Wie oft hast du dort angerufen, Frederic?«

»Sechs-, siebenmal. Warum auch nicht? Wo wir doch fast Freunde sind, Grady und ich. Wenn er nicht da ist, hab ich keinen, mit dem ich vernünftig reden kann.«

»Du könntest dich von Zeit zu Zeit mal in der Schule

sehen lassen. Dort gibt's Leute, mit denen du reden kannst. Man nennt sie Lehrer.«

»Halt mir bloß keinen Vortrag, Mann. Kaum ist ein Erwachsener in der Nähe, krieg ich schon einen Vortrag zu hören. Bloß von Grady nicht.«

»Und was kriegst du von Grady?«

»Action. Er kann es sich auch gar nicht leisten, mir einen Vortrag zu halten. Er ist in der zehnten Klasse ausgestiegen, und seither geht er in die Vollen.«

»Er geht in die Vollen?«

»Na klar, er holt raus, was möglich ist, ohne sich erwischen zu lassen.«

Aragon beobachtete, wie der braune Vogel über die Kühlerhaube und auf den Boden hüpfte, und dachte dabei, wie unwahrscheinlich es war, daß Grady bei Mrs. Shaw in die Vollen ging. »Sag mal, Frederic, bist du sicher, daß Mrs. Shaw Gradys neue Braut ist? Sie ist eine ältere Dame, eine Witwe aus besseren Kreisen –«

»Sie leben wohl hinter dem Mond? Kreise interessieren doch nicht mehr, wenn's nicht grade was ganz Besonderes ist, so wie bei Bingo Firenze. Sein Onkel arbeitet als Killer für die Mafia. *Das* ist natürlich was anderes ... Sie suchen also Grady für mich?«

»Ich suche weiter nach Mrs. Shaw. Wenn Grady bei ihr ist, umso besser. Mehr kann ich nicht versprechen.«

»Warum sind Sie eigentlich hinter Mrs. Shaw her?«

»Es gibt da einige Nachlaßpapiere, die sie unterschreiben muß. Weißt du, was Nachlaß bedeutet?«

»Sicher«, sagte Frederic. »Das ist, wenn einer stirbt und alle streiten sich um das Geld, das er übriggelassen hat, und ein Richter entscheidet, wer es bekommt.«

»So ähnlich.«

»Ich hoffe, Mrs. Shaw kriegt das Geld. Grady hat es nötig. Der ist dauernd am Schnorren. Erst im vergangenen Monat hat er meine Schwester April um zwanzig Dollar angepumpt, kurz bevor sie sie auf die Reitschule nach Arizona schickten. Grady weiß es zwar noch nicht, aber April hat mir den Schuldschein gegeben, damit ich kassieren kann. Der ist bei mir gut aufgehoben, bis ich ihn mal als Druckmittel einsetzen kann, wenn ich ganz dringend Gradys Hilfe brauche.«

»Bingo Firenzes Onkel wäre stolz auf dich, Kleiner.«

»Versteht sich.« Frederic entriegelte die Autotür. »Hören Sie, wenn Sie Grady sehen, sagen Sie ihm nicht, daß ich Sie geschickt habe. Ich will nicht, daß er denkt, es interessiert mich, was er treibt und so. Einverstanden?«

»Einverstanden.«

Sie gaben sich die Hand. Es war ein feierlicher Augenblick: Aragon hatte erstmals einen privaten Mandanten an Land gezogen.

Als er vom Parkplatz kam, fuhr er am Haupteingang des Klubs vorbei. Die zwei Schwestern standen vor der Tür, und es sah aus, als warteten sie auf etwas oder auf jemanden. Er hoffte, daß es nichts mit ihm zu tun hatte.

»Das ist er, keine Frage«, sagte Cordelia. »Hast du bemerkt, wie er bei unserem Anblick sofort Gas gegeben hat? Sehr eigenartig, findest du nicht?«

»Na ja, das tun viele Leute«, sagte Juliet nachdenklich.

»Viele Leute tun es aus gutem Grund, weil sie uns kennen. Aber dieser junge Mann kennt uns nicht, *der* Grund scheidet also aus.«

»Er hat eigentlich ein ganz angenehmes Gesicht.«

»Du einfältige Ziege, das sind doch die Schlimmsten! Glaub mir, der führt nichts Gutes im Schilde. Du darfst dich nicht von Äußerlichkeiten beeindrucken lassen, Juliet.«

»Ich will's versuchen.«

»Sie bedeuten gar nichts.«

»Ich weiß. Aber wär es nicht schön, einmal hübsch zu sein, Cordelia? Nur vorübergehend, wenn's nur ein paar Tage wären?«

»Hör schon auf damit.« Cordelia kniff ihre Schwester zur Warnung in den Arm. »Wir sind wir, basta. Fang bloß nicht an zu träumen.«

»Tu ich ja nicht. Aber schön wär's trotzdem, nur ein paar –«

»Meinetwegen, es wäre schön. Aber es kommt nicht dazu, nie und nimmer, also schlag's dir aus dem Kopf.«

Juliet bekam feuchte Augen, zum Teil wegen des Kniffs, zum Teil wegen des *nie und nimmer*, denn das war noch endgültiger als ein einfaches *nie.* Doch dann sah sie den Rolls-Royce des Admirals näherkommen, so langsam und stetig wie ein Schiff, das in den Hafen kommt. »Hier ist Papa.«

»Vielleicht sollten wir ihm davon erzählen.«

»Wovon denn?«

»Von dem Unglück«, sagte Cordelia und zog die Stirn in Falten. »Du hast Ellen gesagt, du hättest das Unglück gleich gerochen, als der Name Miranda Shaw fiel.«

»Ich hab es tatsächlich gerochen. Wenn es nicht mein Enthaarungsmittel war.«

»Ach du großer Gott, mußt du schon wieder alles ruinieren!«

»Ich kann nichts dafür. Mir ist erst jetzt wieder eingefallen, daß ich das Mittel benutzt habe, das so merkwürdig schwefelig riecht, wie das Höllenfeuer. Es tut mir leid, Cordelia.«

»Das will ich auch hoffen, verdammt noch mal, wo du das ganze Ding platzen läßt.«

»Es ist immer noch *möglich*, daß etwas Schlimmes mit ihr passiert ist. Wir haben selber gesehen, wie sie und dieser Bademeister sich anblickten, und *den* Blick kennen wir doch, aus Singapur.«

Das Stichwort Singapur gab Cordelia gewaltigen Auftrieb. Grady hatte, davon war sie überzeugt, Mrs. Shaw in die Berge gelockt, sie ihrer Kleider, Tugend, Barschaft und Schmucksachen beraubt – wahrscheinlich in dieser Reihenfolge – und sie dort hilflos liegenlassen.

Juliet dachte einen Augenblick darüber nach und verkündete dann fröhlich: »Es war also doch nicht mein Enthaarungsmittel.«

Der Admiral hatte nach einem etwas einseitig verlaufenen Disput mit seiner Frau Iris eingewilligt, auf das Footballspiel im Fernsehen zu verzichten und mit den Mädchen zum Essen in die Stadt zu fahren. Die beiden waren ganz versessen auf Selbstbedienungsrestaurants; sie wählten dort immer so viele Dinge aus, daß sie für die Desserts ein zusätzliches Tablett brauchten. Wenn sie dann soviel gegessen hatten, wie sie nur konnten, packten sie den Rest ein und gingen damit in den Vogelpark, um die Gänse und Möwen und Wasserhühner zu füttern. Die Möwen und Wasserhühner fraßen alles, doch die Gänse waren anspruchsvoll; sie bevorzugten gemischten grünen Salat und Apfelkuchen.

Der Admiral parkte den Rolls und ging dann nach hinten, um wie ein bezahlter Chauffeur seinen Töchtern die Tür aufzuhalten. »Wir fahren zum Mittagessen. Seid ihr so weit?«

»Wenn's sein muß«, sagte Juliet.

»Wenn's sein muß? Du liebe Güte, das klingt aber gar nicht nach einem meiner Mädchen. Und was ist mit dir, Cordelia?«

Cordelia hielt sich nicht lange mit Vorreden auf. »Papa, hast du schon mal jemand gekannt, der ermordet wurde?«

»Ich weiß zwar nicht, was du unter Mord verstehst, aber im Zweiten Weltkrieg und in Korea habe ich viele meiner –«

»Ach, doch nicht diese Art von Mord, das ist zu gewöhnlich. Ich meine einen richtigen Mord, mit richtigen Motiven und allem, was dazugehört.«

»Wie kommst du nur auf diese Frage, Cordelia?«

»Miranda Shaw ist verschwunden.«

»Spurlos«, fügte Juliet hinzu.

»Wir glauben, sie ist ermordet worden.«

»Um die Ecke gebracht.«

»Na, na«, sagte der Admiral sanft. »Miranda Shaw gehört nicht zu den Menschen, die ermordet werden. Sie ist eine vornehme Dame mit vielen fraulichen Tugenden.«

»Ach ja«, sagte Cordelia. »Und was sind frauliche Tugenden, Papa?«

»Mein liebes Kind, ich hätte eigentlich geglaubt, deine Mutter hätte dir das inzwischen beigebracht.«

»Vielleicht ist es *ihr* nie beigebracht worden.«

»Ach so, nun ja. Ich kann natürlich nicht für alle Männer sprechen, aber zu den Eigenschaften, die ich für wünschenswert halte, gehören Sanftheit, Güte, liebende Geduld.«

Sie starrten ihn beide ein paar Sekunden an, bevor Cordelia erneut den Mund aufmachte. »Wieso hast du dir dann bloß Mrs. Young ausgesucht?«

»Das ist eine sehr taktlose Frage, Cordelia. Ich will versuchen zu vergessen, daß du sie je gestellt hast.«

»So'n Quatsch. Das sagst du immer, wenn du keine Antwort weißt.«

»Höchstwahrscheinlich«, sagte Juliet, »hat nicht er sie, sondern sie ihn ausgesucht. Ich wette zehn zu eins, daß es so war. Stimmt's, Papa?«

Der Admiral räusperte sich. »Ich wollte, ihr Mädchen könntet ein bißchen mehr Respekt vor euren Eltern aufbringen.«

»Wir tun unser Bestes, Papa.«

»Und überhaupt, du bist nicht mehr in der Marine«, sagte Cordelia forsch. »Wir sind keine jungen Offiziere oder so was. Was, Juliet?«

»Bei meinem Achtersteven, du hast recht«, sagte Juliet.

Aragon stellte seinen Wagen am Straßenrand gleich neben der Auffahrt ab, die zum Haus der Shaws hinaufführte.

Es war eine Gegend mit mächtigen alten Häusern auf großflächigen Grundstücken – gebaut in einer Zeit, als der Grund und Boden noch billig war; sie lagen hinter hohen Eisengittern oder Steinmauern – errichtet in einer Zeit, als Handarbeit noch billig war. Die meisten dieser Villen hatten Pförtnerhäuser, manche kaum größer als die Gondel eines Skilifts, andere offensichtlich als Unterkunft für die Dienerschaft gedacht. Das Pförtnerhaus der Shaws hatte am größten Fenster eine Jalousie, und an der Tür lehnte ein abgenutzter Besen.

Aragon drückte auf den Knopf, um die Sprechanlage, die das Tor mit dem Haupthaus verband, in Betrieb zu setzen. Nichts tat sich. Die Sprechanlage war entweder kaputt oder abgeschaltet. Er wartete ein paar Minuten, unschlüssig, wie er vorgehen sollte. Das Tor war ein schmiedeeisernes Gitter, vielleicht drei Meter hoch. Er konnte wohl darüberklettern, so wie er einst über den Zaun des Penguin-Klubs geklettert war, aber die Folgen würden möglicherweise ernster sein – statt eines einzelnen Nachtwächters würden vielleicht ein paar Polizeiautos erscheinen.

Er dachte schon ans Weggehen, als er bemerkte, daß am Fenster des Torhauses zwei Jalousiestäbe auseinandergebogen wurden und daß ihn zwei Augen anstarrten. Sie waren klein und dunkel und naß, wie zwei Tropfen schwarzen Kaffees.

»Guten Tag«, sagte Aragon. »Sind Sie hier zuständig?«

»Niemand zuständig. Niemand zuhause. Alle weg, weggegangen.« Der Akzent des Mannes hörte sich mexikanisch an, aber in seiner Stimme lag ein orientalischer Tonfall. »Vielleicht sind *Sie* zuständig?«

»Nein. Ich will nur zu Mrs. Shaw.«

»Ich auch. Ich brauche meinen Lastwagen.«

»Mrs. Shaw hat Ihren Lastwagen genommen?«

»Aber nein, ich habe die Schlüssel. Wie sollte sie da meinen Lastwagen nehmen?«

»Also gut, noch mal von vorn. Und es würde die Sache vielleicht erleichtern, wenn wir uns nicht durch das Fenster unterhalten müßten. Kommen Sie doch raus.«

»Sicher.« Die Tür des Pförtnerhauses ging auf, und heraus kam ein winziger Mann, der sich trotz seines Alters flink bewegte. Er war so geschrumpft und kahl, daß er aussah, als sei er in eine Lohgrube gefallen und als Lederpuppe wieder herausgekommen. »Sehen Sie, ich kann ein- und ausgehen, aus und ein, ganz leicht. Wenn aber mein Lastwagen ein- und ausgehen soll und aus und ein, brauche ich das Tor. Und das geht nicht.«

»Warum nicht?«

»Es ist ein elektrisches Tor, und es gibt kein Elektrisch.«

»Warum gibt es kein Elektrisch?«

»Madame hat vergessen zu zahlen, glaube ich. Ein Mann war da und hat abgeschaltet. Ich sagte, das können Sie nicht machen, Madame ist eine vornehme reiche Dame. Er sagte, klar kann ich. Und dann hat er es getan.«

»Unangenehm, so etwas.«

»Sehr unangenehm, ja. Er ließ mir keine Zeit, den Lastwagen vor das Tor zu fahren. Jetzt steht er immer noch da oben hinter der Garage, mit meinen ganzen Geräten drin. Ohne meinen Lastwagen und meine Geräte kann ich kein Geld verdienen. Hier, da sehen Sie, wer ich bin.« Der alte Mann zeigte Aragon seine Visitenkarte, so schmutzig und abgegriffen, daß das Gedruckte kaum noch zu lesen war: Mitsu Hippolomia, Baumpflege, Gärtnerarbeiten, Kleintransporte, Günstige Preise. »Ich kann ohne meinen Lastwagen nicht weg, deshalb bleibe ich hier im Torhaus und warte auf das Elektrische und achte auf Lastwagendiebe.«

»Wie lange leben Sie schon in dem Torhaus?«

Hippolomia, der weder Uhr noch Kalender besaß, wußte es nicht genau. Und es interessierte ihn auch nicht sonderlich. Zum erstenmal in seinem Leben hatte er so etwas wie Ferien, mit viel Muße und genügend zu essen. Er ging zu Bett, wenn es dunkel war, und stand auf, wenn es hell war. Er aß die Avocados und Kakifrüchte, die auf den Bäumen reiften, und die frischen Tomaten von den Stöcken. In der Vorratskammer neben der Hauptküche gab es Regale voller Dosen und Konserven, und in der Tiefkühltruhe geschmolzene Eiskrem. Zu diesen Annehmlichkeiten kam noch die Befriedigung des Mannes, der einen wichtigen Auftrag erfüllte: er verteidigte seinen kostbarsten Besitz.

Aragon sagte: »Macht es Ihnen etwas aus, wenn ich hereinkomme und mich ein wenig umsehe?«

»Warum wollen Sie das tun?«

»Ich arbeite für Mrs. Shaws Anwalt. Er hat einige Papiere, die sie unterschreiben muß, und es ist ihm nicht gelungen, Verbindung mit ihr aufzunehmen.«

»Sie ist nicht hier.«

»Sind Sie denn im Haus gewesen?«

»Nicht so viel.«

»Und wieviel ist das?«

»Nur in der Vorratskammer neben der Küche. Ich hole mir manchmal ein bißchen zu essen.«

»Wie kommen Sie hinein?«

»Eine Menge Schlüssel hängen an Nägeln in der Garage«, sagte der alte Mann. »Aber die brauche ich nicht. Madame schließt das Haus nicht sehr sorgfältig ab, weil ja das elektrische Tor Fremde fernhält.«

»Die Hintertür war also offen, Mr. Hippolomia?«

»Nicht offen, nur unverschlossen.«

»Und sie ist auch jetzt unverschlossen?«

»Ja.«

»Hätten Sie etwas dagegen, wenn ich hineinginge?«

»Es ist nicht mein Haus. Ich habe das nicht zu entscheiden.«

»Sie sind der einzige, der sich auf dem Grundstück aufhält«, sagte Aragon. »Das macht Sie mehr oder weniger verantwortlich.«

Die Achseln des alten Mannes zuckten unter dem viel zu großen Arbeitshemd. »Sie gehen hinein, wenn Sie wollen, Sie tun alles, was Sie wollen, ich halte mich heraus. Ich warte hier draußen.«

»Ich möchte mich vergewissern, daß Mrs. Shaw das Haus freiwillig verlassen hat. Was ich noch fragen wollte: Arbeiten Sie regelmäßig für Mrs. Shaw?«

»Ja.«

»Jeden Tag?«

»Nein. Zweimal in der Woche schneide ich die Hekken und mähe den Rasen und führe die Abfälle weg.«

»Gibt es Bedienstete, die hier wohnen?«

»Nicht mehr. Die dicke Dame, die kocht, die Studentin, die Staub saugt und saubermacht, der Hausdiener, der das Zimmer über der Garage bewohnt, ich sehe sie schon lange nicht mehr. Warum wohl, was glauben Sie?«

»Ich glaube«, sagte Aragon, »Madame hat vergessen zu zahlen.«

Die Schönheit und Größe des Anwesens machte erst recht auf den verwahrlosten Zustand aufmerksam. Es gab da ein weiß gekacheltes Zwanzigmeterbecken mit einem Luftsprudel-Massagebad, aber Algen hatten das Wasser grün gefärbt, und Laub und eine tote Taschenratte verstopften den Ablauf. Von einem tropfenden Wasserhahn lief eine rostige, an vertrocknetes Blut erinnernde Spur quer über eine Ecke der Veranda. Ein Lebensbaum hatte die marmorne Vogeltränke mit seinen Nadeln und Samenschuppen gefüllt, und feiner Blütenstaub bedeckte die gläsernen Tischplatten und zierlichen Stühle.

Im Innern war das Haus verstaubt, aber sehr gepflegt. Zwei Wohnzimmer, eine Bibliothek und ein repräsentatives Eßzimmer hatten alle einen offenen Kamin, so blank gescheuert wie die Herde und Backöfen in der Küche. Im Obergeschoß gab es ein weiteres Wohnzimmer und ein halbes Dutzend Schlafräume, deren größter offensichtlich von Miranda Shaw benützt wurde. Es war der einzige Ort im Haus, wo Aragon auf Unordnung stieß. Die Decken auf dem Himmelbett waren über die Kopfkissen hochgezogen, aber die Tagesdecke aus blauem Samt lag noch zusammengefaltet auf dem gleichfarbigen Liegesofa. Eine der Schiebetüren des Schrankes war nicht ganz zu, und Kleider quollen heraus. Neben dem großen Fenster war eine Pflanze, die wie eine vornehme Verwandte des Marihuanahanfes aussah, im Begriff zu verdursten. Einige der Blätter waren schwarz angelaufen und hatten sich eingerollt wie verkohlte Papierschlangen.

Im Bad nebenan hatte jemand benutzte Handtücher in die rosarote Badewanne geworfen. Der verchromte Zahnbürstenhalter war leer, ebenso die mit einem Monogramm versehene Silberschale, in die offenbar eine der üblichen Garnituren aus Haarbürste, Kamm und Taschenspiegel gehörte.

Hippollomia stand immer noch an der Küchentür, wo Aragon ihn zurückgelassen hatte.

»Madame ist verreist?«

»Es sieht so aus.«

»Hoffentlich kommt sie bald wieder und zahlt das Elektrische. Ich will nach Hause. Die Eiskrem ist ausgegangen.«

»Wenn ich wieder in meinem Büro bin, werde ich mal telefonieren und sehen, ob ich Ihren Lastwagen nicht hier rausbekomme.«

»Warum?«

»Weil ich glaube, daß da ein Unrecht geschehen ist, wahrscheinlich war es nur ein Mißverständnis zwischen Ihnen und dem Mann, der –«

»Mißverständnis«, sagte Hippollomia. »Ich lache. Ha ha.«

Um Mittag war Aragon wieder im Büro. Smedler führte gerade ein Telefongespräch, deshalb berichtete Aragon Smedlers Sekretärin, Charity Nelson, was er erreicht hatte.

Es gefiel ihr nicht. »Was soll das heißen, Mrs. Shaw ist weg?«

»Sie ist einfach weg, Sayonara, Goodbye, Adios.«

»Woher stammen Ihre Informationen?«

»Aus verschiedenen Quellen. Als erster erzählte es mir ein kleiner Junge.«

»Ein was?«

»Ein kleiner Junge«, sagte Aragon. »Und dann ein alter Mann, ein Filipino, glaube ich.«

Charity lehnte sich auf ihrem Drehsessel zurück, und die orangefarbene Perücke rutschte ihr in die Stirn, so daß ihre Augen hinter Fransen verschwanden, die wie Kürbisschnitzel aussahen. »Smedler wird das gar nicht gerne hören, daß einer seiner Anwälte Kinder und alte Männer ausquetscht.«

»Ich habe niemanden ausgequetscht, und es war kein gewöhnliches Kind. Und ein gewöhnlicher alter Mann war das auch nicht. Sein Lastwagen steht auf Mrs. Shaws Grundstück, und er möchte ihn dort raushaben. Ich habe versprochen, ihm zu helfen, und deshalb würde ich gerne Ihr Telefon benutzen, wenn's Ihnen nichts ausmacht.«

»Mir macht es aber was aus.«

»Wollen Sie denn einem alten Mann nicht helfen?«

»Wie alt?«

»Vielleicht siebzig oder fünfundsiebzig.«

»Bedaure, ich helfe keinem unter achtzig«, sagte Charity liebenswürdig. »Ich habe meine Grundsätze.«

Smedler kam aus seinem Büro; er rückte sich die Krawatte zurecht und strich sich übers Haar wie einer, der eben einem Handgemenge entkommen ist. Wie üblich starrte er Aragon an, als sei er sich dessen Identität nicht ganz sicher. »Haben Sie Mrs. Shaw bestellt, daß sie herkommen und die Papiere unterschreiben soll?«

»Nein, Sir. Ich konnte sie nicht finden.«

»Und warum nicht?«

»Sie war nicht da, wo ich sie zu finden hoffte.«

»Diese Antwort wird nicht zu Protokoll genommen, sie ist nicht stichhaltig, und sie ist gefühllos. Versuchen Sie es noch einmal.«

Aragon versuchte es noch einmal. »Sie hat die Stadt verlassen.«

»Fahren Sie ihr nach.«

»Ich weiß nicht mal, welche Richtung sie eingeschlagen hat, ganz zu schweigen von –«

»Mrs. Shaw ist nicht eine dieser flatterhaften Frauen, die in Bars in San Francisco oder an Spieltischen in Las Vegas herumhängen. Wenn sie verreist ist, dann besucht sie vermutlich eine alte Tante in Pasadena. Miss Nelson, überprüfen Sie mal, ob Mrs. Shaw in Pasadena oder jedenfalls in der Gegend eine alte Tante hat.«

»Sie ist mit einem Bademeister durchgebrannt«, sagte Aragon.

»Sie scheinen heute ja wirklich Ihren witzigen Tag zu haben. Das *ist* doch ein Witz, nicht wahr?«

»Nein, Sir. Er heißt Grady, und er ist pleite. Viel mehr weiß ich nicht. Ich bin mir nicht mal sicher, ob Grady ein Vorname oder ein Familienname ist.«

»Stellen Sie das fest, und dann fahren Sie ihm nach.«

»Im Penguin-Klub gibt man sich sehr zugeknöpft, vor allem das Mädchen am Schalter.«

»Dann lassen Sie eben Ihren Charme spielen.«

»Das gehörte aber nicht zu meinem Auftrag, Mr. Smedler.«

»Dann gehört es jetzt dazu«, sagte Smedler und ging in sein Büro zurück.

Die Unterhaltung, die Smedler zu deprimieren schien, wirkte sich auf seine Sekretärin genau umgekehrt aus. Ihre sonst so platten Augen waren nun rund wie Murmeln.

»Ein leibhaftiger Bademeister«, sagte Charity. »Es würde mich bloß interessieren, ob sie erst die Ertrinkende mimen mußte, um den Kontakt herzustellen.«

»Wohl kaum. Bademeister sind in der Regel ganz gesellig.«

»Waren Sie schon mal Bademeister, Aragon?«

»Nein.«

»Ein Jammer. In einem dieser klitzekleinen Mark-Spitz-Höschen würden Sie bestimmt reizend aussehen.«

»Umwerfend.«

»Nur schade, daß Sie verheiratet sind. Ich könnte prächtige kleine Büroromanzen arrangieren. Ich könnte es natürlich trotzdem tun, da Ihre Frau in San Francisco lebt und Sie hier. Was ich im übrigen furchtbar komisch finde.«

»Es freut mich, daß Sie das amüsiert.«

»Werden Sie denn nicht, na ja, Sie wissen schon?«

»Doch, ich werde Sie-wissen-schon«, sagte Aragon, »aber eine Klinik in San Francisco hat ihr eine Stelle als Kinderärztin angeboten, und da sie ein nettes vernünftiges Mädchen ist, nahm sie an. Und als netter vernünftiger Junge war ich einverstanden.«

Charity blickte ihn mißbilligend an. »Ich kann soviel Vernunft nicht ausstehen. Da macht das Leben keinen Spaß mehr ... Dieser Grady, der ist ja wohl um Jahre jünger als Miranda Shaw. Sie ist über fünfzig, und es gibt nicht viel fünfzigjährige Bademeister. In dem Alter haben sie meistens was Besseres gefunden.«

»Oder was Schlechteres.«

»So oder so. Eigentlich sieht Mrs. Shaw für ihr Alter glänzend aus. In einem dezent beleuchteten Restaurant könnte man sie für fünfunddreißig halten. Das läßt sich alles machen, wenn man das Geld, die Zeit, die Motivation, den richtigen Arzt und eine Portion Glück hat.«

»Das sind ganz schön viele Wenns.«

»Ich weiß. Ich selbst hab nur eines davon, Motivation. Aber ich will sowieso nicht den Rest meines Lebens in dezent beleuchteten Restaurants verbringen.« Charity warf einen flüchtigen Blick auf Smedlers Tür, so als wolle sie sich versichern, daß sie verschlossen war. »Ich hab ein Gerücht über Miranda Shaw gehört, das ich gerne weitergeben würde, liebend gerne.«

»Zwingen Sie sich dazu.«

»Okay. Ich habe gehört, daß sie Injektionen bekommt, die aus den Drüsen ungeborener Ziegen gewonnen werden.«

»Wo läßt sie sich das machen?«

»In den Hintern, nehm ich an.«

»Nein, nein. Ich meinte, hat sie hier einen Arzt, oder geht sie in irgendeine Klinik, irgendein Krankenhaus?«

»Über Einzelheiten sagte das Gerücht nichts aus, aber solche Dinge kann man wohl kaum hier am Ort erledigen. Santa Felicia ist eine konservative Stadt. Ungeborene Ziegen werden geboren, nicht gespritzt.«

»Wo haben Sie diese Geschichte eigentlich her?«

»Von Smedler. Seine Frau hörte im Country-Club davon. Angeblich zeigen diese Injektionen sofort Wirkung. Wissen Sie, ich würde mir vielleicht auch das Gesicht liften lassen, wenn es nicht so wehtun würde und wenn der Erfolg garantiert wäre. Aber Ziegendrüsen, das ist einfach obszön. Wenn ich allerdings mit einem Bademeister Schritt halten müßte, würde ich vielleicht anders darüber denken.« Charity war sechzig. In einem dezent beleuchteten Restaurant konnte man sie für neunundfünfzig halten. »Was meinen denn Sie dazu?«

»Ich meine«, sagte Aragon, »daß Sie hervorragend informiert sind und daß ich mit Ihnen essen gehen möchte.«

Ihre Augenbrauen wanderten nach oben und verschwanden kurzfristig unter der Perücke. »Tatsächlich? Und wann?«

»Jetzt gleich.«

»Sind Sie übergeschnappt? Das ist doch bei Ihrem Gehalt gar nicht drin.«

»Wir gehen in ein kleines, bescheidenes Lokal. Mögen Sie Chili-Burgers?«

»Nein.«

»Tacos? Burritos? Enchiladas?«

»Nein, nein und nein. Mit mir essen zu gehen macht sowieso keinen Spaß«, fügte Charity hinzu. »Ich hab ein Magengeschwür.«

Aus seinem schuhschachtelgroßen Büro im Untergeschoß rief Aragon die Elektrizitätsgesellschaft an und sorgte dafür, daß Hippollomia seinen Lastwagen freibekam. Dann telefonierte er mit dem Penguin-Klub und erfuhr, daß Ellen Brewster in die Stadt gefahren war, um etwas zu erledigen, und daß sie gegen zwei zurück sein würde. Er sagte weder seinen Namen, noch hinterließ er eine Telefonnummer oder eine Nachricht; wenn Miss Brewster wußte, daß ein zweiter Besuch von ihm bevorstand, würde sie das wahrscheinlich nicht freundlicher stimmen.

An einer Imbißbude nahm er einen Hamburger und Pommes frites mit und aß sie auf dem Weg zur Bibliothek.

Die junge Dame an der Auskunft war offensichtlich überrascht, als er nach Literatur über derzeit übliche Verjüngungsmethoden fragte. »In Ihrem Alter. Sie sind aber früh dran.«

»Lieber zu früh als zu spät.«

»Wenn wir die Informationen nicht haben, die Sie benötigen, könnten Sie noch die medizinische Bibliothek im Castle-Krankenhaus aufsuchen.«

»Ich möchte mir nur einen groben Überblick über die auf diesem Gebiet gängigen Methoden verschaffen.«

»Gut. Bin gleich wieder da.«

Sie verschwand zwischen den Regalen und kam ein paar Minuten später mit einer Zeitschrift zurück. »Sie haben Glück. Das Thema wurde vor ein paar Monaten in einem der Frauenmagazine abgehandelt. Es ist zwar knapp, aber dafür ohne viel Drumherum.«

»Danke.«

»Ich werde dafür bezahlt.«

»Aber nicht gut genug.«

»Woher wissen Sie das bloß?«

»Ich hab nur so geraten«, sagte Aragon und fragte sich, ob er wohl je einen Menschen treffen würde, der zugab, angemessen bezahlt zu werden.

In der nächsten halben Stunde erfuhr er einige der Fakten und Märchen über das Altwerden und Jungbleiben.

Am Geriatrischen Institut in Bukarest wurde gegen

Herzkrankheiten, Arthritis, Impotenz, Falten und graue Haare eine Droge mit der Bezeichnung KH-3 verabreicht.

In der Schweiz injizierte man Drüsen lebender Lammembryos, um den Körper zu revitalisieren und durch eine Verlangsamung des Alterungsprozesses Krankheiten zu verhindern.

Eine außerhalb Roms gelegene Villa bot ein Programm an, bei dem Ausflüge aufs Land mit Perioden tiefen Schlafes abwechselten; zu diesem Zweck wurde ein Betäubungsmittel verwendet, das in den Vereinigten Staaten nicht zugelassen war.

Eine Wiener Klinik befreite den Patienten garantiert von seiner häßlichen Zellulitis – und seinem nicht so häßlichen Geld –, und zwar durch Hypnotherapie und massive Vitamingaben.

Das »Zentrum zur Untersuchung und Anwendung von Revitalisierungstherapien« auf den Bahamas versprach dem reifen Individuum Hilfe im Kampf gegen die Zwänge des modernen Lebens und gegen Schlaflosigkeit, Erschöpfungszustände, Vitalitätsverluste, Frigidität, Impotenz, Rückgang des Muskel- und Hauttonus, Gewichtsprobleme, Beklemmungen und frühzeitiges Altern. Viele verschiedene Techniken kamen zur Anwendung, darunter auch die Lammzellentherapie, nur daß hier die Zellen gefriergetrocknet wurden.

In einem Versuchslabor in New York wurden freiwillige Patienten der Plasmaphorese unterzogen, einem Prozeß, bei dem dem Patienten eine bestimmte Menge Blut abgezapft und nach Herauslösung des Plasmas wieder zurückgegeben wurde. Das frische, neue Plasma, das der Körper daraufhin erzeugte, war das Elixier der Jugend und sorgte angeblich dafür, daß der Patient besser aussah, sich stärker fühlte und schneller gesund wurde.

Nirgends in dem Artikel wurden Ziegen erwähnt.

Aragon ging zu dem Münzapparat neben dem Ausleihschalter und rief Charity Nelson an.

Sie klang nicht begeistert. »Ach, Sie sind's.«

»Sagen Sie, dieses Gerücht über Mrs. Shaw: sind Sie sicher, daß es Ziegen waren?«

»Es waren Ziegen. Was spielt denn das für eine Rolle? Wo sind Sie überhaupt?«

»In der Bibliothek.«

»Sie sollten mal Ihren Kopf gebrauchen. In einer Bibliothek finden Sie Mrs. Shaw bestimmt nicht. Sie ist nicht der Typ.«

»Ich bin da einer Sache auf der Spur, es ist nur so eine Ahnung.«

»Sagen Sie ja Smedler nichts davon. Er hat letzte Woche auf die Weise zwei Mille verloren. Ahnungen sind hier nicht mehr gefragt, bis er eine Möglichkeit findet, sie von der Einkommensteuer abzusetzen.«

»Und er findet eine Möglichkeit?«

»Darauf können Sie Gift nehmen.«

Als er in den Parkplatz des Penguin-Klubs einbog, stieg gerade Ellen Brewster aus ihrem Wagen. Es war ein ziemlich neuer Volkswagen, doch die Karosserie hatte bereits ein paar Beulen, die in der Meeresluft zu rosten begannen.

Sie bemerkte – oder beachtete – ihn erst, als er sie ansprach.

»Na also, Ihr Auto läuft ja wieder.«

»Ja. Der Mann von der Werkstatt hat die Batterie wieder aufgeladen.«

»Gut.«

»Ja.«

»Es hätte auch etwas Schlimmeres sein können.«

»Das weiß man nie.« Mit einer ungeduldigen Handbewegung schob sie die Haare aus der Stirn. Sie hatte angenehme Gesichtszüge, und er fragte sich, warum sie, zusammengenommen, keine hübsche Frau aus ihr machten. »Kommen oder gehen Sie gerade, Mr. Aragon?«

»Eine Frage, die ich mir oft stelle.«

»Versuchen Sie's mit einer Antwort.«

»Ich komme gerade. Stört Sie das, Miss Brewster?«

»Es kommt darauf an, was Sie wollen. Wenn es immer noch die Sache von heute morgen ist, kann ich Ihnen echt nicht mehr sagen, als Sie bereits wissen. Echt, ich kann es nicht.«

»Das war mir ein ›echt‹ zuviel.«

»Ich hab das von all den Teenagern, die im Sommer hier sind. Nur eine Angewohnheit, wissen Sie, wie ›wissen Sie‹.«

»Ich war in Mrs. Shaws Haus«, sagte Aragon. »Es sieht so aus, als sei sie überstürzt aufgebrochen, nicht mal die Türen hat sie verschlossen. Was meinen Chef stört, ist, daß sie sich gar nicht bemüht hat, diese wichtigen Papiere zu unterschreiben, obwohl sie davon wußte. Es fragt sich natürlich, ob sie freiwillig abgereist ist.«

»Das ist ein Witz.«

»Nur für Insider? Oder darf ich auch mitlachen?«

»Die Frage ist nicht, ob *sie*, sondern ob *er* freiwillig von hier wegging.«

Vom Meer her blies der Nachmittagswind, und mit ihm kam der Teergeruch von den Ölquellen am Meeresboden. Es war ein schwacher durchdringender Duft, wie ein Vorbote des Jüngsten Tages.

»Vergessen Sie, daß ich das gesagt habe«, fügte sie noch hinzu. »Ich darf mich nicht am Klatsch über Mitglieder beteiligen.«

»Es geht hier um etwas mehr als Klatsch, Miss Brewster. Ich habe heute morgen den Namen des Mannes erfahren. Grady. Es ist ein Freund von Ihnen, nicht wahr?«

»Haben Sie das auch heute morgen erfahren?«

»Ja.«

»Man hat Sie falsch informiert. Er ist kein Freund von mir.«

Sie wandte sich ab und ging weiter. Er folgte ihr. Sie war fast so groß wie er, und sie gingen genau im Gleichschritt, so daß es wie ein Gänsemarsch aussah.

»Miss Brewster.«

»Wenn Sie schon soviel wissen, warum sind Sie dann noch einmal zurückgekommen?«

»Wie heißt er mit vollem Namen?«

»Grady Keaton.«

»Arbeitet er schon lange im Klub?«

»Etwa sechs Monate.«

»Können Sie mir etwas über seine Herkunft sagen?«

»Er hat nicht viel über sich geredet. Jedenfalls nicht mit mir. Vielleicht mit fünfzig anderen Frauen.«

»Warum fünfzig?«

»Warum nicht? Eins kann ich Ihnen über Grady sagen, seine Lebensanschauung – *warum nicht?*«

Sie hatten den Haupteingang des Klubs erreicht, aber

keiner von beiden machte Anstalten, die Tür zu öffnen. Sie standen einander gegenüber, fast Auge in Auge. Ihre waren grün und sehr ernst. Seine lagen hinter der nicht ganz sauberen Hornbrille verborgen.

Aragon sagte: »Eben noch klang es so, als habe Mrs. Shaw einen unschuldigen Knaben entführt. Und nun ist er plötzlich nicht mehr so knabenhaft und nicht mehr so unschuldig, und Mrs. Shaw ist bei ihm nur eine in einer langen Reihe. Für welche Version entscheiden Sie sich nun?«

»Werden Sie ihm Ärger machen?«

»Schon möglich. Aber es ist nicht meine eigentliche Aufgabe. Im Grunde genommen will ich nichts anderes als Mrs. Shaws Unterschrift auf einigen amtlichen Schriftstücken.«

»Warum kommen Sie dann immer hierher?«

»Weil man sie hier kennt, weil sie hier ihre Freunde hat.«

»Ich bin mir nicht sicher, daß sie im Klub Freunde hat. Sie und ihr Mann zogen sich mehr oder weniger zurück, als er anfing, senil zu werden, und nach seinem Tod ließ sie sich hier eine Ewigkeit nicht sehen. Als sie dann doch wieder kam, redete sie mehr mit mir als mit irgend jemand sonst; meist waren es belanglose Bemerkungen über das Wetter, über das Essen, über Kleider. Nichts Wichtiges oder auch nur Interessantes.«

»Sie können sie nicht leiden. Warum?«

»Das ist übertrieben. Sagen wir, manches an ihr mißfällt mir.«

»Was zum Beispiel?«

»Ihre Eitelkeit«, sagte Ellen. »Früher hatte sie wahrscheinlich guten Grund, eitel zu sein. Aber in ihrem Alter sollte man an einem Spiegel vorbeigehen können, ohne gleich stehenzubleiben und sich zu bewundern.«

»Oder sich kritisch zu betrachten?«

»Das ist letztlich gleichgültig. Jedenfalls sieht sie immer nur *sich selbst*. Wie groß das Universum auch sein mag, es muß einen Mittelpunkt haben, und Miranda hat längst entschieden, daß sie dieser Mittelpunkt ist.«

»Reden Sie sie mit Vornamen an?«

»Sie hat mich darum gebeten, aber ich tu's nicht. Mr. Henderson wäre nicht einverstanden.«

»Sie muß in Ihnen eine Freundin sehen.«

»Ich – nun, ich bin es nicht. Mein Job verlangt, daß ich zu den Mitgliedern freundlich bin, und daran halte ich mich. Wenn aber einige von ihnen zuviel erwarten oder verlangen, dann ist das ihr Problem. Ich kann ihnen nicht helfen, selbst wenn ich das wollte. Mr. Henderson ist strikt dagegen, daß sich das Personal mit den Mitgliedern einläßt.«

»Offensichtlich wußte Mrs. Shaw nichts von diesen Regeln.«

»Grady aber. Nur daß Regeln nicht gerade seine Stärke sind.«

Ein kleines Flugzeug flog in sehr niedriger Höhe die Küste entlang, als suche es nach irgendwelchem Strandgut. Sie schirmte ihre Augen gegen die Sonne ab und verfolgte es, bis es hinter einem Wall aus Eukalyptusbäumen verschwand.

»Kommen Sie lieber mit ins Büro«, sagte sie. »Leute, die uns hier draußen so stehen sehen, könnten mir leicht eine heimliche Affäre andichten. Mir würde das zwar nichts ausmachen, aber ich glaube nicht, daß Ihre Frau das billigen würde. Sie *sind* natürlich verheiratet.«

»Woher wissen Sie das?«

»Intuition. Außersinnliche Wahrnehmung.«

»Das kauf ich Ihnen nicht ab.«

»Na schön. Und Nachforschungen? Im Adreßbuch steht ein Tomas Aragon, Ramitas Road 203. Beruf: Rechtsanwalt. Ehefrau: Laurie MacGregor, Dr. med.«

»Und was ist mit Alter, Gewicht, Zugehörigkeit zu einer politischen Partei?«

»Da muß ich raten. Siebenundzwanzig, achtzig Kilo, Demokrat.«

»Sie sind sehr gut, Miss Brewster. Ich wollte, Sie wären auf meiner Seite.«

»Das bin ich vielleicht, wenn ich erst rausfinde, was für ein Spiel wir eigentlich spielen.«

Die Tür ging auf, und eine große ältere Frau, die sich schwerfällig auf einen Stock stützte, kam heraus. In ihrer freien Hand hatte sie einen kleinen roten Lederkasten mit einem Schnappschloß. Sie hatte dichtes kurzgeschnittenes graues Haar, und ihre farblosen Lippen waren so schmal, daß man meinen konnte, sie klebten zusammen. Sie gingen nur geringfügig auseinander, wenn sie etwas sagte. »Da sind Sie ja, Ellen. Ich habe Sie schon gesucht.«

»Das tut mir leid, Mrs. Young. Ich mußte –«

»Meine Tochter Juliet hat sich beklagt, daß ihr nach dem Schwimmen immer die Augen brennen, darum habe ich mein eigenes Prüfgerät mitgebracht. Und diesmal hat Juliet nicht geflunkert. Der Chlorgehalt ist zu hoch und der pH-Wert zu niedrig.«

»Ich werde dem Hausmeister Bescheid sagen.«

»Er wird natürlich nichts zugeben, aber hier ist das Beweismaterial.« Triumphierend schüttelte sie den roten Lederkasten. »Bei den Mitgliedsbeiträgen, die wir bezahlen, sollte man meinen, der Klub könnte sich einen fähigen Mann leisten.«

»Wir geben uns alle Mühe.«

Jetzt erst warf Iris Young einen kurzen Blick auf Aragon und wandte sich dann wieder Ellen zu. »Wer ist das?«

»Mr. Aragon ist Rechtsanwalt.«

»Ich hoffe, er will hier nicht Mitglied werden.«

»Ich glaube nicht, Mrs. Young.«

»Gut. Der Klub hat ohnehin schon zu viele Anwälte, die hier nur rumsitzen und die Leute dazu anstiften, gegeneinander zu prozessieren. Übrigens hatte ich damit gerechnet, die Mädchen hier anzutreffen. Der Admiral hat sie heute morgen hergebracht, bevor er Golf spielen ging.«

»Sie sind schon eine Weile weg«, sagte Ellen. »Die Ingersolls haben sie in die Stadt mitgenommen.«

»Ich habe sie doch angewiesen, sich nicht von Fremden mitnehmen zu lassen.«

»Die Ingersolls sind eigentlich keine Frem –«

»Für Zänkereien ist es jetzt zu spät. Das Problem ist ohnehin bald aus der Welt, wenn Cordelia ihren Führerschein wiederbekommt. Dann kann ich ihr einen neuen Wagen kaufen, nichts so Ausgefallenes. Dieser Jaguar übte einen schlechten Einfluß auf sie aus. Der forderte zum Rasen geradezu heraus. Er animierte sie zu sehr.«

»Mich würde ein Jaguar auch animieren.«

»Es freut mich, daß wir uns einig sind.«

Ellen war nicht ganz sicher, worin sie sich einig waren, aber Mrs. Young schien zufrieden.

Sie ging über die Straße auf ihren eigenen Wagen zu, einen Mercedes mit Chauffeur, und es sah so aus, als schmerze sie jeder Schritt. Der Chauffeur war ihr beim Einsteigen behilflich, und als sie auf dem Rücksitz Platz genommen hatte, breitete er ihr eine Decke über die Beine.

In Ellens Abwesenheit hatte Mr. Henderson die Aufsicht im Büro übernommen; er machte das nur widerwillig, denn man mußte sich dabei fast immer Klagen anhören, die von Fehlern in der Abrechnung bis zum hohen Fettgehalt der Hamburger in der Snackbar reichten. Beide Extreme – und fast alle Beschwerden, die dazwischen lagen – ließen ihn kalt. Er sah sich selbst als einen kreativen, Ideen produzierenden Menschen. Seine neueste Idee, den Klub einen Tag in der Woche zu schließen und eine Busfahrt nach Santa Anita, Hollywood Park oder Agua Caliente zu machen, war bei den Mitgliedern auf wenig Gegenliebe gestoßen. So erschien im Klubbulletin eine Notiz, nach der das Vorhaben, einmal pro Woche zu einem Pferderennen zu fahren, auf unbestimmte Zeit verschoben war. Nicht anders erging es dem geplanten großen Pokerabend, der gegen eine städtische Verordnung verstieß, und dem Herrenabend mit pikanten Filmen, der von der vierfachen Übermacht der Damen sabotiert wurde.

Henderson gab aber nicht auf. Als Ellen hereinkam, war er gerade dabei, in Gedanken einen »Ball im Garten Eden« zu entwerfen.

Die Leute hatten die Nase voll von Kostümbällen, und der Reiz dieses Balles würde darin bestehen, daß es keine Kostüme gab – höchstens ein Feigenblatt, oder auch drei Feigenblätter. Man mußte natürlich mit einem gewissen Widerstand von seiten der Älteren und Fetten rechnen, aber am Ende würde es bestimmt ein mitreißendes Fest geben, das so schnell keiner vergessen würde.

Ellen sagte: »Mr. Henderson.«

Sein Blick war an die Decke und in die Zukunft gerichtet. Die Kellnerinnen und ihre jungen Helfer würden als Schlangen verkleidet sein, und von den Deckenleuchten würden riesige rote Papieräpfel hängen, so hoch, daß es nur den sportlichen Partygästen gelingen konnte, an die Äpfel heranzukommen, und dann würde in sündiger Fülle Konfetti herabregnen. Wunderbar, wunderbar.

»Mr. Henderson.«

Widerstrebend und gereizt kam Henderson aus dem Garten Eden zurück. »Schön, daß Sie wieder da sind, Miss Brewster. Hatten Sie einen angenehmen Urlaub?«

»Ich war nur zwei Stunden weg.«

»Zwei Stunden können in diesem Irrenhaus eine Ewigkeit dauern. Die Frau des Admirals war eben hier und beschwerte sich über zuviel Chlor im Schwimmbecken und nicht genug pH. Was zum Teufel ist pH? Wenn Sie das herausgefunden haben, kaufen Sie etwas von dem Zeug und schütten es hinein.«

»Mr. Henderson, das hier ist Mr. Aragon.«

»Ich kann es nicht ändern. Mein Gott, die Leute verlangen von mir, daß ich alle ihre Probleme löse.«

»Ich verlange das bestimmt nicht von Ihnen«, sagte Aragon.

»Na also. Hat Charakter, der Mann. Wenn Sie mich jetzt entschuldigen würden, ich habe wichtige Arbeiten zu erledigen, pH und all das.«

»Ich versteh schon.«

»Natürlich, natürlich verstehen Sie. Ein sehr verständnisvolles Gesicht haben Sie da. Davon gibt's heutzutage nicht mehr viele.«

Henderson zog sich zurück und fragte sich, warum er wohl dauernd so merkwürdigen Menschen begegnete. Möglicherweise war es ein Fluch, der auf seiner Familie lastete.

»Jedes Mitglied wird bei uns doppelt geführt«, sagte Ellen zu Aragon. »Eine Akte ist für den üblichen Bürogebrauch: Anschrift, Telefonnummer, berufliche Tätigkeit, Namen der Familienangehörigen und so weiter. Die andere ist persönlicher Natur und darf nur von Mr. Henderson und dem Verwaltungsrat eingesehen werden. Sie enthält den ursprünglichen Aufnahmeantrag jedes Mitglieds und die Namen und Kommentare seiner Bürgen, Austrittserklärungen und Bestätigungen der Wiederaufnahme, einschlägige Finanzunterlagen, Listen anderer Klubmitgliedschaften. Manches davon ist brauchbar, aber im großen und ganzen ist die Akte ein Sammelsurium, das ausgemistet oder auf den neuesten Stand gebracht werden müßte.«

»Was verstehen Sie unter einem Sammelsurium?«

»Da gibt es beispielsweise Beschwerdebriefe eines Mitglieds über ein anderes, beide vielleicht längst tot, alte Zeitungsausschnitte zu gesellschaftlichen Ereignissen, Scheidungen, Skandalen und dergleichen; Ansichtskarten von Mitgliedern, die durch Europa reisten; Fotografien, oft unidentifiziert und unidentifizierbar.«

»Offensichtlich haben Sie Zugang zu den Akten.«

»Nur wenn Mr. Henderson mich beauftragt, etwas nachzusehen«, sagte Ellen. »Er hat den Schlüssel.«

»Aber Sie können ihn jederzeit um den Schlüssel bitten.«

»Ja.«

»Werden Sie's tun?«

»Es wird erwartet, daß ich einen guten Grund dafür habe.«

»Mrs. Shaw ist unter ungewöhnlichen Begleitumständen aus der Stadt verschwunden. Ist das gut genug?«

»Es wird sich herausstellen, wie Mr. Henderson dazu steht.«

Während sie den Schlüssel holte, stand Aragon an der Tür und beobachtete die Leute. Es waren etwa doppelt so viele wie am Vormittag. Mehrere kleine Gruppen saßen bei einem späten Mittagessen auf der Terrasse, und die Liegestühle auf der anderen Seite des Schwimmbekkens waren zum größten Teil belegt. Das Wasser im Bekken wurde von einem halben Dutzend eifriger Schwimmer heftig aufgewühlt, die von einer Stoppuhr überwacht ihre Bahnen zogen. Auf dem Hochsitz des Bademeisters saß ein junger Mann mit elfenbeinfarbenem Haarschopf und schälte gedankenverloren die tote Haut seines letzten Sonnenbrandes von der Brust.

Der ältere Mann mit kurzen Hosen und Tennismütze war immer noch am Schreiben, aber er saß jetzt nicht mehr auf der Terrasse, sondern auf einem Stuhl unter einer Zypresse in der vom Zaun gebildeten Ecke. Der Baum war vom Wind und der salzigen Luft gebogen und gekrümmt. Es schien ein guter Platz für ihn zu sein.

Ellen kam zurück, mit dem Schlüssel, aber ein wenig aus der Fassung. Möglicherweise hatte Henderson sie getadelt oder gewarnt.

Ihre Stimme klang gedämpft. »Hören Sie, es tut mir leid, daß ich da verschiedene Dinge über Mrs. Shaw und Grady gesagt habe.«

»Warum?«

»Weil ich nicht mit Sicherheit weiß, ob sie zusammen sind oder nicht. Sie gingen beide etwa zur gleichen Zeit weg, aber das kann auch ein Zufall sein. Sie macht öfter mal eine Reise, Kreuzfahrten und solche Dinge. Und was Grady betrifft, so wechseln die Bademeister hier wie die Gezeiten. Es ist ein langweiliger Job, und die Bezahlung ist mies, deshalb müssen wir meistens Studenten anstellen, die noch von ihren Familien unterstützt werden. Grady ist kein Student, und er hat keine Familie. Es war uns allen klar, daß er nicht lange hier sein würde.«

»Nur komisch, daß er nicht lange genug hier blieb, um seinen Gehaltsscheck abzuholen.«

»Woher – wie haben Sie das herausgebracht?«

»Frederic hat es mir erzählt.«

»Was hat er Ihnen sonst noch erzählt?«

»Er äußerte die Ansicht«, sagte Aragon vorsichtig, »Mrs. Shaw sei, wie er sich ausdrückte, Gradys neue Braut.«

Sie senkte den Blick und starrte auf ihre Hände und den Schlüssel, den sie ununterbrochen hin- und herdrehte, als versuche sie sich zu erinnern, in welches Schloß er paßte. »Dann reden also auch schon die Kinder davon.«

»Sagen wir, ein Kind, und nicht gerade ein sehr typisches.«

»Sie wußten es wahrscheinlich alle vor mir, der ganze Klub. Und ich steh wie das größte Rindvieh da. Ich hatte sie überhaupt nie im Verdacht, weil sie so viel älter ist, und damals im Büro taten sie beide so, als begegneten sie sich das erste Mal.«

»Eine erste Begegnung kann ganz schön elektrisch ausfallen«, sagte Aragon. Das Wort erinnerte ihn an Hippollomia und seinen Lastwagen hinter Mrs. Shaws verschlossenem Gartentor. *»Es gibt kein Elektrisch . . . Madame hat vergessen zu zahlen.«*

Sie sagte: »Und dann gingen sie zusammen über den Gang. Sie hatten etwas an sich, etwas Unausweichliches, Schicksalhaftes. Ich kann es nicht näher beschreiben, aber ich wußte, Grady verschwand aus meinem Leben, noch bevor er richtig drin war.« Mit einem Achselzucken wandte sie sich ab. »Dann wäre also mal wieder ein Bademeister abzuhaken. Der kommt nicht wieder.«

»Nicht mal, um seinen Gehaltsscheck abzuholen?«

»Den wird er nicht mehr brauchen. Miranda Shaw ist eine sehr wohlhabende Frau.«

Er widersprach ihr nicht.

Im Büro nahmen die Aktenschränke die Hälfte einer Wand ein. Man hatte sie in zarten Blau-, Rosa und Lilatönen angestrichen, um ihren wahren Zweck etwas zu verschleiern. Sie sahen immer noch wie Aktenschränke aus. Ellen schloß den blauen auf.

Die Unterlagen über die Shaws waren spärlich. Als Anlage zu einem zwanzig Jahre alten Aufnahmeformular fanden sich enthusiastische Aussagen von den Bürgen der

Shaws, Mr. und Mrs. Edgar Godwit, und den Zweitbürgen, Dr. Franklin Spitz und Mrs. Ada Cottam, dazu eine Karte mit einem einzigen Wort, in Großbuchstaben und unterstrichen: OIL. Ob es nun dieses Öl war oder die enthusiastische Unterstützung, jedenfalls wurden die Shaws im folgenden Monat als Mitglieder in den Penguin-Klub aufgenommen, bezahlten die Aufnahmegebühr und den Mitgliedsbeitrag für ein Jahr im voraus und mieteten das Badehäuschen Nummer 22. An weiteren Mitgliedschaften Neville Shaws waren aufgeführt: University Forum, Greenhills Country-Club, Turf and Tanbark, Rancheros Felicianos, Yale-Club.

In einem alten Brief an den Manager und den Verwaltungsrat beklagte sich Shaw über die Art der Musik beim Silvesterball. In einem späteren Schreiben kündigte er den Mietvertrag für das Badehäuschen Nummer 22, weil es in 21 und 23 zu laut zugehe. An den unteren Rand hatte jemand mit Tinte hingeschrieben: Spielverderber!

Die Akte enthielt nur zwei neuere Zugänge: die Kopie einer Mahnung wegen überfälliger Mitgliedsbeiträge, unterschrieben von Walter Henderson, und eine Postkarte mit einem nicht zu entziffernden Poststempel, adressiert an Miss Ellen Brewster, c/o Penguin-Club, Santa Felicia, California.

»Lesen Sie's ruhig«, sagte Ellen. »Es ist nichts Persönliches. Solche Karten schrieb sie an viele Leute. Ich glaube, sie hatte Heimweh, denn sie reiste nicht gern, schon gar nicht durch Mexiko.«

»Woher in Mexiko kam denn die Karte?«

»Aus Pasoloma.«

Er hatte noch nie davon gehört.

Liebe Ellen! Prächtiges Wetter, blaues Meer, blauer Himmel. Wenn nur diese Schnaken oder Flöhe nicht wären, die Mansiehtsenichtse, wie die Touristen sagen. Mein Mann ist für drei Wochen zum Angeln gefahren, aber ich werde immer seekrank, deshalb bin ich hier am Strand und *kratze*. Mit unserer letzten Beitragsrechnung muß übrigens ein Fehler passiert sein. Mein Mann hat bestimmt pünktlich bezahlt, wie immer. Gruß, Miranda Shaw.

»Sie mochte Pasoloma nicht«, sagte Ellen. »Sie sagte mir, man könne dort nur wellenreiten und angeln, sonst nichts. Und doch ging sie immer wieder hin.«

»Fuhr ihr Mann immer mit ihr?«

»Bis nach Pasoloma. Dann charterte er für zwei, drei Wochen ein Fischerboot, und jeder ging seinen eigenen Interessen nach.«

»Das sind aber nicht gerade Traumferien für eine reiche schöne Frau.«

»Es sei denn, sie hatte was fürs Wellenreiten übrig. Oder für die Wellenreiter. Jedenfalls fuhr sie immer wieder hin.«

»Wenn sie zurückkam«, sagte Aragon, »sah sie dann wie eine Frau aus, die gerade ein paar Wochen damit verbracht hat, an einem Strand in der Sonne zu liegen?«

»Nein. Sie meidet die Sonne und das Salzwasser, weil sie die Haut austrocknen. Selbst wenn sie hier auf der Terrasse sitzt, verkriecht sie sich unter einem Sonnenschirm und einem breitrandigen Hut und einem Gewand, unter dem drei Araber und ein Kamel Platz finden würden.«

»Ein Kamel auch?«

Sie lächelte zaghaft. »Na schön, streichen wir das Kamel und einen Araber. Aber der Gesamteindruck bleibt sich gleich.«

»Wo liegt Pasoloma?«

»Ich habe einmal die Karte danach abgesucht und konnte es nicht finden. Aber ich nehme an, es liegt nicht weit von der Grenze entfernt, denn sie nahmen immer ihren Wagen, und Mr. Shaw weigerte sich, längere Strecken zu fahren.«

Es mußte also irgendwo im nördlichen Teil von Baja California liegen. Als er seinerzeit den Fall Lockwood bearbeitete, hatte er diese Gegend im Auto abgefahren, und er konnte sich nicht einmal an ein kleines Dorf erinnern, das so geheißen hätte. Entweder irrte sich Ellen Brewster – und das schien unwahrscheinlich – oder aber Pasoloma war gar keine geographische Bezeichnung, sondern nur der Name eines Seebades, wo man in der Brandung schwimmen oder am Strand liegen oder ein Boot zum Fischen auf hoher See chartern konnte. Dann war das aber ein merkwürdiger Ferienort für eine Frau, die all diese Dinge nicht mochte. Vielleicht bot Pasoloma andere Vergnügungen, die Mrs. Shaw im Penguin-Klub nie erwähnt hatte.

Aragon sagte: »Gibt es hier irgendwo ein Münztelefon?«

»Am Ende des Ganges, aber Sie können das Telefon auf meinem Schreibtisch benützen, falls Sie ein Ortsgespräch führen wollen.«

»Es wird ein Ferngespräch.«

»Ach so.« Sie sah leicht irritiert aus, als halte sie es für ihr Privileg, zuzuhören, wenn andere auf ihrem Hoheitsgebiet Gespräche führten.

»Ich will meine Frau anrufen«, sagte Aragon. »Sie arbeitet in einem Krankenhaus in San Francisco, und der Anruf wird über eine Zentrale laufen. Die Mädchen dort kennen alle meine Stimme und hören mit Sicherheit mit. Es wird also nicht besonders interessant.«

»Warum erzählen Sie das mir?«

»Damit Sie nicht glauben, Sie versäumten etwas.«

Die Telefonistin im Krankenhaus erkannte seine Stimme.

»Dr. MacGregor ist gerade auf Station C, Mr. Aragon. Soll ich sie ausrufen lassen?«

»Bitte.«

»Bleiben Sie dran. Es dauert nur einen Moment.«

Der Moment dauerte drei Minuten. Er brauchte noch vier 25-Cent-Münzen, und als die letzte in den Schlitz rutschte, hörte er endlich Lauries Stimme.

»Tom?«

»Grüß dich.«

Es folgte eine Pause, wie so oft zu Beginn ihrer telefonischen Unterhaltungen, als sei es einfach nicht möglich, die Entfernung zu überbrücken.

Dann: »Laurie, bist du dran?«

»Ja.«

»Können wir reden?«

»Nichts Privates. Ich habe Dienst.«

»Es geht um geschäftliche Dinge.«

»Tatsächlich?«

»Du bist soeben zu einer persönlichen Assistentin in Sachen Verjüngungsmethoden ernannt worden.«

»Wie sieht die Bezahlung aus?«

»Es ist eine rein ehrenamtliche Funktion.«

»Das hab ich mir halb gedacht«, sagte sie. »Du bist ein übler Geizkragen.«

»Natürlich habe ich, falls dich der Posten nicht interessiert, eine Liste mit attraktiven Blondinen, die ich gerade auf ihre Qualifikation hin untersuche.«

»Sag ihnen, sie sollen sich zum Teufel scheren. Also, was verstehst du genau unter Verjüngungsmethoden?«

»Ich hab mir einen Überblick über Spezialkliniken verschafft. Die meisten von ihnen sind außer Landes angesiedelt, da sie mit illegalen Drogen oder unorthodoxen Methoden arbeiten: sie geben KH-3-Injektionen, verwenden Drüsen von Affen- und Lammembryos, machen Hypnotherapie, Plasmaphorese, Schlaftherapie und so weiter.«

»Und?«

Er zögerte. »Du sollst für mich herausfinden, ob eine dieser Kliniken Ziegendrüsen verwendet.«

»Ziegendrüsen? In was bist du denn *diesmal* hineingeraten?«

»Die Geschichte ist ein bißchen langwierig, und mir geht das Kleingeld aus. Wirst du's tun?«

»Meinetwegen. Aber woher weißt du überhaupt, daß es eine solche Klinik gibt?«

»Smedlers Frau hat im Country-Club davon gehört. Meinst du, du schaffst es bis heute abend? Du erreichst mich zuhause, von sechs –«

Es klickte plötzlich in der Leitung, und das Fräulein vom Amt war zu hören: »Ihre Sprechzeit ist zu Ende. Bitte werfen Sie fünfundzwanzig Cents ein.«

»Ich hab nur noch zwei Zehner. Können Sie –« Sie

konnte nicht. Die Verbindung wurde unterbrochen. Er redete trotzdem weiter. »He, Laurie, ich hab vergessen dir zu sagen, daß ich dich liebhabe.«

Die Töchter des Admirals kamen in den Klub gestürmt, dicht gefolgt von den Staubwirbeln, die auf der Straße immer hinter ihnen herjagten.

Weder Wind noch Sonne hatten Cordelias Gesicht etwas anhaben können, es war so fahl und finster wie immer; aber Juliets Haut hatte eine rosa Farbe angenommen, von der Stirn bis hinunter zu dem Perlenkettchen, das den Ausschnitt ihres Lieblingskleides aus dem Ramschladen betonte. Alles an ihr schien ständig in Bewegung, als habe einer der Staubwirbel sie eingeholt und angesteckt. Sie schüttelte den Kopf und kicherte und wirbelte die Arme durch die Luft, so daß ihre Armreife in einem fort klirrten und rasselten. Cordelia hatte zwar nicht so viele Armreife, doch dafür trug sie eine silberne, mit Rubinen besetzte Halskette, Jade-Ohrringe, zwei Eulenbroschen mit Rubinaugen, eine mit Diamanten verzierte Uhr an einem Kettchen, eine goldene Armbanduhr und ein halbes Dutzend Ringe.

Cordelia versetzte ihrer Schwester einen ernüchternden Tritt gegen den Knöchel und sagte zu Ellen: »Wir sind wieder da. Fällt Ihnen irgendein Unterschied auf?«

»Eure Mutter war hier«, sagte Ellen. »Vor einer halben Stunde ist sie weggegangen.«

»Sie weichen meiner Frage aus, und im übrigen kommt sie schon lange nicht mehr in den Klub. Sie kann ihn nicht ausstehen.«

»Zu vulgär für sie. Zuviel Pöbel«, ergänzte Juliet.

»Irgendein Unterschied an uns *muß* Ihnen doch auffallen, es sei denn, Sie geben sich keine Mühe. Konzentrieren Sie sich. Machen Sie die Augen auf.«

»Und die Ohren. Das wird Ihnen helfen. Machen Sie die Ohren auf. Was hören Sie?«

Ellen machte die Ohren auf und hörte das Klirren und Rasseln. »Die Armreife? Haben die Armreife damit zu tun?«

»Nicht nur die Armreife«, sagte Cordelia spitz. »Alles. Wir haben uns ein neues Image zugelegt.«

»Cordelia hat das aus einer Zeitschrift.«

»Ich hab schon vorher daran gedacht. Dieser Zeitschriftenartikel ›Wie man in vierundzwanzig Stunden sein Image ändert‹ hat nur noch den letzten Anstoß gegeben. Und so waren wir heute morgen auf der Bank, um unseren Schmuck aus dem Safe zu holen. Von jetzt an werden wir ihn immer tragen, egal wohin wir gehen, Tag und Nacht, sogar im Bett. Wir haben es satt, immer *unauffällig* zu bleiben.«

»Nie wieder unauffällig.«

»Vor Ihnen stehen zwei ganz neue Menschen.«

»Zwei neue Menschen.« Neben der Erregung schwang in Juliets Stimme Besorgnis mit. »Im *Bett*, Cordelia? Meine Ohrringe tun schon jetzt im Stehen weh.«

»Jammer hier nicht rum. Ein neues Image bekommt man nun mal nicht umsonst.«

»Ich seh aber nicht ein, daß es wehtun muß. Bist du sicher, daß du den Artikel richtig gelesen hast? Auch im *Bett*?«

»Ich bin sicher.«

»Das stinkt mir ja schon jetzt. Dir macht das natürlich

nichts, du schläfst ja flach auf dem Rücken, als lägst du auf dem Operationstisch und sie machen dir die Gallenblase raus. Ich muß zum Schlafen auf der Seite liegen.«

»Du wirst dich ändern müssen. Das ist doch der Witz bei der ganzen Sache, man muß sich ändern. Wenn du ein neuer Mensch werden willst, mußt du auch danach handeln.«

Die neue Juliet nickte. Die alte Juliet beschloß einfach zu schummeln. Statt die Ohrringe auch beim Schlafen zu tragen, würde sie sie auf den Nachttisch legen, damit sie sie bei einem Erdbeben oder Feuer schnell anlegen konnte. Keiner würde etwas merken, es sei denn, Cordelia wurde von einem ungewohnten Geräusch aufgeschreckt und kam mitten in der Nacht in ihr Zimmer gestürzt. Aber es war auch möglich, daß die neue Cordelia keine Angst mehr vor ungewohnten Geräuschen hatte.

Cordelia strich sich über die silberne Halskette mit den Rubinen. »Sie erkennen das nicht wieder, Ellen, was? Ha, das hab ich doch gleich gewußt. Sie sind keine scharfe Beobachterin wie ich.«

»Und ich«, sagte Juliet. »Ich bin auch eine scharfe Beobachterin. Ich hab es sogar als allererste wiedererkannt. Sie trug es beim offenen Klubabend an Weihnachten, zu einem grünen Kleid. Rot und grün, sehr weihnachtlich.«

»Erzählst du die Geschichte, Juliet, oder ich?«

»Du, Cordelia.«

»Dann laß mich jetzt weiterreden. Wir waren letzte Woche auf einer Auktion und sahen diese Halskette und einen darauf abgestimmten Armreif. Sie wurden nur zusammen abgegeben, und ich wollte sie haben, aber meiner Scheckkarte ist ein Limit gesetzt. Also kaufte ich die Halskette, und Juliet kaufte den Armreif.«

»Moment mal«, sagte Ellen. »*Wer* hat die Sachen damals bei der Weihnachtsfeier getragen?«

»Mrs. Shaw«, sagte Cordelia.

»Und sie sah damit sehr weihnachtlich aus«, sagte Juliet.

Ellen holte Aragon noch auf dem Gang ein. »Admiral Youngs Töchter sind hier. Ob das, was sie erzählen, nun stimmt oder nicht, ich glaube, Sie sollten unbedingt mit ihnen reden.«

Die zwei Mädchen hatten sich halb hinter der Tür zu Ellens Büro versteckt, wie Kinder, die zufällig vorbeikommende Erwachsene erschrecken wollen. Aragon lächelte ihnen freundlich zu, aber sie reagierten nicht.

»Aber das ist er doch wieder«, sagte Cordelia, »der Mann, der uns heute morgen so angestarrt hat. Wie in Singapur, der gleiche Blick.«

»Singapur? Du irrst dich bestimmt.« Aber Juliets Blick irrte nervös durch den Raum, als suche sie nach einem Fluchtweg für den Notfall. Cordelia irrte sich nur selten. »Ich muß schon sagen, nicht mal im eigenen Klub ist man sicher vor –«

»Auf Papas Anweisung mußten uns zwei Leutnants zur See durch ganz Singapur folgen, und was hat das genützt?«

Juliet konnte sich nicht an die Leutnants zur See erinnern; es war ihr kaum bewußt, daß sie einmal in Singapur gelebt hatte, und schon gar nicht, was dort tatsächlich vorgefallen war. Aber sie war nicht so dumm, das zuzugeben, denn Cordelia würde darin nur einen weiteren Beweis für Juliets Unterlegenheit sehen.

»Laßt jetzt diesen Unsinn, Mädchen«, sagte Ellen energisch. »Ich möchte, daß ihr für Mr. Aragon wiederholt, was ihr mir eben erzählt habt.«

Cordelia kam hinter der Tür hervor, die Arme abwehrend vor der Brust verschränkt. »Wieso interessiert ihn das?«

»Er ist Rechtsanwalt.«

»Wir reden mit keinem Anwalt, ohne daß auch unser eigener Anwalt dabei ist. So etwas weiß man schließlich vom Fernsehen.«

»Aber Cordelia«, sagte Juliet mit einem Anflug von Traurigkeit, »wir haben doch keinen Anwalt.«

»Wir werden uns sofort einen zulegen.«

»Das machst du aber allein, ich weigere mich, meine Hälfte selbst zu bezahlen. Er geht auf deine Scheckkarte.«

»Augenblick mal«, sagte Aragon. »Das läßt sich doch auch anders regeln. Ihr verpflichtet mich, und ich erlasse euch das Honorar.«

»Wie meinen Sie das?«

»Ich arbeite kostenlos.«

»Blödsinn«, sagte Cordelia.

»Nein, im Ernst.«

»Ich hab noch nie von einem Anwalt gehört, der umsonst arbeitet.«

»Es gibt auch nicht viele von uns. Die Geschäfte gehen gut, aber die Bezahlung ist mies.«

»Mir kommt das ziemlich unlogisch vor, aber es kostet uns ja nichts, also gut, wir nehmen Sie.«

Aragon beglückwünschte sich. Nicht jeder junge Anwalt konnte es sich erlauben, an einem einzigen Tag solche Mandanten wie die Töchter des Admirals und den kleinen Frederic Quinn zu gewinnen. Wenn der Trend anhielt, würde es sich noch als ganz nützlich, wenn nicht gar unerläßlich erweisen, daß seine Frau mitverdiente.

Die Mädchen berieten sich flüsternd hinter der Tür, und die Akzente setzte Juliet mit dem Klirren ihrer Armbänder und dem bronchialen Keuchen, das sich immer einstellte, wenn sie aufgeregt war. Dann ging Cordelia auf Aragon zu und leckte sich dabei die schmalen blassen Lippen.

»Uns kann man unmöglich mit dem Verschwinden Miranda Shaws in Verbindung bringen. Wir kamen erst letzte Woche in den Besitz ihrer Halskette und ihres Armreifs, als wir sie bei einer Auktion entdeckten. Es war keine reguläre Versteigerung, mehr wie der Verkauf einer Konkursmasse, wo schon vorher die Preise festgelegt werden. Es gibt da einen netten, ruhigen jungen Mann, der Wertsachen verkauft, die jemand aus irgendwelchen Gründen loswerden will.«

»Wir glauben, er ist ein Hehler«, sagte Juliet.

Cordelia brachte ihre Schwester mit einem Rippenstoß zum Schweigen. »Er scheint ein absolut korrekter Geschäftsmann zu sein, und bei seinen Versteigerungen geht es immer vornehm und leise zu. Mr. Tannenbaum wird nie laut. Von Zeit zu Zeit machen wir einen überraschenden Besuch bei ihm, um zu sehen, was er anzubieten hat.«

»Mal kaufen wir was, mal spionieren wir nur«, sagte Juliet.

»Wir spionieren nicht richtig, wir schauen uns nur mit

offenen Augen um. Man kann schließlich nie wissen, hab ich recht, Mr. Aragon?»

Aragon bestätigte ihr, daß man nie wissen könne, und empfand gleichzeitig so etwas wie Mitleid für den unglückseligen Tannenbaum. Es war kein beneidenswertes Los, den Verdächtigungen, Überraschungsbesuchen und spionierenden Augen der Mädchen ausgesetzt zu sein. Er hoffte, das gelegentlich zustandekommende Geschäft entschädigte Tannenbaum ein wenig.

Er sagte: »War der Schmuck teuer?«

»Es ist unfein, nach dem Preis von Gegenständen zu fragen«, ermahnte ihn Cordelia.

»Schon, aber –«

»Zeugt von einer schlechten Kinderstube.«

»Richtig. Ich möchte es aber trotzdem wissen. Es könnte wichtig sein.«

Juliet keuchte angespannt. »Hast du das gehört, Cordelia? Er sagt –«

»Ich habe es gehört.«

»Wir haben noch nie in unserem ganzen Leben etwas Wichtiges getan.«

»Ist doch nicht wahr. Wir wurden schließlich geboren, oder? Und Mrs. Young hat oft genug gesagt, wie sehr das ihr Leben veränderte. Ein Leben zu verändern ist wichtig.«

»Gelobt hat sie uns aber nicht dafür.«

»Für wichtige Dinge wird man nicht immer gelobt.«

»Was ist denn bloß dabei, wenn wir dem Mann sagen, was der Schmuck gekostet hat?«

»Kümmere dich um deine eigenen Sachen, Schwesterchen.«

»Zur Hälfte *ist* es meine Sache«, sagte Juliet. »Der Armreif ging auf *meine* Kreditkarte. Ich kann jedem sagen, was ich auf meine Kreditkarte nehme. Wir leben in einem freien Land.«

»Du hältst den Mund.«

»Fünfzehnhundert Dollar. Jetzt hab ich's gesagt, ha ha! Fünfzehnhundert Dollar.«

Tannenbaums Geschäftsräume befanden sich in einem Haus in der Estero-Street in der Unterstadt, nur zwei Straßen vom »Barrio« oder Mexikanerviertel entfernt. Dort war Aragon geboren worden und aufgewachsen, dort hatte er Schulen besucht, an denen Englisch praktisch nur als Zweitsprache zu gebrauchen war. Im Barrio breiteten sich die Spuren der Armut aus: liegengebliebene Autowracks, Reifen und Türen und verbogene Stoßstangen, kaputte Weinkrüge und Kinderwagen, abgebrochene Äste von halb abgestorbenen Bäumen, aufgeschlitzte Sofas und demolierte Sessel.

Die Estero-Street, die früher mehr oder weniger zum Barrio gehört hatte, war mit Hilfe eines städtischen Sanierungsplanes gerettet worden. Man hatte die zwei- und dreigeschossigen Rotholzhäuser aus der Zeit vor der Jahrhundertwende sorgfältig restauriert und neu gestrichen. Um die Häuser herum sah alles gepflegt aus; die Hecken waren geschnitten, die Rasenflächen sauber geharkt, und ganze Trauben von Paradiesvogelblumen und Schmucklilien blühten unter hübschen kleinen Zierpalmen. Wurden die oberen Stockwerke der Häuser als Wohnungen genutzt, so lagen im Erdgeschoß Büro- und Geschäftsräume. Die Inhaber waren ein Reisebüro, ein Chiropraktiker, ein Immobilienmakler, ein Kreditvermittler, ein Rechtsanwalt, ein Kunsthändler und ein Uhrmacher.

In einem Fenster, das einmal zu einem Wohnzimmer gehört hatte, hing ein kleines diskretes Schild: R. Tannenbaum, Nachlaßverkäufe und Schätzungen. Eine altmodische Glocke über der Haustür meldete Aragons Eintreten. Er stand in einer Diele, deren Wände mit Wandteppichen behängt waren, manche groß genug, um als Brücken Verwendung zu finden, andere so klein, daß man sie eingeglast und gerahmt hatte. Ein einzelner, von einem Scheinwerfer angestrahlter Schaukasten enthielt eine Sammlung von Musikinstrumenten in Miniaturgröße, auf einer Bühne aus rotem Samt halbkreisförmig angeordnet: eine goldene Harfe, ein Elfenbeinflügel, Violinen und Cellos mit Silbersaiten so fein wie Spinnfäden, Trompeten und Waldhörner aus Amethyst und Holzblasinstrumente aus Turmalin. Nirgends war ein Preis angegeben. Tannenbaums Angebot entsprach – falls die Wandteppiche und Miniaturen typisch waren – nicht dem eines gewöhnlichen Hehlers, der in einer kleinen Stadt wie Santa Felicia seine Geschäfte betrieb. Hehler wurden von Los Angeles und San Diego im Süden angezogen, oder von San Francisco im Norden.

Ein großer schwarz und braun gefärbter Köter kam wie zur offiziellen Begrüßung den Gang entlanggetrottet, gefolgt von Tannenbaum selbst. Der großgewachsene, schlanke Mann von etwa vierzig Jahren trug einen Bart und eine randlose Brille und war vornehm gekleidet: dunkler Anzug mit Weste und Krawatte, weißes Hemd mit Manschettenknöpfen und auf Hochglanz polierte schwarze Halbschuhe.

Während er dem Hund über den Kopf strich, sagte er: »Mein Partner Rupert mag Sie.«

»Sagen Sie Rupert, das beruht auf Gegenseitigkeit.«

»Das weiß er auch so. In unserem Beruf bekommt man einen sechsten Sinn für Menschen. Zumindest bei mir ist es der sechste, bei Rupert ist es wahrscheinlich der erste. Vielleicht war es auch bei uns Menschen vor sehr langer Zeit der erste, und unsere spontane Reaktion beim Auftauchen eines Fremden war: ist das ein Freund oder ein Feind? Eine gute Frage ist das immer noch. Sie sind«, Tannenbaum kniff die Augen zusammen, wie um sie schärfer einzustellen, »vermutlich irgendwo dazwischen, mit einer leichten Tendenz zum Freund, hab ich recht?«

»Nun . . .«

»Wie ich sehe, haben Sie meine Miniaturen bewundert. Oder vielleicht ist ›bewundern‹ nicht ganz das richtige Wort. Ich selber mache mir nichts aus Miniaturen, das Leben ist auch so schon klein und armselig genug. Eine Skulptur von Henry Moore, das wäre mein Traum, auch wenn meine kleine Diele hier kaum der richtige Ort dafür ist.«

Tannenbaum hatte eine leise, angenehme Stimme, die das, was er zu sagen hatte, interessanter erscheinen ließ, als es tatsächlich war. Er beschrieb die spezifische Plastik von Henry Moore, die er gern besessen hätte und die sich in einer privaten Sammlung in Paris befand. Für Rupert war das offenbar nichts Neues. Er ging wieder nach hinten zu seinem Teppich und überließ den praktischen Teil des Geschäfts seinem Partner.

Die Handlungsweise des Hundes schien Tannenbaum an seine Pflichten zu erinnern. Er sagte: »Womit kann ich Ihnen dienen?«

Aragon überreichte seine Karte, auf die Tannenbaum einen flüchtigen Blick warf, bevor er sie in die Innentasche seines Jacketts steckte. Es entging Aragon nicht, daß sich die Tasche bereits erheblich vorwölbte; offenbar sammelte Tannenbaum nicht nur Wertsachen wie Wandteppiche und Miniaturen.

»Kommen Sie als Käufer oder Verkäufer, Mr. Aragon?«

»Ich komme mit ein paar Fragen.«

»Sie wollen ein paar Auskünfte von mir?«

»Ja.«

»Mit dem, was mir Auskünfte einbringen, werde ich mir nie einen Henry Moore leisten können. Aber im Interesse der Menschlichkeit und so will ich gerne versuchen, Ihnen zu helfen. Was haben Sie auf dem Herzen?«

»In unserer Kanzlei warten einige wichtige Papiere darauf, daß eine unserer Mandantinnen sie unterschreibt. Ich habe Grund zu der Annahme, daß sie auch bei Ihnen Kunde ist: Miranda Shaw, Mrs. Neville Shaw.«

»Und?«

»Mrs. Shaw ist gewissermaßen spurlos verschwunden.«

»Das mag schon sein, aber ich halte sie nicht versteckt«, versicherte Tannenbaum glaubhaft. »Mein Partner würde das nicht dulden. Rupert faßte gleich eine Abneigung gegen sie. Wahrscheinlich liegt es an ihrem Parfüm – zuviel und zu herb. Ruperts Nase ist so empfindlich, daß er oft vorschnell urteilt. Ich selbst fand sie durchaus attraktiv, obschon sie die beste Zeit wohl hinter sich hat, meinen Sie nicht auch?«

»Möglicherweise, aber leider habe ich sie nie zu Gesicht bekommen.«

»Das sollten Sie aber ändern.«

»Der Meinung ist auch mein Chef, und zwar ganz entschieden.«

Tannenbaum wischte eine Fussel von einem der Wandteppiche. Seine Bewegungen waren flink und präzise, und selbst die nebensächlichste Geste schien bewußt auf maximale Wirkung angelegt. »Mrs. Shaw gehört nicht zu meiner Stammkundschaft. Sie kam ungefähr vor drei Wochen zu mir und hatte eine Reihe von Dingen dabei, die sie auf der Stelle verkaufen wollte. Ich erklärte ihr, ich machte normalerweise nur Kommissionsverkäufe, so daß die Bezahlung nicht sofort erfolgen könne. Einiges lasse sich möglicherweise sofort verkaufen – ich hätte zum Beispiel einen Kunden, der schon lange auf eine Münzsammlung wie die von Shaw warte. Doch bei solchen Dingen wie etwa dem silbernen antiken Schachspiel oder dem Schmuck müsse man die richtigen Käufer abwarten. Mrs. Shaw lag viel daran, keine Zeit zu verlieren, und so offerierte sie mir alles zu dem Preis, den ich ihr auf die Hand zu zahlen bereit war. Ich zahlte ihr einen Betrag, den ich – angesichts des finanziellen Risikos, das ich einging – für fair und angemessen hielt. Tatsächlich habe ich wohl ein besseres Geschäft gemacht, als zunächst erwartet: ein Teil des Schmucks ist bereits verkauft. Ich bot ihn letzte Woche im Rahmen einer Nachlaßversteigerung an, und zufällig fanden sich die richtigen Käufer.«

»Admiral Youngs Töchter.«

»Ganz recht. Kennen Sie sie?«

»Flüchtig«, sagte Aragon. In diesem Fall war ihm auch eine flüchtige Bekanntschaft schon fast zuviel.

»Die Mädchen kommen ziemlich häufig vorbei und erhoffen sich ein vorteilhaftes Geschäft. Sie machen natürlich nie eins – dafür sorge ich schon –, aber sie sehen das anders und kaufen gelegentlich eine Kleinigkeit. Die rubinbesetzte Halskette und der Armreif waren teurer als alles, was sie bis dahin bei mir gekauft hatten. Sie fanden aus irgendeinem Grund Gefallen daran.«

»Juliet erkannte, daß es Mrs. Shaws Schmuck war.«

»Ich verstehe.« Tannenbaum nahm seine Brille ab und massierte sich das Nasenbein; der Brillensteg hatte dort eine rote Kerbe hinterlassen. »Oder vielmehr, ich verstehe überhaupt nichts. Sie glauben doch wohl nicht, die beiden hätten den Schmuck aus sentimentalen Gründen gekauft?«

»Das wäre immerhin möglich.«

»Aber ich bitte Sie, Mr. Aragon. Die Töchter des Admirals wissen doch nicht, was Sentimentalität ist. Bei all ihrem schwachsinnigen Geplapper sind sie so stur und dickschädelig wie alte Seebären.«

»Für mich sind sie eher bedauernswert.«

»Es sind Mandantinnen von Ihnen?«

»Ja.«

»Warten Sie mal ab, wie die versuchen werden, Sie um das Honorar zu beschummeln. Dann werden Sie nicht mehr von bedauernswerten Geschöpfen reden.«

»Die Honorarfrage ist bereits geregelt.«

»Also, Sie müssen schon ein besonderes Geschick haben.«

Aragon widerstand der Versuchung, die Wahrheit zu sagen. Smedler würde alles andere als erfreut sein, wenn sich herumspräche, daß einer seiner Angestellten kostenlos seine Dienste angeboten hatte, und das gleich zweimal an einem Tag. »Sagen wir, es ist eine Gabe«, meinte Aragon und blieb damit mehr oder weniger bei der Wahrheit. »Was können Sie mir über Mrs. Shaw erzählen?«

Tannenbaum setzte die Brille wieder auf und blickte in die hinterste Ecke des Raumes, als suche er Rat bei seinem Partner. Doch Rupert war nicht ansprechbar: er schnarchte. »Ich weiß nur, daß sie mir irgendwie zu denken gab. Neue Kunden sind zwar häufig nervös und verlegen, aber sie hatte etwas Widersprüchliches an sich, eine Art von Erregung, die ich nicht verstand. Die Uhr war es dann, die mich auf die Spur brachte.«

»Was für eine Uhr denn?«

»Eine Herrenarmbanduhr, aus Gold, Schweizer Modell. Höchst exquisit und elegant, mit einem Zifferblatt, das die Zeit nur preisgibt, wenn man es aus einem bestimmten Blickwinkel betrachtet. Als ich sie in die Hand nahm, um ihren Wert zu schätzen, wollte sie sie zurückhaben; sie sagte, sie hätte es sich anders überlegt und wolle die Uhr als ein Andenken an ihren verstorbenen Mann behalten. Es ist keineswegs ungewöhnlich, daß jemand die Uhr eines Verstorbenen behalten will, um sie in Gang zu halten und weiterticken zu lassen, wie einen Herzschlag. Aber ihr habe ich das nicht geglaubt, und ich glaube es heute noch nicht.«

»Und? Was glauben Sie denn?«

»Eine solche Uhr«, sagte Tannenbaum, »würde ein sehr hübsches Geschenk abgeben.«

Aragon saß beim Abendessen, einer lauwarmen Pizza mit Mozzarella, die Fäden zog und am Gaumen hängenblieb und nur mit Bier wegzuspülen war. Er hatte das

Telefon vor sich auf den Tisch gestellt, und von Zeit zu Zeit starrte er es an, als sei es ein störrisches kleines Tier, dem man auf die Beine helfen müsse. Kurz nach halb sieben läutete es endlich, und er nahm noch beim ersten Klingelzeichen den Hörer ab.

»Hallo, Laurie.«

»Tom.« Sie schien sich zu freuen. »Woher wußtest du, daß ich dran bin?«

»Ich hab nur gut geraten.«

»Du lügst wie gedruckt. Du hattest gerade an mich gedacht.«

»Stimmt.«

»Was Gutes?«

»Das Beste.«

»Genau wie bei mir. Hör zu, Tom, am Erntedankfest sehen wir uns. Das ist nicht mehr lange, und ich bekomme drei volle Tage frei.«

»Von deinen drei letzten freien Tagen hast du zweieinhalb verschlafen.«

»Ich kann mich noch sehr gut an den anderen halben Tag erinnern«, sagte Laurie. »Du auch?«

»Nur vage. Ich werde wohl am Erntedankfest mein Gedächtnis auffrischen müssen.«

»Eine reizende Idee.«

»Hoffentlich. Es ist die einzige, die ich im Moment habe.«

»Ach *Tom.*« Es entstand eine Pause. »Wechseln wir lieber das Thema. Bei diesem kommen wir nicht weiter, und es kostet uns vierundzwanzig Cents in der Minute. Reden wir über Ziegen.«

»Ich will nicht über Ziegen reden.«

»Oh doch, du willst. Du hast mich zu deiner persönlichen Assistentin in Sachen Verjüngungsmethoden ernannt, verantwortlich für die Ziegenabteilung ... Von einem Geriatrie-Experten im Bezirksärzteverband erfuhr ich, daß es zwei Kliniken gibt, wo man sich die Drüsen von Ziegenembryos injizieren lassen kann, um jung zu bleiben. Eine davon ist in Ungarn, und über die konnte ich sonst nichts erfahren. Die andere ist in Mexiko und wird von einem Dr. Manuel Ortiz geleitet. Ortiz macht keine Reklame, aber in Orten wie Beverly Hills, wo sich alles ums Jungsein dreht, spricht man über ihn. Der größte Anreiz seiner Klinik scheint darin zu bestehen, daß sie sofortigen Erfolg garantiert und eine Menge Geld kostet.«

»Das ist ein Anreiz?«

»Für reiche Leute schon, die ihr Geld nur noch für einen Zweck ausgeben können: die Uhr zurückzudrehen.«

»Und wo dreht dieser Dr. Ortiz die Uhr zurück?«

»Die Klinik besteht aus einer umgebauten Ranch in einem kleinen Ort am Meer, südlich von Ensenada.«

»Pasoloma.«

»Genau. Woher weißt du das?«

»Noch einmal gut geraten.«

»Komm schon, sag's mir.«

»Es ist ziemlich kompliziert«, sagte Aragon. »Und wie du vorhin erwähnt hast, kostet uns dieses Gespräch vierundzwanzig Cents die Minute. Vielleicht sollten wir unser Geld lieber sparen, damit wir dich, wenn du alt und grau bist, nach Pasoloma zu Dr. Ortiz und seinen Ziegendrüsen schicken können.«

»Wie schön, daß du so an mich denkst.«

»Ich stamme aus einem alten Geschlecht von Denkern.«

»Tom, du willst mir überhaupt nichts sagen, stimmt's?«

»Nur das übliche: ich liebe dich.«

»Schön, ich liebe dich auch, aber das hält mich nicht davon ab, mir Gedanken zu machen, weshalb du dich plötzlich für Verjüngungsmethoden interessierst. Hat Smedler dich auf einen Fall angesetzt, der mit Pasuloma zu tun hat?«

»Ich weiß noch nicht«, sagte er. »Ehrlich.«

»Bei deiner letzten Fahrt nach Mexiko bist du in alle möglichen Schwierigkeiten geraten.«

»Das waren andere Leute, die in Schwierigkeiten gerieten. Ich nicht.«

»Die mexikanische Polizei interessiert sich normalerweise nicht für so feine Unterscheidungen.«

»Laurie, Liebes, ich kann dir nicht mehr sagen, weil ich nicht mehr weiß. Ich gehe einer vagen Spur nach und liege vielleicht meilenweit daneben. Du hast mir mit deiner Auskunft über Dr. Ortiz sehr geholfen. Morgen früh werde ich Smedlers Sekretärin in Ortiz' Klinik anrufen lassen, um festzustellen, ob unsere Mandantin dort ist. Wenn ja, fahre ich mit den Papieren hin, lasse sie unterschreiben, fahre zurück, und der Auftrag ist erledigt. Ist sie nicht dort, muß ich mir etwas anderes einfallen lassen.«

Das klang ganz logisch, einfach, unkompliziert. Er fragte sich nur, warum er dann ein so ungutes Gefühl dabei hatte.

Aragon war kurz vor neun im Büro und plazierte sich strategisch geschickt an der Tür zu Smedlers Privataufzug. Er kannte allmählich Charity Nelsons Schwächen und Stärken, und eine davon war Pünktlichkeit. Als die Glocke vom Rathausturm auf der anderen Straßenseite neun Uhr schlug, kam sie herein. Außer ihrer Handtasche hatte sie eine große Einkaufstasche aus Segeltuch dabei, die vollgepackt war und eine Reihe interessanter Beulen und Höcker aufwies. Ihre Perücke wurde von einem Kopftuch festgehalten, das sie sich so fest unters Kinn gebunden hatte, daß sich ihre Lippen beim Sprechen kaum bewegen konnten: »Was immer Sie wollen, nein.«

»Ich wollte nichts von Ihnen«, sagte Aragon. »Ich wollte nur Bericht erstatten.«

»Worüber denn?«

»Mrs. Shaw.«

»Sie haben sie gefunden.«

»Nein.«

»Dann gibt es auch nichts zu berichten.«

»Vielleicht doch.«

»Hören Sie, junger Mann, wenn Sie hier nur rumstänkern wollen, dann haben Sie sich einen schlechten Zeitpunkt ausgesucht. Smedler hat die Nacht in seinem Büro verbracht, weil es nach einem Streit mit seiner Frau so aussehen soll, als habe er sich umgebracht, was vielleicht gar keine schlechte Idee wäre, nur kann ich das schlecht vorschlagen. Hier drin«, sie zeigte auf die Einkaufstasche, »ist sein Frühstück. Und meins dazu. In einem bin ich mir mit Smedler einig: wir wollen uns vor dem Frühstück nicht mit Problemen herumschlagen. Machen Sie also keine Zicken.«

Charity drückte auf den Knopf, und der mit einem Eisengitter versehene kleine Aufzug kam mit der majestätischen Würde eines für Könige reservierten Gefährts heruntergeschwebt.

Als die Tür aufging, sagte Charity: »Es ist besser, Sie kommen jetzt noch nicht mit herauf, junger Mann.«

»Diese Einkaufstasche sieht schwer aus. Ich werde Ihnen behilflich sein.«

»Na schön. Aber sagen sie bloß nachher nicht, Sie seien nicht gewarnt worden.«

In ihrem Büro legte Charity das Kopftuch ab und nahm damit der Perücke ihren festen Halt. Dann füllte sie aus dem Trinkwassertank Wasser in die gläserne Kaffeekanne und begann mit dem Auspacken der Einkaufstasche, die Aragon ihr auf den Schreibtisch gestellt hatte. Heraus kamen einige Dosen Tomatensaft, frische Pfirsiche und Orangen, eine Tüte aus der Bäckerei, ein Plastikbehälter mit Blumendünger, eine Flasche mit einem Poliermittel für Zimmerpflanzen und ein Glas Pulverkaffee.

»Ich muß ein Ferngespräch mit einem Ort in Mexiko führen«, sagte Aragon. »Ich nehme an, Sie möchten, daß ich das von hier aus mache.«

»Warum sollte ich?«

»Weil es mit Mrs. Shaw zu tun hat.«

Als er ihr die Zusammenhänge erläuterte, war sie trotz der frühen Stunde und ihres leeren Magens sehr angetan, denn seine Theorie bestätigte nicht nur die Gerüchte, die im Umlauf waren, sondern auch ihr eigenes Bild von Miranda Shaw als einer eitlen, dummen Frau, die sogar eine Klinik in Mexiko aufsuchte, um ihre Jugend zurückzukaufen. Charity fand, ihre eigene Jugend sei es nicht wert, zurückgekauft zu werden.

Sie stellte selbst die Verbindung nach Mexiko her. Vielleicht lag es an ihrer forschen Stimme, vielleicht hatte sie auch einfach Glück, jedenfalls wurde der Anruf schon nach fünf Minuten über Tijuana nach Pasoloma durchgestellt. Am anderen Ende meldete sich eine spanisch sprechende Frau, die auf Charitys Frage in einem stark spanisch gefärbten Englisch antwortete. Jawohl, sie spreche mit der Klinik in Pasoloma, aber eine Mrs. Shaw sei nicht eingeschrieben.

Charity hielt die Hand über die Sprechmuschel. »Die Dame sagt, Mrs. Shaw sei nicht da. Damit ist Ihre Theorie wohl im Eimer, junger Mann.«

»Lassen Sie mich mal mit ihr reden.« Er nahm den Hörer und fing an spanisch zu reden. Aber Mrs. Shaw war auf spanisch ebensowenig anwesend wie auf englisch.

Aragon erfuhr, daß die Klinik per Telefon keine Informationen oder Namen preisgab, es sei denn, sie wurde von einer Behörde dazu aufgefordert. Er versuchte, der Dame klarzumachen, als Mrs. Shaws Anwalt sei er eine Art Behörde, doch sie ließ ihn nicht ausreden.

»Ein Schlag ins Wasser«, sagte Charity. »Geben Sie's zu.«

»Noch nicht. Die Frau hat nur ihre Anweisungen befolgt: sie darf am Telefon keine Namen nennen.«

»Na und?«

»Ich könnte nach Mexiko runterfahren und persönlich mit ihr reden.«

»Sehen Sie doch endlich ein, daß Sie auf dem Holzweg

sind. Sie hatten eine hübsche Idee, doch Sie lagen daneben. Fertig, aus.«

Smedler kam aus seinem Büro. Daß er eine beschwerliche Nacht hinter sich hatte, war ihm nicht anzusehen. Er war frisch rasiert und makellos gekleidet. Selbst der seiner Sekretärin geltende finstere Blick war zu dieser Tageszeit normal.

»Ich wollte telefonieren, Miss Nelson, doch da waren ein paar Ausländer in der Leitung.«

»Bitte um Entschuldigung«, sagte Aragon. »Ich war einer von ihnen.«

Smedler ignorierte ihn. »Ich dulde keine Fremdsprachen in meinem Telefon, Miss Nelson. Was ist, wenn die CIA mithört? Die könnten glauben, ich verkaufe Geheimnisse an Kuba oder was weiß ich.«

»Wir haben keine Geheimnisse an Kuba zu verkaufen, Mr. Smedler.«

»Wir beide wissen das, aber *die* nicht ... Haben Sie die Krapfen mitgebracht, die ich haben wollte?«

»Mit Marmeladenfüllung«, sagte Charity. »Mr. Aragon hat eine Theorie über das Verschwinden von Mrs. Shaw.«

»Kirschen?«

»Ja, Sir. Es ist eine interessante Theorie.«

»Erdbeermarmelade hat immer diese ärgerlichen kleinen Dinger drin.«

»Samenkörner. Soll ich ihm die Genehmigung geben, der Sache nachzugehen?«

»Handeln Sie nach eigenem Ermessen, Miss Nelson. Sie haben oft genug Ihren Scharfsinn bewiesen. Der kann sich ja nicht plötzlich getrübt haben, oder? Also, weitermachen.«

Smedler verschwand mit der Tüte aus der Bäckerei, zwei frischen Pfirsichen und einer Dose Tomatensaft.

Aragon sagte: »Oder?«

»Was oder?«

»Hat sich ihr Scharfsinn getrübt?«

»Der trübt sich oft, wenn der Tag lang ist«, sagte Charity mit einer Art finsterer Genugtuung. »Was steht auf Ihrem Terminkalender für die nächsten Tage?«

»Nichts, was ich nicht bis heute nachmittag erledigen oder auf andere abschieben kann.«

»Schafft es Ihr Wagen noch bis Pasoloma?«

»Wahrscheinlich.«

»Dann müßten zweihundert Dollar reichen.«

»Sagen wir drei.«

»Was Sie hier wachsen sehen, sind keine Geldbäume, junger Mann.«

»Okay, ich nehm die zwei. Notfalls kann ich immer noch ein paar Geheimnisse an Kuba verkaufen.«

»Das ist räuberische Erpressung«, sagte Charity und stellte einen Scheck über dreihundert Dollar aus. »Und ich rate Ihnen, morgen in aller Frühe loszufahren, bevor Smedler merkt, wie sehr sich mein Scharfsinn getrübt hat.«

Teil III

Auf beiden Seiten der Grenze nannte man die Fernstraße Numero Uno.

An den vierundzwanzig Schlagbäumen ging es so geschäftig zu wie an keiner anderen Grenze der Welt, aber die meisten der nach Mexiko fahrenden PKWs und Lieferwagen und Busse wollten nur nach Tijuana oder in das hundert Kilometer weiter südlich liegende Ensenada. Hinter Ensenada ließen das Tempo und die Dichte des Verkehrs nach, und Aragon konnte so langsam fahren, daß ihm Zeit genug blieb, die gelegentlich neben der Straße stehenden verwitterten Wegweiser zu entziffern. Dr. Ortiz hielt offenbar nichts davon, Besucher anzulocken. Das Wort Pasoloma und ein westwärts zum Meer hin weisender Pfeil waren auf eine Schindel gemalt, die jemand an den umgestürzten Stamm eines Elefantenbaumes genagelt hatte.

Aragon bog nach rechts in eine schmale unbefestigte Straße ein. Das Öl, das die oberste Staubschicht binden sollte, überzog die Flanken seines alten Chevys im Nu mit einer klebrigen schwarzen Masse. Mitten in einer Kurve kam abrupt das Ende der Straße, ganze zwanzig Meter vom Pazifik entfernt, und Aragon wußte, er war in Pasoloma. Was Laurie am Telefon als einen kleinen Ort am Meer bezeichnet hatte, bestand in Wirklichkeit aus einer Benzinpumpe, ein paar zerfallenen Holzhütten und einem Dutzend Kinder in Gesellschaft von mehreren Hunden, Hühnern und einem kleinen Esel. Als eines der Hühner nach einem kurzen Flug auf dem Rücken des Esels landete, wollte dieser den ungebetenen Gast durch heftiges Ausschlagen der Hinterbeine wieder loswerden. Er war im ganzen Dorf der einzige, der sich bewegte.

Die Klinik selbst lag auf einem Hügel, am Ende eines mit einem neuen Belag versehenen Fahrweges, der sich zwischen Felsbrocken und Grünholzbäumen nach oben schlängelte. Im ehemaligen Ranchgebäude war, wie ein Schild an der Tür auswies, das zentrale Büro untergebracht; eine Reihe von Nebengebäuden war zu Wohnungen für die Mitarbeiter umgebaut worden; daneben gab es eine Gruppe moderner Bungalows mit überdachten Autoabstellplätzen, die überwiegend von großen amerikanischen Wagen belegt waren. Außer den Bungalows waren zwei weitere Neubauten zu sehen – ein rechteckiges Gebäude mit schmalen hohen Fenstern, die offensichtlich neugierige Blicke erschweren sollten, und ein kleinerer Bau, der wie ein kleines Krankenhaus aussah und vor dem ein ziemlich neuer Kombi und ein Jeep geparkt waren. Beide Fahrzeuge waren an der Seite beschriftet und nannten als Besitzer Dr. Manuel Ortiz, Clinica Pasoloma.

Es war früher Nachmittag, Siesta-Zeit. Kaum jemand war zu sehen. Eine Schwester in Uniform ging langsam auf das Krankenhaus zu, ein Gärtner schnitt an einer schäbig aussehenden Hecke herum, Blättchen um Blättchen, und eine Handvoll Leute saßen am Schwimmbekken. Nur einer war im Wasser, ein ungeheuer dicker Mann; er lag auf dem Rücken, so daß sein Bauch wie der von Verwesungsgasen aufgeblähte Kadaver eines Seelöwen aus dem Wasser ragte.

Aragon parkte seinen Wagen am Ranchgebäude und ging durch die Tür mit der Aufschrift *Oficio*.

Eine Frau in mittleren Jahren saß hinter dem Empfangsschalter und las eine Zeitung. Sie hatte indianische Gesichtszüge, die Augen so stumpf und ausdruckslos wie Pfennige, glattes schwarzes Haar und Lippen, deren träge Bewegungen nur eine begrenzte Unterhaltung zuließen. Spanisch war zwar ihre Muttersprache, aber sie bediente sich keiner übertriebenen Gesten oder Betonungen.

»Das Büro ist geschlossen.«

»Oh Verzeihung«, sagte Aragon, »aber ich habe kein entsprechendes Schild gesehen.«

»Es ist abhanden gekommen.«

»Vielleicht könnten Sie mir eine einfache Frage beantworten, nur eine?«

Sie musterte ihn sehr sorgfältig. Seine Jugend stempelte ihn zu einem Nicht-Patienten, sein Akzent zu einem Amerikaner, sein Auto zu einem Habenichts. Es lohnte sich nicht, Energie auf ihn zu verschwenden.

»Das Büro ist bis drei Uhr geschlossen.«

»Wir haben jetzt zwei. Tun wir doch so, als hätten wir noch Sommerzeit, dann würden wir gegen keine Regeln verstoßen, nicht wahr?«

»Doch, wir würden.« Sie faltete die Zeitung zusammen und legte sie vor sich hin. »Dr. Ortiz ist der Schwiegersohn meiner Schwester. Wir stellten die Regeln zusammen auf, die ganze Familie, und wir halten sie zusammen ein.«

»Das glaube ich Ihnen sofort. Sie sehen aus wie jemand, der eine gute Regel aufstellt und sie dann einhält.«

»Das hier ist ein Familienunternehmen.«

»Und sehr erfolgreich, wie ich gehört habe.«

»Wo haben Sie das gehört?«

»Santa Felicia, California«, sagte Aragon. »Ich komme gerade von dort, um Mrs. Shaw zu besuchen.«

»Wen?«

»Miranda Shaw. Mrs. Neville Shaw. Oder vielleicht Mrs. Grady Keaton.«

»Warum wollen Sie diese Person besuchen, wenn Sie nicht mal ihren Namen kennen?«

»Ich komme in Vertretung ihres Anwalts.«

»Unsere Patienten dürfen keinen Besuch empfangen«, sagte die Schwester der Schwiegermutter von Dr. Ortiz. »Das steht eindeutig in den Anweisungen, die sie zugeschickt bekommen, bevor sie ihre Behandlung antreten. Ausnahmen machen wir nur bei den Mietern unserer Bungalows; da gestatten wir, daß eine Frau ihren Mann mitbringt, oder umgekehrt.«

Er fragte nach dem Preis für einen Bungalow, und sie nannte einen Betrag, für den man in Santa Felicia ein halbes Hotel hätte mieten können.

»Es ist das Meer«, fügte sie hinzu, als sie den Schock auf seinem Gesicht sah. »Man muß für das Geräusch der Wellen und die kräftigende Meeresluft bezahlen.«

Aragon ging hinunter an den Strand, um sich eine unentgeltliche Kostprobe von den Wellen und der kräftigenden Meeresluft zu gönnen. Eine südliche Dünung ließ bis zu drei Meter hohe Brandungswellen heranrollen, und es herrschte kaum ein Wind, der sie hätte aufrauhen können. An einem solchen Tag tummelten sich in California – in Hammond's Reef, Malibu, Zuma, Huntington Beach – die Surfer massenweise im Wasser, wo sie, in ihre wärmenden Taucheranzüge gekleidet, um gute Startpositionen rangelten oder wie die Geier reihenweise auf ihren Brettern saßen. In Pasoloma waren es nur drei Surfer, junge Männer, die statt der Taucheranzüge Badehosen trugen, denn das Wasser war immer noch sommerlich warm.

Ein violetter Kastenwagen mit Nummernschildern aus Oregon stand in der Nähe inmitten von Strandastern; auf dem Dach lagen Jeans und T-Shirts zum Trocknen ausgebreitet. Gleich neben dem Wagen lag ein blondes Mädchen auf dem Rücken. Sie war nackt, und sie schlief.

Zaghaft sagte Aragon: »Hallo?«

Sie zuckte, als sei ein Insekt ihrem Ohr zu nahe gekommen. Aragon ließ ein etwas lauteres Hallo folgen, und diesmal machte sie ein Auge auf. Es war blau und gelangweilt. »Was?«

»Ich sagte hallo.«

»Aha. Hallo. Wenn Sie von den Federales sind, bei uns finden Sie kein Gras. Ehrenwort. Sie können mich sogar durchsuchen, wenn Sie wollen, nur darf Mike Sie nicht sehen. Er hat's mit der Eifersucht, und ich bin sein Mädchen.«

»Das ist kaum zu übersehen.«

Sie setzte sich auf und schüttelte den Sand aus den Haaren. »Wenn Sie so'n feiner Max sind, dann gucken Sie nicht dauernd her.«

Aragon versuchte es. »Ist das Mike da draußen?«

»Er und sein Freund Carl.«

»Da sind aber drei.«

»Der andere ist nur so ein Typ, den wir am Strand angetroffen haben, als wir herkamen.«

»Hat er auch einen Namen?«

»Ich habe ihn nicht gefragt. Namen spielen keine Rolle mehr. Ehrlich, das interessiert doch keinen. Meine alte Dame hatte da ein gutes System, sie hatte nur einen Namen für all ihre Typen. Ed.«

»Wieso Ed?«

»Wieso nicht? Ist Ed kein guter Name?«

Aragon hatte noch nie mit einem nackten Mädchen den Wert des Namens Ed diskutiert, und dies schien nicht der geeignete Zeitpunkt, damit zu beginnen. Außerdem hatte sie an dem Thema kein Interesse mehr. Ihre Gedanken kreisten ums Essen.

»Gibt es hier denn irgendeine Möglichkeit, einen Hamburger zu bekommen? Wir hatten den ganzen Weg die Küste herunter immer nur Fisch. Ich fürchte, ich bekomme einen Hautausschlag im Gesicht. Haben Sie schon mal davon gehört, daß man von zuviel Fisch einen Hautausschlag bekommt?«

»Das hab ich noch nie gehört, nein.«

»Vielleicht stimmt es gar nicht. Hoffentlich. Es wäre einfach nicht fair, einen Ausschlag zu bekommen, weil man etwas gegessen hat, was man nicht mal mag ... Mike beobachtet uns. Ich will mir lieber etwas anziehen. Verdammt, er kommt aus dem Wasser.«

Alle drei Surfer strebten dem Ufer zu. Die Wellen waren zwar immer noch hoch, aber sie hatten angefangen, zu früh zu brechen, so daß das zurückflutende Wasser ihnen jede Wirkung nahm. Das Mädchen hatte ein Paar

Jeans und ein T-Shirt vom Wagendach geholt und zog sie nun an. So wie die Jeans paßten, mußten sie einer jüngeren, schlankeren Schwester gehören, und die Vorderseite des dünnen weißen T-Shirts trug die etwas irreführende Aufschrift »Einsame Spitze«.

»Mike ist ein überzeugter Verfechter der Nacktheit«, erklärte das Mädchen. »Nur bei mir will er es nicht. Wenn's nach ihm ginge, müßte ich mich dauernd einpacken wie ein Eskimo.«

»Vielleicht sollten Sie das wirklich tun.«

»Echt? Seh ich so gut aus?«

»Ich finde schon. Der Haken ist nur, daß das auch die Federales denken könnten, und dann müßten Sie mit Schwierigkeiten rechnen. Offiziell sind sie, was die Kleidung von Frauen betrifft, ziemlich prüde. Inoffiziell – nun, Sie sollten wirklich vorsichtiger sein.«

»Mann, seh ich tatsächlich so gut aus? Wenn ich das Mike erzähle, flippt er glatt aus.«

Die drei Männer kamen aus dem Wasser. Aragon sah sofort, welcher von ihnen Grady war. Die beiden anderen waren jünger, noch keine zwanzig, und sie hatten sich für die Grenzüberschreitung die Haare schneiden lassen, so daß ihre Haut an der Stirn und im Genick ein paar Grade heller war als am restlichen Körper. Grady dagegen war bis auf die permanente Rötung über den Backenknochen und am Nasenbein durchgehend tiefbraun.

Mike zog das protestierende Mädchen in das Wageninnere – »Jedes Mädchen hat zwei von diesen da und eins von denen, wozu also das Theater?« –, und sein Freund Carl verstand den Wink und begann den Strand entlang zu traben.

Grady setzte sich in den Sand und schüttelte den Kopf, um das Wasser aus den Ohren und den Haaren zu bekommen. Seine Bewegungen waren heftig, so als wolle er noch etwas anderes loswerden, das sich nicht so leicht abschütteln ließ wie Wasser.

Aragon sagte: »Sind Sie Grady Keaton?«

»Gute Frage.« In seinem Blick, der Aragon streifte, lag keinerlei Interesse, und seine Augen sahen merkwürdig matt aus, wie Steuerbord-Laternen im Nebel. »Das war ich mal.«

»Und warum sind Sie's nicht mehr?«

»Ich bin hierhergekommen. Die Leute hier nennen mich Mr. Shaw, weil, ich bin mit Mrs. Shaw zusammen, und die Mexikaner sind unheimlich spießig. Den richtigen Mr. Shaw kratzt das nicht, der ist nämlich tot. Er ist an Altersschwäche gestorben, was mir bestimmt nicht passieren wird. Und was ist mit Ihnen?«

»Ich habe mir darüber noch keine Gedanken gemacht.«

»Klar haben Sie. Jeder denkt ans Sterben. Das ist ganz normal. Oder? Ach Scheiße, wie komm ich eigentlich dazu, zu entscheiden, was normal ist?« Sein Blick wanderte aufs Meer hinaus. »Jede Welle ist anders, wußten Sie das? Wirklich, jede einzelne ist wieder anders. Wenn ein erfahrener Surfer in einer Zeitschrift das Bild einer Welle sieht, kann er gewöhnlich sagen, wo die Aufnahme herstammt – Pismo, Hollister, Huntington, er kennt jedes Plätzchen an der Küste, wo's gute Wellen gibt.«

»Ich hab davon gehört, kann es aber nicht glauben.«

»Es stimmt aber.«

»Miranda Shaw ist also mit Ihnen zusammen.«

»Nein.«

»Sie sagten doch –«

»Ich sagte, *ich* bin mit ihr hier. Das ist ein feiner Unterschied, wenn es darum geht, wer die Rechnungen bezahlt, wer wen eingeladen hat, wer die Anweisungen gibt und die Entscheidungen trifft. Daß es dieses Nest hier gibt, hörte ich zum erstenmal, als ich bereits unterwegs war. Und bei dem, was ich verdiene, könnte ich es mir nicht leisten, auch nur einen Tag hierzubleiben. Ich käme auch gar nicht auf die Idee. Die Wellen sind nicht besonders, und meistens bin ich allein im Wasser. Was bringt das schon? Surfen ist mehr als nur Wellenreiten, es ist eine ganze Weltanschauung, nehmen Sie nur diese Typen hier, die von Oregon bis nach La Paz surfen. Wenn ich das Geld hätte – und vielleicht hab ich das einmal, genügend Geld zu meiner freien Verfügung –, dann würde ich es auch so machen. Nur würde ich noch weiter im Norden in Vancouver anfangen und bis nach San Lucas runtergehen und dann mit der Fähre rüber nach Puerto Vallarta.«

»Ein solches Unternehmen würde ihr wohl kaum Spaß machen.«

»Wem?«

»Miranda Shaw.«

»Ich hatte nicht die Absicht, sie einzuladen.«

Aragon hatte die ganze Zeit gestanden und das Gewicht immer wieder von dem einen Fuß auf den anderen verlagert, bis er schließlich beide Schuhe voller Sand hatte. Nun setzte er sich und zog sie aus, danach auch die Socken und zuletzt das Hemd. Die Sonne fraß sich wie ein Brenneisen in seine Brust, und er zog das Hemd wieder an.

»Ich heiße Tom Aragon und bin Anwalt in Santa Felicia. Man hat mich auf der Suche nach Miranda Shaw hierhergeschickt.«

»Ich hab mir schon gedacht, daß Sie nicht meinetwegen hier sind.«

»Das stimmt nur zum Teil. Ich soll Sie von einem jungen Mann in Santa Felicia grüßen, von Ihrem Freund Frederic Quinn. Er hat mich gebeten, Sie aufzusuchen; Sie sind einer seiner Helden.«

»Wie auch Bingo Firenzes Onkel, Killer der Mafia, ich fühle mich also nicht gerade geschmeichelt ... Was wollen Sie denn von Miranda?«

»Es geht um das Testament ihres Mannes.«

»Ich dachte, das sei alles längst geregelt. Shaw hat ihr alles vermacht, nicht wahr?«

»Die Frage ist nur, was Sie unter ›alles‹ verstehen.«

»Na was schon? Alles eben, Aktien, Wertpapiere, Immobilien, Autos, Bankkonten, Schmuck, die ganze Chose. Er war sehr reich. Oder etwa nicht?«

»Doch.« Im Grunde genommen stimmte es ja. Shaw war einmal sehr reich gewesen, und er hatte alles seiner Frau vermacht. Aragon hielt es nicht für seine Pflicht, zu verdeutlichen, daß Bankkonten und Aktien und Wertpapiere und Immobilien noch nicht alles waren, sondern daß auch Schulden dazugehörten.

»Irgendwas gefällt mir nicht an der Art, wie Sie reden«, sagte Grady. »War er nun reich, oder war er es nicht?«

»Ich kann nur wiederholen: doch, er war es.«

»Und er hat sein Vermögen Miranda vermacht?«

»Sie ist die Alleinerbin.«

»Was ist dann eigentlich noch unklar?«

»Shaws Testament ist noch nicht gerichtlich bestätigt worden. Es gibt da noch einige Papiere, die von Mrs. Shaw unterzeichnet werden müssen.«

»Kein Problem.« Einen Augenblick lang sah Grady fast freundlich aus. »Sie ist drüben im Bungalow, hat sich hingelegt. Sie schläft eine Menge. Das tun die hier alle, man kommt sich vor wie in einem Leichenschauhaus.«

Die Mattigkeit, die laut Dr. Ortiz für die Zeit der Behandlung normal war, schien sich vom Injektionspunkt über ihren ganzen Körper auszubreiten; während sie sich vom Kopf her ganz leicht fühlte, waren ihre Beine so schwer wie Blei. Sie hatte Schwindelanfälle, und einmal war sie in Gradys Abwesenheit gestürzt, und sie konnte sich nicht einmal daran erinnern, bis der Schmerz in ihrem Handgelenk und die blauen Flecken an ihrem Arm ihrem Gedächtnis nachhalfen. Grady glaubte, sie habe getrunken, und sie ließ es dabei bewenden.

In dem weißen Chiffon-Nachthemd, das sie in einer Boutique für Brautmoden in San Diego gekauft hatte, lag sie auf dem Bett und döste vor sich hin. Sie fühlte sich nicht wie eine Braut. Die Injektionen waren nicht so schmerzhaft wie in den vorausgegangenen Jahren, weil Dr. Ortiz einen neuen Geheimfaktor, wie er es nannte, beigemischt hatte, aber die Ermattung war fast noch schlimmer als der Schmerz. Sie hatte sich neue Vitalität und Jugend erwartet, doch statt dessen hatte sie das Gefühl, zu schrumpfen, so als werde sie ganz allmählich mumifiziert. Jeder Appetit ging ihr ab, auf Eßbares, auf das Leben, ja sogar auf Grady.

»Geh surfen Liebling.«

»Aber du hast doch gesagt –«

»Geh schon mal ohne mich. Ich komme später nach und sehe dir zu.«

Dann war es plötzlich später, und Grady kam zurück.

»Wo warst du, Miranda?«

»Ich muß eingenickt sein.«

»Es ist bereits sechs.«

»Es tut mir leid, Liebling. Ich wollte –«

»Keine Menschenseele ließ sich blicken, den ganzen verdammten Nachmittag.«

»Ich dachte, das wolltest du, einen Strand, wo dir nicht jede gute Welle streitig gemacht wird.«

»Das hab ich jetzt allerdings, bei Gott.«

Ihre Nerven flatterten, wie immer, wenn sie lang geschlafen hatte. »Geh zu Dr. Ortiz und sag ihm, daß ich mich nicht wohl fühle. Ich brauche etwas zur Beruhigung.«

»Du kommst schon nicht mehr ohne Pillen aus, merkst du das eigentlich? Pillen und Alkohol und Ziegendrüsen – Herr Gott, das paßt zusammen.«

»Bitte, Grady. Ich bin schrecklich nervös.«

»Laß uns von hier weggehen, Miranda. Pack dein Zeug, jetzt gleich, dann hauen wir ab.«

»Ich kann nicht. Dr. Ortiz hat mir dringend geraten, die Behandlung zu Ende zu führen, sonst geht die Wirkung wieder verloren.«

»Was für eine Wirkung denn?«

»Sehe ich denn nicht ... jünger aus, Grady?«

»Du siehst prima aus. Du hast auch vorher schon prima ausgesehen.«

»Ich fühle mich aber jünger. Wirklich.« Sie kicherte, und es war eine furchtbar mühsame Angelegenheit.

Es war ein Zimmer, wie man sie in jedem zweit- oder drittklassigen Motel in den Staaten findet. Die Einrichtung war neu, zeigte aber bereits Abnutzungserscheinungen – ein Doppelbett mit einer Vierzig-Watt-Lampe auf jedem Nachttisch, eine Kommode mit einem Spiegel und einem kleinen Ventilator darüber, ein Schreibtisch mit etlichen von Zigaretten herrührenden Brandflecken, ein Bodenaschenbecher mit einer Reklame für Tios Tequila, eine Ankleide hinter einer hölzernen spanischen Wand, eine schuhschachtelgroße Kochnische im Bad. Die Klimaanlage war defekt, wie das Schild *Fuero de Servicio* verriet, und so war es heiß und schwül in dem Zimmer.

Insekten brummten und summten und schwirrten umher und attackierten einander und plagten auch Miranda, wenn sie durch ein Loch im Fliegengitter den Weg in ihr Zimmer fanden. Ihre dünne zarte Haut ließ sich leicht durchstechen, und der Duft ihres Parfüms war unwiderstehlich – bei Tag waren es die Bienen, bei Nacht die Moskitos, und die Flöhe und »Mansiehtsenichtse« kamen zu jeder Tages- und Nachtzeit. Sie hatte haufenweise Flohbisse auf dem Unterleib und unter den Brüsten. Ihre Füße und Knöchel waren mit winzigen roten Schwellungen überzogen, die wie kleine Pickel aussahen und manchmal so entsetzlich juckten, daß sie kratzte, bis es blutete. Auf der Kopfhaut hatte sie, von den Haaren verdeckt, seltsame Knötchen, aus denen eine farblose Flüssigkeit floß und sich dann verfestigte. Beim Kämmen brachen diese Klümpchen immer wieder auf, so daß es zu einem neuen Ausfluß kam.

Sie hatte einen Traum, in dem sie immer weiter verzehrt wurde und Grady um Hilfe rief, und da kam er und klopfte an die Tür.

»Miranda?«

Sie öffnete die Augen.

»Bist du wach, Miranda?«

Sie sagte: »Nein«, nicht weil sie einen Witz machen wollte, sondern weil es der Wahrheit entsprach. Sie war nicht wach, hatte weder Hunger noch Durst, fror nicht und schwitzte nicht; nichts tat ihr weh, nicht mal die Insektenstiche juckten.

»Miranda, da ist jemand, der dich sprechen will. Er kommt aus Santa Felicia.«

Sie setzte sich im Bett auf und war plötzlich hellwach.

»Ich empfange heute nachmittag keinen Besuch. Wer – wer ist es?«

»Ein Rechtsanwalt namens Aragon. Es gibt da irgendwelche gesetzlichen Formalitäten, du mußt ein paar Papiere unterschreiben.«

»Einen Augenblick, bitte.«

Sie zog den auf ihr Nachthemd abgestimmten Morgenrock an und fuhr sich rasch mit einer Bürste durchs Haar. Da die Vorhänge zu waren, war es fast dunkel in dem Zimmer. Als sie auf dem Weg zur Tür am Spiegel vorbeikam, erschien ihr Abbild dort wie ein weißer Schatten, wie das Ektoplasma einer Braut.

»He, Miranda, beeil dich.«

»Ich komm ja schon.«

Grady, der ein Handtuch um die Hüften geschlungen

hatte, kam herein und stellte sofort den Ventilator an und machte Vorhänge und Fenster auf. Der Ventilator brummte und surrte wie ein Superinsekt, das seine schwächeren Artgenossen durch den Raum schleuderte und ihre protestierenden Stimmen übertönte.

Miranda verdeckte die Augen vor der plötzlichen Sonne. Eine volle Minute lang sah sie nichts außer einer züngelnden roten Flamme. Erst dann tauchte langsam der Fremde aus der Flamme auf, ein junger Mann in braven Cordsamthosen und einem Hawaii-Hemd und mit einer Hornbrille, die ihn ziemlich schüchtern aussehen ließ. In der Hand hatte er eine Aktentasche.

»Mrs. Shaw? Ich bin Tom Aragon.«

»Ich glaube nicht, daß wir uns kennen.«

»Nein, wir sind uns bisher nicht begegnet. Ich arbeite für Mr. Smedler.«

»Smedler.« Sie wiederholte den Namen, als sei sie ehrlich bemüht, sich an den Mann zu erinnern. »Ich kann mir nicht recht . . .«

»Smedler, Downs, Castleberg, McFee, Powell.«

»Ach ja, natürlich. Die Anwaltskanzlei, die den Nachlaß meines Mannes verwaltet.«

Da gibt's nichts zu verwalten. Er widerstand dem Impuls, den Satz auszusprechen, obschon er ziemlich sicher war, daß er sie damit nicht schockiert hätte. Sie entsprach nicht dem Bild, das Smedler von ihr gezeichnet hatte, einer netten kleinen Frau aus gutem Hause, die wohlbehütet und von der Welt abgeschirmt ihr Leben führte.

»Ich fürchte, das ist kein sehr geeigneter Ort, um Gäste zu empfangen«, sagte sie vorsichtig. »Oder geschäftliche

Dinge zu besprechen, Mr. Aragon. Es gibt zwar ein kleines Restaurant im Hauptgebäude, aber das ist nachmittags geschlossen.«

»Ich werde Sie nicht lange behelligen.«

»Grady wird es lang vorkommen. Ihm wird schnell langweilig . . . Grady, würde es dir etwas ausmachen? Das wird bestimmt eine furchtbar fade Angelegenheit, und du könntest doch in der Zeit etwas Interessanteres tun. Geh surfen, Liebling.«

Grady machte es etwas aus. »Ich war schon surfen.«

»Es geht hier um persönliche Dinge, Grady.«

»Wir sollten eigentlich keine Geheimnisse voreinander haben«, sagte Grady.

»Haben wir aber. Hunderte.«

»Er weiß, daß wir als Mann und Frau hier sind. Was gibt's denn da noch zu verbergen. Ich habe ein Recht, dabeizusein, wenn –«

»Wir reden später darüber.« *Geh surfen, du Dreckskerl.*

Sobald er draußen war, stellte Miranda den Ventilator ab.

»Mir ist die Hitze lieber als dieser Lärm, Mr. Aragon. Es macht Ihnen doch nichts aus?«

»Aber nein, überhaupt nicht.«

»Bitte, nehmen Sie Platz.«

»Danke.«

Er setzte sich auf einen der grünen Vinylsessel. Genau in der Mitte spürte er eine kaputte Feder, und da er ihr nicht ausweichen konnte, versuchte er sich möglichst leicht zu machen, indem er einen Teil seines Gewichts auf die Oberschenkel verlagerte. So saß er da wie ein

Rennläufer, der auf den Startschuß wartet. Er überlegte sich, was es wohl für ein Rennen geben würde – Hürden, Viertelmeile, Marathon –, und er fühlte sich ihnen allen nicht gewachsen.

Sie saß in dem anderen Vinylsessel. Wenn dort auch eine Feder gebrochen war, so ließ sie sich jedenfalls nichts anmerken. Sie wirkte gelassen, fast hoheitsvoll, ganz die große Dame, die bereit ist, ein wenig Zeit für die Probleme der kleinen Leute zu opfern, und das im Nachthemd in einem schwülen und schäbigen kleinen Zimmer in einem fremden Land.

»Ich finde die Umstände reichlich ungewöhnlich, Mr. Aragon. Das beginnt schon damit, daß eigentlich niemand wissen kann, wo ich bin.«

»Jemand hat richtig geraten.«

»Smedler, nehme ich an. Es ist wirklich unschicklich von ihm, jemanden hinter mir herzuschicken. Gerade von ihm hätte ich eigentlich mehr Verständnis erwartet; schließlich hat er drei Ehen und weiß der Himmel wie viele andere Dinge hinter sich. Das hier ist eine Herzensangelegenheit.«

»Es ist auch eine Angelegenheit der kalifornischen Justiz.«

»Die Justiz kann warten. *Mich* läßt man auch schon lange genug warten. Neville ist im letzten Frühjahr gestorben, und er hat ein einwandfreies, unkompliziertes Testament hinterlassen. Schon vor Monaten hätte alles geregelt sein müssen.«

»Eine Testamentseröffnung ist oft ein langwieriges Verfahren«, sagte Aragon. »Sie hätten die Sache ein wenig beschleunigen können, wenn Sie mit Smedler kooperiert hätten. Was bezweckten Sie denn mit dieser Verzögerungstaktik, Mrs. Shaw?«

»Ich war in Eile. Es gibt Dinge, die man nicht verschieben kann. Ich mußte zu einer weiteren Behandlung in die Klinik, und Grady brauchte Ferien. Ich dachte, es sei möglich, die beiden Dinge zu verbinden.«

»Und war es möglich?«

Die geringfügige Kopfbewegung war weder als Ja noch als Nein zu deuten.

»Praktisch haben Sie nicht mehr gewonnen als ein paar Wochen Zeit und das Geld, das Tannenbaum Ihnen gegeben hat.«

»Wie haben Sie denn das herausgebracht?«

Er erzählte ihr von den Töchtern des Admirals und von der Halskette und dem Armreif. Beim Zuhören bekam sie ganz schmale Augen, und ihr Kiefer verkrampfte sich, als wehre sie sich gegen den Gedanken, daß Juliet und Cordelia ihren Schmuck trugen.

Er fügte hinzu: »Es ist gesetzlich verboten, Einzelposten aus einem noch nicht freigegebenen Nachlaß zu verkaufen.«

»Der Schmuck gehörte mir und war nicht Teil des Nachlasses.«

»Und was ist mit den anderen Dingen, die Sie verkauft haben?«

»Ich bin die Alleinerbin, also gehörten sie mir.«

»Unglücklicherweise sind Sie gesetzlich verpflichtet, sie mit Mr. Shaws Gläubigern zu teilen . . . Sie wußten natürlich von den Gläubigern.«

Wieder die kleine, nichts verratende Kopfbewegung. »Davon *wußte* ich nichts.«

»Sie haben es geahnt.«

»Ich wußte nur, daß seltsame Dinge passierten, Telefonanrufe zu ungewohnter Stunde, Fremde an der Tür. Und Neville benahm sich ganz anders, manchmal war er schweigsam, dann redete er wieder wie ein Wasserfall, und nie ließ er mich die Post öffnen. Was wirklich los war, wußte ich nicht.«

»Wissen Sie es jetzt?«

»So allmählich dämmert es mir«, sagte sie mit einem grimmigen Lächeln. »Er sorgte dafür, daß ich nichts erben würde. Das Testament wollte er nicht ändern, denn das hätte ich vor Gericht anfechten können. Wenn er mir einfach nur Schulden hinterließ, dann war das legal, und ich war vor Mitgiftjägern sicher. Er redete dauernd von Mitgiftjägern, als liege hinter jedem Baum einer auf der Lauer. Für ihn stand fest, daß ich zu dumm bin, um mich selber schützen zu können, also mußte er es tun. Und wie er mich geschützt hat. Vor Mitgiftjägern und vor allem anderen.«

»Was ihn auch dazu bewogen haben mag, er verhielt sich jedenfalls irrational. Smedler meint, Sie hätten darauf bestehen sollen, einen Vormund für das Vermögen einzusetzen.«

»Ich bin kein Mensch, der auf etwas besteht. Wahrscheinlich bin ich meiner selbst nicht sicher genug, um anderen Leuten sagen zu können, was sie zu tun haben.«

»Mir scheint, Sie sind sich Ihrer selbst sehr sicher, Mrs. Shaw. Sie haben in den letzten drei Wochen einige kühne Entscheidungen getroffen.«

»Ja.«

»Vielleicht zu kühn.«

Sie zuckte mit den Achseln und wandte sich ab. Ihre Bewegungen waren elegant, wenn auch ein wenig gekünstelt, so als habe sie sie jahrelang vor dem Spiegel geübt. »Wenn ich gegen das Gesetz und ein paar Konventionen verstoßen habe, dann wird mir das wahrscheinlich irgendwann einmal leidtun. Im Moment bereue ich jedenfalls nichts, ich würde wieder so handeln. Es mag sich aus dem Munde einer erwachsenen Frau töricht anhören, aber ich konnte nicht anders. Ich verliebte mich. Mir ist das noch nie passiert, nicht mal in meiner Jugend. Die anderen Mädchen in der Schule waren ständig verknallt, sie hielten das für selbstverständlich, für alltäglich. Für mich war es ein Wunder, und das ist auch heute noch so ... Sie sehen ungeduldig aus. Langweile ich Sie?«

»Nein.«

»Aber Sie würden das alles lieber nicht hören.«

»Nichts gegen einen glücklichen Anfang, aber ein Happy-End ist mir bedeutend lieber.«

»Es wird ein Happy-End geben, das ist meine feste Absicht.«

Er war versucht, ihr zu glauben. Sie schien alles in die Waagschale zu werfen, die ganze Kraft, die sie nie genutzt hatte, die Willensstärke, die sie nie behauptet hatte, die Zielstrebigkeit, die sie nie zu zeigen gewagt hatte.

»Schön«, sagte er. »Sehr gut. Bringen wir also die Sache hinter uns, dann kann ich wieder gehen.« Er holte ein Bündel Papiere aus der Aktentasche. »Ich brauche Ihre Initialen am Fuß jeder Seite – natürlich erst, wenn Sie sie durchgelesen haben – und am Ende dann Ihre Unterschrift.«

»Ich unterschreibe nicht.«

»Sie sollten sich das gut überlegen, Mrs. Shaw.«

»Das habe ich bereits getan. Wenn Neville sein Spielchen spielen konnte, dann kann ich es auch.«

Aragon hielt immer noch die Aktentasche auf dem Schoß. Das blendende Sonnenlicht hatte ihm Kopfschmerzen eingebracht, die Hitze war unerträglich, die kaputte Sprungfeder bohrte sich wie ein Stachel in sein Gesäß. »Wie gesagt, ich mag ein Happy-End. Besonders wenn's um mich geht. Ich bin, wie Smedlers Sekretärin mir pausenlos unter die Nase reibt, nur ein kleiner untergeordneter Angestellter in der Firma. Ich habe keine gesicherte Position. Und Sie auch nicht. Was Sie von Mr. Tannenbaum bekommen haben, reicht nicht ewig; Sie müssen also mit der Möglichkeit rechnen, daß es mit Ihrem Geld und mit Grady gleichzeitig zu Ende geht.«

»Ich halte die Zeit an, Mr. Aragon.«

»Die Zeit läßt sich nicht anhalten, sie läßt sich nur nutzen.«

»Sie verstehen mich nicht. Grady beginnt, mich zu lieben, wirklich *lieben*. Ich werde für ihn unentbehrlich. Wenn Sie für jemanden unentbehrlich sind, *muß* er Sie lieben.«

»Meine Frau ist für mich unentbehrlich, aber das gilt auch für meinen Automechaniker, und in den bin ich nicht gerade verliebt.«

»Sie versuchen nicht mal, mich zu verstehen.«

»Kommen Sie, Mrs. Shaw, unterschreiben Sie die Papiere, und ich verschwinde hier. Dann brauchen Sie Grady nur das zu erzählen, was er Ihrer Meinung nach glauben wird.«

»Er glaubt alles, was ich sage. Er ist ein prachtvoller Mensch.«

»Das freut mich. In meiner Branche hat man nur selten mit prachtvollen Menschen zu tun.«

Sie stand plötzlich auf und warf sich – all die vor dem Spiegel einstudierten Lektionen vergessend – aufs Bett und fing an zu weinen. Sie weinte stumm und bewegte dabei kaum einen Muskel in ihrem Gesicht. Es war zugleich ein komischer und schlimmer Anblick, wie eine präparierte Figur in einem Wachsfigurenkabinett, die auf Knopfdruck Tränen produzieren kann.

Aragon blickte von ihr weg, aufs Meer hinaus. Der violette Wagen war verschwunden, und der weitläufige Strand lag völlig verlassen da. Im Wasser kraulte ein einsamer Schwimmer – und das konnte nur Grady sein – mit voller Kraft aufs Meer hinaus, als hänge sein Leben davon ab. Wenn er in dieser Richtung weiterschwamm, konnte er erst wieder in Hawaii an Land gehen, aber vielleicht sagte sich Grady, das sei einen Versuch wert.

»Ich darf nicht weinen«, sagte sie flüsternd. »Dr. Ortiz würde das nicht erlauben.«

»Weinen Sie ruhig weiter, er ist ja nicht hier.«

»Nein. Es tut mir nicht gut. Dr. Ortiz erlaubt keine negativen Gefühle. Er sagt, ich darf nur an angenehme Dinge denken.«

»Ich hoffe, er denkt auch daran, wenn er seine Rechnung schreibt.«

»Sie sind ein grausamer und zynischer Mann.«

»Ich bin nur der Laufbursche für Smedler, Downs, Castleberg, McFee, Powell. Dies ist keine persönliche

Angelegenheit zwischen Ihnen und mir, lassen wir also die Bosheiten.«

In dem Augenblick sah er, wie der Schwimmer plötzlich – als habe er seinen Namen rufen hören – kehrtmachte und wieder dem Ufer zustrebte. *Du hättest weiterschwimmen sollen, Grady.*

Miranda tupfte mit dem Ärmel ihres Morgenrocks die Tränen ab, aber es kamen immer wieder neue, und ihre Augen begannen sich zu röten. »Ich brauche etwas zur Beruhigung.«

Aragon war nicht sicher, was sie meinte, aber er hoffte, sie dachte an etwas Pharmazeutisches. »Ich habe Aspirin in meinem Wagen. Wenn Sie wollen, kann ich –«

»Aspirin. Aspirin, mein Gott. Ich sterbe, und Sie kommen mir mit Aspirin.«

»Was anderes hab ich nicht.«

»Rufen Sie Grady her. Er kann veranlassen, daß Dr. Ortiz kommt und mir eine Spritze gibt.«

»Grady ist schwimmen gegangen.«

»Schwimmen, das ist das einzige, was er je tut, das einzige, woran er denken kann.«

»Prachtvolle Menschen brauchen viel Training«, sagte Aragon.

Auf dem Weg zum Bungalow blieb Grady einen Augenblick vor der Freigarage stehen, um den dort abgestellten Porsche zu bewundern. Es war ein gelber Carrera mit goldenen Sportfelgen und beigefarbenen Sitzen aus Handschuhleder. Wenn er ihn sah, wurde ihm jedesmal etwas schwindelig, und er mußte sich immer wieder einreden, daß es wirklich sein Wagen war und daß Miranda ihm die rosa Bescheinigung des Fahrzeughalters aushändigen würde, sobald die Zulassungsstelle sie zurückschickte. Er nannte ihn Goldfinger, nicht laut in Gegenwart von anderen, sondern ganz heimlich und leise, als Teil eines Paktes zwischen ihm und dem Wagen.

Es war das erstemal in seinem Leben, daß er etwas absolut Perfektes besaß, und er fühlte sich persönlich beleidigt, als Miranda kritisierte: »Warum können wir nicht einfach einsteigen und losfahren? Warum müssen wir erst eine halbe Stunde dasitzen und den Motorenlärm anhören?« »Keine halbe Stunde«, sagte er ihr. »Nur fünf Minuten.« Für sie war es eine ekelhafte Wartezeit, voller Lärm und Gestank und Vibration. Er kostete jeden Augenblick aus, es war wie das Warten auf einen Orgasmus.

Er betrat den Bungalow ohne anzuklopfen und ging in die kleine Nische hinter dem Wandschirm, um sich anzuziehen. Ein weißes T-Shirt, Shorts, die Armbanduhr, die ihm Miranda vor der Abfahrt in Santa Felicia gegeben hatte, die Huaraches, die er in Tijuana gekauft hatte.

Niemand sagte ein Wort. Die lautesten Geräusche waren das Summen der Insekten und das Klatschen des Handtuchs, mit dem sich Grady den Sand von den Beinen klopfte. Er begann die Goldfinger-Melodie zu pfeifen, hörte aber fast im selben Augenblick wieder auf, da er Angst hatte, jemand könnte den Song erkennen und erraten, welchen Namen er dem Porsche gegeben hatte. Er hatte das verrückte Gefühl, das könnte alles kaputtmachen. Er hatte keine Ahnung, wie; er wußte nur, wie schnell etwas kaputtgehen konnte.

Er kam hinter der spanischen Wand hervor und hatte immer noch das sandige Handtuch in der Hand. »Es ist vier Uhr, das Restaurant müßte jetzt offen sein. Ich geh mal rüber, auf ne Dose Bier. Hat jemand Lust, mitzukommen?«

Es fand sich niemand.

Miranda saß an dem Schreibtisch, und vor ihr waren eine Menge Papiere ausgebreitet. Sie hatte eine Halbbrille auf, die er noch nie an ihr gesehen hatte, und als sie ihm über den Brillenrand weg einen Blick zuwarf, sah sie aus wie eine alte Frau. »He, ist das ein Maskenball oder was? Nimm das Ding ab.«

»Dann kann ich das Kleingedruckte nicht lesen.«

»Das Kleingedruckte. Okay, ich hab verstanden. Es geht hier um private Geschäfte, und du willst, daß ich verdufte.«

»Nein, ich finde, du solltest bleiben.« Sie fing an, die Papiere einzusammeln und sie entsprechend ihrer Numerierung anzuordnen. Ihre Bewegungen waren langsam wie immer, aber Grady erkannte, daß es eine andere Art von Langsamkeit war, sie wirkte schwerfällig und zögernd. »Mr. Aragon hat schlechte Neuigkeiten für uns, Grady. Nicht daß wir damit nicht fertigwerden könnten, wir zwei zusammen, aber –«

»Es geht um den Nachlaß«, sagte Grady.

»Ja.«

»Er hat dir doch nicht alles vermacht.«

»Doch, alles.«

»Warum sind es dann schlechte Neuigkeiten?«

»In dem ›alles‹ sind auch seine Fehler enthalten. Neville hat in den letzten ein, zwei Jahren seines Lebens einige leichtsinnige Geschäfte gemacht.«

»Wie leichtsinnig?«

»Ich möchte jetzt lieber nicht darauf eingehen, Grady. Mir ist nicht sehr gut. Mein Kopf –«

»Wie leichtsinnig?«

»Sehr«, sagte sie. »Sehr leichtsinnig.«

»Er hat dir also kein Geld hinterlassen?«

»Nein.«

»Aber da ist ja noch das Haus.«

»Da sind drei Hypotheken drauf. Unter anderem hat Neville ein Gestüt in Kentucky gekauft.«

Aragon, der die Papiere wieder in seiner Aktentasche verstaute, fragte sich, woher sie die Sache mit dem Gestüt in Kentucky wußte. Wenn Shaw ihr davon erzählt hatte, dann hatte er ihr wahrscheinlich auch von vielen anderen Dingen erzählt, die ihr angeblich nicht bekannt waren. Was immer der Grund für ihre Verstellung sein mochte, sie hatte jedenfalls nicht mehr damit erreicht als eine kleine Verzögerung. *»Ich halte die Zeit an, Mr. Aragon ... Grady beginnt mich zu lieben, wirklich lieben. Ich werde für ihn unentbehrlich.«*

»Was ist mit dem Wagen?« sagte Grady. »Mit meinem Porsche.«

»Er ist bezahlt, wenn du das meinst. Ich habe dafür den Continental und den Mercury in Zahlung gegeben.« Sie nahm die Brille ab und schob sie in das mit Petitpoint-Stickereien verzierte Etui. Das Kleingedruckte war gelesen, und es waren durchweg unerfreuliche Dinge. »Genaugenommen ist es ja *unser* Wagen, nicht wahr, Grady?«

»Klar. Natürlich. Ich sage nur mein Wagen, weil du versprochen hast, mir die rosa Bescheinigung des Eigentümers zu geben –«

»Was auch letztlich von dem Nachlaß übrig bleibt, das

teilen wir uns, wir beide. Wir brauchen kein Vermögen, um miteinander glücklich zu sein.«

»– und weil nur ich ihn fahre. Du kommst nicht mal mit der Gangschaltung zurecht.«

»Hör auf damit«, sagte sie. »Hör endlich mit dem blöden Wagen auf.«

»Blöder Wagen? Moment mal, so kannst du doch nicht von einem Turbo Carrera reden.«

»Und ob ich das kann. Ich habe dafür bezahlt.«

»Das ist eine hundsgemeine Bemerkung.«

»Ich habe noch mehr davon auf Lager, wenn du sie hören möchtest.«

»Was ist denn eigentlich mit dir los? So hab ich dich ja noch nie gesehen.«

»Ich habe schlechte Neuigkeiten erfahren, schreckliche Neuigkeiten, und du hast nichts Besseres zu tun als rumzustehen und von einem Auto zu faseln, während ich ... während meine Welt in die Brüche geht.«

»Wenn wir uns alles teilen sollen, dann ist es ja wohl *unsere* Welt«, sagte Grady. »*Unsere* Welt geht also in die Brüche. Du hast recht, das sind schreckliche Neuigkeiten. Es würde mich nur interessieren, *wie* neu sie eigentlich sind.«

»Was meinst du damit?«

»Wann hast du das herausgefunden?«

»Gerade eben, von Mr. Aragon. Er hat mich über das – das Gestüt in Kentucky informiert. Und über andere Dinge.«

Aragon korrigierte sie nicht, aber er warf einen Blick zur Tür, als wäre er am liebsten auf der anderen Seite davon.

»Ich hatte keine Ahnung, daß Neville etwas für Pferde übrig hatte«, sagte sie. »Ich durfte nie Haustiere halten, nicht mal Goldfische.« Sie dachte an das Aquarium in ihrem Schlafzimmer zuhause und an den toten Fisch in dem trüben, nach Scotch riechenden Wasser. »Ich hätte gerne einen Hund gehabt, irgendwas Lebendiges, mit dem man reden kann. Es war immer so ruhig im Haus. Ich konnte es schon kaum erwarten, daß der Gärtner kam und den Rasen mähte oder die Hecken schnitt. Er war ein komischer kleiner Mann. Ich weiß nicht mehr, wie er hieß, vielleicht hab ich's auch nie gewußt. Sein Rasenmäher war sehr laut, schlimmer noch als der Porsche. Ich habe solche – solche entsetzlichen Kopfschmerzen, Grady. Könntest du mir mal etwas von Dr. Ortiz holen?«

»Nein.«

»Aber mir tut alles weh, am ganzen Leib.«

»Kein Wunder. Jeden Morgen eine Spritze in den Hintern, und ein Haufen Ziegen, die in deinem Blut rumtoben – da brauchst du dich weiß Gott nicht zu wundern!«

»Ich tu's doch nur für dich, Grady.«

»Leeres Geschwätz. Du warst schon zwei-, dreimal hier. Für wen hast du's dann damals getan?«

»Du bist grausam, du bist so grausam zu mir.«

»Ich hab dich jedenfalls nie angelogen.« Er warf das Handtuch in eine Ecke, als wolle er ein Stück der Vergangenheit loswerden. Nun lag es als schmutziges Knäuel am Boden. »Du mußt gewußt haben, daß Neville sein Geld zum Fenster raus warf. Warum hast du mir nichts davon gesagt?«

»Weil ich nichts davon wußte. Frag Mr. Aragon.«

Obwohl sein Name fiel, blickte keiner von ihnen in seine Richtung. Er nahm seine Aktentasche und ging einen Schritt auf die Tür zu. Als auch das nicht beachtet wurde, machte er noch ein paar Schritte, bis der Türgriff in Reichweite seiner Hand war. *Leben Sie wohl, Miranda. War nett, mit Ihnen zu plaudern. Aber ein Mal genügt.*

Miranda hatte wieder angefangen, zu weinen. Ihre Tränen tropften auf die mit verkohlten Stellen übersäte Schreibtischplatte, kleine kristallklare Bomben, die für einen Augenblick in der Sonne aufleuchteten, ehe sie zu Worten explodierten: die Menschen waren grausam zu ihr, machten ihr Vorwürfe, hackten auf ihr herum. Sie haßte Grady, Smedler, Aragon, alle Anwälte, Bademeister, Schwestern, Ärzte und die kalifornische Justiz. Sie war unschuldig, ihr Hinterteil schmerzte, und sie mußte sich gleich erbrechen. Außerdem hatte sie schreckliche Kopfschmerzen, aber niemand kümmerte sich darum, niemand kümmerte sich um irgendwas außer um einen verdammten Porsche, und sie sollten doch alle zum Teufel gehen.

»Ich wollte sowieso gehen«, sagte Aragon.

»Nehmen Sie Grady gleich mit. Er kann Ihnen seinen Turbo Carrera zeigen.«

Grady stand einfach da, die Arme vor der Brust gekreuzt, bewegungslos, ausdruckslos, wie ein im Preis herabgesetzter Midas, der sich nicht in Gold, sondern in Bronze verwandelt hat.

»Hast du gehört, Grady? Ich möchte, daß du gehst.«

»Jeder kann dich hören«, sagte Grady, »so wie du brüllst.«

»Ich brülle nicht, aber ich bin auf dem besten Weg dazu.«

»Du machst dich bloß lächerlich, Miranda.«

»Raus hier.«

»Schon gut, schon gut. Wie hieß das doch? Ich wollte sowieso gehen.«

Das Restaurant war erst wenige Minuten geöffnet, und keiner der Tische war besetzt. Zwei Kellner waren mehr oder weniger im Dienst, ein älterer Mann, der auf einem Barhocker saß und in seinen Zähnen stocherte, und ein junger Bursche, der eine starke Ähnlichkeit mit der Frau hatte, die Aragon im Büro in Empfang genommen hatte: die Lippen und die Nase waren schmal und gerade, die Augen so kühl wie Münzen. Als er Grady sah, schien sein Gesicht vor Aufregung zu zersplittern.

»Mr. Shaw, Mr. Shaw, Sir . . .«

»Bring uns zwei Bier, Pedro.«

»Welche Sorte?«

»Ihr habt nur eine Sorte.«

»Mein Onkel sagt, ich soll immer fragen. Es klingt besser.«

»Das geht auf mich«, sagte Grady zu Aragon. »Oder vielmehr auf Miranda. Ich brauche nur den magischen Namen Shaw auf die Rechnung zu schreiben, und alles ist erledigt.«

»War erledigt.«

»Das ist also endgültig, wie? Ich meine, Sie wollten ihr nicht nur Angst machen, damit sie künftig besser wirtschaftet, oder irgend so was?«

»Nein.«

Grady rieb sich die Augen. Die Pupillen waren rot von dem Salzwasser und dem Sand und der Sonne. »Sie hat mich glatt hereingelegt.«

»Vielleicht sind Sie ein dankbares Opfer.«

»Ich rede ja nicht nur von dem Geld. Es ist das ganze Drumherum. Ich bin ihr nicht *nach*gestiegen, Mann. Sie war einfach *da*, ich konnte nicht an ihr vorbei. Und da sagte ich mir, warum eigentlich nicht? Ich stellte mir ein kleines Abenteuer vor, zwei Monate vielleicht, höchstens drei, und ich dachte, sie wolle das gleiche. Doch plötzlich kam sie mit Wörtern wie Bindung und Ehe und für immer. Für immer! Ist das nicht der Gipfel? Ich bin kein Für-immer-Typ.«

Pedro kam zurück, in jeder Hand eine Flasche Bier.

»Mr. Shaw, Sir, ich bin schon gespannt.«

»Ich auch«, sagte Grady. »Ich weiß nur nicht mehr, worauf.«

»Auf die Autofahrt. Morgen.«

»Ach so, klar.«

»Ganz früh am Morgen, wenn noch kein Verkehr ist. Vielleicht um sieben?«

»Du findest sieben gut, Pedro?«

»Na klar.«

»Ich finde sieben nicht gut. Aber ich finde auch sechs oder acht nicht gut, also sagen wir sieben. Wir liefern dem Wind ein Rennen, du und ich.«

»Das Rennen gewinnen wir. Na klar.«

»Na klar«, sagte Grady. Als der Junge gegangen war, goß er selbst das Bier ein. Es quoll aus den Flaschen wie schmutziger Seifenschaum, und er starrte regungslos auf den Schaum, als könne er daraus seine Zukunft ablesen, vergänglich wie Seifenblasen, und ein wenig schmutzig.

»Auf Miranda.«

»Auf Miranda.«

»Möge sie noch lange leben. Allein.«

Das Bier war zu warm und zu süßlich.

»Scheiße, ich brauch was Stärkeres«, sagte Grady. »Sie haben nicht ein bißchen Gras bei sich, oder?«

»Nein.«

»Diese Typen heut nachmittag, die hatten welches, ich hab's gleich gerochen, aber die rückten nichts raus ... Wissen Sie, mit Miranda und mir, das war nichts. Das wäre auch nichts geworden, wenn Sie nicht mit diesen Geldgeschichten hier aufgetaucht wären.«

»Ich bin froh, daß ich da keine gute Sache kaputtgemacht habe.«

»Sie sieht es vielleicht so. Ich nicht. Wie gesagt, ich bin kein Für-immer-Typ. Die halbe Zeit habe ich das Gefühl, in der Falle zu sitzen, und in der übrigen Zeit komme ich mir schuldig vor. Sie ist so abhängig. Oft sind es ganz harmlose Dinge, zum Beispiel eine Spritztour mit Pedro in meinem Porsche, und schon führt sie sich auf, als hätte ich sie im Stich gelassen. Daß jemand von mir abhängig ist, Mann, das ist irgendwie verrückt. Das hat es überhaupt noch nie gegeben. Es ist mir direkt unheimlich.«

»Dieser Porsche«, sagte Aragon. »Wenn ich das richtig verstehe, haben Sie dafür nicht die rosa Eigentumsbescheinigung.«

»Der Wagen gehört mir, sie hat ihn mir gegeben. Ich bin nicht so eingebildet, zu behaupten, ich hätte ihn mir verdient, aber er gehört *mir*. Du lieber Gott, sie kann ihn nicht mal fahren, sie kann noch nicht mal einen Gang einlegen.«

»All das sagt nichts darüber aus, wem der Wagen gehört. Er ist im Moment vielleicht alles, was sie besitzt.«

»Wieso kann sie sich dann diese teure Klinik leisten?«

»Sie hat einiges von ihrem Schmuck und verschiedene andere Dinge an einen Händler in Santa Felicia verkauft.«

»Dann ist sie also rundum pleite.«

»Ja.«

»Es heißt doch immer: neues Spiel, neue Chance. Nur daß ich diesmal draußen in der Kälte stehe.«

»Und sie steht neben ihnen. Sie wollte das alles nicht, es ist nicht ihre Schuld.«

»Sie hätte mich nicht anlügen sollen.«

»Es gibt Menschen, die lügen«, sagte Aragon, »und Menschen, die belogen sein wollen. Oft sind es dieselben Leute.«

Grady leerte sein Glas und stellte es auf den vielfarbigen Fliesentisch zurück. Die Fliesen sahen nach Handarbeit aus. Nicht zwei von ihnen paßten in der Farbe oder Form zusammen. Aragon fragte sich, wer aus Dr. Ortiz' Verwandtschaft wohl daran gearbeitet hatte – vielleicht ein angeheirateter Vetter dritten Grades, dessen künstlerische Fähigkeiten so hoch eingeschätzt wurden, daß er für eine niedrige Arbeit, wie Pedro sie verrichtete, nicht in Frage kam.

Unaufgefordert brachte Pedro zwei weitere Flaschen Bier, wischte mit einem Zipfel seiner Schürze den Tisch ab und erinnerte Grady an das auf sieben Uhr früh angesetzte Rennen gegen den Wind.

»Es geht jetzt in erster Linie darum«, sagte Aragon, »sie hier herauszuholen und nach Hause zu ihrem eigenen Arzt zu schicken. Sie ist ja gar nicht mehr richtig da. Was ist das bloß für ein Mittel, das sie von Ortiz bekommt?«

»Was unheimlich Starkes, soviel steht fest. Macht sie immer restlos fertig. Und sie verlangt jetzt immer öfter nach dem verdammten Zeug. Sie nutzt schon den kleinsten Vorwand, um mich wegen einer Kapsel zu Ortiz rüberzuschicken. Mehr als eine gibt er ihr nie.«

»Wie lange soll sie eigentlich hierbleiben?«

»Noch zwei Wochen.«

»Ich glaube nicht, daß das vernünftig wäre.«

»Dann machen Sie ihr das klar«, sagte Grady. »Ich hab's versucht, aber es nützt ja nichts. Sobald ich ihr etwas sagen will, tut ihr alles weh, der Magen, der Kopf, der Blinddarm, der Hintern, weiß der Teufel was sonst noch alles. Dann nimmt sie eine von Dr. Ortiz' Kapseln und ist im Nu weg. Wenn sie aufwacht, weiß sie nicht mehr, was ich gesagt habe. Oft weiß ich es selbst nicht mehr. Sie bringt mich ganz durcheinander. Dauernd gibt sie mir das Gefühl, daß ich unrecht habe, auch wenn es gar nicht um recht oder unrecht geht, nur um ganz gewöhnliche Dinge.«

»Um gleichwertige Alternativen.«

»Genau, um gleichwertige Alternativen. So langsam hab ich den Eindruck, sie ist ein bißchen verrückt. Einmal hat sie sogar davon geredet, sie wolle ein Kind haben. Es war grotesk. Sie ist zweiundfünfzig. Sie hat es zugegeben, aber ich wußte es auch so. Ellen Brewster, die Sekretärin des Klubs, hat es mir gesagt, sie hat in den Akten nachgeschaut.«

»Warum tut Ellen denn so etwas?«

»Sie wollte, daß ich Bescheid weiß. Zu meinem eigenen Vorteil.«

»Das war aber nett von Ellen, soweit es Sie betrifft. Miranda mag ein wenig anders darüber denken.«

»Es war die Wahrheit. Ich hatte ein Recht darauf, die Wahrheit zu erfahren.«

»Diese Wahrheit hat offensichtlich Ihre Handlungsweise nicht ändern können.«

»Das war bei mir schon immer so.« Gradys Stimme klang düster. »Vielleicht bin ich noch verrückter als sie. Sagen Sie ganz ehrlich: ist das Ihrer Meinung nach möglich?«

»Viele Dinge sind möglich«, sagte Aragon. Den Rest seiner ehrlichen Meinung behielt er für sich: daß die von Grady angesprochene Möglichkeit größer war als die meisten.

Als Aragon kurz nach sieben den Stadtrand von Tijuana erreichte, war es fast schon dunkel. Er hatte eigentlich vorgehabt, auf der Fernstraße zu bleiben und bis nach Santa Felicia durchzufahren; um Mitternacht hätte er, wenn alles gut lief, dort sein können. Aber er wurde allmählich müde, und der Nachmittag war deprimierend gewesen. Er nahm sich ein Zimmer in einem zu einer amerikanischen Kette gehörenden Motel, stärkte sich mit Tostadas und Bier in einem nahegelegenen Restaurant und kehrte in sein Motel zurück.

Er machte die Fenster zu, um den Lärm der zum abendlichen Leben erwachenden Straße auszusperren. Dann rief er Charity Nelson in ihrer Wohnung an und sagte ihr, er werde am nächsten Morgen nicht im Büro sein.

»Wo sind Sie denn jetzt?«

»Tijuana.«

»Und was tun Sie da?«

»Nichts.«

»Niemand tut in Tijuana nichts.«

»Okay, ich bin mit ein paar Huren zusammen und saufe mir einen an.«

»Das glaube ich schon eher«, sagte Charity. »Haben Sie Mrs. Shaw gefunden?«

»Ja.«

»Können Sie denn nicht mehr sagen als ein einfaches gewöhnliches *Ja*?«

»Das kann ich schon, aber Sie wollen es vielleicht nicht hören.«

»Versuchen Sie's doch mal.«

»Sie ist in Dr. Ortiz' Verjüngungsklinik in Pasoloma, zusammen mit ihrem Freund Grady Keaton.«

»Dem Bademeister?«

»Ja.«

»Ein süßer Junge?«

»Ich weiß nicht, was Sie darunter verstehen.«

»Süß eben, Sie wissen schon, wie Robert Redford.«

»Er ist nicht wie Robert Redford.«

»Nein? Dann versteh ich nicht, was sie an ihm findet. Für mich ist Robert Redford –«

»Sie können mir ein andermal von Ihren Wachträumen erzählen, Miss Nelson«, sagte Aragon. »Ich wollte nur melden, daß die Dokumente unterzeichnet sind und daß ich sie morgen am späten Nachmittag ins Büro bringen werde.«

»Sie klingen nicht gerade fröhlich, wenn man bedenkt, daß Sie vielleicht sogar eine Prämie herausschlagen können, wenn Sie es geschickt anstellen.«

»Ha ha ha. Besser so?«

»Warum sind Sie denn so mies gelaunt, Aragon?«

»Es ist dieses schmutzige Geschäft. Diese Frau ist bis oben hin voll mit Drogen und ein bißchen verrückt dazu, vielleicht auch völlig verrückt, und ich fahre einfach weg und lasse sie im Stich.«

»Sie konnten sie schließlich nicht gut mitnehmen. Der Bademeister würde das kaum gutheißen, oder?«

Aragon sagte nichts.

»Nun?«

»Ich möchte lieber nicht darüber sprechen.«

»Ich hab Sie eigentlich nie für den empfindsamen Typ gehalten. So schmutzig ist dieses Geschäft doch gar nicht, wenn Sie es mit anderen schmutzigen Geschäften vergleichen.«

»Vielen Dank dafür, daß Sie mir geholfen haben, die Dinge in einem anderen Licht zu sehen, Miss Nelson.«

»Das ist meine Spezialität.«

»Ich glaube es Ihnen sogar. Also dann, bis morgen.«

»Warten Sie, ich bin noch nicht fertig.«

»Aber ich«, sagte Aragon und legte auf.

Er beauftragte den telefonischen Weckdienst, ihn am nächsten Morgen um fünf Uhr dreißig anzurufen.

Auf der Rückfahrt nach Pasoloma wurde er durch Nebel und einen unerwartet starken Verkehr Richtung Baja aufgehalten, eine endlose Prozession von Kombis, Campmobilen und Wohnwagen mit kalifornischen Kennzeichen. Als er Pasoloma erreichte, begann sich der Nebel zu lichten und seinen Schleier von der Klinik abzuziehen. Im Büro und im eigentlichen Klinikgebäude herrschte Betrieb, aber es ging irgendwie anders zu als in einer normalen Klinik. Die Leute schienen sich langsamer zu bewegen, als hätten sie – mit freundlicher Genehmigung von Dr. Ortiz – jede Menge Zeit.

Aragon fuhr direkt zu dem von Miranda und Grady bewohnten Bungalow. Von dem gelben Porsche war nichts zu sehen. An seinem Platz stand Pedro, der Junge aus dem Restaurant, und unterhielt sich mit einer stämmigen Frau in mittleren Jahren, die einen Handwagen mit allerlei Putzmitteln und -geräten vor sich herschob. Pedro nickte ihm zu, wortlos und ohne zu lächeln, wohingegen die Frau mit überraschend flinken Bewegungen mitsamt ihrer Karre hinter dem Haus verschwand. Es hörte sich so an, als sei eines der Räder eckig.

Aragon sagte: »Die Karre müßte mal geölt werden.«

Der Junge zuckte mit den Achseln. »Sie ist alt. Meine Mutter hat mich darin immer spazierengefahren, als ich noch klein war.«

»Wie alt bist du jetzt?«

»Dreizehn. Nächstes Jahr gehe ich mit meinem Bruder in die Vereinigten Staaten. Wir suchen einen Job und machen jede Menge Geld.« Er warf einen Blick hinüber auf Aragons Chevy. »Sie machen nicht jede Menge Geld, so wie Mr. Shaw.«

»Nicht so wie Mr. Shaw, nein.«

»Er ist bestimmt ein wichtiger Mann, na klar. Er kann keine Zeit vergeuden und Leute in seinem Auto mitnehmen. Ein Rennen gegen den Wind, das ist eine verrückte Idee. Niemand kann ein Rennen gegen eine Sache fahren, die man gar nicht sieht.«

»Es tut mir leid, daß du um deine Autofahrt gekommen bist, Pedro.«

»Es macht mir nichts aus«, sagte der Junge. »Ich hab sowieso nichts erwartet.«

Aragon klopfte an die Tür des Bungalows, zuerst leise und dann etwas lauter, aber es rührte sich nichts. Die Fenster waren geschlossen und die Jalousien heruntergelassen, als versuchten die Leute im Haus, das Licht und die Geräusche des anbrechenden Tages fernzuhalten.

Er klopfte noch einmal. »Mrs. Shaw?«

Nach zwei oder drei Minuten war endlich Miranda Shaws Stimme zu hören, ein heiseres und verschlafenes »Wer ist da?«

»Tom Aragon.«

»Gehen Sie weg.«

»Ich bin weggegangen. Und jetzt bin ich wieder da.«

Sie öffnete die Tür. Wenn man sie in dem großen und weiten, rosa und orange gestreiften Morgenrock sah, konnte man meinen, sie habe in einem Zelt Zuflucht gesucht, das nicht hoch genug war, so daß sie oben eine Öffnung für ihren Kopf hatte herausschneiden müssen.

Ihre Augenlider waren geschwollen und von heißen Tränen gezeichnet. Sie sagte: »Ich sehe niemanden«, und man konnte das fast wörtlich nehmen.

»Fühlen Sie sich nicht gut, Mrs. Shaw?«

»Machen Sie die Tür zu. Mir ist kalt.«

»Ich lasse Ihnen ein Frühstück bringen.«

»Nein, danke. Ich weiß, Sie versuchen, nett zu sein. Aber es ist durchaus überflüssig. Mir geht es ganz – ganz gut.«

»Wo ist Grady?«

»Grady geht es auch gut, danke.«

»Ich hätte gern gewußt, wo er jetzt ist.«

»Wo er ist? Nun, ich bin mir nicht ganz sicher. Er ist ein bißchen mit dem Porsche rausgefahren, mit einem der Jungs aus dem Restaurant. Ich wollte, er würde sich weniger mit dem Personal einlassen, es ist einfach nicht würdevoll. Er muß lernen, auf –«

»Der Junge wartet immer noch auf Grady, Mrs. Shaw.«

Sie setzte sich auf die Bettkante, so daß das Zelt ringsum zusammensackte. »Ich auch«, flüsterte sie. »Aber er kommt nicht wieder. Er ist mitten in der Nacht weggefahren. Ich hatte mich über Ihre Neuigkeiten so aufgeregt, daß mir Dr. Ortiz eine Kapsel gab, und dann bin ich eingeschlafen. Als ich aufwachte, war Grady weg. Auf dem Schreibtisch lag ein Zettel.«

Der Zettel lag immer noch da. Obwohl er zerknüllt und teilweise zerrissen worden war und die Spuren von Tränen zeigte, war die Schrift noch zu lesen. Die Buchstaben waren groß und ungleichmäßig, die Zeilen liefen schräg nach unten:

Miranda,

Irgendwie wird es für mich immer enger, ich muß schleunigst weg und rausfinden, wie ich etwas tun kann, wie ich etwas werden kann. Als mich die Leute Mr. Shaw nannten, fand ich das zuerst ganz lustig, aber dann plötzlich nicht mehr. Vielleicht seh ich dich in den

Staaten, wenn ich's zu etwas gebracht habe. Bloß nie mehr Mr. Shaw.

Bitte nicht durchdrehen, nur weil ich so plötzlich weg bin. Wir waren uns ja einig, daß das nicht ewig gehen würde. Nichts ist für die Ewigkeit, wie sollen ausgerechnet wir dagegen ankommen.

Paß auf dich auf, Miranda, und vielleicht sehen wir uns mal wieder in den Staaten, und wir amüsieren uns wie in alten Zeiten.

Dein Freund
Grady Keaton

P.S.: Laß nicht zu, daß der Doktor noch mehr von diesem Dreck in dich reinpumpt. Du siehst auch so prima aus. Warum willst du denn unbedingt jung sein. Jung sein, das ist eine Qual, echt.

Grady blieb sich vollkommen treu: er log nicht, er versprach nichts, er zeigte kein Bedauern.

»Ich würde Sie gerne nach Hause bringen, Mrs. Shaw«, sagte Aragon. »Wir können fahren, sobald Sie Ihre Dinge zusammengepackt haben.«

»Das wird Dr. Ortiz aber nicht gefallen.«

»Haben Sie im voraus bezahlt?«

»Ja.«

»Was ist mit Rückvergütungen?«

»Die gibt es bei ihm nicht.«

»Dann wird er wahrscheinlich den Schock Ihrer Abreise überleben.«

»Aber was ist, wenn – wenn Grady zurückkommt, und ich bin nicht da?«

Aragon war nicht zu Wenn-und-aber-Spielchen aufgelegt, doch er sagte: »Das geschähe ihm doch gerade recht, meinen Sie nicht? Reißen Sie sich jetzt zusammen, damit wir nach Hause fahren können.«

»Nein.«

»Ich kann Sie nicht hier lassen, Mrs. Shaw. Ich fühle mich für Sie verantwortlich.«

»Warum? Sie haben mich erst gestern kennengelernt.«

»Manche Leute lernt man sehr schnell kennen.« *Viel zu schnell, Miranda.*

Er wartete draußen, während sie ihre Koffer packte. Der Strand lag immer noch im Nebel, so daß von der Brandung nichts zu sehen war. Aber er hörte sie, laut und in einem langsamen, stetigen Rhythmus. Grady behauptete, die Wellen seien ganz verschieden, jede einzelne sei wieder anders, aber diese hier hörten sich genau gleich an.

Zwanzig Minuten später kam Miranda aus dem Bungalow. Sie hatte einen weißen Strohhut und eine übergroße Sonnenbrille aufgesetzt und trug ein ärmelloses Sackkleid. Ihre Arme waren sehr dünn und blaß, so als seien sie unbenutzt an irgendeinem dunklen Ort aufbewahrt gewesen.

»Ich werde einen der Jungen auffordern, mein Gepäck herauszubringen«, sagte sie. »Es sind zwei Koffer und ein Kleidersack.«

»Lassen Sie nur. Ich hol die Sachen schon.«

»Ich möchte nicht, daß Sie meinetwegen Arbeit haben.«

»Das ist doch keine Arbeit.«

Sie reiste nicht gerade mit leichtem Gepäck. Es waren zwei schwere Überseekoffer, die er nur nacheinander heraustragen konnte. In dem Chevy fand sich keine Möglichkeit, den Kleidersack aufzuhängen, und so legte er ihn hinten auf die Sitzbank. Das Ding sah irgendwie unangenehm aus, gerade als habe man einen Menschen in ganzer Länge in einen Schlafsack gestopft.

Sie sagte: »Grady ist sehr stark.«

»Ach ja?«

»Was er einmal in der Hand hat, kommt ihm nicht mehr aus.«

Beispielsweise ein Porsche. Fast hätte er es laut gesagt. Es war durchaus möglich, daß sie dasselbe dachte und daß ihre Bemerkung ironisch gemeint war, aber er war sich nicht sicher, denn ihr Gesicht verbarg sich hinter der breiten Hutkrempe und der Sonnenbrille und einer Schicht Stolz, die noch dicker war als ihr Make-up.

Als er den Chevy wendete, sah er Pedro, der ihn vom Rand der Freigarage her beobachtete. Er winkte ihm zum Abschied zu. Pedro winkte nicht zurück.

Während der ersten Kilometer saß sie angespannt und schweigend da, die Hände fest im Schoß gefaltet. Doch nach und nach wich die Anspannung. Sie nahm den Hut vom Kopf und fuhr sich mit den Fingern durchs Haar, sie nahm die Brille ab und rieb sich die Augen, und hin und wieder redete sie.

»Es ist schrecklich heiß. Könnten Sie die Klimaanlage einschalten?«

»Ich hab keine.«

»Ich dachte, alle Autos hätten eine Klimaanlage.«

In ihrer Welt stimmte das wahrscheinlich.

Später redete sie von Grady. »Er hat seine Zahnbürste liegenlassen. Nicht daß er sie vermissen wird, er ist in hygienischen Dingen ziemlich nachlässig. Wußten Sie das?«

»Nein.«

»Es wirkte sich offenbar nicht negativ aus, denn im Klub schwärmte die ganze Damenwelt für ihn, sogar Ellen, die auf Männer reagiert wie ein Kühlschrank.«

Auch das war ihm neu.

»Ich weiß nicht, was aus mir werden soll. Ich kann mir meinen Lebensunterhalt nicht selbst verdienen. Ich habe im Internat einst nichts anderes gelernt als Französisch, Ballett und Etikette.«

Sie schien von der Etikette einiges verlernt zu haben. Als er ihr die Funktionsweise des Nachlaßgerichts erklärte, schlief sie ein, den Kopf zwischen Türrahmen und Rückenlehne eingebettet.

An der Grenze wachte sie auf und beantwortete Fragen, die ihr ein Beamter der Einwanderungsbehörde stellte. Jawohl, sie war amerikanischer Staatsbürger, geboren in Chicago in Illinois. Sie hatte nichts zu verzollen. Sie war nach Mexiko gefahren, um sich in einem Kurort einer Behandlung zu unterziehen, und fuhr nun zurück nach Hause, nach Santa Felicia.

»Das war gelogen«, sagte sie hinterher zu Aragon. »Ich fahre nicht nach Hause. Ich habe kein Zuhause mehr.«

»Selbstverständlich haben Sie ein Zuhause.«

»Nein, das Haus ist mit Hypotheken belastet, es gehört fremden Leuten.«

»Bis jetzt noch nicht. Die Gerichte arbeiten sehr langsam. Sie können dort so lange wohnen, bis alles geregelt ist.«

»Ich lehne es ab, von irgendwelchen Fremden Almosen anzunehmen.«

»Diese Fremden sind ein paar Banken, und die geben üblicherweise keine Almosen.«

»Für mich besteht da kein Unterschied. Betrachten Sie das Thema bitte als erledigt, Mr. Aragon. Als ich das Haus verließ, beschloß ich, es nie wieder zu betreten, komme was da wolle.«

»Was werden Sie jetzt tun?«

»Eine kleine Wohnung mieten, vielleicht einen Lehrgang mitmachen und lernen, eine bezahlte Arbeit auszuführen, ähnlich wie das, was Ellen im Klub macht.«

»Haben Sie noch Geld?«

»Ein wenig.«

»Wie lange werden Sie davon leben können?«

»Ich weiß nicht. Ich habe noch nie für mich selber sorgen müssen. Es müßte – es müßte eigentlich eine interessante Herausforderung werden. Meinen Sie nicht auch?«

»Doch.« Eine Herausforderung würde es sicher werden. Ob das ganze aber interessant oder auch nur möglich sein würde, das hing von Miranda ab.

In San Diego hatten sie ein verspätetes Mittagessen. Sie bestellte einen doppelten Martini und einen Salatteller mit Weißwein. Die Kombination war zwar nicht so potent wie eine von Dr. Ortiz' Kapseln, aber doch nicht ohne Wirkung. Ihre Internatserziehung bröckelte weiter ab.

»Er hat meinen Wagen gestohlen«, sagte sie. »Der Dreckskerl hat meinen Wagen gestohlen.«

»Ich glaube, er war der Meinung, Sie hätten ihm das Auto geschenkt, Mrs. Shaw.«

»Aber nur unter der Voraussetzung, daß wir zusammenbleiben. Es sollte *unser* Auto sein. Geschenkt, daß ich nicht lache! Wissen Sie, was das Ding kostet?«

»Sie können es wiederbekommen.«

»Wie denn?«

»Melden Sie der Polizei, daß es gestohlen worden ist.«

»Welcher Polizei? Ich weiß ja nicht, in welchem Staat er jetzt ist, nicht einmal, in welchem Land.«

»Vielleicht gibt er es freiwillig zurück«, sagte Aragon. »Ich weiß zwar nicht viel von Grady, aber ich hatte den Eindruck, er ist kein schlechter Kerl, wenn schon nicht der prachtvolle Mensch, für den Sie ihn einmal gehalten haben.«

Sie fing an zu weinen und benutzte die Papierserviette als Taschentuch. »Ich dachte, er sei – ich dachte, er sei ein so prachtvoller Mensch.«

»Wir machen alle unsere Fehler.«

»Ach, halten Sie schon den Mund.«

Er hielt den Mund, und auch sie war still, als sie erst wieder im Auto saßen. Sie schlief erneut ein, diesmal mit dem Kopf an Aragons Schulter. Für eine so kleine Person fühlte sie sich sehr schwer an.

Sie wachte auf, als er das Tempo verlangsamte, um die Ausfahrt nach Santa Felicia zu nehmen. Es war kein sanftes und allmähliches Aufwachen. Sie war augenblicklich hellwach, als habe ein innerer Wecker sie aus dem Schlaf gerissen.

»Warum fahren Sie von der Fernstraße runter? Wo sind wir?«

»Zuhause.«

Sie schüttelte den Kopf, um dieses Wort zurückzuweisen. »Ich habe Ohrenschmerzen und einen steifen Hals.«

»Sie sehen gut aus.« Es stimmte. Nach dem langen Schlaf und – oder trotz – der letzten Dosis von Dr. Ortiz' Ziegendrüsen wirkte sie merkwürdig jung.

»Nicht doch«, sagte sie. »Sie sind doch nur höflich.«

»Nein. Sie sehen großartig aus, Miranda.«

Sie holte einen kleinen Spiegel aus der Handtasche und überzeugte sich selbst, aber sie gab durch nichts zu erkennen, wer sie aus dem Spiegel anstarrte. »Wo bringen Sie mich hin?«

»Zu Ihrem Haus.«

»Es ist nicht mein Haus. Ich habe nur darin gewohnt, bezahlt hat es Neville ... Sie haben mich eben mit meinem Vornamen angeredet.«

»Mir war danach.«

»Das dürfen Sie aber nicht. Es ist nicht korrekt.«

Die Etikette war ihr wieder eingefallen. Vielleicht würde sie später mit Französisch und Ballett aufwarten.

Bis zur Encinada Road waren es nur zwei, drei Kilometer, aber der Weg war schwer zu finden, und Miranda machte keine Anstalten, ihm zu helfen. Sie blickte pausenlos aus dem Fenster, wie ein Besucher, der diesen Teil der Stadt zum erstenmal sieht: die mit wildem Wein und Bougainvillea bedeckten Steinmauern; die moosbewachsenen alten Eichen; ganze Reihen dornenbewehrter Kassien, die heimtückischer waren als jeder Stacheldraht; hohe, undurchdringliche Klebsamen- und Kirschmyrtensträucher.

Das drei Meter hohe Eisentor vor der Auffahrt der Shaws war geschlossen, und als Aragon auf den Knopf der Sprechanlage drückte, die das Tor mit dem Haupthaus verband, rührte sich nichts. Er überprüfte die Tür am Pförtnerhaus. Sie war abgeschlossen, und die Jalousien am Fenster waren herabgelassen. Er wartete eine Weile und rechnete fast damit, daß plötzlich der alte Mann, Hippolomia, auftauchte und die Situation erklärte: *»Es gibt kein Elektrisch ... Madame hat vergessen, zu zahlen.«*

Er ging zurück zum Wagen.

Miranda sah ihn ernst an. »Sehen Sie? Das Haus will so wenig von mir wissen wie ich von ihm.«

»Unsinn. Man hat den Strom abgestellt, weil niemand die Rechnung bezahlte.«

»Das ist nur der naheliegende äußerliche Grund.«

»Und der subtile innerliche Grund?«

»Ich sagte es Ihnen ja schon. Aber es spielt sowieso keine Rolle«, fügte sie hinzu. »Ich könnte nie wieder in diesem Haus wohnen, unter gar keinen Umständen.«

»Wo wollen Sie hin?«

»Für heimatlose verlassene Frauen wie mich muß es doch irgendwo einen Unterschlupf geben.«

»Sie brauchen die Lage nicht zu dramatisieren, sie ist auch so schon unangenehm genug«, sagte er. »Ganz konkret: haben Sie jemanden, bei dem Sie vorübergehend unterkommen können, Verwandte, Freunde, Nachbarn –«

»Nein.«

»Oder Leute aus Ihrem Klub?«

»Nein. Die einzige im Klub, die ich als Freundin bezeichnen könnte, ist Ellen. Sie war immer sehr nett zu mir.«

»Ach tatsächlich.« *Wenn dir nichts Besseres einfällt, Miranda, dann hast du Probleme. Ellen ist nicht deine Freundin.*

Ein Windstoß fegte den Cañon herauf und ließ Eukalyptuskapseln auf das Autodach prasseln. Miranda zuckte zusammen, als sei jede einzelne von ihnen gegen sie gerichtet. »Bitte, bringen Sie mich weg von hier. Ein Santana kommt auf. Ich spüre es am ganzen Leib. Meine Haut fühlt sich so fest an.«

»Das war es doch wohl, was Sie sich von der Klinik erhofften, festere Haut. Sie hätten hierbleiben können, dann wären Sie billiger dazu gekommen.«

»Das war eine flegelhafte Bemerkung. Warum haben Sie so schlechte Laune?«

»Ich bin müde.«

»Warum sollten Sie müde sein? *Ich* bin doch diejenige, die zu leiden hatte.«

»Sie haben fast den ganzen Nachmittag geschlafen.«

»Sie werden mir doch das bißchen Schlaf nicht mißgönnen, nach allem, was ich mitgemacht habe.«

»Nein.« Er mißgönnte ihr gar nichts, nur seine Zeit, zwei Tage waren es nun schon. In Gegenwart von Miranda schienen zwei Tage viel länger. Einen dritten Tag würde er nicht überstehen. Er sagte: »Ich schlage vor, wir fahren zum Klub und sehen, ob Ellen noch da ist. Sie weiß vielleicht einen Ausweg.«

Es war ein übler Trick, den er da Ellen spielte, aber es fiel ihm nichts anderes mehr ein. Zumindest war Ellen an sie gewöhnt und würde daher wissen, was zu erwarten, und vielleicht sogar, wie damit fertigzuwerden war.

Walter Henderson, der Manager, war noch im Büro, aber er war offensichtlich am Aufbrechen. Er trug Freizeitkleidung, Jogging-Schuhe, einen gestreiften Trainingsanzug und eine marineblaue Segelmütze. Er hatte sich eine Ausgabe des *Renn-Kuriers* unter den Arm geklemmt, um gewappnet zu sein, falls er beim Joggen eine Ruhepause einlegte oder beim Segeln in eine Flaute geriet oder auf dem Weg zu seinem Buchmacher in einem Verkehrsstau steckenblieb.

»Bedaure, aber wir sind gerade dabei, zu schließen«, sagte er zu Aragon. »Sieben Uhr, nicht wahr. Das gilt für das ganze Winterhalbjahr, abgesehen von den Wochenenden und besonderen Gelegenheiten. In unserem letzten Rundschreiben haben wir eindeutig darauf hingewiesen. Haben Sie denn unser letztes Rundschreiben nicht gelesen?«

»Nein.«

»Schade. Da ist eine ganz gescheite Sache von mir drin.«

»So ein Pech, dauernd verpasse ich die gescheiten Sachen«, sagte Aragon. »Ist Miss Brewster noch da?«

»Sie ist irgendwo im Gelände, auf ihrem allabendlichen Kontrollgang mit dem Nachtwächter. Letzte Nacht hat jemand zwei tote Stechrochen ins Schwimmbecken geworfen. Wir haben ein paar Mexikanerjungen im Verdacht. Diese Minderheiten nehmen sich immer mehr heraus.«

»Das hört man immer wieder. Schockierend.«

»Heute sind es Rochen, morgen große weiße Haie. Na ja, warten wir's ab, noch ist es nicht so weit ... Ich schließe jetzt das Büro. Sie können auch im Gang auf Miss Brewster warten. Da steht eine Bank, auf die Sie sich setzen können.«

Er setzte sich auf die Bank. Bis auf einen Hausmeister, der die mit Platten ausgelegte Terrasse fegte, war niemand zu sehen. Aber in der Ferne hörte er Stimmen, und sie klangen wütend. Nach ungefähr fünf Minuten stand er auf und ging ein paarmal um das Schwimmbecken, um sich die Beine zu vertreten.

Vom Santana, der in den Ausläufern der Sierra geweht hatte, war nichts zu spüren, und auch nicht von der Seebrise, die fast immer am Nachmittag einsetzte und mit dem Sonnenuntergang abrupt wieder aufhörte. Die Wasseroberfläche war so glatt, daß das Becken auch am gegenüberliegenden Ende, wo es über fünf Meter tief war, wie ein seichtes Zierbecken aussah, in dem sich alles spiegelte: die Hochsitze, der Fahnenmast, der Sprungturm und Aragon selbst, auf die Größe eines Kindes verkürzt. An den Seitenwänden und am Boden des Bekkens waren die Wassertiefen und die Wettkampfbahnen deutlich markiert. Er fragte sich, ob hier überhaupt Wettkämpfe ausgetragen wurden oder ob es nur außerhalb des Wassers Siege und Niederlagen gab.

Die Stimmen wurden lauter. Es hörte sich an wie die Auseinandersetzung zwischen zwei Frauen und einem Mann, aber als das Trio am Fuß der Treppe erschien, die zu der Südreihe der Badehäuschen führte, stellte sich heraus, daß eine der Frauen der kleine Frederic Quinn war. Er wankte unter der Last eines Schlafsacks, eines tragbaren Fernsehgeräts und einer Sechserpackung 7-Up. Ellen trug den Rest seiner Vorräte – eine angebissene Pizza, eine Schachtel Salzgebäck, eine Packung mit etlichen Scheiben Bologneser und eine andere mit Frankfurter Würstchen.

Frederic hatte sich einen schönen Abend machen wollen, aber der Nachtwächter erwischte ihn mitten in der

Pizza und einer alten Folge von *Star Trek*. Der Nachtwächter, ein birnenförmiger Theologiestudent, der sich seinen Weg zur Kanzel erarbeitete, hätte sich möglicherweise der Party angeschlossen, wenn nicht Ellen aufgetaucht wäre. Er beeilte sich dann auch, sie von seinem Pflichtbewußtsein zu überzeugen.

»Zum letztenmal, junger Mann: du kannst die Nacht nicht in einem Badehäuschen verbringen.«

»Warum nicht?«

»Es ist gegen die Vorschriften.«

»Woher soll ich die Vorschriften kennen? Ich bin noch ein Kind.«

»Und außerdem«, sagte Ellen, »bist du eine Nervensäge.«

»Was kann ich schon dafür. Ich hab niemand gebeten, mich in die Welt zu setzen. Und niemand wollte mich in die Welt setzen. Mein Vater hatte eine Vasektomie, aber die haben gemurkst. Er hätte auf Schadenersatz klagen können, aber er brauchte das Geld nicht.«

»Die Vasektomie deines Vaters interessiert mich nicht, Frederic.«

»Ehrlich? Was interessiert Sie denn?«

»Stechrochen«, sagte der Nachtwächter. »Tote Stechrochen. Zwei Stück. Im Schwimmbecken.«

»Ich hab keine Ahnung von Stechrochen, tot oder lebendig. Ich kann schließlich nicht alles wissen, ich bin kein Genie.«

»Wer von Vasektomien redet, muß auch über Stechrochen Bescheid wissen.«

»Nicht unbedingt. Ich spezialisiere mich, verstehen Sie?«

»Nein, überhaupt nicht.«

»Lassen Sie sich auf keine Diskussionen ein, Sullivan, es ist reine Zeitverschwendung. Man muß ihm hart und unmißverständlich die Meinung sagen.« Ellen blickte auf Frederic herab, der den Schlafsack am Boden ausgebreitet hatte und nun im Sitzen eine Dose 7-Up trank. »Also, Frederic, stellen wir das ein für allemal klar: Wenn der Klub geschlossen ist, darf sich niemand, absolut niemand, in den Badehäuschen aufhalten.«

»Das glauben auch nur Sie. Erst letzte Woche hab ich zugeschaut, wie Mr. Redforn bei Amy Lou Worthington im Badehäuschen der Worthingtons seine Nummer abgezogen hat. Mann, das ist wirklich ein Profi.«

»Du hast ihnen zugeschaut, Frederic?«

»Na klar. Die waren da, und ich war da.«

»Du hättest aber nicht da sein *dürfen.*«

»*Die* hätten auch nicht da sein dürfen.«

»Gleich verliere ich die Geduld mit dir, Frederic.«

»Das geht allen so, das ist nichts Besonderes.« Das war der Augenblick, in dem Frederic Aragon entdeckte und mit einem Schlachtruf begrüßte. »Da ist mein Anwalt. He! He, Aragon, hierher! Kennen Sie mich noch? Wir haben auf dem Parkplatz einen Pakt geschlossen, wissen Sie noch?«

Der Nachtwächter sah argwöhnisch zu, wie Aragon näherkam. »Ein Pakt auf dem Parkplatz, wenn das nicht mit dem Teufel zugeht. Und seit wann haben neunjährige Bengel einen Anwalt?«

»Ganz einfach, seit ihr Bullen angefangen habt, uns das Leben schwer zu machen«, sagte Frederic. »Auf geht's, Aragon, sagen Sie's ihm schon.«

»Ganz recht, Aragon«, sagte der Nachtwächter. »Sagen Sie's mir.«

»Was möchten Sie denn wissen?«

»Vielleicht beginnen Sie mit dem Pakt auf dem Parkplatz.«

»Na schön. Es war vor ein paar Tagen. Ich wollte gerade wegfahren, da traf ich Frederic auf dem Parkplatz. Er gab mir einige Auskünfte über eine Person, die ich suchte, und dafür willigte ich ein, zu gegebener Zeit als sein Anwalt zu fungieren.«

»Die gegebene Zeit ist gekommen.«

»In dem Fall muß ich einen Augenblick mit meinem Mandanten reden, allein. Wenn Sie uns entschuldigen würden, Mr. Sullivan –«

»Soll das heißen, dieser Junge ist wirklich Ihr Mandant?«

»Ganz recht.«

»Das muß mit dem Teufel zugehen, weiß Gott.«

»Führen Sie Ihren Kontrollgang zu Ende, Sullivan«, sagte Ellen. »Und überlassen Sie die Theologie lieber uns.«

Sobald der Nachtwächter weg war, machte Frederic die nächste Dose 7-Up auf, stellte den Fernseher wieder an und entschied sich für einen Science-Fiction-Film. Zu den Klängen einer sehr lauten zeitgenössischen Musik krochen mehrere prähistorische oder posthistorische Monster aus einem Sumpf.

Ellens Stimme übertönte die Musik: »Was machen Sie hier, Mr. Aragon?«

»Ich habe Mrs. Shaw gefunden.«

»Na schön. Das war doch Ihr Ziel, nicht wahr?«

»Ja.«

»War sie allein?«

»Zuerst nicht. Aber jetzt ist sie allein. Genauer gesagt: sie sitzt draußen in meinem Wagen und möchte mit Ihnen reden.«

»Weshalb?«

»Sie sind Ihre Freundin.«

»Das bin ich nicht. Ich war es nie, und werde es auch nie sein. Ich weiß nicht, wie sie auf die Idee kommen kann, ich sei ihre Freundin.«

»Offensichtlich liegt da eine Fehleinschätzung vor«, sagte Aragon. »Für Sie ist also der Fall erledigt.«

»Sie sagen das so, als sei ich grausam und herzlos.«

»Sind Sie's?«

»Ich hab mich nie dafür gehalten. Ich bin tierlieb, und ich helfe alten Damen über die Straße. Aber Miranda Shaw bin ich nichts schuldig. Sie hatte doch alles, was man nur braucht, von Geburt an: Geld und Schönheit und Menschen, die sich um sie kümmerten und ihr zugetan waren.«

»Das hat sie inzwischen alles verloren, einschließlich Grady. Er hat sie letzte Nacht sitzenlassen. Er ist abgehauen, mitsamt dem Porsche, den sie ihm gekauft hat.«

»Sie hat ihm einen Porsche gekauft? Mein Gott, was muß diese Frau dämlich sein, die ist doch völlig – schon gut, schon gut, ich gehe raus und rede mit ihr. Oder höre ihr zu, oder was weiß ich. Ich werde nicht ihre Freundin sein«, fügte sie mit Entschiedenheit hinzu, »aber ich werde so weit gehen, wie ich nur kann, ohne daß ich das große Kotzen bekomme.«

»Sie haben ein Herz von Gold, Miss Brewster.«

Auf dem Bildschirm richtete sich eines der Monster auf, bis es auf den Hinterbeinen stand, und stieß ein Triumphgebrüll aus. Aragon sah einen Augenblick lang zu. Die begrenzte menschliche Vorstellungskraft, die einen Gott und einen Teufel nach dem eigenen Bilde geschaffen hatte, war auch bei den Monstern nicht viel erfolgreicher gewesen. Auch wenn sie mit ihrer von Warzen entstellten Haut, ihrem winzigen Kopf und ihren drei Augen noch so grotesk aussahen, so hatten sie doch alle vier Gliedmaßen, Stimmen wie Waldhörner und ein Sehvermögen von 20/20/20.

Aragon ging an das Fernsehgerät und schaltete es aus.

Frederic ließ einen Protestschrei los. »He, was soll denn das? Die Monster waren gerade dabei, die Welt zu erobern.«

»Das haben sie schon getan«, sagte Aragon. »Das muß eine Wiederholung sein.«

»Ist es auch. Ich hab's schon mal gesehen. Ich hab alles schon mal gesehen.«

»Dafur bist du eigentlich noch ziemlich jung. Wie alt bist du denn?«

»Neun und sieben Zwölftel. Aber wenn die hier das Dezimalsystem einführen, kommen noch ein paar Jährchen dazu.«

»Was hat das Dezimalsystem mit deinem Alter zu tun?«

»Nichts. Aber bei der Verwirrung um Gramm und Kilometer und Liter wird niemand was merken. Auf einen Schlag bin ich dann elf und sieben Zwölftel, und Bingo Firenze ist erst elf, ha ha.«

»Und wenn Bingo Firenze die gleiche Idee hat?«

»Unmöglich, der ist zu blöd.«

»Oder zu clever.«

»Bestimmt nicht. Seine Familie muß ganz schön zahlen, damit die Schule ihn behält. Auf welcher Seite stehen Sie überhaupt? Ich dachte, Sie seien *mein* Anwalt.«

»Bin ich auch«, sagte Aragon. »Und wie es aussieht, wirst du einen Anwalt brauchen.«

»Die Sache mit den Rochen, was? Okay. Ich hab sie am Strand gefunden, da muß einer das Fischen mit dem Speer geübt haben. Ich dachte, ich könnte sie wiederbeleben, deshalb hab ich sie ins Schwimmbecken geworfen. Es war meine gute Tat für diese Woche –«

»Schlechte Idee für eine gute Tat, Frederic. Das mit der Wiederbelebung hat nicht geklappt.«

»Das war nicht meine Schuld. Meine Absichten waren rein wie Schnee.«

»Hast du schon mal Schnee gesehen?«

»Nein.«

»Der ist oft ganz schön schmutzig.«

»In der Luft ist er jedenfalls sauber.« Frederic starrte sehnsüchtig auf den dunklen Fernsehschirm, als erwarte er, daß die Monster sich herausstürzten, um auf seiner Seite zu kämpfen. »Von einem guten Anwalt erwartet man, daß er seinem Mandanten vertraut.«

»Von einem guten Mandanten erwartet man, daß er seinem Anwalt die Wahrheit sagt.«

»Himmel Arsch, es war doch nur ein kleiner Spaß. Ich wollte sehen, was Henderson für ein Gesicht macht, wenn er morgens in den Klub kommt und die krabbligen gruseligen Dinger im Schwimmbecken sieht. Woher hätte ich wissen sollen, daß er gleich überreagiert? Keiner hat hier noch Sinn für Humor. Wenn ich alt genug bin, hau ich ab wie Grady, vielleicht mit einer Biene, wie er, vielleicht auch nicht. Wahrscheinlich nicht. Die einzigen Bienen, die ich kenne, sind die Freundinnen meiner Schwester Caroline, und die sind alle fett und hassen mich.«

»Ich hab gestern mit Grady geredet.«

Über Frederics Gesicht, über die Sonnenflecken und Sommersprossen und verkrusteten Flohbisse, zog sich ein gesprenkeltes Rot. »Grady? Ganz ehrlich, ohne Flachs?«

»Ohne Flachs.«

»Wo ist er?«

»Als ich ihn sah, war er in Mexiko.«

»Kommt er nicht wieder zurück?«

»Ich glaube nicht. Jedenfalls nicht in nächster Zeit.«

»Ich wette, er muß türmen. Na klar, die Federales sind hinter ihm her, oder die mexikanische Mafia. Ich wette –«

»Du würdest die Wette verlieren«, sagte Aragon. »Niemand ist hinter ihm her. Er läuft davon, weil das einfach so seine Art ist. Er gerät in irgendwelche Dinge, und dann will er wieder raus.«

»Was für Dinge?«

»Beziehungen.«

Der Junge atmete tief durch und hielt die Luft an; er machte sich auf einen schweren Schlag gefaßt. »Beziehungen wie zwischen ihm und mir?«

»Nein, nicht zwischen ihm und dir. Kompliziertere Beziehungen. Du – jedenfalls ist er immer noch dein Freund.«

»Woher wissen Sie das?«

»Er hat nach dir gefragt.«

»Was hat er genau gesagt?«

Aragon änderte den genauen Wortlaut taktvoll ab. »Er sagte: ›Wie geht's denn dem kleinen Spinner, meinem Kumpel Frederic?‹ «

Frederic stieß die Luft aus, und sein Gesicht nahm allmählich wieder die gewohnte Farbe an. »Ja, das hört sich echt nach Grady an. Irgendeine Nachricht für mich?«

»Nur, du sollst keine Dummheiten machen.«

»Mann, der hat vielleicht Nerven. Mann o Mann, ausgerechnet der spricht von Dummheiten. He, wissen Sie, was ich Bingo Firenze erzählen werde? Ich werde ihm sagen, daß mein bester Freund in Mexiko rumkutschiert, und daß ihm die Federales auf den Fersen sind. Bingo wird so klein werden, daß ihn der Wind fortbläst.«

»Da kann ich nur sagen, Gott sei Dank.«

»Ach, Bingo ist gar nicht so übel«, sagte der frühzeitig zum Dezimalsystem bekehrte Konvertit, »wenn man bedenkt, daß er noch ein Kind ist.«

Mit Hilfe des Münztelefons im Gang einigte man sich darauf, daß einer von Frederics Brüdern kommen und ihn abholen sollte. Frederic ließ sich unter einer Palme nieder, um auf seinen Bruder zu warten. Er legte sich auf seinen Schlafsack und balancierte den Fernseher auf seinem Magen. Die Monster kehrten zurück und eroberten die Welt, und so lebte jedermann vergnügt und stille bis an sein seliges Ende.

Aragon ging zu seinem Wagen zurück. Ellen saß auf dem Fahrersitz und unterhielt sich mit Miranda Shaw. Als Ellen ihn kommen sah, stieg sie aus und ging ihm entgegen. Sie schien gelassen, aber der Ring mit den Klubschlüsseln klapperte etwas zu lebhaft in ihrer Hand.

»Mrs. Shaw wird vorübergehend bei mir wohnen, bis sich etwas anderes gefunden hat.« Sie hob die Wörter *vorübergehend* und *anderes* besonders hervor. »Warten Sie, bis ich abgeschlossen habe, dann können Sie hinter mir herfahren.«

»Vielen Dank, Miss Brewster.«

»Dies wird kein langer Besuch. Ich hoffe, das ist Ihnen klar.«

»Absolut. Ich werde gleich morgen früh versuchen, bei meinem Chef etwas Geld für sie zu beschaffen. Dann verfrachten Sie sie gleich in ein Motel oder so.«

»*Sie* verfrachten sie in ein Motel oder so. Ich muß morgen arbeiten, und für so etwas bekomme ich keine Pausen ... Ich nehme an, sie hat Gepäck.«

»Zwei Koffer.« Er erwähnte nicht, daß sie zusammen schwer genug waren, um Gradys zerstückelten Leichnam zu enthalten.

Während Miranda duschte, richtete Ellen eine leichte Mahlzeit her, Omelette mit grünem Salat. Nach dem Essen saßen die zwei Frauen am Küchentisch und tranken Tee. Der Raum, der Ellen immer gefällig und sauber erschienen war, kam ihr nun vollgestopft und viel zu klein und intim vor, als daß man ihn mit einem fremden Menschen teilen konnte.

Wenn Miranda unter einer ähnlichen Spannung stand, so war ihr zumindest nichts anzusehen. Sie bestritt den größten Teil des Gesprächs und vermengte mit ihrer leisen hohen Stimme Vergangenheit und Gegenwart. Sie sagte, sie sei Ellen für ihre Freundlichkeit dankbar, aber auch Aragon, »einem wirklich netten, wenn auch reichlich sonderbaren jungen Mann, denn man weiß bei ihm nie, was er denkt«. Sie redete von der Klinik in Pasoloma und den trächtigen, vorwurfsvoll dreinblickenden Ziegen, die stets angepflockt waren. Sie erzählte von den glücklichen Stunden in ihrer Kindheit, wenn ihr erlaubt wurde, das Abendessen mit der Köchin in der Küche einzunehmen: »Die Köchin und ich tranken Tee miteinander, so wie wir beide, und die Köchin las unser Schicksal aus den Teeblättern; die großen Blätter bedeuteten eine bevorstehende Reise, die kleinen Brösel waren Geld, und die Ästchen, das waren große dunkelhäutige Fremde, die sich dann immer als der Postbote oder der Klempner oder als der kleine und dicke Freund der Köchin entpuppten.«

Sie redete von ihrer ersten Begegnung mit Grady. »Sie haben uns miteinander bekanntgemacht, Ellen. Wissen Sie noch? Es war im Büro. Ich sagte ihm, da schreie irgendwo ein Kind, und fragte ihn, ob er etwas unternehmen könne. Und er sagte, wahrscheinlich nicht. Der Tag ist mir noch so deutlich in Erinnerung, ich könnte jedes Wort wiederholen, jede Geste und jeden Gesichtsausdruck beschreiben. Grady sah mich sehr ernst, aber irgendwie fragend an. Wissen Sie, was ich meine?«

»Ja.« Ellen wußte Bescheid. Grady sah jede Frau auf die gleiche Weise an, und es war immer die gleiche Frage, und er ließ einem mit der Antwort nicht viel Zeit.

»Ich denke mir immer wieder, daß er vielleicht zur Klinik zurückfährt – warum nicht jetzt, in diesem Augenblick – und mich nicht mehr antrifft, und daß ihm das dann schrecklich leidtut. Vielleicht hätte ich dort bleiben und auf ihn warten sollen. Schließlich haben ihn die Neuigkeiten, die Mr. Aragon uns brachte, genauso aus der Fassung gebracht wie mich. Wenn der erste Schock vorbei ist, wird er einsehen, daß sich zwischen uns überhaupt nichts geändert hat. Wir können immer noch heiraten und miteinander glücklich werden.«

»Ich wußte gar nicht, daß Sie heiraten wollten.«

»Aber natürlich. Natürlich wollten wir das, Ellen. Sonst hätte ich doch nie – ich meine, ich bin doch keine Schlampe. Grady ist der einzige Mann, mit dem ich je intim war, außer Neville, und das war etwas anderes. Neville wollte mich am liebsten nur ansehen, mir zuschauen, wie ich mir die Haare kämmte und so. Er hat mich fast nie angefaßt. Grady war anders.«

»Das glaube ich.«

»Ich wünschte, die Köchin wäre hier, um aus den Teeblättern zu lesen. Ich bin plötzlich voller Hoffnung, jawohl, und auch entschlossen, so als ob ich noch einmal alles so hinbekomme, daß Grady und ich wieder zusammen sind. Ich muß vor allen Dingen realistisch sein. Geld ist wichtig für ihn. Also gut, ich werde Geld besorgen. Ich werde eine Menge Geld besorgen und ihn zurückkaufen.«

»Sie sind müde. Denken Sie jetzt nicht darüber nach.«

»Aber ich muß anfangen, Pläne zu machen, gleich hier und jetzt.« Sie blickte sich langsam in dem Raum um, als wolle sie sich jedes Detail einprägen: die Vogelbilder an der Wand, die Teekanne aus Porzellan auf dem Herd, die Brotkapsel und die dazu passenden Blechdosen auf dem Küchenschrank, den Strauß aus gelben Plastikblumen und das einer Eule nachempfundene Keramikgefäß auf dem Kühlschrank. Feierlich sagte sie: »Ich werde nie diesen Raum vergessen, in dem ich mit Ihnen zusammensaß und für meine Zukunft ganz neue Pläne machte. Werden Sie diese Stunde je vergessen, Ellen?«

»Nein«, sagte Ellen. »Wahrscheinlich nicht.«

Sie starrte in ihre Tasse. Sie sah keine Blätter, die auf eine Reise hindeuteten, keine Brösel, die Geld bedeuteten, keine Ästchen, die große dunkelhäutige Fremde waren. Sie sah nur einen aufgeweichten Teebeutel.

Teil IV

Im November flog Dr. Laurie McGregor von San Francisco nach Süden, um ihre freien Tage am Erntedankfest mit ihrem Mann, Tom Aragon, zu verbringen. Einen erheblichen Teil der kostbaren Zeit brauchten sie zur Lösung des Problems, was denn mit dem quicklebendigen Elfkilo-Truthahn zu tun sei, den Smedler aus den Beständen der Truthahnfarm seines Schwagers allen Angestellten zugeschickt hatte. Nachdem sie ihn mit einer Mahlzeit aus Körnern, über die sie etwas Wodka träufelten, besänftigt hatten, brachten sie ihn schließlich in den Kinderzoo von Santa Felicia. Er hatte nicht mehr verloren als ein paar Federn und zwei Freunde.

Im Klub schmückte Mr. Henderson den Speisesaal mit lebensgroßen Plastikskeletten; auf diese Weise brachte er einen Teil der Verluste wieder herein, die der Halloween-Kostümball verursacht hatte. Leute, die die Schicklichkeit der Dekoration in Frage stellten, bekamen eine Erklärung, die sich der listige Henderson ausgedacht hatte, um seinen Kritikern entgegenzutreten. Die Skelette, so erklärte er, erinnerten an den Tod und daher auch an die Auferstehung, und dafür müsse jedermann am Erntedankfest dankbar sein. Die kleine Miss Reach, die neunzig Jahre alt und damit dem Thema näher war als die meisten anderen, vertrat die Ansicht, es wäre besser gewesen, bis Ostern damit zu warten. Henderson machte sich eine Notiz, denn es bestand immerhin die – allerdings sehr geringe – Möglichkeit, daß er und vielleicht sogar Miss Reach an Ostern noch dabei sein würden.

Zu Weihnachten bekam Cordelia Young von ihren Eltern einen neuen Mercedes. Ihre Dankadresse fiel kurz aus: »Verdammter Mist, ich wollte doch einen Ferrari.«

In derselben Woche erhielten Mr. und Mrs. Quinn die offizielle Benachrichtigung von Mr. Tolliver, dem Rektor der Schule, daß man ihren Sohn Frederic für das restliche Schuljahr und alle kommenden Schuljahre nicht mehr zu sehen wünsche. Auch Frederic hielt nur eine kurze Ansprache: »Hurra!« Mrs. Quinn teilte Frederic mit, ihr blute das Herz. Mr. Quinn sagte, auch ihm blute das Herz, aber Mrs. Quinn sagte, ihr Herz blute viel stärker. In dem sich anschließenden Streit war Frederic rasch vergessen. Er ging auf sein Zimmer, holte seine Haßliste aus ihrem Versteck unter der Schreibtischauflage hervor und strich Mr. Tollivers Namen aus. Es war schließlich witzlos, all den guten, gesunden Haß zu verschleudern.

Am Silvesterabend besuchte Charles Van Eyck den Regimentsball, um die Verachtung zu erneuern, die er für das Militär im allgemeinen und für seinen Schwager Admiral Young im besonderen empfand. Er schritt die zum Empfang angetretene Ehrenformation dreimal ab und gab laute Kommentare zu den vielen Goldlitzen und Blechorden und deren Kosten für den Steuerzahler. Seine Schwester Iris schlug ihm ihren Stock ans Schienbein. Der Admiral war taktvoller: »Mein lieber Charles, ich fürchte, du hast zuviel getrunken. Willst du dich denn unbedingt lächerlich machen?«

»Warum nicht«, sagte Van Eyck liebenswürdig. »Das tut ihr doch alle hier.«

Van Eyck war auch im Februar nicht untätig.

Amy Lou Worthington bekam einen anonymen und etwas verspäteten Kommentar zu ihrer Entjungferung, eine schwarz umrandete Karte mit dem Text: »Herzliches Beileid zu Ihrem schweren Verlust.«

Ellen Brewster fand auf ihrem Schreibtisch einen altmodischen, mit Spitzen und Samt verzierten Valentinsgruß mit einer altmodischen Aussage:

Rosen, Tulpen, Nelken,
Alle Blumen welken,
Eine süße welket nicht,
Und die heißt Vergißmeinnicht.

Van Eyck hatte, um das ganze zu modernisieren und seinen eigenen Vorstellungen anzupassen, die zwei letzten Zeilen durchgestrichen.

Ellen ging auf die Terrasse hinaus, um ihm persönlich zu danken, aber Van Eyck hatte gerade einen seiner plötzlichen und mysteriösen Taubheitsanfälle. Er legte eine Hand hinters rechte Ohr und sagte: »Wie? Was ist? Reden Sie doch lauter.«

»Der Valentinsgruß.«

»Wie?«

»Vielen Dank für Ihren Valentinsgruß.«

»Wie?«

»Ein Erdbeben hat Los Angeles erschüttert, und die ganze Stadt liegt in Trümmern.«

»War ja auch langsam Zeit«, sagte Van Eyck. »Ich habe das schon vor vierzig Jahren vorausgesagt.«

Während der Herbst- und Wintermonate dachte Aragon hin und wieder an Miranda Shaw. Im Büro hatte er nichts über sie gehört, und wenn es ihm in den Sinn kam, nach ihr zu fragen, war der Zeitpunkt jedesmal ungünstig. Entweder dachte er mitten in der Nacht oder am Wochenende dran, wenn niemand im Büro war, oder aber ausgerechnet in der Zeit, da Smedler und Charity – getrennt, aber gleichzeitig – Ferien machten.

Im April sah er sie dann zum erstenmal wieder; es war in der Innenstadt, wo sie wartend vor dem Eingang einer zu mehreren Geschäften gehörenden Tiefgarage stand. Was immer ihr in den letzten Monaten widerfahren sein mochte, rein äußerlich hatte es ihr nichts anhaben können. Sie sah sehr gepflegt aus, das Haar zu einem französischen Knoten im Nacken zusammengefaßt, das Kleid aus geblümter Seide mit einem weiten Faltenrock, dazu eine Stola. Obwohl sie klein war und sehr ruhig dastand, mußte sie unter den Hausfrauen, die hinter Sonderangeboten herhetzten, und den zur Arbeit hastenden Verkäuferinnen und Sekretärinnen einfach auffallen. Für die frühe Stunde, neun Uhr, war ihr Kleid zu elegant und ihr Make-up zu ausgeprägt.

Aus kürzerer Entfernung bemerkte er dann die feinen Veränderungen an ihr. Ihr rotgoldenes Haar schien einen leichten Messingstich zu haben, und sie hatte blaue Ringe unter den Augen und Fältchen um den Mund, die vom Make-up nicht verdeckt wurden.

»Guten Morgen, Mrs. Shaw.«

»Ach nein, Mr. Aragon. Wie schön, Sie wiederzutreffen.«

Sie gaben sich die Hand. Ihre war so dünn und trocken wie Papier.

»Sie sehen ja prächtig aus, Mrs. Shaw.«

»Ich halte mich einigermaßen. Man darf nicht zuviel verlangen.« Sie zögerte einen Augenblick und spähte über die Schulter nach hinten, als fürchte sie, belauscht zu werden. »Sie wissen vermutlich, daß das Testament meines Mannes im Februar gerichtlich bestätigt worden ist. Die schlechten Neuigkeiten sind jetzt also offiziell. Er hat nicht nur sein eigenes Geld restlos ausgegeben, sondern zu einem erheblichen Teil auch noch das anderer Leute.«

»Wie leben Sie denn nun?«

»Seltsam.«

»Seltsam?«

»Ich glaube, das ist der passende Ausdruck«, sagte sie mit einem matten Lächeln. »Ich habe einen Job. Es ist nicht unbedingt das, was ich mir immer gewünscht habe, aber ich sorge jetzt zum erstenmal in meinem Leben selbst für meinen Unterhalt. Ich bin sogar in der Sozialversicherung. Es ist alles ganz offiziell, ich bin berufstätig. Das überrascht Sie, nicht wahr?«

»Ein bißchen schon.«

»Das Gehalt ist nicht besonders, aber ich bekomme Kost und Logis und werde nicht verhungern. Erinnern Sie sich an Ellen Brewster vom Penguin-Klub?«

»Aber ja.«

»Es war ihre Idee. Ich hätte nie geglaubt, daß ich etwas habe, das ich weitergeben kann, aber anscheinend ist da doch etwas ... Da kommen sie. Tun Sie so, als ob wir nicht über sie redeten.«

Es blieb ihm keine Zeit, zu überlegen, wer »sie« wohl sein könnten. Cordelia und Juliet traten aus der Tiefgarage heraus und blinzelten in der Sonne wie Riesenmaulwürfe. Sie sahen Aragon an, aber sie erkannten ihn nicht, und er war ihnen gleichgültig. Er hatte in ihrer Welt nichts verloren, dort war nur Platz für zwei.

»Cordelia hat einen Betonpfeiler gerammt«, sagte Juliet. »Aber es war nicht ihre Schuld. Da war ein Pfeil nach links und ein Pfeil nach rechts, und sie konnte sich nicht entscheiden, da fuhr sie geradeaus auf den Pfeiler.«

»Ein echter Fehler«, gab Cordelia fröhlich zu. »Das könnte jedem passieren.«

»Aber besonders dir«, sagte Juliet.

»Immerhin haben wir was gelernt dabei.«

»Die Methode find ich aber blöd. Und ich hab sowieso nichts gelernt.«

»Doch. Du hast herausgefunden, daß ein Mercedes auch nicht besser ist als andere Autos, wenn man gegen Beton knallt. Krach, knall, knirsch – wie ein ganz gewöhnlicher Cadillac.«

»Papa sagt bestimmt nichts, aber Mrs. Young wird toben.«

»Mädchen«, sagte Miranda. »Mädchen, bitte. Vergeßt einmal für einen Augenblick den Wagen und achtet auf eure Manieren. Ich habe euch schon öfter gesagt, ihr sollt den Admiral nicht Papa nennen. Er ist euer Vater. Würde das nicht besser klingen?«

Cordelia schüttelte den Kopf. »Vater nennt man einen Mann, der den Kragen verkehrt rum anhat. Oder man sagt es zum Beispiel in Unser Vater in dem Himmel. Diese Art von Vater gehört allen Leuten.«

»Unser ganz *privater* heißt Papa«, sagte Juliet. »Seine Frau heißt Mrs. Young.«

»Mädchen, bitte. Ich will ja nicht streng mit euch sein, aber ich muß euch bitten, eure Mutter nicht Mrs. Young zu nennen.«

»Warum nicht? Sie tun's doch auch.«

»Sie ist nicht meine Mutter.«

»Unsere vielleicht auch nicht«, sagte Cordelia. »Wir haben keinen Beweis. Und sie wäre ja nur froh, wenn sie's nicht wäre.«

»Sie haßt uns«, erklärte Juliet. »Uns ist das gleich. Wir hassen zurück. Übrigens haßt sie auch Sie, aber Sie können nicht zurück hassen, weil Sie eine Dame sind, und Damen dürfen nie das tun, was sie möchten.«

Beide Mädchen fanden das furchtbar lustig. Cordelia kreischte vor Vergnügen, und Juliets Gesicht wurde knallrot, und sie mußte Augen und Nase am Ärmel ihres wollenen Pullovers abwischen, der viel Flüssigkeit aufsaugen konnte und sich deshalb für diesen Zweck bestens eignete.

Miranda stand ruhig da, und die einzige Spur einer Gefühlsregung war die Vertiefung der Falten um ihren Mund. »Ihr erregt Aufsehen. Ich möchte, daß ihr auf der Stelle ruhig seid, oder ich berichte eurer Mutter Wort für Wort, was ihr gesagt habt. Und nun lauft schon los und macht eure Einkäufe. Wir treffen uns in einer halben Stunde bei Petersons in der Schuhabteilung. Ich muß erst nachsehen, wie groß der Schaden an dem Wagen ist.«

Cordelia behielt das letzte Wort: »Nicht groß genug.«

Miranda verfolgte mit den Blicken, wie sie sich Arm in Arm und immer noch lachend rasch davonmachten. Dann wandte sie sich wieder Aragon zu. »Ich sagte Ihnen ja, ich lebe seltsam. Jetzt haben Sie's selbst gesehen. Ich soll den Mädchen Etikette und schickliches Auftreten beibringen. Wie Sie sicher beobachtet haben, bin ich keine sehr gute Lehrerin.«

»Es sind keine sehr guten Schülerinnen«, sagte Aragon. »Sie müssen einfach die Zähne zusammenbeißen.«

»Mir bleibt keine andere Wahl.«

»Im Moment nicht. Aber irgendwann vielleicht . . .«

»Das hört sich nach ferner Zukunft an, irgendwann. Ich weiß nicht, ob ich so lange warten kann.«

Er fragte nicht nach Grady, und sie schnitt das Thema auch nicht an. Grady schien so weit in der Vergangenheit zu liegen wie »irgendwann« in der Zukunft.

Ein paar Wochen danach fand er, als er nach der Mittagspause ins Büro zurückkam, eine Nachricht von Ellen Brewster auf seinem Schreibtisch. Sie bat ihn, wegen einer persönlichen Sache im Penguin-Klub vorbeizuschauen. Er fuhr gleich nach der Arbeit hin.

Es war halb sechs – kalt und bewölkt, wie so oft im Mai. Der Klub hatte sich mit nur geringfügigen Veränderungen vom Herbst auf den Frühling umgestellt – ein frischer Anstrich für die Mauern, neue Pflanzen in den Rotholzkästen, andere Polster auf den Stühlen und Liegen und ein neuer Bademeister, ein kleiner untersetzter junger Mann mit einer wärmenden Decke um Kopf und Schultern. Er schien bereit und willens, Leben zu retten, aber das Schwimmbecken war leer.

An Ellen war der Wechsel der Jahreszeiten deutlicher zu erkennen. Sie trug die Haare kürzer und an den Enden gelockt und künstlich angegraut, hatte eine übergroße

Sonnenbrille auf, und ihre Lippen glänzten, als habe sie eine Acrylfarbe aufgetragen. Die Sonnenbrille gab ihm zu denken. Es hatte seit einer Woche keinen Sonnenschein mehr gegeben.

»Ich bin froh, daß Sie gekommen sind«, sagte sie, und ihre Stimme klang auch froh. »Trinken Sie einen Kaffee?«

»Gerne.«

»Gehen wir in die Snackbar. Um diese Tageszeit ist niemand dort.«

Sie hatte fast recht. Der einzige Kunde war ein alter Mann, der eine Ausgabe der Zeitschrift *Fortune* offen vor sich auf dem Tisch liegen hatte. Er hatte die Augen geschlossen, und sein Kinn ruhte auf dem Schlüsselbein. Er war entweder eingeschlafen oder tot; so genau wollte das offenbar niemand wissen.

Eine dicke Blondine mit roten Backen stand hinter der Theke und feilte an ihren Nägeln herum. Sie warf Ellen einen gelangweilten Blick zu.

»Die Snackbar ist geschlossen. Ich warte nur darauf, daß ich abgeholt werde.«

»Ist denn kein Kaffee mehr da?«

»Der ist abgestanden.«

»Wir nehmen ihn trotzdem.«

»Sie müssen sich schon selbst bedienen, und außerdem müssen Sie ihn schwarz trinken. Ich habe Feierabend, und die Sahne ist ausgegangen.«

Der Wortwechsel oder das plötzliche Hupen eines Autos vor dem Hinterausgang hatte den alten Mann aufgeweckt.

»Was geht denn hier vor sich? Kann man denn hier nicht einmal in Frieden schlafen?«

»Es ist Zeit, nach Hause zu gehen, Mr. Van Eyck«, sagte Ellen. »Die Snackbar ist geschlossen.«

»Sie irren. *Ich* bin hier.«

»Sie sollten aber nicht hier sein.«

»An der Tür steht nicht, daß schon geschlossen ist.«

»Ich hänge das Schild gleich hin.«

»Und was ist mit Ihrem Begleiter? Wenn das Henderson erfährt, daß Sie nach Feierabend junge Männer in die Snackbar einschmuggeln.«

»Mr. Aragon ist mein Anwalt.«

»Sind Sie mit den Gesetzen in Konflikt geraten?«

»Noch nicht«, sagte Ellen. »Aber ich trage mich mit dem Gedanken, einen Mord zu begehen.«

»Überlegen Sie sich's lieber noch mal. Das schaffen Sie nie. Ihnen fehlt die Raffiniertheit, das Savoir-faire, und Sie bekommen diese kindischen Wutanfälle.«

»Bitte, gehen Sie jetzt nach Hause, Mr. Van Eyck.«

»Wenn Sie darauf bestehen. Aber es paßt mir gar nicht, rausgeworfen zu werden, nur weil Sie ein Rendezvous mit einem jungen Mann haben, der mit einem Anwalt etwa soviel Ähnlichkeit hat wie ich. Wo hat er überhaupt studiert?«

»Hastings«, sagte Aragon.

»Nie gehört.« Van Eyck nahm seine Zeitschrift vom Tisch und ging. Trotz seines schlurfenden Gangs und einer ausgeprägten Steuerbordschlagseite war er erstaunlich flink. Aragon versuchte den Kaffee. Die dicke Blondine hatte recht gehabt. Er war abgestanden, bitter und lauwarm. Gegen das Alter und die Temperatur konnte er nichts ausrichten, aber mit einer Prise Salz ließ sich wenigstens die Bitterkeit wegbekommen.

»Ich kann Ihnen eine einjährige Ehrenmitgliedschaft im Klub beschaffen«, sagte Ellen.

»Was könnte Sie denn dazu veranlassen?«

»Ich kann es mir nicht leisten, Sie zu bezahlen, und es wäre nicht fair von mir, Sie um einen kostenlosen Rat zu bitten.«

»Dieser Kaffee hier ist gut und gerne seine fünf Pfennig wert. Schießen Sie los.«

»Ich bekam gestern einen Brief von Grady.«

»Wo ist Grady jetzt?«

»Las Vegas.« Sie nahm die Sonnenbrille ab, und er sah, weshalb sie sie überhaupt erst aufgesetzt hatte. Ihre Augen waren gerötet und leicht geschwollen. »Er will hierher zurückkommen.«

»Wir leben in einem freien Land. Er braucht dazu weder Ihre noch meine Erlaubnis.«

»Das nicht, aber er braucht Geld und einen Job, die Freiheit hat also ihre Grenzen, oder ...? Hier, ich möchte, daß Sie's lesen.«

Sie zog einen kleinen Briefumschlag aus der Tasche und reichte ihn Aragon. Der Brief war vor fünf Tagen in Las Vegas abgestempelt worden, und in der linken oberen Ecke stand die Anschrift einer Motelkette, die ihren Gästen Pornofilme anbot. Grady mochte dort arbeiten, wohnen oder einfach das Briefpapier mitgenommen haben.

Liebe Ellen,

ich nehme an, Sie wissen Bescheid über mich und Mrs. Shaw und diese ganze längst verflossene Geschichte. Ich hoffe, es geht ihr gut, und sie ist nicht sauer auf mich oder so.

Ich hab eine üble Pechsträhne hinter mir, und jetzt machen mir ein paar Macker hier die Hölle heiß. Ich möchte raus aus diesem Irrenhaus, ich spüre, daß hier alles gegen mich läuft. Am meisten wünsche ich mir, ich könnte meinen alten Job wiederhaben. Ich frage mich, ob Mr. Henderson mir noch mal eine Chance gibt. Wenn Sie glauben, er wird es tun, würden Sie mir dann ein Bewerbungsformular schicken, damit ich es gleich ausfüllen kann. Danke, Sie sind ein echter Schatz.

Viele Grüße von Ihrem alten Freund
Grady Keaton

»›Mrs. Shaw und diese ganze längst verflossene Geschichte‹«, wiederholte Aragon. »Grady ist ein so feinfühliger Mensch.«

»Er fühlt sich schuldig, ganz bestimmt. Es ist nur – er kann sich schriftlich nicht so gut ausdrücken.«

»Ach, ich weiß nicht. Das ist doch eigentlich eine ganz hübsche Umschreibung dafür, daß er in ihrem Dreißigtausenddollar-Wagen durchbrannte und sie mittellos im Ausland sitzenließ.«

Sie fuhr mit ihrer Sonnenbrille ein paarmal über den Aufschlag ihres Jacketts, bevor sie sie wieder aufsetzte. Es war entweder ein Hinhaltemanöver oder ein Versuch, bessere Sichtverhältnisse zu schaffen.

»In dieser Sache wollte ich Sie ja um Rat fragen. Angenommen, er kommt nach Santa Felicia zurück. Ob er nun im Klub einen Job bekommt oder nicht, Miranda wird auf jeden Fall von seiner Rückkehr erfahren. Kann sie gegen ihn vorgehen?«

»Ohne alle Einzelheiten des Falles zu kennen, würde ich sagen, sie könnte zumindest auf Rückgabe des Wagens klagen.«

»Wahrscheinlich hat er ihn gar nicht mehr.«

»Dann kann sie gute Miene zum bösen Spiel machen und alles vergeben und vergessen«, sagte Aragon. »Wenn ich Grady wäre, würde ich allerdings nicht auf Mirandas Großmütigkeit bauen. Das ist nicht ihre Art.«

»Könnte sie ihn ins Gefängnis bringen?«

»Richter und Geschworene entscheiden solche Dinge, nicht die Anwälte.«

»Wenn auch nur die geringste Chance einer Bestrafung besteht, muß ich ihn rechtzeitig warnen.«

»Warum?«

»Sie haben doch den Brief gelesen«, sagte sie mit einem gequälten Lächeln. »Er ist ein alter Freund, und ich bin ein echter Schatz. Meinen Sie denn nicht, daß ein echter Schatz so etwas tun sollte?«

»Doch, wahrscheinlich.«

»Nun?«

»Reden Sie doch mit Miranda. Vielleicht liegt ihr so wenig wie Ihnen daran, ihn bestraft zu sehen. Fragen Sie sie.«

»Ich kann sie nicht fragen, ohne zu verraten, daß ich von ihm gehört habe und daß ich weiß, wo er steckt.«

»Tun Sie so, als sei es nur eine theoretische Frage.«

»Ich glaube nicht, daß ich sie täuschen kann. Wir haben uns im letzten halben Jahr ganz gut kennengelernt.«

»Wie denn?«

»Durch Unterhaltungen hier im Klub. Sie ist zwar

kein Mitglied mehr, da sie die Beiträge nicht aufbringen kann, aber sie kommt mit Admiral Youngs Töchtern, und während die beim Schwimmen oder Essen sind, kommt sie zu mir ins Büro, und wir unterhalten uns. Auch sie könnte im Klub schwimmen und essen – Mr. Henderson würde bei ihr ohne weiteres eine Ausnahme von der Regel machen, nach der Angestellte von Mitgliedern nicht die Privilegien eines Mitglieds beanspruchen dürfen. Aber sie will keine Sonderrechte. Vielleicht möchte sie auch nur bei jeder Gelegenheit von den Mädchen wegkommen ... Wußten Sie eigentlich, daß sie eine Arbeit hat?«

»Ich hab sie vor ein paar Wochen in der Stadt getroffen. Sie erzählte mir, Sie hätten ihr einen Job besorgt.«

»So war es nicht ganz. Ich hatte nur die Idee, das ist alles. Sie hat keinerlei Ausbildung. Sie hat nur gelernt, Dame zu sein, und die Nachfrage nach Lehrkräften für damenhaftes Benehmen ist nicht gerade groß. Dann mußte ich an die Töchter des Admirals denken, und eines Tages fragte ich ihn, ob nicht vielleicht Miranda Shaw den Mädchen einige der Umgangsformen beibringen könnte, die ihnen abgingen. Die Idee fand Anklang bei ihm.«

»Die Mädchen waren dabei, als ich Miranda traf«, sagte Aragon. »Von einem damenhafteren Benehmen ist mir allerdings nichts aufgefallen.«

»Erfolge wurden nicht garantiert. Ich glaube auch gar nicht, daß der Admiral mit Erfolgen rechnet. Er ist ein kluger Mann, wahrscheinlich wollte er nur Miranda helfen.«

»Und Sie?«

»Was *und Sie*?«

»Was war Ihr Motiv?«

»Ich bin ein liebes Mädchen«, sagte sie. »Haben Sie das noch nicht bemerkt?«

»Doch. Ich habe außerdem bemerkt, daß Sie geweint haben. Warum?«

»Ich habe eine traurigen Film angeschaut. Oder ich habe einen kleinen Hund gesehen, der genauso aussah wie der, den ich als kleines Mädchen hatte. Oder ich dachte an meine Lieblingstante, die im letzten Jahr gestorben ist. Zutreffendes bitte ankreuzen.«

»Ich finde nichts Zutreffendes. Und Sie dürfen an Gradys ›längst verflossene Geschichte‹ kein neues, tränenreiches Kapitel anhängen.«

»Wie läßt sich das vermeiden?«

»Reagieren Sie nicht auf seinen Brief. Sagen Sie ihm nicht, er soll zurückkommen, und warnen Sie ihn auch nicht davor. Halten Sie sich einfach raus.«

»Ein wohlfeiler Rat für eine Tasse abgestandenen Kaffee.«

»Ich habe den Kaffee getrunken. Werden Sie meinen Rat befolgen?«

»Dafür ist es leider zu spät«, sagte sie. »Ich habe ihm gestern nachmittag das Bewerbungsformular weggeschickt.«

Die Mädchen zogen am liebsten schon früh am Abend ihre Pyjamas an, um sich dann zum Abendessen zusammen mit ihrer Katze Snowball im oberen Wohnzimmer vor den Fernseher zu setzen. Mit Miranda hatte sich das alles geändert. Sie verlangte, daß sie ordentlich angezogen und ohne die Katze bei Tisch erschienen und ihr bestes Benehmen an den Tag legten. Das galt besonders dann, wenn Besuch erwartet wurde.

Manchmal kamen Freunde des Admirals zu Besuch, pensionierte Militärs auf Durchreise, und einmal im Monat besuchte Charles Van Eyck seine Schwester Iris, wozu ihn weniger sein Pflichtgefühl als vielmehr berechnender Eigennutz antrieb. Iris besaß sehr viel Geld, das sie eines Tages würde preisgeben müssen, um sich dann mit geistigeren Dingen zu begnügen. Auch wenn sie erheblich jünger war als er, so war sie doch andererseits ungesund und unglücklich, und diese Kombination ließ ihn hoffen. Seine Hoffnungen unterlagen täglichen Schwankungen wie die Kurse an der Börse; mal stiegen sie um ein paar Punkte, dann büßten sie wieder einige Punkte ein. Als Investition wurde der monatliche Besuch immer fragwürdiger. Iris schien immer mehr aufzuleben, je widriger die Umstände waren. Ihre Arthritis und ein neuerlicher Herzanfall gaben ihr die Rechtfertigung, nur die Dinge zu tun, die sie tun wollte, und ihre Verdrossenheit ließ sie die Bedürfnisse und Wünsche anderer Menschen ebenso vergessen wie die Tatsache, daß Blut dicker ist als Wasser.

An seinen eigenen Maßstäben gemessen, war Van Eyck kein habgieriger Mensch, aber in Gedanken beschäftigte er sich gerne mit Geld und fühlte sich in seiner Gesellschaft wohl. Er nahm sich oft seine Sparbücher vor und las verschiedene Zeitschriften für Senioren. Er besuchte seine Bankschließfächer und tat sich anschließend an den kostenlosen Plätzchen und dem kostenlosen Kaffee gütlich. Er wußte, daß die Plätzchen und der Kaffee letztlich nicht kostenlos waren, sondern daß er auf Umwegen dafür bezahlte, und deshalb aß und trank er, soviel er konnte, bis die Bankangestellten anfingen, ihm böse Blicke zuzuwerfen. Die bösen Blicke waren kostenlos.

Neuerdings hatte Van Eyck einen zusätzlichen Grund für die regelmäßigen Besuche bei seiner Schwester. Er mißtraute allen Frauen, vor allem wenn sie so hübsch waren wie Miranda Shaw. Gleich als sie ihre Stelle antrat, schrieb er einen anonymen Brief an seine Schwester, der mit den Worten begann: *Sie haben sich eine Jezzebel ins Haus geholt* ... Tagelang trug er den zugeklebten, frankierten, korrekt beschrifteten Briefumschlag mit sich herum und traute sich nicht, ihn einzuwerfen. Zum einen könnte ihm Iris mit ihrem scharfen Verstand und ihrem argwöhnischen Wesen auf die Spur kommen, und zum anderen hatte er bohrende Zweifel an der richtigen Schreibweise von Jezebel. Jezebelle war literarischer, Jezebell klang besser in den Ohren, Jezebel sah irgendwie unfertig aus. Er dachte schon daran, den Brief zu verbrennen, aber dann war ihm die Briefmarke zu schade, und weil ihm auch einige geistreiche Formulierungen über Miranda Shaw gelungen waren, schickte er ihn schließlich doch ab.

Gegen Miranda selbst, die ihm die Tür öffnete, war er höflich, ja sogar galant.

»Meine Teure, wie elegant Sie heute abend wieder aussehen.«

»Vielen Dank, Mr. Van Eyck. Mrs. Young und der Admiral werden gleich herunterkommen. Darf ich Ihnen etwas einschenken?«

»Schenken Sie ein.«

»Einen Scotch on the Rocks, wie üblich?«

»Nur einen Rock, bitte. Ich bin durch und durch Schotte.«

Es war sein Lieblingswitz und außerdem original von ihm, aber Miranda lächelte nur mit der einen Hälfte ihres Mundes, so als schone sie die andere Hälfte für einen späteren und besseren Witz. Er wechselte abrupt das Thema. Er hatte keine Lust, seine besten Schüsse ins Leere abzufeuern.

»Was gibt es zum Essen?«

»Beef Wellington.«

»Warum gibt es denn hier nie etwas Schmackhaftes, einen Schmorbraten zum Beispiel, oder einen Eintopf mit Hühnerfleisch und Klößen?«

»Die Haushälterin hat zu Weihnachten ein französisches Kochbuch bekommen.«

»Wellington war ein englischer Herzog. Ganz schön frech von denen, ein französisches Gericht nach ihm zu benennen. Ich behalte mir vor, alles mit Ketchup zuzudecken.«

»Ich wäre Ihnen sehr dankbar, wenn Sie das nicht tun würden, Mr. Van Eyck. Schon das letztemal war die Haushälterin ganz durcheinander.«

»Ich werde in die Küche gehen, die Ketchup-Flasche finden, ganz gleich, wo sie sie versteckt hat, und sie offen auf den Tisch stellen. Beef Wellington, daß ich nicht lache. Der arme Mann dreht sich wahrscheinlich in seinem Grab herum, wenn er sieht, wie man ihn in all dem öligen ausländischen Kram schmoren läßt.«

»Bitte überlegen Sie sich die Sache mit dem Ketchup noch einmal«, sagte Miranda. »Sie würden den Mädchen damit ein schlechtes Beispiel geben.«

Die Mädchen waren für ein schlechtes Beispiel gerüstet. In ihre besten Kleider eingezwängt, rutschten sie hin und her und stöhnten und schnitten Gesichter. Zu Cordelias lindgrünem Seidenkleid gehörte eine Schärpe, die so eng war, daß sie das Mädchen nach Art einer Eieruhr in zwei Hälften teilte, und Juliet trug ihr »geschwätziges« Taftkleid, das schon auf die geringste Bewegung geräuschvoll reagierte und mit seinem Knistern und Rascheln und Wehklagen den Eindruck erweckte, als führe es ein eigenes Leben.

Die Mädchen saßen an dem Mahagonitisch nebeneinander, gegenüber von Van Eyck und Miranda, die eigenhändig den Tisch geschmückt hatte – silberne Schalen, in denen Kamelien schwammen, kleine Kerzen und kristallene Vogelvasen mit Lorbeerzweigen, die ihren Duft im ganzen Raum ausbreiteten. Der Admiral, der am Kopfende des Tisches saß, beglückwünschte Miranda zu der Dekoration, aber Iris, ihm gegenüber, hatte für Kerzen überhaupt nichts übrig und sagte, von flackernden Lichtern bekäme sie immer Migräne. Sie forderte Cordelia auf, die Kerzen auszublasen.

»Ich kann nicht«, sagte Cordelia.

»Warum nicht?«

»Ich bekomme keine Luft. Mein Kleid ist zu eng. Ich glaube, ich werde gleich ohnmächtig.«

»Ich auch«, sagte Juliet aus Loyalität.

Ihre Mutter schien nicht sonderlich interessiert. Sie hatte ihren kleinen Pudel Alouette auf dem Schoß und fütterte ihn mit kleinen Häppchen aus ihrem Krabbencocktail.

Der Anblick brachte Cordelia in Rage. »Ich seh einfach nicht ein, daß dieser Hund mitessen darf, und Snowball nicht. Snowball liebt Krabben, Krabben sind für ihn das Größte.«

»Was hast du da vorhin über dein Kleid gesagt, Cordelia?«

»Es ist zu eng. Ich bekomme keine Luft. Ich werde gleich ohnmächtig.«

»Geh uns nicht auf die Nerven.«

»Es ist mein Ernst. Ich werde ... da haben wir's ... eins, zwei –«

»Beeil dich schon und bring's hinter dich, damit wir anderen endlich essen können. Alles wird kalt.«

»Dich *kümmert* das überhaupt nicht.«

»Und ob es mich kümmert«, sagte Iris. »Ich habe Hunger.«

Cordelia gab auf und ging auf ihren Onkel los. »Es ist alles deine Schuld. Nur deinetwegen mußten wir dieses Zeug anziehen.«

Van Eyck gab sich überrascht. »Ihr mußtet was?«

»Dieses Zeug anziehen.«

»Uns verkleiden«, sagte Juliet. »Wir mußten uns deinetwegen verkleiden.«

»Tatsächlich? Von wem kam denn diese groteske Idee?«

»Von ihr.« Die zwei Mädchen antworteten gleichzeitig und blickten Miranda über den Tisch weg unmutig an.

»Sie sagte, wohlerzogene junge Damen ziehen immer etwas Besonderes an, wenn Gäste kommen«, erklärte Cordelia. »Und ich sagte, Onkel Charles ist kein Gast, er ist nur ein Verwandter. Und Juliet sagte, du würdest sowieso nichts merken, du seist bestimmt voll wie eine Strandhaubitze.«

»Das hast du von mir gesagt, Juliet?«

»Schon möglich«, sagte Juliet. »Aber daß sie mich verrät, das ist eine Schweinerei.«

»Leider, meine lieben Nichten, bin ich nicht voll, und schon gar nicht wie eine Strandhaubitze. Aber ich schaff das schon noch, verlaßt euch drauf ... Cooper, hol endlich die feinen Sachen aus deinem Hamsterlager. Ich weiß doch, daß sich ein Offizier, wenn er in den Ruhestand geht, so viele Flaschen unter den Nagel reißt, wie er nur erwischen kann. Wir einfachen Leute haben schließlich dafür bezahlt, warum also nicht mit uns teilen?«

Cooper Young hatte viele Jahre vorher auf der Kadettenschule gelernt, alles, was ihm vorgesetzt wurde, ruhig und rasch zu essen, und diese Gewohnheit hatte er sein ganzes Leben beibehalten. Infolgedessen waren die Mahlzeiten für ihn kein Vergnügen, aber sie waren auch nicht unerträglich. Er aß friedlich weiter, als sich Iris und die Mädchen beim Salat zankten und als sein Schwager zu Rindfleisch und Spargel über die sündhaft teuren Extravaganzen referierte, die sich das Pentagon leistete. Cooper antwortete nicht, machte keine Einwände. Hin und wieder warf er einen Blick auf Miranda, die ebenso still blieb, und er bemerkte, wie geschickt sie den Eindruck erweckte, als esse sie, während sie in Wirklichkeit die Speisen auf ihrem Teller nur umgruppierte und eine leere Gabel zum Mund führte.

Flambierte Kirschen.

Cordelia durfte zur Belohnung dafür, daß sie nicht in Ohnmacht gefallen war, die Kirschen anzünden, und solange sie brannten, war es still am Tisch. Dann war Miranda mit dem unterhaltenden Teil des Abends dran, einem Bericht über den Fortschritt der Mädchen seit dem letzten Familienessen.

»In dieser Woche«, sagte Miranda, »haben wir uns auf Einstellungen konzentriert, die das Verhalten steuern, beispielsweise Selbstverwirklichung im Gegensatz zur Selbstzufriedenheit. Wir haben eine Liste von Fragen aufgestellt, die wir uns jeden Abend vornehmen sollten. Wir haben der Liste einen besonderen Namen gegeben, nicht wahr, Juliet?«

»Ja, aber –«

»Wie haben wir sie denn genannt?«

»Fragen an einem Sommerabend. Aber –«

»Kannst du sie aufzählen?«

»*Ich* kann es«, sagte Cordelia, beflügelt von der Hitze und Pracht der flambierten Kirschen. »Fragen an einem Sommerabend. Hier sind sie:

Habe ich heute etwas verdient?

Habe ich heute etwas gelernt?

Habe ich jemandem geholfen?

Habe ich mich meines Lebens gefreut?«

»Wie poetisch«, sagte Iris. »Und wie lauten die Antworten an einem Sommerabend?«

Juliet und ihr Kleid beschwerten sich einstimmig. »Ich wußte nicht, daß auch die Antworten heute schon dran sind. Die Fragen auswendig zu lernen, ist schon schwer genug. Und überhaupt ist es noch lange bis zum Sommer. Vielleicht fallen mir bis dahin ein paar Antworten ein.«

»Sei nicht kindisch, es gibt keine Antworten«, sagte Cordelia scharf. »Das ganze ist ein Spiel.«

»Das kann nicht sein. Ein Spiel ist etwas, bei dem

einer gewinnt und einer verliert. Ich muß es wissen, schließlich bin ich immer diejenige, die verliert.«

»Gar nicht wahr. Das kommt dir nur so vor, weil du eine miese Verliererin bist. Ich laß dich oft gewinnen, damit ich nicht mit ansehen muß, wie du heulst und plärrst.«

Juliet wandte sich listig an Miranda: »Ist es wirklich nur ein Spiel?«

»Keineswegs«, sagte Miranda. »Ich finde, es sind sehr wichtige Fragen.«

»Wie soll ich denn etwas verdienen? Ich geh ja nicht zur Arbeit.«

»Sie könnten sich jemandes Respekt und Bewunderung verdienen. Jede gut erledigte Aufgabe verdient Respekt. Können Sie sich an eine Aufgabe erinnern, die Sie heute erledigt haben?«

»Ich habe Snowball gewaschen, den Kater. Er hatte Flöhe.«

»Sehen Sie? Da haben wir schon etwas: Sie haben sich Snowballs Dankbarkeit verdient.«

»Nein. Er mag es nicht, wenn man ihn wäscht, und er hat immer noch Flöhe. Ich habe sieben neue Stiche am Bauch.«

»Ich hab mindestens fünfundzwanzig«, sagte Cordelia. »Aber nicht am Bauch.«

»Da hab ich noch nicht geschaut. Ich hab die meisten am Hand- und Fußgelenk. Sie jucken unheimlich, aber ich trau mich nicht zu kratzen, weil Mrs. Young herschaut.«

Iris schaute nicht nur, sie hörte auch zu. »Wenn ihr Mädchen Flöhe habt, dann möchte ich auf keinen Fall, daß ihr meinem Hund zu nahe kommt.«

»Das tun wir *nie. Er* kommt *uns* zu nahe.«

»Dann lauft eben weg.«

»Er kann schneller laufen als wir. Und außerdem mogelt er und nimmt Abkürzungen, unterm Tisch durch und so.«

»Ich schlage vor«, sagte Miranda, »daß wir uns der zweiten Frage zuwenden. Habt ihr heute etwas gelernt?«

Cordelia berichtete, was sie gelernt hatte: daß das Pentagon jedes Jahr Milliarden für Uniformen und Ruhestandsgehälter ausgab, während der Durchschnittsbürger mit immer höheren Steuerzahlungen geknebelt wurde. Van Eyck, der es zur Strandhaubitze nicht mehr weit hatte, spendete lebhaften Beifall und sagte, bei Gott, es gebe wenigstens noch ein vernünftiges Mitglied in dieser Familie außer ihm.

Juliet fiel nichts ein, was sie an diesem Tag neu gelernt haben könnte, aber sie hatte zum vierzehnten oder fünfzehnten Mal gelernt, daß sich Katzen ebenso ungern waschen ließen wie Flöhe, daß es aber für beide keine tödliche Prozedur war.

Trotz ihres Make-ups fing Miranda an blaß zu werden. »Vielleicht sollten wir zur dritten Frage weitergehen. Habt ihr heute jemandem geholfen?«

»Sie haben mir zur Einsicht verholfen, daß ich jetzt am besten zu Bett gehe«, sagte Iris und ließ das Hündchen von ihrem Schoß auf den Boden gleiten. »Miranda, ich möchte Sie unter vier Augen sprechen, oben in meinem Zimmer ... Cooper, bring Charles zu seinem Wagen, und gib ihm nichts mehr zu trinken ... Gute Nacht, Charles. Es war lieb von dir, daß du gekommen bist. Paß auf deine Leber auf.«

Sie war müde. Ihr hageres, immer fahler werdendes Gesicht war schlaff vor Erschöpfung, und sie mußte sich auf den Tisch und ihren Stock stützen, um auf die Beine zu kommen. Es war ein schwerer, altehrwürdiger Stock, den sie aus Afrika mitgebracht hatte, wo er einmal Teil der Festmontur eines Stammeshäuptlings gewesen war. Für Iris war er das praktisch immer noch, ein nicht wegzudenkender Teil ihrer Kleidung, und sie weigerte sich, die ihr vom Arzt verschriebenen leichtgewichtigen Aluminiumkrücken auch nur auszuprobieren. Krücken waren etwas für Krüppel. Ihr Stock war ein Stück Geschichte, ein Symbol des Herrschens und nicht der Abhängigkeit.

Die Prozession bewegte sich die Treppe hinauf, langsam und feierlich wie ein Leichenzug. Iris stützte sich auf das Geländer und ihren Stock und arbeitete sich Stufe um Stufe hoch. Hinter ihr ging Miranda, dann kamen die zwei Mädchen und schließlich der kleine Hund, Alouette. Von den Krabben und den Kirschen hatte Alouette den Schluckauf bekommen, und die rhythmischen Erschütterungen begleiteten die Prozession wie das Pochen einer gespenstischen Trommel.

Der Admiral brachte seinen Schwager zur Haustür.

»Iris ist verdammt grob«, sagte Van Eyck, während er seine Krawatte zurechtrückte und sich das Jackett abklopfte, als sei er physisch rausgeworfen worden. »*Sie* sollte Nachhilfeunterricht nehmen und Umgangsformen lernen, auch wenn sie fünfzig Jahre zu spät dran ist.«

»Tut mir leid, daß du dich gekränkt fühlst.«

»Meine Leber ist eine höchst persönliche Angelegenheit. Ich komme vielleicht nie wieder in dieses Haus.«

»Du wirst uns fehlen, Charles.«

»Sei doch nicht so voreilig. Noch bin ich nicht weg. Vielleicht komme ich doch noch auf den Schlaftrunk zurück, den du mir angeboten hast.«

»Ich habe dir keinen Schlaftrunk angeboten.«

»Und warum nicht?«

»Weil Iris es nicht wollte.«

»Aber sie ist schlafen gegangen. Das hier bleibt zwischen uns.«

»Nein, wirklich nicht. Und du meinst, du kommst gut nach Hause? Sonst fahre ich dich, oder ich rufe ein Taxi.«

»Mach dir meinetwegen keine Sorgen, alter Junge. Paß lieber auf dich selber auf.«

»Wie meinst du das, Charles?«

»Ein munteres Füllen, diese Miranda, und hat noch ganz schön Dampf drauf. Sag bloß nicht, du hättest das nicht bemerkt. Ich hab gut gesehen, wie du sie angestarrt hast.«

»Ich glaube nicht, daß es angebracht ist, wie ein Pferdehändler von einer Dame zu sprechen.«

»Du hast sie nicht gerade angestarrt, als sei sie eine Dame«, sagte Van Eyck. »Ihr von der Marine, ihr ändert euch nie. Ein Mädchen in jedem Hafen, du weißt schon.«

»Ich hatte noch nie ein Mädchen in jedem Hafen. Eigentlich in kaum einem Hafen.«

»Warum nicht? Wer beim Militär ist, glaubt doch, es sei sein Vorrecht –«

»Geh nach Hause, Charles.«

»Du bist verdammt grob.«

»Stimmt.«

»Ich zahle meine Steuern.«

»Stimmt.«

»Du wirst diesen Tag noch mal verwünschen.«

»Auf einen mehr kommt es da nicht an«, sagte der Admiral und machte die Tür auf. »Es müssen inzwischen Tausende sein ... Gute Nacht, Charles. Fahr vorsichtig. Das Pentagon kann es sich nicht leisten, einen Steuerzahler zu verlieren.«

Die Mädchen standen an der Tür zu Iris' Zimmer und horchten. Sie hörten, wie Iris auf Miranda einredete; ihre laute, feste Stimme war stärker als alles andere an ihr und war auf keinen Stock und keine Krücken angewiesen. Die Worte folgten zu schnell aufeinander, als daß man sie hätte verstehen können. Sie krachten ineinander und zersplitterten zu scharfen bösen Silben.

»Sie hat eine Wut«, sagte Cordelia. »Jedenfalls haben *wir* diesmal nichts getan.«

Juliet war sich nicht so sicher. »Vielleicht doch, ohne daß wir's wissen.«

»Wir tun nie etwas, ohne es zu wissen. Wir sind immer ganz direkt. Wahrscheinlich hat sie auf *sie* eine Wut.«

»Ich möchte bloß wissen, warum.«

»Vielleicht waren es diese Fragen an einem Sommerabend. Das ist doch ziemlich albern, wenn man es recht überlegt. Warum nicht an einem Winterabend? Oder Herbst?«

»Sommer klingt besser.«

»Aber es ist unsinnig. An Sommerabenden sind die Leute draußen und grillen sich ein Steak oder spielen Tennis. Es ist im Winter, wo sie abends nichts anderes zu tun haben, als rumzusitzen und sich blöde Fragen auszudenken.«

»Ich hasse diese Fragen«, sagte Juliet. »Ich hasse sie richtig. Sie machen mich trübsinnig.«

»Sei nicht kindisch. Es sind nur Worte.«

»Nein. Sie glaubt daran. ›Habe ich heute etwas verdient?‹ Wie soll ich denn etwas verdienen, wenn ich keinen Job habe? Vielleicht sollten wir weglaufen und uns einen Job suchen, Cordelia. Glaubst du, wir könnten das?«

»Nein.«

»Nicht mal einen einfachen Job, zum Beispiel als Tellerwäscher in einem Restaurant?«

»Die waschen keine Teller in den Restaurants. Die werfen sie in eine Maschine.«

»Irgend jemand muß das Werfen übernehmen. Wir könnten doch als Werfer arbeiten.«

»Ich will kein Werfer sein«, sagte Cordelia. »Laß das Träumen und wach endlich auf. Wenn wir schon zu nichts taugen, dann können wir uns genausogut darüber freuen.«

Die schwere Eichentür ging auf, und Miranda trat auf den Gang, zusammen mit Alouette, dem Pudel, den sie an der Leine hatte. Hinter einem Bücherregal versteckt, beobachteten die Mädchen, wie sie die Treppe hinunterging. Sie bewegte sich sehr langsam, als sei sie müde, während es der kleine Hund eilig hatte und an der Leine zerrte.

»Wir dürfen überhaupt nie mehr den Hund ausführen, seit *sie* im Haus ist«, sagte Cordelia. »Es ist nicht fair.«

»Wir könnten die Katze ausführen.«

»Nein, das geht nicht. Wir haben es doch mal versucht, und Snowball setzte sich einfach hin und rührte sich nicht mehr vom Fleck. Wir mußten ihn dauernd hinter uns herziehen, um den ganzen Häuserblock herum, und irgend jemand benachrichtigte den Tierschutzverein, und sie schickten einen Inspektor her.«

Juliets Gedächtnis war weich und warm wie ein Kissen. Sie erinnerte sich an die Geschichte mit dem Tierschutzverein als an einen netten jungen Mann, der seinen Kleinlastwagen anhielt, um ein paar freundliche Bemerkungen über die Katze zu machen. Und an den Vorfall in Singapur, von dem Cordelia oft in finsteren Andeutungen sprach, konnte sie sich überhaupt nicht erinnern. Sie glaubte ihrer Schwester, daß es tatsächlich geschehen war (was immer es war), denn Cordelia hatte mehr Durchblick und Erfahrung als sie, war sie doch zwei Jahre älter. Aufgrund dieser zwei Jahre und der phänomenalen Zahl von Ereignissen, die in der Zeit geschehen sein mußten, war Cordelia zu einer Autorität geworden, die nach Art eines Münzautomaten Informationen und Ratschläge ausspuckte.

»Wir dürfen praktisch nichts mehr tun«, sagte Cordelia, »seit sie da ist. Wir werden sie vielleicht aus dem Weg schaffen müssen. Das sollte nicht allzu schwer sein, wenn wir richtig planen.«

»Ich hab es satt, dauernd von ihr zu reden. Ich möchte zur Abwechslung mal über uns reden. Über dich und mich.«

»Was ist denn mit uns?«

»Glaubst du, wir bekommen eine zweite Chance?«

»Chance wozu?«

»Geboren zu werden. Werden wir noch einmal geboren werden?«

»Ach du großer Gott, hoffentlich nicht«, sagte Cordelia. »Einmal war schon schlimm genug.«

»Aber es wäre vielleicht ganz anders, wenn wir eine zweite Chance hätten. Vielleicht würden wir dann zu etwas taugen. Vielleicht wären wir dann sogar hübsch. Und noch etwas: diesmal würde *ich* vielleicht zuerst zur Welt kommen, zwei Jahre vor dir.«

Juliet wußte sofort, daß sie zu weit gegangen war. Sie drehte sich um und lief den Gang entlang zu ihrem Zimmer. Sobald sie drin war, drehte sie den Schlüssel um und verbarrikadierte die Tür mit einer Kommode, für den Fall, daß Cordelia versuchte, das Schloß mit einer ihrer Scheckkarten zu öffnen.

Bevor sie nach dem Duschen ihren Pyjama anzog, zählte sie noch ihre Flohbisse. Achtundzwanzig, ein neuer Rekord. Sie kratzte so lange, bis sie alle bluteten. Wenn sie es schaffte, auf der Stelle zu verbluten, wurde sie vielleicht schneller wiedergeboren, genial und wunderschön und mit zwei Jahren Vorsprung vor ihrer Schwester.

Um halb elf begann der Admiral das Haus für die Nacht dichtzumachen; sicherheitshalber ging er durch alle Räume und vergewisserte sich, daß nirgends ein Eindringling in einem Schrank oder hinter einer Tür lauerte. Das Ganze nahm viel Zeit in Anspruch, teilweise weil es ihm Spaß machte, und teilweise weil es so viele Räume gab, von denen manche nie oder nur höchst selten benutzt wurden.

Der Salon, der sich an die Eingangshalle anschloß, wurde nur zu förmlichen Abendgesellschaften geöffnet. Die eleganten kleinen vergoldeten Stühle sahen zu zerbrechlich aus, als daß man sich hätte draufsetzen, und die Aubussonteppiche zu exquisit, als daß man sie hätte betreten wollen. An den Wänden hingen goldumrahmte Familienporträts, die – wie der größte Teil der Möbel – im Kaufpreis des Hauses inbegriffen waren. Aus persönlichen Gründen ließ Iris ihre Gäste glauben, es seien Bilder von ihren Vorfahren, doch in Wirklichkeit waren die voluminösen Damen und die Herren mit ihren Backenbärten so unbekannt wie die Künstler, die sie gemalt hatten. Iris' tatsächliche Vorfahren hätten als sparsame Holländer solche Porträts für eine sündige Extravaganz gehalten.

In dem Musikraum neben dem Wohnzimmer stand ein alter Flügel aus Rosenholz; eines der Pedale war kaputt, und die Elfenbeintasten waren so gelb wie Safran. Von Zeit zu Zeit setzte sich der Admiral an den Flügel und versuchte, aus der Erinnerung Melodien zu spielen, die er in seiner Jugend gelernt hatte: »Shenandoah«, »The Blue Bells of Scotland«, »Poor Wayfaring Stranger«, »Flow Gently, Sweet Afton«. Doch er mochte noch so leise spielen, und die Türen und Fenster mochten noch so dicht geschlossen sein – Iris hörte ihn immer und bremste ihn mit einem Klopfsignal ihres Stockes oder indem sie die Haushälterin oder die Mädchen zu ihm schickte. Nun klappte er den Deckel zurück, spielte die ersten paar Takte des Wiegenliedes von Brahms und klappte den Deckel so schnell wieder zu, daß die Töne kaum eine Chance hatten, die Treppen hochzukriechen. Daraufhin setzte er seinen Rundgang durch das Haus fort.

Der nach Süden liegende Wintergarten hatte an der Innenwand einen Wasserhahn, und der Fliesenboden hatte zu dem vergitterten Loch in der Mitte hin ein leichtes Gefälle, so daß nach dem Gießen das Wasser abfließen konnte. Im Wintergarten war nur noch eine einzige Pflanze zurückgeblieben, eine Trauerfeige, die so groß geworden war, daß sie sich nicht mehr transportieren ließ. Der Admiral goß sie jeden Abend, denn er wußte, daß die Feige irgendwann – vielleicht schon bald – aus ihrem Tongefängnis ausbrechen würde. Gewöhnlich blieb er in diesem Raum länger als in irgendeinem anderen, als wolle er Zeuge des exakten Augenblickes sein, in dem die Pflanze ausbrach, um das Geräusch zu hören (laut oder leise?, er wußte es nicht) und einen Sprung in dem Topf zu sehen (vielleicht gab es eine Serie von Sprüngen, ein Zersplittern, eine Explosion, einen Raum voller Tonscherben).

Im Spielzimmer auf der anderen Seite des Ganges mit der Wandtäfelung aus Walnußholz stand ein Billardtisch mit einem Riß in der Spielfläche. Von Jahr zu Jahr schob der Admiral die Überlegung vor sich her, den Riß reparieren zu lassen. Die Experten ließen sich durch diesen Riß irritieren und verschafften so den schwächeren Spielern wie ihm selbst einen psychologischen Vorteil. Neben der Bibliothek befand sich ein Nähzimmer, in dem niemand nähte. Als das Haus gebaut wurde, war es vielleicht Brauch, daß die Frauen sich mit Petit point oder Stickereiarbeiten beschäftigten, während die Männer Billard spielten. Nun diente der Raum als Rumpelkammer für Überseekoffer und Taschen, das Trainingsgerät der gewichtsbewußten Haushälterin, ein Paar geschnitzter Truhen aus Teakholz, die Iris um die halbe Welt transportiert hatte, einen Staubsauger, der nicht funktionierte, die Skiausrüstung, die die Mädchen während ihrer Schulzeit in Genf benutzt hatten. Auch wenn die Skier ziemlich abgenutzt, die Stiefel zerkratzt und die Teller der Skistöcke verbogen waren, staunte er darüber, daß die Mädchen je Ski gelaufen waren. Juliet schien zu ängstlich, auch nur den Versuch zu wagen, Cordelia zu sorglos, um einen Versuch zu überleben. Auch wenn er sich noch so sehr bemühte, sich vorzustellen, wie sie in einem netten durchschnittlichen Stil einen netten durchschnittlichen Hang hinunterfuhren, so konnte er sich doch nur vorstellen, wie Cordelia kopfüber wie eine Lawine den Montblanc herunterschoß und wie Juliet auf das kleinste Hügelchen gezerrt werden mußte und sich unter kreischendem Protest bergab schieben ließ. Vielleicht kannten die Mädchen in ihrem Leben keine netten durchschnittlichen Abhänge.

Die Bibliothek lag in einem anderen Flügel des Hauses. Sie war mit braunen Ledersesseln ausstaffiert, die nach Sattelzeug rochen. Die bis zur Decke reichenden Bücherreihen standen hinter Glas, und auf dem Sims über dem offenen Kamin standen Keramik-Singvögel. Es war ein behaglicher Raum, aber der Admiral saß selten hier, um zu lesen oder ins Kaminfeuer zu starren. Die Bücherschränke waren abgeschlossen, und er wußte nie, wo er den Schlüssel hingelegt hatte; und wegen einer defekten Zugklappe entwickelte sich immer starker Rauch, und die Vögel waren alle grau geworden, als seien sie gealtert.

Gleich daneben lag der Raum, in dem Iris den größten Teil ihrer Zeit verbrachte. Auch hier gab es einen offenen Kamin, aber die Holzklötze darin waren aus Plastik, und die Flammen wurden von einer Gasleitung genährt. Iris war nicht stark genug, sich mit echten Holzscheiten und einem echten Feuerrost abzugeben. Manchmal konnte sie nicht einmal das Gas entzünden, ohne daß Miranda oder die Haushälterin ihr halfen. Der Admiral drehte das Gas ab und löschte die Lampe neben Iris' Lesesessel und die andere Lampe über dem Tisch, auf dem ein halbes Dutzend Miniaturschachbretter verteilt waren; auf jedem Brett war eine Partie im Gange. Es waren die Partien, die Iris auf dem Postweg mit Leuten in anderen Teilen der Welt austrug. Dem Admiral kam es ein wenig so vor wie Krieg, wenn man unsichtbare Gegner in fremden Ländern hatte, die strategische Züge gegen einen planten. Aber es wurde kein Blut vergossen, nichts ging verloren außer dem Prestige.

Die Küche und die dahinter liegenden Räume betrat er nicht. Dort arbeitete und wohnte Mrs. Norgate, die Haushälterin, und er verließ sich auf sie, wie er sich bei einem Stabsbootsmann darauf verlassen hätte, daß er in seinem Teil des Schiffes für Ordnung und Sauberkeit sorgte.

Er ging zurück in den vorderen Teil des Hauses, und genau in dem Augenblick kam Miranda mit dem Pudel zur Tür herein. Sie hatte zwar über das Abendkleid, das sie bei Tisch getragen hatte, einen Mantel gezogen, aber er bot ihr gegen den Frühlingsnebel nur wenig Schutz. Die Kälte und Nässe schienen ihr zuzusetzen, und ihre Stimme klang heiser.

»Alouette wollte nach Hause. Sie fürchtet sich in letzter Zeit vor der Dunkelheit.«

»Möglicherweise hat sie Schwierigkeiten mit den Augen«, sagte der Admiral. »Ich habe gehört, daß das bei

Pudeln oft vorkommt, wenn sie älter werden. Vielleicht sollte ich mit ihm zum Tierarzt.«

»Was haben sie denn mit den Augen?«

»Soviel ich weiß, ist es der graue Star.«

»Wie beim Menschen.«

»Ja. Wie beim Menschen.«

Sie ließ den Hund von der Leine, und er sprang die Treppe hinauf. »Jetzt scheint wieder alles in Ordnung. Vielleicht wollte er einfach nach Hause zu seinem Frauchen.«

»Miranda –«

»Ich muß nach oben und die Tür für ihn aufmachen, damit Mrs. Young nicht gestört wird.«

»Miranda, daß das Essen heute abend so verlaufen ist, tut mir leid.«

»*Ihnen* tut es leid?« wiederholte sie. »Das ist komisch, ich wollte Ihnen gerade sagen, daß es *mir* leid tut. Ich war dafür verantwortlich. Ich hätte besser planen müssen.«

»Nein, nein. Was Sie geplant hatten, war gut. Diese ›Fragen an einem Sommerabend‹, das fand ich eine ausgezeichnete Idee.«

»Mrs. Young aber nicht.«

»Mrs. Youngs Krankheit macht es einem schwer, sie zufriedenzustellen. Sie dürfen ihre Kritik nicht allzu ernst nehmen. Sie will Ihre Fähigkeiten bestimmt nicht herabsetzen.«

»Sie setzt sie herab, und sie hat recht. Ich bin nicht qualifiziert für so eine Stellung, ich bin für gar nichts qualifiziert. Es hat keinen Sinn, daß ich mir noch länger etwas vormache.«

»Setzen Sie sich erst mal, Miranda. Ich hole Ihnen einen Drink, der wird Sie aufwärmen.«

An der einen Wand stand eine Bank, die aussah, als stamme sie aus einer kleinen Kirche. Sie nahm zitternd darauf Platz und zog den Mantel noch fester um die Schultern. Er war ihr viel zu groß. Der Pudel hatte es so eilig gehabt, daß sie den Mantel aus der Garderobe im Flur genommen hatte, ohne sich darum zu kümmern, wem er gehörte.

»Auch nach einem Drink wird mir nicht anders zumute sein.«

»Vielleicht doch. Lassen Sie mich –«

»Diese Fragen an einem Sommerabend, was für ein Witz. Hunderte von Sommerabenden sind verstrichen, und Abende im Herbst und Winter und Frühling, doch ich könnte nicht eine dieser Fragen positiv beantworten. Ich habe nichts verdient und gelernt, keinem geholfen und mich nicht meines Lebens gefreut.«

»Sie haben erreicht, daß ich mich meines Lebens freue.«

»Wenn Sie so nette Dinge sagen, muß ich gleich weinen.«

»Bitte nicht. Ich erlaube das nicht, Miranda.«

Ihr Gesicht war hinter dem Mantelkragen versteckt, ihre Stimme kaum hörbar. »Also gut.«

»Sie werden nicht weinen.«

»Nein.«

»Versprechen Sie's mir?«

»Ich verspreche es.«

»Danke.« Er räusperte sich, als sei es seine und nicht ihre Stimme, die von den Falten des Mantels gedämpft wurde. »In Wirklichkeit ist Ihr Hiersein das Beste, was in diesem Haus seit langem passiert ist, und wir sind Ihnen alle dankbar. Ich hoffe, Sie haben nicht die Absicht, uns zu verlassen.«

»Ich erreiche hier überhaupt nichts.«

»Doch, doch, das tun Sie. Das Benehmen der Mädchen ist deutlich besser geworden. Sie sind nicht mehr so auf sich selbst fixiert, gehen mehr auf ihre Mitmenschen ein. Beim Essen redeten sie zum Beispiel ihren Onkel Charles direkt an, anstatt an ihm vorbei Zwiegespräche zu führen. Haben Sie das bemerkt?«

»Alle haben es bemerkt«, sagte sie. »Besonders Onkel Charles.«

»Es ist jedenfalls ein Schritt in der richtigen Richtung; bisher haben sie ihn immer ignoriert. Ich denke aber nicht nur an die Mädchen, wenn ich Sie bitte, bei uns zu bleiben. Ich bin auch ein wenig egoistisch. Um ehrlich zu sein – also, Sie müssen doch bemerkt haben, wie reich Sie mich mit Ihrem Hiersein beschenken, Miranda.«

»Nein.« Sie hatte ihn praktisch überhaupt nicht bemerkt, außer als eine Figur im Hintergrund, wie eine von Iris' Schachfiguren aus Elfenbein und Holz. Nun trat die Figur plötzlich vom Brett herunter, gab Töne von sich, hatte Gefühle, war glücklich und unglücklich. Es machte ihr Angst. Sie wünschte, er würde sich wieder auf das Schachbrett zurückziehen, wo er hingehörte.

Die Mädchen, die sich längst wieder ausgesöhnt hatten, hielten sich oben hinter dem Treppengeländer versteckt.

»Er hat gesagt, daß sie ihn seit ihrem Hiersein reich beschenkt«, flüsterte Juliet. »Ich hab noch nie gesehen, daß sie ihn beschenkt hat. Was sind das wohl für Geschenke?«

»Du brauchst nur ein bißchen Phantasie, du Schafskopf.«

»Du meinst ein Techtelmechtel? Aber doch nicht mit Mrs. Young im Haus!«

»Das hätten sie auch gar nicht nötig. Papa hat hinten im Rolls massenhaft Platz.«

»Meinst du, wir sollten Mrs. Young benachrichtigen?«

»Lieber Gott, nein«, sagte Cordelia. »Sie würde womöglich uns die Schuld geben. Soll sie doch selber draufkommen.«

Miranda blieb auch die nächsten zwei Monate.

In dieser Zeit wollten die Temperaturen nicht steigen, und Van Eyck machte die Umweltschützer unter den Stadträten dafür verantwortlich, denen er vorwarf, sie versuchten, das Wachstum der Stadt dadurch in Grenzen zu halten, daß sie das Wetter kontrollierten. Er wußte zwar nicht genau, wie sie das machten, aber in Briefen alarmierte er die Tageszeitung, die Handelskammer und als Vertreter der Episkopalkirche – für den Fall, daß massivere Enthüllungen und Maßnahmen erforderlich würden – den Bischof der Diözese.

Anfang Juni wurde Frederic Quinn aus der kostspieligen Besserungsanstalt »Sophrosune School« entlassen, und bevor er in die kostspielige Besserungsanstalt »Camp Sierra Williwaw« eingewiesen wurde, war er einen ganzen Monat lang in Freiheit. Er nahm sich vor, diese Zeit optimal zu nutzen.

An den Kaimauern sammelte er ein Dutzend Seesterne

ein und legte sie zum Trocknen in die Backröhren des Klubs. Der so entstehende üble Geruch erfüllte den Ballsaal, verbreitete sich über die Flure bis in die Badehäuschen und hing über dem Schwimmbecken und der Terrasse. Das gesamte Personal mußte anrücken und nach der Quelle suchen, aber niemand kam auf die Idee, in die Backröhren zu sehen, bis es Zeit war, das Essen für das Bankett am Samstagabend zuzubereiten.

Mr. Henderson tippte sofort auf Frederic, der wie so viele Kriminelle den Fehler machte, zu lange dazubleiben, um zu sehen, wie sich die Dinge entwickelten.

»Bei Gott, diesmal bist du zu weit gegangen, du Dreckskerl.«

»Ich war es nicht, ich war's nicht, ich war's nicht.«

Er beschwor seine Unschuld anhand der kleinen Bibel, die er zu eben diesem Zweck immer in der Tasche hatte. Es gehörte zu den nützlicheren Dingen, die er in der Erziehungsanstalt gelernt hatte.

Einige seiner Bravourstücke unternahm er mehr oder weniger aus wissenschaftlichem Interesse. Er sprang vom Zehnmeterturm und hielt dabei einen aufgespannten Sonnenschirm umklammert, weil er sehen wollte, ob dieser als Fallschirm zu gebrauchen war. Er war nicht zu gebrauchen. Danach schränkte der Gipsverband an seinem linken Handgelenk seine Aktivitäten ein wenig ein, aber er war immer noch beweglich genug, an Mr. Hendersons Wagen die Luft aus den Reifen zu lassen und in das Luftsprudel-Massagebad roten Farbstoff zu kippen, während die kleine Miss Reach vor sich hindöste. Sie wachte auf, glaubte, sie sei am Verbluten und fing an, mit der ganzen Kraft ihrer neunzigjährigen Lungen loszukreischen. Einige Umstehende führten eine sorgfältige Untersuchung durch, von vorn bis achtern und von oben bis unten, und als danach feststand, daß sie nicht blutete, war sie ziemlich enttäuscht. Vor ihrem inneren Auge war noch einmal ihr ganzes Leben abgelaufen, und sie hatte gerade eine interessante Phase erreicht.

In derselben Woche erreichte Charity Nelson das Pensionierungsalter. Sie sagte es weder ihrem Chef, Smedler, noch sonst jemandem im Büro, denn sie hatte keineswegs die Absicht, sich pensionieren zu lassen. Stattdessen feierte sie ganz allein mit zwei Flaschen Perlwein. Bei der zweiten Flasche wurde sie sentimental und beschloß, ihren ersten Mann anzurufen, der irgendwo in New Jersey lebte. Bis sie endlich Hackensack als seinen Wohnort ausfindig gemacht und seine Telefonnummer gewählt hatte, wußte sie nicht mehr, weshalb sie mit ihm sprechen wollte.

»Hallo George, wie geht's dir?«

»Es ist drei Uhr früh, sonst noch 'ne Frage?«

»Deine Uhr muß spinnen, bei mir ist es zwölf.«

»Wer spricht da überhaupt?«

»Ach, George, wie konntest du unseren Jahrestag vergessen?«

»Ich hab keinen Jahrestag. Hört sich an, als seien Sie blau.«

»George, ich *bin* blau.«

»Wer zum Teufel spricht da eigentlich?«

»Ich bin's«, sagte Charity. »*Ich.*«

Sie legte auf. Männer waren Bestien.

Mitte Juni nahm Grady Keaton seine Arbeit im Penguin-Klub wieder auf. Die Mädchen brachten die Neuigkeit nach Hause und wollten damit ihren Teil zur Unterhaltung während des Abendessens beitragen; da aber der Admiral außer Hauses war und Iris nicht aus ihrem Zimmer kam, konnten sie nur Miranda damit unterhalten.

»Dieser Bademeister ist wieder da«, sagte Cordelia. »Der, der damals Frederic Quinn im Erste-Hilfe-Raum eingeschlossen hat. Wissen Sie noch, Miranda?«

»Nein.« Miranda führte eine leere Gabel zum Mund, kaute Luft, schluckte. »Nein.«

»Sie waren doch dort.«

»Ich kann mich nicht erinnern.«

»*Ich* schon«, sagte Juliet. »Es ging drunter und drüber damals. Und dann hat sich Frederic erbrochen, alles über Ihr Kleid, und jeder konnte sehen, was er gegessen hatte, pfui Teufel.«

»Das ist kein sehr appetitliches Thema, wenn man beim Essen sitzt, Juliet.«

»Mich stört's nicht.«

»Mich auch nicht«, pflichtete Cordelia ihr bei. »Ich seh nicht ein, daß man über das Essen reden darf, wenn man es zu sich nimmt, aber nicht, wenn man es von sich gibt.«

»Hört jetzt auf damit, Mädchen, augenblicklich ... Und jetzt fangen wir noch einmal von vorne an, aber diesmal wie zivilisierte Menschen. Laßt mal hören, was ihr heute Interessantes gemacht habt.«

»Wir haben doch schon erzählt, daß wir den Bademeister gesehen haben, der schon einmal im Klub gearbeitet hat. Wir haben nur seinen Namen vergessen.«

»Grady«, sagte Miranda. »Ich glaube, so hat er geheißen – Grady.«

Gleich am nächsten Tag ging sie nachmittags zum Klub hinunter, als die Mädchen im Kino waren. Sie blieb draußen stehen und blickte durch die Glastür auf das Schwimmbecken. Grady lehnte am Stahlgerüst des Hochsitzes, die Arme vor der Brust verschränkt, das Gesicht im Schatten einer orangefarbenen Sonnenblende. Er schien kleiner, als sie ihn in Erinnerung hatte, als habe jemand das Hauptventil gefunden und etwas Luft herausgelassen. Er hatte sich den Schnurrbart abrasiert – wahrscheinlich hatte er es einem Mädchen zuliebe getan, oder auch einem Mädchen zum Trotz. Sie fragte sich, wie viele Mädchen es da wohl gegeben hatte, in den acht Monaten und drei Tagen seit Pasoloma.

Sie wollte weg, wollte zum Haus des Admirals zurückgehen und sich in ihrem Zimmer verstecken, aber sie konnte ihre Füße nicht zwingen, sich in Bewegung zu setzen. Sie stand schließlich so lange da, daß einer der Stewards aus dem Klub herauskam und sie fragte, ob sie Hilfe brauche. Es war ein junger Mexikaner, der das im Barrio übliche Gemisch aus Spanisch und Englisch sprach.

Sie sagte: »Nein, mir fehlt nichts. Ich wollte eben gehen.«

»Okay?«

»Ja. Danke. *Muchas gracias.*«

»Por nada.«

Er erinnerte sie an den Jungen im Speisesaal der Klinik, Pedro. Grady hatte ihm versprochen, ihn im Porsche mitzunehmen, aber Grady war im Halten von Versprechen nicht sehr erfolgreich. Sobald sie ihm über die Lippen kamen, waren sie auch schon aus seinem Kopf und seinem Herzen. *»Für mich war das nie eine Frage von Ehe oder Bindung oder für immer ... Himmel, ich bin kein Für-immer-Typ, Miranda.«*

Armer Grady. Er wußte einfach nicht, was gut für ihn war. Man würde ihn zwingen müssen, das Richtige zu tun.

Sobald sie zuhause war, rief sie Ellen an. Sie benützte das Telefon in der Küche, denn es war das einzige im Haus, das nicht mit einem der anderen verbunden war; so konnte niemand mithören.

Ellen meldete sich. »Penguin-Klub.«

»Ellen?«

»Ja.«

»Warum haben Sie mir nicht gesagt, daß Grady wieder da ist?«

»Ich war mir nicht sicher, wie Sie's verkraften würden.«

»Vielen Dank, aber ich verkrafte es sehr gut. Wie lange ist er schon hier?«

»Eine Woche.«

»Eine ganze Woche, und Sie sagen mir kein Wort davon.«

»Ich wollte ja, aber –«

»Haben Sie vor, uns zu trennen?«

»Sie sind schon getrennt, Miranda. Sie sind schon lange getrennt.«

»Nein«, sagte Miranda. »Nicht eine Sekunde waren wir getrennt. Grady weiß es vielleicht noch nicht, aber ich bin mir ganz sicher. Er ist meinetwegen zurückgekommen.«

»Er brauchte einen Job, und Mr. Henderson war bereit, ihn wieder einzustellen.«

»Das ist doch nur ein Vorwand.«

»Miranda, bitte –«

»Ich werde ihn nicht drängen. Ich werde ihm ein wenig Zeit lassen, damit er sich hier wieder eingewöhnen kann, und dann werde ich ein Treffen mit ihm arrangieren. Ich habe genug Geld gespart, um ihn neu einzukleiden. Grady mag weiche, seidene Sachen.«

»So hören Sie doch auf, Miranda. Er hat nicht mal nach Ihnen gefragt.«

»Natürlich nicht. Dazu ist er viel zu fein. Und Sie würde er ohnehin nicht fragen. Es war ja von Anfang an klar, daß Sie hoffnungslos in ihn verknallt sind.«

»Sie wollen sich einfach nichts sagen lassen, stimmt's?«

»Von Ihnen bestimmt nicht«, sagte Miranda. »Sie sind nicht mehr meine Freundin.«

Zur Feier des Vierten Juli plante Mr. Henderson eine große Sache für den Klub. Es war sein größter Geistesblitz seit den »Oster-Egos«: bei dem Kostümball an Ostern hatte jeder die Person darzustellen, als die er einst nach der Auferstehung wiederzukommen hoffte. (Gegen Ende des Abends lieferten sich zwei der Auferstandenen, Héloise und Abélard, eine Schlägerei nach allen Regeln der Kunst. Das tat aber der guten Stimmung keinen Abbruch, da man allgemein glaubte, die Szene gehöre zum Programm, insbesondere der Würgegriff zum Abschluß. Etliche Freiwillige standen Héloise mit Mund-zu-Mund-Beatmung bei, aber sie kam trotzdem wieder zu sich, und es war für fast alle ein gelungener Abend.)

Das Fest im Juli, von Henderson als Knallerball bezeichnet, lief unter dem Thema »Unidentifizierte Fliegende Objekte«. Da für ein Feuerwerk am Strand unmittelbar vor dem Klub keine Sondergenehmigung zu bekommen war – Feuerwerke waren im ganzen Staat verboten –, mietete Henderson einen Kahn und ließ ihn in einiger Entfernung vor der Küste Anker werfen, so daß er für die *fuegos artificiales*, die er von Tijuana über die Grenze gebracht hatte, eine Abschußrampe besaß. Das Feuerwerk war ein großer Erfolg, bis die Küstenwache die Begeisterung buchstäblich löschte, indem sie den Kahn mit einem Feuerwehrschlauch unter Wasser setzte.

Henderson war nicht der einzige Missetäter. Die Polizei bemühte sich überall in der Stadt nach Kräften, dem Feuerwerksverbot Geltung zu verschaffen. Vom Barrio, an den Bahngeleisen entlang, bis in die eleganten alten Straßen, die sich im Zickzack den Berg hinaufschlängelten – überall zuckten am Himmel die Explosionen und Blitze der selbstgebastelten Bomben und bei Versandhäusern erhältlichen oder unter dem Ladentisch gehandelten Leuchtkugeln und Raketen und Schwärmer und Heuler.

Eine besonders laute Explosion im Haus Nr. 1220 im Camino Grande fiel zunächst niemandem auf, und erst ein zufällig vorbeikommender Autofahrer, der Flammen aus einem Fenster schlagen sah, benachrichtigte die Feuerwehr. Als die Flammen gelöscht waren, war Iris Young tot.

Teil V

Iris' Zimmer wurde von Amts wegen plombiert, und die beschädigte Mauer und die Tür wurden mit Brettern verstärkt, damit sie nicht einstürzen konnten.

Die Polizei stocherte in dem Schutt herum und nahm ganze Kisten voller Asche und Glasscherben mit, aber auch verbrannte Teile von Tischen und Fensterrahmen und Splitter von Lampen, den aufgeschlitzten Sessel, in dem Iris normalerweise saß, ihre Langspielplatten, die nun zu einer klebrigen schwarzen Masse zusammengeschmolzen waren, den verkohlten Rest des Stockes, den sie immer benützte, ihre verstümmelten Schachfiguren, die wie Soldaten nach der Schlacht im ganzen Zimmer umherlagen.

Die Leute in dem Haus wurden verhört und noch einmal verhört, einzeln und zusammen, und nach und nach ergab sich ein Bild von den letzten Stunden in Iris' Leben. Am Nachmittag hörte sie eine neue Plattenaufnahme der *Tosca*, während sie einige Überweisungen schrieb und die Einträge in ihrem Scheckbuch überprüfte. Sie saß eine Weile an der Schreibmaschine. Sie las einen Kriminalroman zu Ende. Sie machte ihre nächsten Züge in den Schachpartien, die sie mit dem Professor in Tokio und dem Missionsarzt in Djakarta spielte, und sie bat Miranda, die beiden Briefe einzuwerfen.

Am Abend war sie allein im Haus. Auf ihr Drängen hin nahm der Admiral die Mädchen mit zu dem Feuerwerk im Klub. Die Haushälterin, Mrs. Norgate, war als Babysitter bei ihrem Enkel. Und Miranda ging mit dem nach dem Genuß eines Schoko-Eclairs an einer Magenverstimmung leidenden Hund spazieren.

Es war ein warmer Abend, aber Iris war aufgrund ihres schwachen Kreislaufs sehr kälteempfindlich, und selbst im Sommer hatte sie oft den Gasofen in dem künstlichen offenen Kamin im Wohnzimmer im Erdgeschoß brennen. Miranda bot ihr an, ihn vor dem Weggehen noch anzuzünden. Iris lehnte ab. Sie hatte sowohl schlechte Laune als auch Schmerzen. Am Abendessen hatte sie nur lange genug teilgenommen, um ihre Klagen anzubringen; das Gemüse war ihr zu weichgekocht, der Rinderschmorbraten zu zäh, und vom Kerzenlicht bekam sie eine Migräne.

Miranda ging mit dem Hund zum Featherstone Park, einen knappen Kilometer bergabwärts, in Richtung Küste. Dem Hund schien die frische Luft zu bekommen, und so blieben sie eine ganze Weile draußen; der Hund lag neben ihr, während sie auf einer Bank saß und den Böllern in der Nacht zuhörte. Als sie dann zum Haus zurückkam, war die Auffahrt von Polizei- und Feuerwehrautos blockiert, und sie mußte sich durch eine kleine Schar Neugieriger kämpfen, die von uniformierten Männern zurückgehalten wurden.

»Was ist passiert? Lassen Sie mich durch. Ich wohne hier. Mrs. Young ... Ich muß nachsehen, was mit Mrs. Young ist.«

Wie immer, wenn jemand unter ungewöhnlichen Umständen eines unnatürlichen Todes stirbt, wurde eine Autopsie angeordnet. Auch wenn der Leichnam stark verkohlt war, reichten die Blut- und Zellgewebsuntersuchungen aus, um eine Rauchvergiftung als eigentliche Todesursache zu bestätigen. Die Indizien deuteten darauf hin, daß Iris beim Versuch, das Gas anzuzünden, das Gleichgewicht verloren hatte und gestürzt war. Sie schlug mit der Stirn auf und verlor das Bewußtsein, so daß sie nicht imstande war, der anschließenden Explosion und den Flammen zu entkommen.

Als der Leichnam schließlich zum Begräbnis freigegeben wurde, fand in der Kapelle des Leichenhauses ein Gedenkgottesdienst statt. Der Admiral hielt von Anfang bis Ende den Kopf gesenkt. Charles Van Eyck bekam die einschläfernde Stimme des Pfarrers und drei doppelte Martinis zu spüren und versank in tiefen Schlaf. Von Zeit zu Zeit führte Miranda ein Spitzentaschentuch zu den Augen und tupfte sie sehr behutsam ab, um die Wimperntusche nicht zu verschmieren. Die Mädchen starrten ständig auf den geschlossenen Sarg, so als rechneten sie halb damit, daß plötzlich der Deckel aufging und daß Iris aus dem Sarg stieg, weil es ihr nicht mehr gefiel, tot zu sein.

Cordelia übte laute Kritik an der Art und Länge des Gottesdienstes. »So was Albernes, der Pfarrer quasselt in einem fort von Gott und dem Himmel, dabei glaubte Mrs. Young kein Wort von diesem Zeug.«

»Es ist besser, wenn man sichergeht«, sagte Juliet. »Nur für den Fall, man weiß ja nie.«

»Für welchen Fall?«

»Für den Fall, daß das alles stimmt. Außerdem tut's ja niemand weh.«

»Mir tut's weh. Ich habe Hunger.«

»Sei jetzt still. Ich will hören, was er über den Himmel sagt.«

Auch nach Iris' Begräbnis blieb die beschädigte Tür ihres Zimmers mit Brettern vernagelt, und kein Handwerker durfte hinein, um aufzuräumen und mit dem Wiederaufbau zu beginnen. Ein Wachposten im Korridor achtete darauf, daß dieses Verbot eingehalten wurde.

Die Mädchen, weniger durch den Tod der Mutter als vielmehr durch die Störung des gewohnten Tagesablaufs irritiert, hielten sich viel im Korridor auf und versuchten Antworten und Bestätigungen zu bekommen, vor allem von der Tagschicht, einem rothaarigen jungen Mann namens Grella.

»Wir dachten, die Untersuchung sei längst abgeschlossen«, sagte Cordelia. »Warum sind Sie immer noch hier?«

»Befehle.«

»Das ist keine richtige Antwort.«

»Es stimmt aber«, sagte Grella. »Solange die Berichte aus Sacramento nicht da sind –«

»Warum Sacramento?«

»Das Labor ist dort.«

»Was machen die Leute im Labor?«

»Indizien untersuchen, um herauszufinden, was genau geschehen ist.«

»Was geschehen ist, ist völlig klar. Mrs. Young wollte das Gas anzünden und ist dabei gestürzt und hat sich den Kopf angeschlagen. Mich wundert das überhaupt nicht. Sie hat sich dauernd irgendwo angestoßen, und dann bekam sie eine Wut und fluchte wie ein Kanalarbeiter.«

»Wir sind von der Marine, müssen Sie wissen«, erklärte Juliet. »Wir haben schon vor Jahren alle Flüche gelernt. Aber wir dürfen sie nicht laut sagen, höchstens wenn wir auf unseren Zimmern sind. Es ist wie mit dem Kaugummi. Sie haben gerade einen Kaugummi im Mund, nicht wahr?«

»Mhm, stimmt.«

»Dürfen Sie das?«

»Ich denke schon. Ich hab nie gefragt.«

»Sie sollten lieber mal fragen.«

»Bleiben wir beim Thema«, sagte Cordelia streng. »Warum läßt sich das Labor in Sacramento soviel Zeit?«

»Die haben viel zu tun. Sie müssen Beweismaterial untersuchen, das ihnen aus ganz California zugeschickt wird.«

»Das sind aber nur äußerliche Indizien. Jemand sollte die anderen Indizien untersuchen, die wichtigeren, zum Beispiel, was verschiedene Leute zu dem und jenem gesagt haben. Wir könnten jede Menge davon erzählen.«

»Tatsächlich.«

»Nur hört uns keiner zu.«

»Ich höre zu«, sagte Grella. Er hatte ohnehin nicht viel zu tun und war vor allem, wie Juliet bemerkt hatte, mit seinem Kaugummi beschäftigt.

Die Mädchen berieten sich flüsternd hinter vorgehaltener Hand, und Juliet blickte finster und beunruhigt drein. Sie hätte das Gespräch lieber auf nette, freundliche Dinge beschränkt, auf Kaugummi und das Wetter und die Marine, um niemanden zu kränken, mit der möglichen Ausnahme ihres Onkels Charles, der sich nicht sehr viel aus der Marine machte. Doch Cordelia wollte die Chance, daß ihr jemand zuhörte, nicht ungenutzt verstreichen lassen.

»Also erstens einmal«, sagte sie, »war Mrs. Young furchtbar jähzornig. Und es wurde von Jahr zu Jahr schlimmer. Wenn sie einen ihrer Wutanfälle hatte, dann brüllte und kreischte sie und warf mit Gegenständen um sich. Einmal schlug sie sogar Miranda ihren Stock auf den Arm, und Papa mußte Mirandas Gehalt um zweihundert Dollar im Monat aufbessern, damit sie nicht kündigte.«

»Tatsächlich«, sagte Grella. »Wer ist Miranda?«

»Sie haben sie bestimmt schon durchs Haus geistern sehen. Mrs. Shaw. Sie soll uns Etikette beibringen, eine wirklich blödsinnige Idee, denn wir gehen nie irgendwo hin, wo man Etikette braucht.«

»Und was war nach der Gehaltserhöhung?«

»Sie ist dageblieben. Und mit dem zusätzlichen Geld hat sie ihm Geschenke gekauft.«

»Mrs. Shaw hat eurem Vater Geschenke gekauft?«

»Ja.«

»Was denn zum Beispiel?«

»Das wissen wir nicht.«

»Ihr habt die Geschenke nicht gesehen?«

»Nein. Aber wir haben gehört, wie er sich bei ihr dafür bedankt hat. Es war an einem Abend, an dem Onkel Charles zum Essen dagewesen war. Miranda und Papa standen genau hier in dieser Diele.«

»Und wo wart ihr?«

Cordelia deutete auf das Treppengeländer. »Da oben. Wenn wir herausfinden wollen, was los ist, weil uns keiner etwas sagt, dann ist das unser Lieblingsplatz.«

»Und was war tatsächlich los?«

»Die waren ganz schön sentimental. Sie spielte die arme, kleine Frau, und er entschuldigte sich für die Art und Weise, wie Mrs. Young sie behandelte, und sagte, nicht weinen, bitte nicht weinen. Widerlich. *Mir* sagt nie jemand, ich soll nicht weinen, und schon gar nicht mit einem ›bitte‹.«

»Und was war dann?«

»Er bedankte sich für die Geschenke. Er sagte sogar, sie habe ihn reich beschenkt.«

»Euer Vater und Mrs. Shaw, war das eine besondere Freundschaft? Ich meine, hatten sie ...?«

»Wir sind davon überzeugt«, sagte Juliet ein wenig traurig. »Wahrscheinlich im Rolls, auf dem Rücksitz.«

Grella wurde rot und blickte auf seine Fußspitzen hinunter, die noch da waren, und dann hinüber zu der Tür an Iris' Zimmer, die nicht mehr da war. »Habt ihr es mit eigenen Augen gesehen, dieses, dieses –«

»Techtelmechtel«, sagte Cordelia. »So nennen wir das. Dann weiß jeder, was wir meinen, aber es ist nicht vulgär. Nein, direkt gesehen haben wir es nicht. Es gab aber Hinweise, alles mögliche, mal ein Lächeln, mal ein bestimmter Blick, Berührungen, die vielleicht zufällig aussahen, aber das waren sie nicht.«

»Hat eure Mutter geahnt, was da vor sich ging?«

»Schon möglich. Sie war zwar ein bißchen schwerhörig, aber Augen hatte sie wie ein Bussard. *Wir* haben natürlich kein Wort zu ihr gesagt. Sie hätte ihre Wut an *uns* ausgelassen.«

»Warum denn?«

»Das tun alle.«

»Nun, das ist eine höchst interessante Geschichte«, sagte Grella. »Ich weiß nur nicht recht, was ich damit anfangen soll.«

»Sie sollten diesem Labor in Sacramento oben sagen, daß es viele Dinge gibt, für die sie im Reagenzglas keine Erklärung finden werden.«

Grella sagte dem Labor nichts davon, aber er sagte es seinem Chef, und der wiederum sagte es seinem Chef. Man war sich allgemein einig, daß das Techtelmechtel im Rolls-Royce den Fall in ein neues Licht rückte.

An einem Vormittag Mitte Juli wurde Aragon in Smedlers Büro gebeten.

Charity wartete schon auf ihn, als er aus Smedlers Privataufzug trat. Sie hatte gerade ihren Pflanzen einen Sprühregen zukommen lassen, und in dem Raum war es so heiß und feucht wie in einem Dschungel am Äquator. Kleine Wassertropfen hingen an ihrer roten Perücke, die auf einer lebensgroßen Büste Präsident Kennedys thronte.

Charity folgte seinen Blicken. »Ein Kunstwerk, nicht wahr? Ich hab es auf einem Tauschmarkt am Wochenende erstanden, gegen meine alte Bisamjacke. Ich habe Jack Kennedy seinerzeit heiß geliebt und tu es nach all den Jahren immer noch.«

»Vielleicht kühlt Ihre Leidenschaft ein wenig ab, wenn Sie die Klimaanlage einschalten.«

»Das würde meinen Pflanzen nicht gefallen.«

»Sie brauchen es ihnen ja nicht zu sagen.«

Sie nahm ein Papiertaschentuch und tupfte die Perücke ab. »Kommen Sie dem Chef heute bloß nicht komisch. Er hatte mal wieder Krach mit seiner Frau, und jetzt fühlt er sich schuldig, weil er gewonnen hat. Von Schuldgefühlen bekommt er immer eine Migräne.«

»Was will er von mir?«

»Woher soll ich das wissen? Vielleicht will er Ihnen was schenken.«

»Zum Beispiel?«

»Seine Migräne.«

Smedler saß hinter seinem Schreibtisch und las die Morgenpost. Der Krach mit seiner Frau hatte keine sichtbaren Kratzer hinterlassen, aber er hatte auch jetzt noch ein rotes Gesicht und ein leichtes Zittern in den Fingerspitzen.

Er vergeudete nur drei Worte – »Nehmen Sie Platz« –, bevor er zur Sache kam. »Ich las vor ein paar Wochen in der Zeitung, daß Admiral Youngs Frau bei einem Brand ums Leben kam. Wissen Sie was von der Sache?«

»Nur was ich in der Zeitung fand.«

»Unvollständig. Sehr unvollständig. Gibt mir zu denken ... Sie wissen nicht zufällig ein bißchen mehr darüber, ganz inoffiziell?«

»Nein.«

Smedler massierte sich links am Hals und hinter dem linken Ohr, das eine dunklere Farbe hatte als das rechte. »Ich habe mit dem Admiral ein paarmal Golf gespielt. Ein friedlicher alter Knabe, kaum der Typ, dem man einen Seitensprung zutraut.«

»Wer traut ihm denn einen Seitensprung zu?«

»Meine Frau hat da im Country Club etwas aufgeschnappt. Es geht das Gerücht, Miranda Shaw sei im Haus des Admirals angestellt gewesen, in irgendeiner Funktion, und aus der einen Funktion soll dann eine andere Funktion geworden sein. Ich habe meine Frau angewiesen, eine derartige Geschichte nicht zu wiederholen, solange sie keine Tatsachen in der Hand hat. Es wäre für einen Mann in meiner Position verdammt peinlich, wegen übler Nachrede verklagt zu werden. Frauen machen sich nicht klar, was für üble Folgen ihre Klatschgeschichten haben können. Kann natürlich sein, daß es mehr ist als nur Klatsch. Ich hätte gern Ihre persönliche Meinung gehört, Aragon. Scheint Ihnen ein Verhältnis zwischen den beiden möglich, angesichts seines Alters et cetera, et cetera?«

»Die Möglichkeit eines Verhältnisses hängt von der Zahl der Etceteras ab.«

»Himmel noch mal, reden Sie nicht daher wie ein Rechtsanwalt. Schlafen sie miteinander?«

»Ich weiß nicht.«

»Dann stellen Sie's fest.«

»Wie?«

»Sie sind doch mit Miranda befreundet.«

»Ich habe eineinhalb Tage mit ihr verbracht«, sagte Aragon. »Meistens war sie ohne Besinnung, und ich saß am Steuer. Von einer Freundschaft kann man da wohl kaum reden.«

»Es hätte aber dazu kommen können.«

»Es kam nicht dazu. Überdies halte ich es nicht für meine Aufgabe, mich in die Liebesaffären von Admiralen einzumischen.«

»Ich rede von *einem* Admiral und nicht von der ganzen Kriegsmarine, und es geht um *eine* Liebesaffäre und nicht um eine Chronik Hollywoods. Alles, was ich von Ihnen erwarte, ist, daß Sie sich mit Miranda zusammensetzen und bei ein paar Drinks ein wenig plaudern. Wenn sie am Admiral kein persönliches Interesse erkennen läßt, hänge ich meiner Frau einen Maulkorb um, und die Sache ist erledigt ... Nur komisch, daß sie an diesem Abend allein im Haus war.«

»Wer?«

»Iris Young. Soviel ich weiß, war sie stark gehbehindert. Eine so wohlhabende Frau würde doch bestimmt jemanden haben, der sich um sie kümmert oder ihr wenigstens Gesellschaft leistet.«

»Sie hatte Miranda.«

»Ja«, sagte Smedler trocken. »Sie hatte Miranda.«

Iris' Tod hatte Charles Van Eyck endgültig von seiner Umwelt abgeschnitten. Ihr Haus war das einzige in der Stadt, in dem er mehr oder weniger willkommen war, und trotz der Mittelmäßigkeit des Essens und Trinkens und der Unterhaltung vermißte er die regelmäßigen Einladungen. Zu seiner Überraschung vermißte er auch Iris. Sie war seine letzte lebende Verwandte gewesen – wenn er die Mädchen mal beiseite ließ, und er ließ sie beiseite –, und er war ganz deprimiert, wenn er sich vorstellte, daß er der letzte Van Eyck war, dessen einziges Vermächtnis einmal seine Korrespondenz sein würde, ein recht bescheidenes Vermächtnis angesichts der Tatsache, daß die meisten seiner Briefe nicht einmal seinen Namen trugen.

Iris war ihm als anonymem Briefeschreiber auf die Schliche gekommen, als er den Fehler machte, ihr wegen Miranda zu schreiben, und den noch schlimmeren Fehler, die Schreibweise des Wortes Jezebel nicht zu überprüfen.

Sie ließ sich durch sein Leugnen nicht beirren. »Wer im Glashaus sitzt«, hatte Iris gesagt, »sollte fehlerfrei schreiben können. Ich kann nur vermuten, daß du diese Briefe wie Konfetti in der Gegend verstreut hast. Gib dir Mühe, daß du nicht erwischt wirst, Charles. Für die Familie wäre das peinlich.«

Er war nicht erwischt worden. BESORGTER BÜRGER, EINER DER SICH AUSKENNT, APPELL AN DIE VERNUNFT, ERBOSTER STEUERZAHLER, MITGLIED DER LOYALEN OPPOSITION, WACHSAM UND WISSEND, KASSANDRA, OPFER DES PENTAGON – sie alle schrieben fleißig weiter.

Es war ein warmer sonniger Nachmittag. Im Klub saß Van Eyck auf einem Klappstuhl unter der schiefen alten Zypresse. Er trug seine Schreibkleidung: geblümtes Hawaii-Hemd, Shorts, Tennismütze und eine Kombibrille für die Nähe und Ferne. Er hatte eine neue Patrone im Füllfederhalter und genügend Papier, das er in Ellens Kaffeepause aus dem Büro geklaut hatte. Die Flut war zwar hoch, aber die sanften Wellen rauschten nicht laut genug, um ihn abzulenken. Und trotzdem war er nicht bei der Sache. Der Schmerz in seiner linken Hüfte beunruhigte ihn. Er mußte an eine Stute denken, die er als Kind geritten hatte und die erschossen werden mußte, weil sie sich ein Bein brach. Er fragte sich, wo er wohl den Weihnachtstag verbringen würde, nun da Iris tot war. Schließlich nickte er ein, und als er nach einer Stunde aufwachte, fühlte er sich erfrischt, und die Stute und der Schmerz in der Hüfte und Weihnachten wurden mit der zurückgehenden Flut weggeschwemmt. Charles Van Eyck folgte ihnen, und der DIENER DER WAHRHEIT machte sich ans Werk.

An den Herrn Staatsanwalt des Bezirks Santa Felicia.

Hat denn die Polizei keine Ohren für die Stimme einer Frau, die aus ihrem Grab nach Gerechtigkeit schreit?

Das Feuer, in dem Iris Young umkam, war kein gewöhnliches Feuer, ihr Mann kein gewöhnlicher Mann, seine Angestellte, Miranda Shaw, keine gewöhnliche Bedienstete. Einer dieser drei Menschen ist tot.

3 — 1 = 2

2 = ein Paar

Ist es das, was die gequälte Stimme aus dem Grab euch sagen will?

Horcht! Gebt acht!

Diesen Alarm sendet

Ein Diener der Wahrheit

Zur Vorsicht strich der Diener der Wahrheit die Bezeichnung und Anschrift des Klubs im Briefkopf und auf dem Umschlag kräftig durch. Die Wahrheit mußte nicht in jedem Falle Die Ganze Wahrheit sein.

Als nächster trat FAIR PLAY in Aktion, der dem Admiral eine kurze Mitteilung schrieb und ihm nahelegte, ab sofort auf sein Ruhestandsgehalt zu verzichten, da er ja nun ein reicher Mann sei, und ferner zu erwägen, die bisherigen Zahlungen dem Steuerzahler zurückzuerstatten.

Er lehnte sich zurück und schloß die Augen. Rechtschaffenheit durchströmte ihn wie ein neues Lebenselixier. Der Schmerz in seiner Hüfte war verschwunden, die Stute mit dem Beinbruch war sowieso alt gewesen, und er würde Weihnachten in Waikiki verbringen und Poi essen und Mai Tais dazu trinken.

Als Aragon im Haus des Admirals anrief, sagte ihm eine Frau mit britischem Akzent, Mrs. Shaw sei mit den Mädchen zum Mittagessen und Baden in den Klub gegangen und würde wahrscheinlich den ganzen Tag weg sein. Er rief im Klub an und redete mit Ellen.

»Sie ist hier«, sagte Ellen. »In letzter Zeit kommt sie jeden Tag mit den Mädchen her. Die Ingersolls haben ihr Badehäuschen zur Verfügung gestellt, solange sie in Südamerika sind, und da sitzt sie jetzt immer drin, ganz allein.«

»Warum?«

»Sie will den Leuten aus dem Weg gehen. Den meisten Leuten jedenfalls.«

»Wer macht die Ausnahme?«

»Grady. Er hat vor etwa einem Monat seinen alten Job wieder übernommen.«

»Sie scheinen nicht gerade glücklich darüber zu sein. Wollten Sie es denn nicht so?«

»*So* bestimmt nicht.« Es gab eine kurze Pause. »Sie ist immer noch verrückt nach ihm, buchstäblich verrückt. Sie sitzt in diesem Badehäuschen da oben, zurechtgemacht und herausgeputzt, und glotzt zu ihm hinunter. Er erträgt es nicht mehr, sie anzusehen, und sie läßt keine Sekunde die Augen von ihm.«

»Ich habe etwas anderes gehört. Die Gerüchte im Country-Club bringen sie mit dem Admiral in Verbindung. Was halten Sie davon?«

»Nichts. Er ist ein alter Mann.«

»Ein reicher alter Mann.«

»Vergessen Sie's. Ich sehe sie jeden Tag, und ich kann Ihnen nur sagen, so wie die Grady anstarrt ... Wie reich?«

»Es ist ein ganz schöner Batzen, das müßten Sie eigentlich wissen.«

»Ich weiß nur, daß seine Frau reich war, und das ist nicht unbedingt dasselbe.«

»Es ist kaum daran zu zweifeln, daß er einen großen Teil ihres Vermögens erben wird.«

»Nehmen wir einmal an – ach nichts. Es war nur so eine Idee. Ich muß jetzt sowieso Schluß machen. Ich habe für Henderson etwas in der Stadt zu besorgen.«

»Ich würde gerne in den Klub kommen und mit Miranda reden. Geht das?«

»Meinetwegen schon. Aber sie wird vielleicht nicht begeistert sein.«

»Ich kann es immerhin versuchen.«

»Versuchen Sie's ruhig«, sagte Ellen. »Falls ich nicht hier bin, gehen Sie gleich durch zum Badehäuschen Nummer Einundzwanzig.«

Er ließ seinen Wagen auf dem Parkplatz des Klubs stehen. Als er die Straße überquerte und sich dem Eingang näherte, sah er in etwa fünfzig Meter Entfernung Grady, der gerade auf den von den Angestellten zu benutzenden Hintereingang zuging. Aragon winkte ihm zu, doch Grady zeigte keine Reaktion. Entweder erkannte er ihn nicht oder er wollte ihn nicht erkennen.

Eine breite, mit einem dicken Teppich ausgelegte Treppe führte zu den Badehäuschen in der oberen Etage.

Der Eindruck einer üppigen Großzügigkeit änderte sich schlagartig, sobald man oben war. Der Gang war wie ein langer dunkler Tunnel, der an beiden Enden mit einer von der Decke hängenden 60-Watt-Birne nur schwach beleuchtet war. Der braune Holzboden war mit Badetüchern übersät, die an schmutzige Schneehaufen auf einer morastigen Straße erinnerten.

Er klopfte an die Tür von 21, und Mirandas Stimme antwortete sofort.

»Wer ist da?«

»Tom Aragon.«

»Aragon?« Sie machte die Tür auf. »Du meine Güte, ist *das* eine Überraschung.«

Ihre Stimme klang, als sei es eine angenehme Überraschung. Zu angenehm. Er fühlte sich irgendwie unbehaglich.

Sie trug einen Seidenkaftan aus rosaroter und gelber Seide, und ihr langes Haar fiel lose auf die Schultern herab. Es war deutlich heller als damals im April, als er sie mit den beiden Mädchen in der Stadt getroffen hatte. Es war nicht die einzige Veränderung an ihr. Im April war sie ein wenig deprimiert gewesen, hatte sich mit ihrem Schicksal abgefunden und rechnete nicht mit besseren Zeiten. Nun schien sie in gehobener Stimmung. Ihre Augen funkelten, und ihre Wangen hatten eine Farbe fast wie im Fieber.

»Nur herein, Mr. Aragon, kommen Sie herein.«

»Vielen Dank.«

»Wie haben Sie mich gefunden? Ach so – Ellen natürlich. Die liebe kleine Ellen, sie kennt jedermanns Geheimnisse, nicht wahr?«

Er hielt diese Aussage für ganz und gar unzutreffend, aber er machte keine Einwände.

Er befand sich in einem auf drei Seiten geschlossenen Raum, in dem mit Plastikgurten versehene Stühle und eine Liege standen, dazu ein Tisch mit einer Glasplatte. Die vierte Seite war zur Hälfte offen und gab den Blick auf das Schwimmbecken frei, auf das dahinter liegende Meer und auf die dreißig Kilometer in südwestlicher Richtung im blauen Dunst liegende Insel, einen Bergbrokken, der hängengeblieben war und nun festsaß. Zwischen der Insel und dem Ufer lagen die Bohrtürme wie isolierte Stahlgefängnisse, die man für Unverbesserliche errichtet hatte.

Nach dem Austausch einiger Höflichkeiten – ihr ging es gut, ihm ging es gut, das Wetter war gut – wechselte sie abrupt das Thema.

»Grady ist wieder da«, sagte sie. »Wußten Sie das?«

»Ich hab ihn vorhin von weitem gesehen.«

»Sieht er nicht wunderschön aus?«

»Ich – nun, er war ziemlich weit weg. Aber wenn Sie's sagen.«

»Sie lachen wahrscheinlich über mich, weil man von Männern normalerweise nicht sagt, sie seien schön. Wenn sie's aber nun wirklich *sind*? Dann müssen Sie einfach die Wahrheit sagen.«

»Na schön, ich sage die Wahrheit. Grady ist ein schöner Mann.«

Sie lächelte. »Schon besser. Und er ist es wirklich, glauben Sie mir. Er war nicht in bester Verfassung, als Sie damals nach Pasoloma kamen und mir diese Papiere zum Unterschreiben brachten. Er war wie im Schock.«

»Ich kann gut verstehen, warum. Ist er darüber weg?«

»Natürlich. Er brauchte nur ein bißchen Zeit zum Nachdenken, das war alles. Als wir uns nach seiner Rückkehr wiedersahen, wußte ich auf der Stelle, daß sich zwischen uns nichts geändert hatte, daß wir so verliebt ineinander waren wie eh und je. Er kann das natürlich nicht so offen zeigen, aber ich ertappe ihn immer wieder dabei, wie er mich heimlich von der Seite beobachtet. Das ist so köstlich ... Spähen Sie mal über die Brüstung, ist er im Moment auf dem Hochsitz?«

»Ja.«

»Schaut er dauernd hier herauf?«

»Nein.«

»Er versteht es sehr gut, sich zu verstellen.«

»Und Sie wollen das so haben?«

»Aber natürlich. Wir können uns derzeit noch nicht zusammen sehen lassen. Die Polizei ist überall. Zum Glück zeigt Grady Verständnis; er verhält sich in dieser ganzen Sache äußerst taktvoll. Wenn ich den Klub betrete, verschwindet er augenblicklich und bleibt außer Sichtweite, bis ich hier oben im Badehäuschen bin. Aber es wird schon angenehm sein, wenn wir uns wieder natürlich benehmen können.«

»Sie sprachen von der Polizei, die überall ist«, sagte Aragon. »Was tun die hier?«

»Sie stellen Fragen über Iris Young, Fragen jeder erdenklichen Sorte. Und ich bin sicher, sie bekommen auch Antworten jeder erdenklichen Sorte, vor allem von den Mädchen. Juliet und Cordelia sind wie Kinder: sie sagen alles, wenn sie damit nur Aufmerksamkeit erregen können. Ich nehme an, in einigen ihrer Aussagen üben sie auch Kritik an mir. Sie mochten mich nie. Sie sind es nicht gewohnt, daß ihnen jemand Anweisungen oder auch nur Ratschläge gibt, aber dafür werde ich bezahlt, also tu ich es auch.«

»Nach dem Bericht in der Zeitung war Iris Young an dem Abend, an dem sie ums Leben kam, allein im Haus.«

»Ja.«

»Warum?«

»Sie wollte es so.«

»Sie war aber doch stark gehbehindert.«

»Sie war nicht hilflos. Mit ihrem Stock konnte sie ganz gut gehen, und weiß Gott, reden konnte sie auch noch, oder vielmehr schreien. Wenn sie wütend wurde, war sie meilenweit zu hören. Glauben Sie mir, in dem Haus geschah nichts, ohne daß sie es so wollte; mal wollte sie allein sein, mal wollte sie pausenlos bedient werden.«

»Wie war ihr Gemütszustand an diesem Abend?«

»Wie immer – egoistisch, böse, arrogant.«

Er hoffte, um ihretwillen, daß das kein Beispiel für die Antworten war, die sie der Polizei gegeben hatte. »Schien sie bedrückt?«

»Warum sollte sie bedrückt sein, bei soviel Geld und Macht? *Ich* bin diejenige, die bedrückt sein sollte.«

»Sind Sie's?«

Einen Augenblick lang umdüsterte sich ihr Blick, dann zuckte der eine Mundwinkel, und sie schaffte ein sprödes Lächeln. »Was meinen Sie? Wie seh ich denn aus?«

»Sie sehen sehr hübsch aus.« *Und ein bißchen meschugge.*

»Ich bin außer mir vor Glück, wenn Sie's genau wissen wollen. Alles entwickelt sich wie geplant. Darf ich Ihnen etwas im Vertrauen sagen?«

»Ja, aber es wäre mir lieber –«

»Ganz im Vertrauen, wie zwischen einem Anwalt und seinem Mandanten, der rechtliche Begriff ist mir im Moment entfallen.«

»Eine vertrauliche Mitteilung.«

»Nennen wir es eine vertrauliche Mitteilung.«

Sie grinste jetzt übers ganze Gesicht, als werde sich gleich etwas als großer Witz herausstellen. Er hoffte, daß es nicht ihn betraf.

»Ich würde Sie ja bitten, die Hand aufs Herz zu legen«, sagte sie, »aber man hat mir immer gesagt, Anwälte hätten gar keins.«

»Ich höre meines in meiner Brust klopfen. Vielleicht bin ich eine Ausnahme.«

»Dann legen Sie die Hand aufs Herz.«

Er gehorchte. Miranda trieb gern ihre Spielchen, aber solange sie so unschuldig waren wie diesmal, hatte er nichts dagegen.

Sehr lange blieb es nicht unschuldig. Sie sagte: »In zwei, drei Monaten bin ich verheiratet. Überrascht?«

»Ja. Ich hab Grady nicht für den Typ gehalten, der so ohne weiteres heiratet.«

»Ich heirate nicht Grady. Ich heirate Cooper.«

»Cooper?«

»Den Admiral. Er wird das Datum festsetzen, sobald diese Geschichte mit seiner Frau vollends geregelt ist. Ach, es wird schön sein, wieder Geld zu haben, sich wieder etwas leisten zu können.«

»Was denn zum Beispiel?«

»Grady.«

Nun wußte er, warum sie ein bißchen meschugge aussah: weil sie es war.

Er sagte: »Menschen kann man nicht kaufen, Mrs. Shaw.«

»Die meisten nicht, aber einige schon. Grady gehört zu den einigen. Es wird natürlich eine Stange Geld kosten, und allein würde ich das nie schaffen. Cooper wird mir dabei helfen.«

»Weiß er davon?«

»Nein.«

»Und Grady?«

»Auch nicht. Nur Sie und ich. Und Sie können es nicht weitersagen, weil es sich um eine vertrauliche Mitteilung handelt und weil sie die Hand aufs Herz gelegt haben.«

Hinter dem Kesselraum mit der Heizanlage und den Filtertanks für das Schwimmbecken lag ein kleiner Geräteraum. Das Vorhängeschloß an der Tür war so oft aufgebrochen worden, daß sich niemand mehr die Mühe machte, es zu ersetzen, und dadurch hatten die Angestellten jederzeit und zu jedem Zweck freien Zugang zu dem Raum. Gradys Zweck war im Augenblick das Mittagessen. Er hatte es ein paar Häuserblocks weiter in einer Taco-Bude gekauft, und nun saß er auf einer Holzkiste inmitten der Rechen und Schaufeln und Heckenscheren, der Ameisen und Rollasseln, der Leitungsrohre und Seile.

In dem Schuppen roch es nach Farbverdünner und Kunstdünger und den Bratendünsten aus dem Grill in der Snackbar, aber es war friedlich und ruhig, bis auf das Rauschen der Wellen. Grady hörte ihnen gerne zu und versuchte dabei, ihre Größe und Form zu schätzen und zu erraten, ob die Flut am Steigen oder Fallen war. Gewöhnlich schaute er morgens, wenn er zur Arbeit kam, zuerst ins Gezeitenbuch und schrieb dann die Zahlen mit Kreide an das Schwarze Brett neben dem Schwimmbecken. Höchststand 22.25 Uhr: 5,7. Tiefstand 17.41 Uhr: – 0,5. Heute war er noch nicht dazugekommen, denn er hatte Miranda mit den Mädchen kommen sehen und wollte außer Sichtweite bleiben, bis sie ins Badehäuschen raufging. Miranda aus dem Weg zu gehen war leicht. Gewissen anderen Leuten aus dem Weg zu gehen schien unmöglich.

»Da sind Sie also«, sagte Klein-Frederic. Er hatte ein Skateboard bei sich und trug die ganze Schutzausrüstung – Knie- und Ellbogenschützer und einen roten Plastikhelm. Trotz dieser Sicherheitsvorkehrungen war er an den Händen, der Nase und den Beinen mit einem ganzen Sortiment verdreckter Bandagen bepflastert. »Ich suche Sie schon überall.«

»Jetzt hast du mich gefunden«, sagte Grady. »Zieh Leine.«

»Warum verstecken Sie sich hier drin?«

»Wer sagt, daß ich mich verstecke?«

Frederic ließ sich auf einer Rolle Tauwerk nieder, und sein schmales Hinterteil paßte genau in die Öffnung. Dann holte er sein Mittagessen, eine Packung Bologneser, unter seinem Helm hervor. »Was geben Sie mir, wenn ich keinem was sage?«

»Nichts.«

»Immer mit der Ruhe. Überlegen Sie sich's gut.«

»Wo ich bin, interessiert doch niemand.«

»Oh doch. Sie haben nicht zufällig eine Gewürzgurke bei sich? Bei uns in der Schule ist einer, der wickelt immer eine Scheibe Wurst um eine Gurke und nennt das dann –«

»Das interessiert mich einen Scheißdreck, und wenn er's Mutter nennt. Wer will denn wissen, wo ich bin?«

»Diese Braut, mit der Sie nach Mexiko gefahren sind.« Da keine Gewürzgurke greifbar war, machte sich Frederic nicht erst die Mühe, die Wurstscheiben einzeln zu essen. Er biß in alle acht auf einmal. »Sie fragt alle möglichen Leute, wo Sie sind – die Stewards, Henderson, Ellen, sogar mich. Wie kommt es eigentlich, daß sie's nicht wissen darf?«

»Hör zu, Frederic. Ich will dir das mal erklären, von Mann zu Mann.«

»Geschenkt. Die freundliche Tour zieht bei mir nicht. Das heißt doch bloß, Sie wollen nicht bezahlen.«

»Ich kann nicht, ich hab kein Geld. Und außerdem bist du doch mein Freund, oder?«

»Wie kommen Sie bloß auf *die* blöde Idee. Ich hab keine Freunde. Man sperrt mich in irgendeiner beknackten Schule ein, wo sie einem Griechisch beibringen wollen – und wer holt mich raus? Niemand. Und wo soll ich für den Rest des Sommers hin? In ein Gefangenenlager am Arsch der Welt, nur daß die es eine ›lehrreiche Exkursion in die Wildnis der Sierras‹ nennen.«

»Hör auf, Kleiner, ich muß gleich heulen.«

»Vielleicht früher als Sie denken.«

»Was soll denn das heißen?«

Frederic aß den letzten Happen seiner Wurst und

schob dann den leeren Plastikbeutel unter einen seiner Knieschützer, neben die Hülle eines Kaugummis und ein aufgeweichtes Papiertaschentuch. Er hatte etwas gegen Umweltverschmutzung. »Möchten Sie gern wissen, was sie in diesem Augenblick in dem Badehäuschen oben tut? Sie kippen aus den Socken, Mann, wenn ich Ihnen das erzähle.«

»Laß hören.«

»Sie unterhält sich mit ihrem Anwalt. Er heißt Aragon. Ich weiß das zufällig, weil er auch mein Anwalt ist. Er und ich, wir wollen verschiedene Leute auf Schadenersatz verklagen, später, wenn ich erwachsen bin, vielleicht auch schon früher. Ich führe eine Liste.«

Grady kippte nicht aus den Socken, aber er hielt plötzlich die Luft an, als sei er von einer Welle überrascht und überspült worden. »Worüber unterhalten sie sich?«

»Das dürfen Sie mich nicht fragen.«

»Ich frag dich aber.«

»Ich weiß nicht, wovon die reden, Mann. Ich hab vom Gang aus gehorcht, aber ich hab kein Wort verstanden.«

»Vielleicht solltest du in die Kabine daneben gehen«, sagte Grady. »Dort könntest du sie wahrscheinlich besser hören.«

»Möglich. Aber wie komm ich da rein?«

»Ellen hat die Hauptschlüssel für alle Türen.«

»Die würde sie mir nicht für eine Million geben.«

»Aber mir vielleicht.«

Frederics Augen weiteten sich. »Aha, endlich mal wieder die große Casanova-Schau, stimmt's? Kann ich mitkommen und zusehen?«

»Nein.«

»Ich hab Sie nicht mehr in Aktion gesehen seit –«

»Nein. Du bleibst hier, es dauert nicht lange.«

»Falls Sie es sich doch noch anders überlegen, geben Sie mir irgendein Zeichen, drei Pfiffe oder so.«

»Klar, Kleiner. Mach ich.«

Als Grady gegangen war, vertrieb sich Frederic die Zeit dadurch, daß er eine Spinne fing, die zwischen den krummen, verrosteten Zähnen eines Rechens ihr Netz gewoben hatte. Eine Zeitlang hoffte er, es sei eine Schwarze Witwe, und er könnte sie so dressieren, daß sie Menschen biß; es schien ihm eine vernünftige Alternative zu Schadenersatzklagen. Aber der Spinne fehlte die für die Schwarze Witwe typische uhrglasförmige rote Zeichnung auf der Unterseite des Hinterleibs. Sie hatte auch keine Lust, irgend etwas zu beißen, weder die Ameise, die Frederic ihr anbot, noch den Schorf von seinem Daumen und auch nicht den Fetzen der Mullbinde, die an seinem linken Handgelenk baumelte. Er setzte die Spinne wieder auf den Rechen.

Während dieser Manöver horchte er angespannt, aber es kamen keine drei Pfiffe, nicht mal einer, und Grady kam auch nicht wieder. Frederic wartete noch fünf Minuten, dann nahm er sein Skateboard und ging zurück in den Kesselraum. Er trat mit den Füßen gegen die Heizungsrohre, versuchte an einem Rad mit der Aufschrift NICHT ANFASSEN zu kurbeln und ein Hochspannungsschild vom Sicherungskasten zu entfernen. Aber alles war plombiert, verschlossen, festgeklemmt, angeschweißt.

Er ging durch die Küche (Privat, Zutritt verboten) und verließ den Klub durch den hinteren Ausgang (Nur für Angestellte); von hier aus konnte er den Parkplatz überblicken. Grady und Aragon standen neben Aragons altem Chevy, mitten auf dem Parkplatz, weit weg von allen Bäumen und Büschen, die einem Deckung hätten geben können. Es gab absolut keine Möglichkeit, sich ihnen unbemerkt zu nähern. Sie waren außer Reichweite, zwanzig Jahre und tausend Meilen entfernt, und er konnte sie beim besten Willen nicht einholen.

Er hatte sich in einer geheimen Übereinkunft mit seinem besten Freund Henry verpflichtet, unter gar keinen Umständen zu weinen. Aber Henry war in Philadelphia zu Besuch bei seinen Eltern, und Frederic mußte hier und jetzt mit Schmerzen fertigwerden, die von innen und außen kamen.

Die Tränen kullerten ihm wie Bleikügelchen über die Wangen.

»Sie sehen das alles falsch«, sagte Grady. Er hatte ein Paar Jeans über seine Badehose gezogen, denn es gab eine Vorschrift, nach der Angestellte in Schwimmkleidung den Klub weder verlassen noch betreten durften. Aragon bemerkte, daß die Jeans um die Hüfte herum zu eng waren – Grady bekam wieder regelmäßig zu essen.

»Mein Ehrenwort, Aragon, ich hab noch nicht einmal mit ihr gesprochen, seit ich wieder zurück bin.«

»Und warum nicht?«

»Versucht hab ich's ja, einfach aus Freundlichkeit, aber sie ging mir aus dem Weg. Ich dachte, sie sei einfach sauer auf mich, und akzeptierte das auch. Ich war ja schon dankbar, daß sie mir nicht die Bullen ins Haus schickte, nach der Sache mit dem Porsche. Statt dessen gingen wir uns also gegenseitig aus dem Weg, und das klappte ganz gut. Doch dann plötzlich, zack, kommt dieser Brief.«

Er reichte Aragon ein Stück blaßblaues Papier, das offensichtlich schon etliche Male auseinander- und zusammengefaltet worden war, wie die schmutzigen Faltstellen deutlich zeigten. Obwohl das Papier feucht war, weil die Nässe der Badehose durch die Taschen der Jeans drang, war die Tinte nicht verschmiert. Die gepflegte, nach links geneigte Handschrift bekam durch Mirandas eigenwillige überproportionierte Großbuchstaben und durch i-Punkte, die in Wirklichkeit Kringel waren, eine ganz persönliche Note.

Geliebter,

ich möchte dieses Wort immer und immer wieder hinschreiben, ist es doch ebenso schön wie Du. Geliebter, Geliebter, Geliebter.

Ach, wie schwer ist es doch für uns beide, diese Schauspielerei durchzustehen, so zu tun, als seien wir uns fremd, wo wir uns doch in Gedanken unentwegt in den Armen liegen. Aber Du mußt geduldig sein, mein Liebster. Ich habe viel Sorgfalt auf meine Pläne verwendet, und auch wenn sie Dir zunächst merkwürdig erscheinen mögen, bitte hab Vertrauen. Wir müssen sowohl *leben* als auch *lieben*. Nur dieser Weg ermöglicht uns beides.

Ganz die Deine,
Miranda

»Erst konnte ich es gar nicht glauben«, sagte Grady. »Ich dachte, sie nimmt mich auf den Arm. Aber dazu ist sie nicht der Typ, sie nimmt alles todernst.« Er las den Brief noch einmal, bevor er ihn wieder einsteckte. »Das ist der größte Quatsch, daß wir uns in Gedanken in den Armen liegen. Himmel noch mal, ich hatte solche Gedanken nicht mal, als wir's wirklich taten, und das ist schon ein Jahr her.«

»Acht Monate.«

»Na wenn schon. Ich schau nicht dauernd auf den Kalender.«

»Sie spricht da von Plänen«, sagte Aragon. »Was sind das für Pläne?«

»*Sie* haben doch mit ihr geredet, nicht ich. Wie gesagt, ich hab nicht ein Wort mit ihr gewechselt, seit ich zurück bin. Und dann schreibt sie plötzlich diesen Quatsch, daß wir uns in Gedanken in den Armen liegen. Womöglich hat sie bereits die Kirche und den Pfarrer bestellt, was weiß ich. Ich hab das Gefühl, ich sitze in der Falle, Mann. Ich sitze echt in der Falle.« Er hieb mit der Faust auf die Motorhaube des Wagens. Im Staub blieb ein Abdruck zurück, der wie die Fußsohle eines Tieres aussah.

»Warum sind Sie hierher zurückgekommen, Grady?«

»Ich brauchte den Job, und als Surfer lockten mich die Wellen hier. Ich hätte mir doch nicht träumen lassen, daß mich Miranda schon erwartet, mit einem Kopf voll verrückter Ideen. Vielleicht sollte ich abhauen. Was meinen Sie?«

»Das ist doch Ihre Spezialität«, sagte Aragon. »Vielleicht sollten Sie's wirklich tun.«

»Das ist mein Ernst. Die ist vielleicht wirklich ausgeflippt und versucht eines Tages irgendwas Irres. Sie könnte auf mich schießen oder mit dem Messer auf mich losgehen, vor allem wenn sie dahinterkommt, daß ich mich für eine andere interessiere.«

»Tun Sie das?«

»Mehr oder weniger.«

»Und das heißt?«

»Na ja, Ellen und ich, wir haben da was laufen. Sie ist ein nettes, wirklich anständiges Mädchen mit einem sicheren Job. Es könnte auch schlimmer kommen.«

»Für Ellen auch?«

Grady schlug wieder mit der Faust auf die Motorhaube, aber es war keine Kraft mehr dahinter. Es war wie die Geste, die er bei einem Kinohelden gesehen hatte, mit dem er sich identifizierte. »Hören Sie endlich auf, mich dauernd schlecht zu machen, bloß wegen der Geschichte damals in Mexiko. Es war nicht meine Schuld. Es war schließlich nicht meine Idee, nichts davon, nicht die Sache mit ihr und mir, nicht die Fahrt, ja nicht einmal der Porsche, der mir sowieso nur Ärger eingebracht hat. Wissen Sie eigentlich, was damit geschehen ist?«

»Sie haben ihn verkauft und das Geld beim Würfeln verloren.«

»Ich hab ihn in einer Garage in Phoenix abgestellt, und da haben sie ihn geklaut«, sagte Grady. »Ist das nicht ein guter Witz?«

»Höchstens Durchschnitt.«

»Sie finden mich immer noch fies, was?«

»Mehr oder weniger. Ich schau nicht dauernd ins Wörterbuch.«

»Na schön, Sie reißen mich auch nicht gerade vom Stuhl, sie selbstgefälliger Mistkerl. Sie mußten wahrscheinlich in Ihrem ganzen Leben noch nie richtig arbeiten, und Sie bekamen alles nachgeworfen, Studium, Examen, die ganze Chose. Aber ich, ich bin mit dreizehn von zuhause abgehauen, die wollten mich sowieso rauswerfen. Und wissen Sie, warum? Ich hab ein Auto gestohlen. Das ist Witz Nummer zwei. Besser?«

»Etwa so komisch wie Nummer eins.«

»Es war das Auto meines Onkels, und ich hatte gar nicht vor, es zu klauen. Ich wollte nur eine Spritztour machen. Aber als ich erst mal losfuhr, konnte ich nicht mehr halten. Ich fuhr immer weiter, bis der Tank leer war. Ich landete schließlich bei einem Baseballplatz in Visalia. Eine Weile schaute ich dem Spiel zu und fuhr dann per Anhalter nach Hause, wo ich fürchterliche Prügel bezog. Am nächsten Tag riß ich wieder aus, diesmal mit dem Geld, das meine Tante in einem Versteck unter der Matratze aufbewahrte... Das wär's dann auch schon, die Geschichte meines Lebens, Kapitel eins.«

»Die Dame, die Matratze, das Geld«, sagte Aragon. »Sie haben früh angefangen und schnell kapiert.«

»Ich hab gelernt, wo was zu holen ist und wie man rankommt. Klar. Warum auch nicht?«

»Ist es allgemein bekannt, daß Sie und Ellen zusammen sind?«

»Wir haben es nicht an die große Glocke gehängt, aber ich nehme an, Mr. Henderson ist im Bilde, auch einige Leute in dem Haus, in dem Ellen wohnt. Sie hat eine Menge Freunde, und Freunde reden nun mal.«

»Wohnen Sie in ihrer Wohnung?«

»Offiziell nicht, nein. Ich habe ein Zimmer in der Quinientos Street.«

»Weiß Miranda davon?«

»Ich wüßte nicht, woher, es sei denn, sie ist mir einmal abends nach der Arbeit heimlich gefolgt, doch das würde sie nicht tun. Sie hat immer diese zwei verrückten Ziegen dabei. Die trotten hinter ihr her wie hinter einer Mutter.«

»Oder einer Stiefmutter.«

Als Grady auf dieses Wort überhaupt nicht reagierte, war sich Aragon sicher, daß er von den Plänen nichts ahnte, die Miranda auf dem Umweg über den Admiral für seine und ihre Zukunft schmiedete.

»Was soll ich jetzt Ihrer Ansicht nach tun?« fragte Grady.

»Was wollen Sie denn tun?«

»Mich ruhig verhalten, bei Ellen am Ball bleiben, so tun, als hätte ich den Brief nie bekommen.«

»Wann haben Sie ihn eigentlich bekommen?«

»Vor drei Tagen. Er wurde unter der Tür der Bademeisterkabine durchgeschoben und hatte meinen Namen auf dem Umschlag.«

»Dann können Sie ja wohl nicht so tun, als hätten Sie ihn nie bekommen.«

»Da ist was dran.«

»Haben Sie ihn Ellen gezeigt?«

»Nein.«

»Werden Sie's noch tun?«

»Nein. Es geht da nur um eine Sache zwischen Miranda und mir, oder vielmehr zwischen Miranda und Miranda. Man kann mich nicht für Dinge verantwortlich machen, die sich in ihrem Kopf abspielen.«

Frederic kurvte auf seinem Skateboard über den Parkplatz, im Slalom zwischen geparkten Autos und Laternenpfählen und Betonabweisern hindurch. Als er bei Aragons Chevy angelangt war, hielt er an, indem er einfach absprang. Das Skateboard rollte weiter, unter einem BMW und einem Lincoln hindurch, bis es vom Vorderrad eines Ford Kombi gebremst wurde. Frederic holte es sich zurück, setzte mit der Handfläche nacheinander die Räder in Bewegung, um sich zu vergewissern, daß sie nicht beschädigt waren, und ging dann auf die zwei Männer zu. Seine eben erst versiegten Tränen hatten sich schmale Wege durch den Schmutz auf seinen Wangen gebahnt.

»Verpiß dich«, sagte Grady.

Frederic schüttelte den Kopf. »Kann nicht.«

»Versuch's mal.«

»Kann nicht. Ihre Freundin schickt mich mit einem Auftrag her.«

»Was für eine Freundin?«

»Eins nach dem andern, Mann.« Frederic nahm seinen Plastikhelm ab und enthüllte einen zerdrückten Joghurtbehälter und zwei Päckchen Kaugummi, die wachsweich waren und sich der Form seines Schädels angepaßt hatten. Er blickte zu Grady auf, mit geröteten Augen und vorwurfsvoll. »Ich hab ewig in diesem stinkigen Schuppen darauf gewartet, daß Sie mit den Schlüsseln zurückkommen.«

»Die Lage hat sich verändert«, sagte Grady.

»Sie hatten gar nicht vor, zurückzukommen.«

»Klar hatte ich das vor.«

»Ist doch nicht wahr.«

»Wie du willst. Was ist das für ein Auftrag, und wer hat dich geschickt?«

»Vielleicht sag ich's Ihnen gar nicht.«

Grady legte ihm die Hände auf die Schultern und drückte fest zu. »Was meinst du, vielleicht sagst du es mir doch?«

»Sicher. Klar. Werden Sie doch nicht gleich grob. War ja nur ein Witz. Verstehen Sie keinen Spaß? Ellen schickt mich, ich soll Mr. Aragon ausrichten, er soll in den Klub zurückkommen und sein Büro anrufen. Eine Dame will mit ihm sprechen.«

»Danke, Frederic«, sagte Aragon.

»Sie brauchen mir nicht zu danken«, sagte Frederic. »Ein kleines Trinkgeld tut's auch.«

»Ich habe nur zwei Groschen. Einen davon kannst du haben.«

»Ein mickriger kleiner Zehner. Mindesttrinkgelder müßten genauso gesetzlich garantiert werden wie Mindestlöhne. He, wie finden Sie meine neue politische Idee?«

»Hervorragend. Noch zwölf Jahre, dann kannst du dich als Kongreßabgeordneter aufstellen lassen.« Es war eine ernüchternde Vorstellung.

Aragon steckte seinen zweiten Groschen in das Münztelefon auf dem Gang. Es gab im Grunde nur eine Dame, die wissen konnte, wo er war, und die Zentrale verband ihn mit ihrem Büro.

»Miss Nelson? Ich bin's.«

»Haben Sie auch einen Namen?«

»Tom.«

»Und weiter?«

»Aragon.«

Charity klopfte mit einem Bleistift heftig ans Telefon, um ihr Mißfallen zu bekunden. »Ich frage mich langsam, junger Mann, ob Sie's in diesem Geschäft je zu etwas bringen werden. Ein Anwalt auf dem Weg nach oben sagt nicht *ich bin's.* Er sagt: Hier spricht Tomas Aragon von der Kanzlei Smedler, Downs, Castleberg, McFee und Powell.«

»Das wissen Sie doch schon.«

»Ein bißchen Übung wird Ihnen nicht schaden.«

»Also gut. Hier spricht Tomas Aragon von der Kanzlei Smedler, Downs, Castleberg, McFee und Powell. Was gibt's Neues?«

»Eine ganze Menge. Smedler kam gerade vom Gerichtsgebäude zurück; offenbar schwirren dort allerlei Gerüchte herum. Noch gestern abend brachte ein Eilbote den Laborbericht über Iris Youngs Tod. Dem Vernehmen nach ist sie ermordet worden.«

»Welchem Vernehmen nach?«

»Es gibt da eine alte Schachtel im Büro des Staatsanwalts, die auf Smedler scharf ist – er sieht gar nicht so übel aus, wenn man zufällig schielt und wenn die Beleuchtung nichts taugt –, und sie nimmt ihn immer wieder zur Seite und läßt ihm ein Bonbon zukommen, um sein Interesse zu wecken. Bonbon nur im übertragenen Sinne, natürlich, schließlich lebt er diät. Jedenfalls hat sie ihm erzählt, der Staatsanwalt sei im siebenten Himmel.«

»Was braucht es, damit sich ein Staatsanwalt im siebenten Himmel fühlt, oder auch nur im fünften oder sechsten?«

»Beweismaterial für einen Prozeß, der die Wähler beeindruckt und ihm die nächste Wahl gewinnen hilft«, sagte Charity. »Sie haben Iris Young einmal gesehen, nicht wahr?«

»Ganz kurz, ja.«

»Ging sie am Stock?«

»Ja. Ihr Stock ist in dem Feuer verbrannt.«

»Irrtum. Am Knauf hatte er raffinierte metallene Verzierungen, und die sind nicht verbrannt. Am Übergang vom Metall zum Holz ist etwas Blut in die Ritzen gesickert. Es stimmte mit dem Blut überein, das Mrs. Youngs Leiche entnommen wurde, aber zwischen den zwei Proben gab es einen Unterschied, der ganz gravierend sein soll.«

»In welcher Hinsicht?«

»Smedlers Plaudertasche wußte nichts Näheres.«

»Warum erzählen Sie mir das alles, Miss Nelson?«

»Smedler hat mich gebeten, Sie einzuweihen. Er meinte, Sie könnten vielleicht noch mehr herausbringen, wenn Sie irgendwie im Polizeipräsidium herumhängen und die Ohren aufmachen.«

»Wenn ich irgendwie im Polizeipräsidium herumhänge, werden die sich dort irgendwie fragen, weshalb.«

»Sagen Sie ihnen, daß sie für Smedler, Downs, Castleberg, McFee und Powell arbeiten. Schließlich ist Miranda Shaw eine Mandantin von uns, oder jedenfalls war sie's, und sie wohnte im Haus der Youngs, als der Mord passierte, und wir haben ein Recht darauf, zu – großer Gott, Sie glauben doch nicht, daß sie tatsächlich damit zu *tun* hat. Doch, Sie glauben es. Ihr Schweigen sagt mir alles.«

»Ich –«

»Und Smedler glaubt es auch. Deshalb möchte er auch

unbedingt mehr über den Laborbericht wissen. Nur sollte er dann einen kompetenteren Mann hinschicken als Sie, finde ich.«

»Ich auch«, sagte Aragon und legte auf.

Ellen Brewster stand vor der Tür zu ihrem Büro und wartete auf ihn. Sie trug ein kurzes ärmelloses weißes Kleid, das ihre neu erworbene Bräune zur Geltung brachte, zugleich aber den Eindruck erweckte, als versuche sie allzusehr, den Teenagern nachzueifern, die sich in Scharen am Strand und in der Snackbar und in der Nähe der Bademeister tummelten.

Ihre Stimme klang unnatürlich. »Haben Sie Zeit, auf einen Sprung hereinzukommen, Mr. Aragon?«

»Ich glaube schon.«

Er ging hinein, und sie machte die Tür hinter ihm zu. Es war auch so noch laut genug in dem Raum. Vom Schwimmbecken her war das Rufen und Lachen zu hören, und draußen an der Straße waren einige Männer damit beschäftigt, mit einer Maschinensäge einen Eukalyptusbaum zu stutzen.

Sie sagte: »Haben Sie mit Miranda gesprochen?«

»Ja.«

»Es gehört sich wohl nicht, daß ich frage, was sie Ihnen erzählt hat, oder?«

»Nein.«

»Trotzdem, eine Frage muß ich Ihnen einfach stellen. Weiß sie, daß Grady und ich – daß wir –«

»Nein.«

»Ich hab mir das zwar gedacht, aber ich mußte Gewißheit haben.«

»Warum?«

»Wahrscheinlich habe ich Angst vor ihr.«

»Sie ist nicht gerade furchterregend – doppelt so alt wie Sie, ungefähr halb so groß und ein bißchen verrückt.«

»Sie ist mehr als ein bißchen verrückt«, sagte Ellen. »Wenn es um Grady geht, dreht sie vollkommen durch. Sie hat sich seit damals, als Sie sie aus der Klinik in Mexiko zurückholten und bei mir abluden, überhaupt nicht verändert. Schon damals hat sie mir erzählt, sie würde alles tun, um zu ermöglichen, daß sie und Grady wieder zusammenkämen. Sie sagte, wenn er Geld brauche, um glücklich zu sein, egal wieviel Geld, dann würde sie es irgendwie auftreiben und ihn zurückkaufen. Können Sie sich das vorstellen?«

»Ja.« Es waren dieselben Worte, die Miranda eine halbe Stunde vorher in dem Badehäuschen gebraucht hatte. »Und wovor haben Sie Angst? Daß er käuflich ist?«

»Ich weiß nicht, ob er das ist. Ich will nur nicht, daß sie es versucht. Es ist nicht fair.«

»Machen Sie sich keine Sorgen. Sie hat keinen Pfennig.«

In seiner Stimme lag mehr Zuversicht, als er selbst empfand.

»Nichts«, berichtete er Charity, als er später an diesem Tag ins Büro zurückkehrte.

»Nichts?« wiederholte sie. »Sie waren den ganzen Nachmittag weg, und dann *nichts*?«

»Nichts Endgültiges. Ich habe mich genau an Ihre Anweisungen gehalten, habe mich hier und da umgehorcht, raffinierte Fragen gestellt, etwa Wie geht's?, und raffinierte Antworten bekommen, zum Beispiel: Danke, es geht. Man hört die üblichen Gerüchte, die ein solcher Fall mit sich bringt. Aber eines davon könnte ein bißchen mehr sein als nur ein Gerücht.«

»Nämlich?«

»Daß der Staatsanwalt genügend Beweise hat, um das Geschworenengericht um einen Anklagebeschluß zu bitten.«

»Anklage gegen wen?«

»Ich weiß es nicht.«

»Wahrscheinlich gegen den Ehemann«, sagte Charity. »Das ist heutzutage die Regel. Niemand hat mehr einen Butler.«

Teil VI

Es sei im Protokoll festgehalten, daß alle neunzehn Mitglieder des Großen Geschworenengerichts anwesend und vereidigt sind und daß der Staatsanwalt bereit ist, in seinem Plädoyer fortzufahren.

»Herr Obmann, meine Damen und Herren Geschworenen. Während der Vormittagssitzung habe ich in groben Zügen dargestellt, wie ich vorgehen möchte, da dies das erste Tötungsdelikt ist, in dem Sie zu entscheiden haben. Im Laufe des Nachmittags werde ich stärker ins Detail gehen. Aber zuvor möchte ich noch anmerken, daß mir – wie Ihnen sicherlich auch – bewußt ist, daß die Institution des Großen Geschworenengerichts neuerdings in den Medien aus verschiedenen Gründen kritisiert wird: bemängelt wird die Art und Weise, in der die Geschworenen ausgewählt werden, die Nichtöffentlichkeit des Verfahrens, das Fehlen eines Anwalts für die beklagte Partei und eines Richters, der überwacht, was zulässig und unzulässig ist, und schließlich die Tatsache, daß nur zwölf Stimmen erforderlich sind, um einen Anklagebeschluß herbeizuführen, so daß sieben abweichende Meinungen möglich sind, falls die Geschworenen vollzählig versammelt sind, wie in unserem Fall. Es ist hier nicht der Ort, auf diese Kritik einzugehen. Es gibt nun mal die Einrichtung des Großen Geschworenengerichts, und wir haben uns in diesem Rahmen zu bewegen. Ich habe volles Vertrauen in Ihre Fähigkeit, eine faire und unparteiliche Entscheidung zu fällen, und ich bin überzeugt, daß sie einstimmig sein wird.«

Der Staatsanwalt machte eine Pause, um sich mit einem Taschentuch die Stirn abzuwischen. Die Klimaanlage im Gerichtsgebäude war wieder einmal defekt, und so war es heiß im Sitzungssaal, obschon er groß war und eine hohe Decke hatte. Wegen des Verkehrslärms mußten alle Fenster geschlossen bleiben. Hinten im Saal brummte ein Ventilator und wirbelte die Luft durcheinander, ohne sie abzukühlen.

Der Staatsanwalt hieß Zachary Tilford und war Anfang Dreißig, in einem Alter, das nach Meinung vieler der Stellung nicht angemessen war. Er war sich dessen bewußt und versuchte, mit einer aggressiv zupackenden Stakkato-Stimme dagegen anzugehen. Seine Worte prallten wie Pingpongbälle von den Wänden zurück.

»Das Haus Camino Grande Nr. 1220 ist nach heutigen Maßstäben eine Villa. Diese Villa wurde vor zwölf Jahren vom Vizeadmiral a. D. der U.S.-Marine, Cooper Young, und seiner Frau Iris, geborene Van Eyck, gekauft und seit dieser Zeit vom Admiral und seiner Frau und ihren zwei ledigen Töchtern Cordelia und Juliet bewohnt. Eine Haushälterin, Mrs. Paulette Norgate, kam kurze Zeit später in den Haushalt, und letztes Jahr wurde Miranda Young, eine kultivierte und attraktive Witwe, damals zweiundfünfzig, als eine Art Gouvernante für die Töchter angestellt. Diese sechs Personen lebten in dem Haus. Am Tage kamen weitere Bedienstete, um beim Saubermachen und Kochen und allgemein im Haushalt zu helfen, aber im Zusammenhang mit dieser Untersuchung werden wir uns mit dieser letzteren Gruppe nicht befassen.

Iris Young war zweiundsechzig und in einem schlechten Gesundheitszustand. Sie litt an chronischer Arthritis und hatte bereits zwei Herzanfälle hinter sich. Sie führte ein Leben in großer Abgeschiedenheit und verbrachte den größten Teil ihres Tages in ihrem Wohnzimmer im Erdgeschoß, wo sie ihre geschäftlichen Angelegenheiten erledigte – sie war eine wohlhabende Frau – und sich mit ihren Büchern und mit Musik beschäftigte. Als Hobby trug sie auf dem Postweg Schachpartien mit Leuten in verschiedenen Teilen der Welt aus. Dies gehörte auch zu den Dingen, mit denen sie sich am Nachmittag des vierten Juli beschäftigte. Wir wissen das, weil sie Mrs. Shaw zwei Briefe gab, die diese in den Briefkasten stecken sollte; einer war an einen Professor an der Universität von Tokio adressiert, der andere an einen Missionar in Djakarta. Die übrige Zeit verbrachte sie damit, ein Buch zu Ende zu lesen und eine Oper anzuhören. Für Mrs. Young war es ein typischer Nachmittag, mit einer Ausnahme: es war ihr letzter.

Kurz nach neun Uhr an diesem Abend starb Iris Young. Nach den ersten Untersuchungen deutete alles darauf hin, daß sie versuchte, den einem Holzscheit nachempfundenen Gasbrenner im Kamin anzuzünden, dabei nach vorne stürzte, den Kopf anschlug und das Bewußtsein verlor. Das ausströmende Gas explodierte und steckte den Raum und alles, was sich in dem Raum befand, in Brand. Doch dann ergab eine Autopsie, daß Mrs. Youngs Tod in Wirklichkeit auf eine Rauchvergiftung zurückzuführen ist.

Ich möchte Sie an dieser Stelle darauf aufmerksam machen, daß am vierten Juli um neun Uhr abends die offizielle Temperatur in Santa Felicia zweiundzwanzig Grad Celsius betrug, nach einer Höchsttemperatur von siebenundzwanzig Grad während des Nachmittags. Die Temperatur in Iris Youngs Wohnzimmer muß zwischen diesen beiden Extremen gelegen haben, wahrscheinlich um die vierundzwanzig Grad, und das ist auch für einen kranken Menschen ziemlich warm. Trotzdem hat sie angeblich versucht, den Gasbrenner anzuzünden. Ich nenne das den merkwürdigen Sachverhalt Nummer eins.

Merkwürdiger Sachverhalt Nummer zwei: Mrs. Young war allein im Haus. Wie ich heute morgen versprochen habe, will ich die Zeit der Geschworenen und das Geld des Steuerzahlers nicht damit vergeuden, daß ich hier Zeugen auftreten lasse, die nur zu solchen Beweisen aussagen können, die bereits in den bei den Beweisstücken befindlichen Untersuchungsberichten gut belegt sind.

Wo war die Familie, und wo waren die anderen Hausbewohner? Der Admiral hatte seine Töchter zu einem Feuerwerk im Penguin-Klub begleitet; Miranda Shaw führte den Hund aus; und die Haushälterin, Mrs. Norgate, war als Babysitter bei ihrem Enkelsohn. Die letzte, die Mrs. Young lebend gesehen hat, war Miranda Shaw. Ich möchte Sie an dieser Stelle darauf aufmerksam machen, daß Mrs. Shaw gewöhnlich den Hund später ausführte, nämlich unmittelbar bevor sie zwischen halb elf und elf schlafen ging. Am fraglichen Abend ging sie um halb neun aus dem Haus, wegen einer Magenverstimmung des Hundes, wie sie sagt. Vielleicht war es wirklich so. Gewiß ist weder von Mrs. Young noch von dem Hund eine andere Aussage zu erwarten.

Doch unsere Liste merkwürdiger Sachverhalte wird immer länger. Nummer drei: Miranda Shaw ging mit dem Hund zwei Stunden früher aus dem Haus als sonst. Nummer vier: sie war die letzte, die Iris Young lebend gesehen hat.«

Der Staatsanwalt legte erneut eine Pause ein, um sich den Schweiß von der Stirn zu wischen und sich aus dem Krug, der vor ihm auf dem Tisch stand, ein Glas Wasser einzuschenken und einen Schluck zu trinken. Plötzlich machten ihm außer der Hitze auch noch die Nerven zu schaffen. Er hatte – obwohl das eigentlich unnötig war – die Geschworenen zwar daran erinnert, daß dies das erste Tötungsdelikt war, in dem sie zu entscheiden hatten; daß es auch für ihn das erste war, hatte er allerdings nicht erwähnt. Da solche Geschworenensitzungen stets unter Ausschluß der Öffentlichkeit stattfanden und da auch die Protokolle durch richterliche Verfügung oft unter Verschluß gehalten wurden, befand er sich mehr oder weniger im Blindflug. Dabei war es ihm nur ein geringer Trost, daß die Geschworenen im selben Flugzeug saßen wie er.

»Für die meisten von Ihnen wird das kriminaltechnische Labor in Sacramento – falls Sie überhaupt davon gehört haben – nicht mehr sein als ein ziemlich entlegenes Institut für irgendwelche obskure Untersuchungen, die mit Ihnen persönlich nichts zu tun haben. Nun, es ist nicht mehr entlegen, und die dort geleistete Arbeit ist nicht mehr obskur, denn dieses Labor steht plötzlich konkret vor Ihnen, und zwar in Form der Akte, die ich hier in der Hand halte. Sie enthält die Ergebnisse der Tests, die mit dem Material vom Schauplatz des Todes von Iris Young durchgeführt worden sind. Es wurden die verschiedensten Dinge untersucht, doch von besonderer Bedeutung waren die dem Leichnam entnommenen Blutproben und Zellgewebe. Unter allen Gegenständen, die aus den Trümmern geborgen wurden – Holzsplitter, Glasscherben und allerlei Schutt – ragen zwei besonders heraus: ein Stock und ein Kerzenständer.

Jeder von Ihnen hat eine Liste der Beweisstücke erhalten, die ich Ihnen zur Unterstützung meiner Argumente präsentieren werde. Das erste Beweisstück ist die Akte hier in meiner Hand. Eine Reihe von Wissenschaftlern und Labortechnikern hat sie zusammengestellt, aber unterzeichnet hat sie Dr. Gustave Wilhelm als der verantwortliche Leiter der Abteilung Brandstiftung. Dr. Wilhelm kann erst später in dieser Woche herkommen und seine Aussagen machen, und deshalb sei es mir gestattet, seinen Bericht in Kurzform wiederzugeben, um die erste von drei bedeutsamen Fragen in diesem Fall beantworten zu können: Wurde ein Mord begangen? Was waren die Beweggründe? Wer hatte diese Gründe? Logischerweise können wir uns mit den zwei letzten Fragen erst beschäftigen, wenn wir eine definitive Antwort auf die erste gefunden haben. Wurde ein Mord begangen? Ja. Diese Akte in meiner Hand ist in der Tat die Geschichte eines Mordes, nur daß sie nicht in der Sprache der Literatur, sondern in der Sprache der Wissenschaft geschrieben ist und als Hauptfigur nicht einen Menschen, sondern einen Stock hat.

Der Stock gehörte Iris Young. Nach einer Aussage

ihres Mannes kaufte sie ihn lediglich als einen Gebrauchsgegenstand, der von einem afrikanischen Häuptling im Rahmen gewisser Stammesriten benutzt worden war. Später wurde dieser Stock zu ihrem ständigen Begleiter. Er war aus Zebraholz und hatte am Knauf einen Zierbeschlag aus Kupfer. Die Überreste davon liegen auf dem Tisch zu Ihrer Linken, in dem Plastikbeutel mit dem roten Schildchen. Auch ohne daß ich den Beutel aufmache, können Sie sehen, daß der Stock weitgehend verbrannt ist. Was Sie nicht sehen können, ist, daß sich oben, wo das Kupfer in das Holz getrieben worden ist, Blutflecken befinden. Allein schon die Tatsache, daß Spuren von Iris Youngs Blut an diesem Stock gefunden wurden, läßt auf ein Verbrechen schließen. Mikroskopische Untersuchungen brachten die Bestätigung. Lassen Sie mich das erläutern.

Bei jedem Feuer entsteht als Nebenprodukt Kohlenmonoxyd, ein farbloses, geruchloses Gas, das eine starke Affinität zu den roten Blutkörperchen des Menschen hat. Es ist nicht nur im Blutkreislauf leicht aufzuspüren, sondern auch in den Atemwegen und in der Lunge, wo kleine Kohlepartikel zu finden sind, wenn jemand Rauch eingeatmet hat. Gewebeproben aus Iris Youngs Nasenhöhle, Luftröhre und Lunge enthielten solche Partikel. Außerdem ergaben Untersuchungen ihres Blutes, daß Kohlenmonoxyd den lebensnotwendigen Sauerstoff aus ihren roten Blutkörperchen verdrängt hat, so daß es zum Tod durch Ersticken kam. Woran sie starb, ist also klar. Wie es geschehen ist, das ist eine andere Frage.

Ursprünglich wude angenommen, Iris Young habe, als sie sich zum Anzünden des Gasbrenners vorbeugte, das

Gleichgewicht verloren, sei gestürzt und habe sich dabei die Stirn so heftig angeschlagen, daß sie blutete und das Bewußtsein verlor. Doch lassen Sie uns jetzt einigen grundlegenden Fragen nachgehen:

Wurde Blut an dem Gasbrenner gefunden? Nein.

Irgendwo in der Nähe? Nein.

An irgendeiner anderen Stelle im Raum? Ja. Am Stockknauf.

Welche Blutgruppe? AB negativ.

War das tatsächlich Iris Youngs Blut? Ja.

Enthielt es Spuren von Kohlenmonoxyd? Nein. Ich wiederhole: nein. Das Blut an dem Stock kam von einer Frau, die überhaupt keinen Rauch eingeatmet hatte.

Ist es möglich, daß die Wunde an Iris Youngs Kopf daher rührt, daß sie auf ihren eigenen Stock stürzte? Nein. Die Wucht eines solchen Aufpralls hätte für die Art der Verletzung, die sie tatsächlich davontrug, nicht ausgereicht.

Wie ist sie denn nun ums Leben gekommen? Sie wurde geschlagen. Sie stürzte nicht und stieß nicht mit dem Kopf an, sondern sie wurde mit ihrem eigenen Stock geschlagen.

War dieser Schlag vielleicht eine impulsive Aktion und das Feuer ein verzweifelter Versuch, die Spuren zu verwischen? Nein. Nach meiner Überzeugung steht das Feuer im Mittelpunkt, eine vorsätzliche Brandstiftung, die genau geplant war. Selbst der Zeitpunkt war mit Bedacht gewählt: am Vierten Juli war eine laute Explosion nichts Ungewöhnliches. Am Feiertag war es auch einfacher, die anderen Leute aus dem Haus zu bekommen – Admiral Young, der mit seinen Töchtern eine Veranstaltung mit Feuerwerk besuchte, und die Haushälterin, die als Babysitter für ihren Enkel gebraucht wurde, weil dessen Eltern außer Hauses feiern wollten. Oh ja, es war alles sorgfältig geplant, nur daß sich eben Explosionen und Brände nicht exakt vorausplanen lassen, weder von Dilettanten noch von Profis. Wie vielen Gefängnisinsassen schmerzlich bewußt ist, vernichtet eine Brandstiftung nicht in jedem Fall alle belastenden Indizien.

Iris Young sollte in diesem Feuer verbrennen. Das wäre möglicherweise auch geschehen, wenn sie dicker gewesen wäre, denn die Fette im menschlichen Körper wirken wie Brennstoff, aber Iris Young war eine hagere Frau. Ihr Stock sollte vernichtet werden und wurde auch vernichtet, aber eben nur teilweise. Der verbliebene Rest lieferte die Blutproben, die mit denen der Leiche verglichen werden konnten.

Es gibt noch einen Gegenstand, der vernichtet oder doch so stark beschädigt werden sollte, daß er als Beweismaterial nichts mehr taugte.«

Er trat an den Tisch, auf dem die Beweisstücke lagen, und ergriff einen Kerzenständer, der wie der Stock in eine durchsichtige Plastikhülle gewickelt war.

»Ich meine das hier, einen antiken silbernen Kerzenständer, ungefähr fünfundzwanzig Zentimeter hoch und, wie Sie sehen, von der Wucht der Explosion verbogen und vom Rauch ein wenig angeschwärzt. Nach Aussage der Haushälterin und der Familienmitglieder ist es einer von vier solchen Leuchtern, die im Büfett des Eßzimmers aufbewahrt wurden. Wie kam er aber dann vom Büfett im Eßzimmer auf den Boden in Iris Youngs Wohnzimmer? Die nahe liegende Erklärung wäre, daß sie ihn selbst dort hinbrachte. Aber in diesem Zusammenhang möchte ich Ihnen ein paar Sätze aus einer Aussage vorlesen, die die Haushälterin, Mrs. Norgate, vor einem meiner Mitarbeiter gemacht hat:

›Miranda Shaw stellte gerne Kerzen auf den Speisetisch, da sie glaubte, im Kerzenlicht jünger zu wirken. Doch in der letzten Zeit hatte Mrs. Young erkennen lassen, daß sie Kerzen nicht ausstehen konnte. Sie sagte, von dem flackernden Licht bekäme sie Kopfschmerzen.‹ Es gibt keinen Grund, an Mrs. Norgates Aussage zu zweifeln. Überdies haben andere Mitglieder des Haushaltes dasselbe beobachtet, daß nämlich Mrs. Young Kerzen haßte. Doch dieser Kerzenständer fand sich in ihrem Zimmer. Und das ohne Fingerabdrücke, ja, es sind überhaupt keine Fingerabdrücke drauf. Ich weiß nicht mehr, wie viele merkwürdige Sachverhalte wir in diesem Fall bereits hatten, aber das muß nun schon Nummer fünf oder sechs sein. Oder zehn. Oder fünfzehn. Und es ergeben sich weitere Fragen:

Was machte der Kerzenständer in Iris Youngs Zimmer? Das übliche: er hielt eine Kerze.

Und was machte die Kerze? Sie beging einen Mord.

Und wie läßt sich das alles zusammenfügen? Folgendes muß geschehen sein: Iris Young erhielt einen Schlag mit ihrem eigenen Stock, die Kerze wurde angezündet, der Kerzenständer abgewischt, das Gas angedreht, und dann ging der Mörder aus dem Haus.«

Der Staatsanwalt machte wieder eine Pause, nicht des Effektes wegen, sondern weil eine der Geschworenen, eine pensionierte Bibliothekarin, die Hand gehoben hatte.

»Ja, Mrs. Zimmerman?«

»Warum lassen Sie keine Zeugen auftreten?«

»Das kommt natürlich noch. Um jedoch Zeit und Steuergelder zu sparen – zwei wesentliche Vorteile des Großen Geschworenengerichts – rufe ich nur so viele Zeugen auf, wie ich brauche, um den Fall ohne die ganzen Details und Wiederholungen, die in einem Strafprozeß unerläßlich wären, darlegen zu können.«

»Verzeihen Sie, aber ich –«

Der Obmann schaltete sich ein. »Das Auftreten der Zeugen – wer, wann, wie viele – ist allein Sache des Staatsanwalts, Mrs. Zimmerman.«

»Aber er steht nur da und sagt mir, was ich denken soll.«

»Er gibt Ihnen lediglich Denkanstöße, das ist etwas völlig anderes ... Bitte, fahren Sie fort, Herr Staatsanwalt.«

»Vielen Dank, Herr Obmann. Ich möchte für einen Augenblick auf die Ergebnisse der Autopsie zurückkommen, die an Iris Young vorgenommen wurde. Zellgewebe aus den Bronchien und Atemwegen enthielten Kohlepartikel, die auf Tod durch Ersticken infolge Rauchinhalation schließen ließen. Gewebe aus anderen Bereichen, insbesondere aus der Bauchhöhle, wiesen Spuren anderer Chemikalien auf, vor allem Flurazepam-Chloralhydrat. Dabei handelt es sich um ein kristallinisches, in Wasser oder Alkohol leicht lösliches Präparat, das vom Körper rasch absorbiert und umgesetzt wird. Es ist ein weit verbreitetes, nur auf Rezept erhältliches Beruhigungsmittel, das unter der Bezeichnung Dalman verkauft wird. Iris Young war Halbinvalidin, und so überrascht es nicht, daß sie zu einem Schlafmittel griff. Doch die Umstände sind eigenartig. Dalman ist ein sehr schnell wirkendes Mittel, das nur verabreicht werden sollte, wenn sich der Patient bereits zum Schlafen hingelegt hat oder im Begriff ist, sich hinzulegen. Iris Young war in ihrem Wohnzimmer, und sie war voll angekleidet. Wir können also unserer immer länger werdenden Liste einen weiteren Sachverhalt hinzufügen.

Und ihm folgt der nächste auf den Fersen. Dalman ist, wie ich schon sagte, nur auf Rezept erhältlich, entweder in orange- und elfenbeinfarbenen Kapseln zu fünfzehn Milligramm oder in rot- und elfenbeinfarbenen Kapseln zu dreißig Milligramm. Dr. Albert Varick, Mrs. Youngs Hausarzt, ist diese Woche auf einer Ärztekonferenz in Puerto Rico, aber seine eidliche Aussage liegt uns schriftlich vor und kann von Ihnen eingesehen werden. Im Kern geht es um folgendes: Von Zeit zu Zeit hat Dr. Varick seiner Patientin verschiedene Mittel, vor allem Indocin, verschrieben, um ihr Erleichterung für die von ihrer chronischen Arthritis herrührenden Schmerzen zu verschaffen. Doch nach seinen eigenen Aufzeichnungen und Mrs. Youngs Daten in seiner Kartei hat Dr. Varick ihr nie ein Rezept für Dalman ausgestellt. Ein solches Rezept fand sich aber in dem Haus. Ein Polizeibeamter wird Ihnen später die Einzelheiten nennen.

Bevor ich nun meinen ersten Zeugen, Admiral Cooper Young, aufrufe, sollte ich Ihnen, glaube ich, sagen, daß Admiral Young nicht aussagen wollte und sich entsprechend äußerte, als ihm die Vorladung überbracht wurde. Man kann ihn zwar keineswegs einen feindseligen Zeugen nennen, aber die Sache widerstrebt ihm, und er hat einem Zeugenauftritt nur zugestimmt, weil er es für seine Pflicht hält, in einem gerichtlichen Verfahren behilflich zu sein. Bitte vergessen Sie das nicht, wenn Sie seinen Ausführungen zuhören.«

Mit energischen »Kommen-wir-zur-Sache«-Schritten, die er fünfzig Jahre vorher auf der Marineakademie gelernt hatte, begab sich der Admiral in den Zeugenstand. Er trat auf, als sei er in Uniform, obschon er nur einen dunkelgrauen Anzug, ein weißes Hemd mit Manschettenknöpfen, eine schwarze Krawatte und schwarze Schuhe trug. Sein Gesicht hatte die ein wenig gelbsüchtige Farbe, die für eine nachlassende Sonnenbräune typisch ist.

Daß er nur widerstrebend aussagte, wäre den Geschworenen auch ohne die vorausgegangene Warnung aufgefallen. Er blickte sie mit unverhüllter Abneigung an, bevor er auf die erste Frage des Staatsanwalts einging.

»Würden Sie für das Protokoll bitte Ihren Namen und Ihre Adresse angeben?«

»Cooper Randolph Young, Camino Grande 1220, Santa Felicia.«

»Und was sind Sie von Beruf?«

»Vizeadmiral der U.S.-Marine, außer Diensten.«

»Sagen Sie bitte etwas über die Dauer und Art Ihrer Beziehung zu Iris Young, geborene Van Eyck.«

»Sie war fünfunddreißig Jahre lang meine Frau.«

»War es eine glückliche Beziehung?«

»Ja.«

»Würden Sie sagen, daß in Ihrer Familie, alles in allem, eine angenehme Atmosphäre herrschte?«

»Ja.«

»Mir ist klar, daß dies eine schmerzliche Angelegenheit für Sie sein muß. Ich hätte Sie nicht hierher gebeten, wenn es nicht notwendig wäre. Verstehen Sie das?«

»Ich höre, was Sie sagen.«

»Ich kann mich nicht gut dafür entschuldigen, daß ich meine Pflicht tue, Herr Admiral.«

»Nein. Eine solche Entschuldigung würde ich ohnehin nicht annehmen.«

»Na gut, fahren wir fort. Würden Sie den Geschworenen sagen, wo Sie am vierten Juli dieses Jahres den späten Nachmittag und frühen Abend verbracht haben?«

»Zuhause mit meiner Familie – meiner Frau und meinen zwei Töchtern.«

»War sonst noch jemand im Haus?«

»Mrs. Norgate, unsere Haushälterin, die das Abendessen zubereitete.«

»Und Mrs. Shaw?«

»Ja.«

»Was machte Mrs. Shaw?«

»Ich bin nicht sicher, aber wahrscheinlich richtete sie den Tisch fürs Essen her, die Dekoration, die Blumen und so weiter.«

»Und Kerzen?«

»Und Kerzen, ja.«

»War dieser formelle Rahmen bei Ihnen üblich?«

»Ja, als Teil der Erziehung meiner Töchter.«

»War bei diesem Abendessen irgend etwas anders als sonst?«

»Wir aßen wesentlich früher als üblich, weil Mrs. Norgate noch etwas vorhatte und ich meinen Töchtern versprochen hatte, mit ihnen zu einem Feuerwerk im Klub zu gehen. Mrs. Shaw war eingeladen, mitzukommen, aber sie lehnte ab.«

»Mit welcher Begründung lehnte sie ab?«

»Sie wollte Mrs. Young nicht allein lassen.«

»Aber sie *hat* sie dann allein gelassen.«

»Nur um mit dem Hund rauszugehen.«

»Das war lange genug, nicht wahr?« Der Staatsanwalt richtete seinen Blick gezielt auf den Tisch mit den Beweisstücken. »Nicht wahr?«

»Mrs. Shaw ist für das, was geschehen ist, nicht verantwortlich. Sie war zu meiner Frau immer sehr liebenswürdig und freundlich.«

»Und umgekehrt?«

»Und umgekehrt, ja.«

Der Staatsanwalt, der bis dahin in bequemer Haltung dagesessen hatte, beugte sich nun vor und schrieb auf den vor ihm liegenden Notizblock *Und umgekehrt?!*

»Kannten Sie Mrs. Shaw, bevor Sie sie einstellten, Herr Admiral?«

»Ja. Sie und ihr Mann waren Mitglieder in dem Strandklub, dem auch meine Frau und ich angehörten. Wir vier kannten einander, wenn auch nicht sehr gut.«

»Wie hieß der Klub?«

»Es war der Penguin-Klub.«

»Um dort Mitglied sein zu können, muß man doch wohl zu den Wohlhabenden gehören, stimmt das?«

»Ja.«

»War Mrs. Shaw noch Klubmitglied, als sie bei Ihnen wegen einer Stelle vorsprach?«

»Sie war kein Mitglied mehr, und sie sprach bei mir nicht wegen einer Stelle vor. Miss Brewster, die Klubsekretärin, erzählte ihr von der Möglichkeit einer solchen Stelle, und Miss Brewster sprach dann mit mir über Mrs. Shaws mißliche Lage.«

»Mißliche Lage?«

»Ihr Mann war gestorben und hatte umfangreiche Schulden hinterlassen.«

»Und Sie nahmen sie dann wie ein guter Samariter in Ihr Haus auf?«

»Nein, so war das keineswegs. Meine Frau und ich brauchten jemand, der uns mit unseren Töchtern half.«

»Würde es Ihnen etwas ausmachen, etwas deutlicher zu werden?«

»Ja.«

»Na schön. Dann –«

»Ist es gestattet, daß ich eine Erklärung abgebe?«

»Bitte.«

»Ich möchte dagegen protestieren, daß meine zwei Töchter als Zeugen vorgeladen worden sind.«

»Haben Sie denn begründete Einwände gegen die Zeugenaussagen Ihrer Töchter, Herr Admiral?«

»Ich bin lediglich der Meinung, daß sie den Belastungen einer solchen Situation nicht gewachsen sind.«

»Sie sind doch beide volljährig, nicht wahr?«

»Ja.«

»Und sie haben einen Rechtsbeistand?«

»Ja, aber sie hören nicht auf seinen Rat.«

»Ich habe mich persönlich mit Ihren beiden Töchtern unterhalten, und es schien sie weder zu belasten noch waren sie abgeneigt, ihre Aussagen zu machen. Ihre väterliche Sorge ist zwar bewundernswert, aber in diesem Fall vielleicht nicht gerechtfertigt.«

»Ich habe jedenfalls meinen Protest angemeldet.«

»Wir werden ihn ins Protokoll aufnehmen, Herr Admiral ... Nun, wann hat Mrs. Shaw angefangen, für Sie zu arbeiten?«

»Irgendwann im Januar.«

»Hat sie mit den anderen Mitgliedern der häuslichen Gemeinschaft gut harmoniert?«

»Ja.«

»Von Anfang an?«

»Es gab die unter solchen Umständen übliche Eingewöhnungszeit.«

»Welches Verhältnis hatten Sie selbst zu Mrs. Shaw?«

»Verhältnis?«

»War es ein striktes Angestelltenverhältnis?«

»Gewiß, sie war eine Angestellte, aber ich sah in ihr eher eine Freundin. Und das galt, glaube ich, auch umgekehrt.«

»Sie waren befreundet?«

»Ja.«

»Mehr als nur beiläufig?«

»Wir waren befreundet.«

»Eng befreundet?«

»Nein, ich würde sagen, wir waren – Du meine Güte, sie lebte in meinem Haus, wir sahen einander jeden Tag, wir unterhielten uns, wir aßen am selben Tisch. Was hat das aus uns gemacht?«

»Eine gute Frage, Herr Admiral.«

Wieder beugte sich der Staatsanwalt vor, um auf den gelben Notizblock zu schreiben: *Was hat das aus uns gemacht?* Er ließ sich Zeit. Er wollte sichergehen, daß die Geschworenen genügend Muße hatten, die Frage des Admirals selber zu beantworten.

»Sagen Sie, Herr Admiral, hatte Mrs. Shaw gesellschaftliche Kontakte?«

»Was meinen Sie denn damit?«

»Hatte sie öfter mal eine Verabredung?«

»Das weiß ich nicht.«

»Wie hoch würden Sie den Prozentsatz der Abende schätzen, die sie zuhause verbrachte? Fünfzig Prozent?«

»Ich habe nicht Buch geführt.«

»Fünfundsiebzig Prozent? Neunzig Prozent?«

»Sie verbrachte die meisten ihrer Abende im Haus mit der Familie. Das Abendessen dauerte gewöhnlich ziemlich lange, da es, wie ich schon sagte, zur Erziehung meiner Töchter beitragen sollte.«

»Sie und Ihre Frau, Ihre zwei Töchter und Mrs. Shaw, war das eine glückliche Gruppe?«

»Glücklich ist ein ziemlich starkes Wort.«

»Ich gebe Ihnen recht, glücklich ist ein ziemlich starkes Wort. Ich will meine Frage anders stellen: ging es im Zusammenleben der fünf Mitglieder ihrer häuslichen Gemeinschaft einigermaßen zivilisiert zu?«

»Ja.«

»Das ist dann alles, Herr Admiral.«

»Wie bitte?«

»Ich habe keine weiteren Fragen. Sie dürfen jetzt gehen.«

Der Alte Mann rührte sich nicht von der Stelle.

»Herr Admiral? Sie dürfen den Zeugenstand verlassen.«

»Vorher möchte ich noch eine Erklärung abgeben.«

»Bitte.«

»Wenn das alles ist, was Sie von mir wissen wollten, hätten Sie mir die Peinlichkeit einer Vorladung ersparen können. Ich habe Ihnen nichts gesagt, was Sie nicht schon wußten, und ich habe keine neuen Gesichtspunkte hereingebracht . . .«

»Vielleicht doch, Herr Admiral. Haben Sie vielen Dank.«

»Sie haben mich nicht einmal zum Tod meiner Frau befragt, wie es geschehen sein muß.«

»Wir wissen, wie es geschehen ist, Herr Admiral. Bitte verlassen Sie jetzt den Zeugenstand.«

Es war das zweitwichtigste Ereignis in Cordelias Leben – nach dem Singapur-Vorfall – und sie hatte sich entsprechend darauf vorbereitet: sie hatte sich etwas Neues zum Anziehen gekauft, einen rot und weiß getupften Hosenanzug und Schuhe aus echtem rotem Schlangenleder. (»Hast du schon mal von echten roten Schlangen gehört?« fragte Juliet. »Du hast dich anschmieren lassen.«) Sie schmückte sich mit ihrer besten Armbanduhr, drei Ringen, einem Armreif aus geschnitzten Elfenbeinelefanten und ganz zuletzt auch noch mit dem Rubinhalsband, das Miranda gehört hatte und das sie vor einem Jahr Mr. Tannenbaum abgekauft hatte. Seit Miranda ins Haus gekommen war, hatte sie es nicht mehr getragen, und sie wußte nicht, weshalb sie sich plötzlich entschloß, es heute wieder anzulegen. Sie hielt es unter dem Kragen ihrer Jacke verborgen, bis sie in ihrem Wagen saß und sich auf den Weg zum Gerichtsgebäude machte.

Niemand hatte Cordelia die genaue Funktion des Großen Geschworenengerichts erklärt, aber sie war nicht nervös. Sie hatte vielmehr das angenehme Gefühl, daß sie ihrer Pflicht Genüge tue, und so redete sie laut und deutlich und nannte ihren Namen: Cordelia Catherine Young, ihre Adresse: Camino Grande 1220, ihren Beruf: ohne Beruf.

»Miss Young, haben Sie die Aussage, die Sie hier gleich machen werden, mit Mitgliedern Ihrer Familie besprochen?«

»Sie haben mich gebeten, es nicht zu tun.«

»Ich frage Sie jetzt, ob Sie's getan haben.«

»Vielleicht habe ich mit Juliet ein paar Worte gewechselt. Es war fast unmöglich, es *nicht* zu tun. Die Vorladungen kamen gleichzeitig ins Haus, und da war sie, und da war ich. Wir konnten nicht gut so tun, als sei überhaupt nichts geschehen.«

»Haben Sie im Detail darüber diskutiert, was Sie vor diesem Geschworenengericht aussagen wollen?«

»Nein.« Cordelias Hände steckten in den Jackentaschen, und sie hatte Mittel- und Zeigefinger gekreuzt, um sich vor einem Meineid zu schützen; nur für den Fall, daß gekreuzte Finger keine Rechtskraft hatten, fügte sie noch hinzu: »Eigentlich nicht.«

»Kennen Sie Miranda Shaw, Miss Young?«

»Natürlich. Sie wohnt im gleichen Haus, Tag und Nacht.«

»Welche Aufgabe hat sie?«

»Sie soll mir und Juliet solche Dinge wie Etikette beibringen, Dinge, die wir schon kennen, und außerdem werden wir nie irgendwohin eingeladen, wo wir so was brauchen. Das wollte Mrs. Young einfach nicht in den Kopf.«

»Mrs. Young ist – war – Ihre Mutter?«

»Ich nehme es jedenfalls an. Zumindest steht es in meinem Paß.«

»Sind Sie mit Ihrer Mutter gut ausgekommen?«

»Niemand ist gut mit ihr ausgekommen. Man konnte sie einfach nie zufriedenstellen, und sie konnte furchtbar wütend werden.«

Der Staatsanwalt stand auf und ging um den Tisch herum, zum einen, um sich die Beine zu vertreten, zum anderen, um den Geschworenen die Gelegenheit zu geben, sich mit diesem neuen Bild von Iris Young zu befassen, das sich doch erheblich von der Darstellung des Admirals unterschied.

Er kehrte auf seinen Platz gegenüber dem Zeugenstand zurück. »Miss Young – darf ich Sie Cordelia nennen?«

»Ich habe nichts dagegen, wenn Sie glauben, daß die Etikette es erlaubt.«

»Was die Etikette betrifft, so machen wir in diesem Gerichtssaal unsere eigenen Regeln. Nun denn. Sie haben vorhin gesagt, niemand sei gut mit Ihrer Mutter ausgekommen, Cordelia.«

»Das stimmt auch.«

»Wenn beispielsweise Mrs. Shaw kein besonders angenehmes Verhältnis zu ihr hatte, was hielt sie dann in dem Haus fest?«

»Geld.«

»Würden Sie uns das erklären?«

»Mrs. Shaw wollte weg, nachdem Mrs. Young sie mit

dem Stock geschlagen hatte, aber Papa besserte ihr Gehalt auf, damit sie blieb.«

»Wie hoch war diese Gehaltsaufbesserung?«

»Zweihundert Dollar im Monat.«

»Wissen Sie, wie Mrs. Shaw dieses zusätzliche Geld erhielt? Wurde einfach ihr Gehalt aufgestockt?«

»Ach du lieber Gott, nein. Dann wäre es ja Mrs. Young aufgefallen, denn sie zahlte alle Rechnungen und Gehälter und all diese Dinge.«

»Wo sind dann diese zusätzlichen zweihundert Dollar jeden Monat hergekommen?«

»Papa gab sie ihr. Das klappte ganz gut, denn sie gab ihm einen Teil wieder zurück.«

»Wie denn?«

»Sie beschenkte ihn.«

»Mrs. Shaw kaufte Ihrem Vater Geschenke?«

»Ja.«

»Haben Sie diese Geschenke je gesehen?«

»Nein. Aber Juliet und ich hörten eines Abends zufällig, wie er ihr in der Diele dafür dankte. Er sagte, sie habe ihn seit ihrem Hiersein reich beschenkt.«

»Was dachten Sie, als Sie das hörten?«

»Genau das, was auch Sie denken«, sagte Cordelia. »Techtelmechtel.«

»Techtelmechtel?«

»So nennt es Juliet. Sie verwendet schmutzige Wörter furchtbar ungern und nur, wenn es nicht anders geht. Ich kann natürlich auch deutlicher werden, wenn Sie –«

»Nein, nein. Techtelmechtel genügt schon.« Der Staatsanwalt setzte sich wieder, so schwerfällig, als zerre plötzlich eine erhöhte Schwerkraft an ihm. »Ich möchte nun, daß Sie sich an den frühen Abend des vierten Juli zurück erinnern. Wo waren Sie und Juliet?«

»Zuhause.«

»Und was machten Sie da?«

»Wir halfen Miranda, den Tisch fürs Essen herzurichten. Obwohl die Sonne noch schien, mußte ich die Vorhänge zuziehen, damit wir bei Kerzenlicht essen konnten. Das ist kultivierter, sagt *sie.*«

»Hat sich Ihre Mutter zum Essen an den Tisch gesetzt?«

»Lange genug, um über das Essen zu schimpfen und ihre Arznei zu nehmen. Der Arzt verlangte, daß sie zu jeder Mahlzeit eine Kapsel gegen ihre Arthritis nahm.«

»Und Sie erinnern sich genau, daß sie das auch diesmal tat?«

»Ja. Sie nahm eine von den gleichen Kapseln wie immer.«

»Wie sah diese Kapsel aus?«

»Das eine Ende war weiß und das andere blau.«

»Die farbige Hälfte könnte nicht orange gewesen sein?«

»Nein.«

»Oder rot?«

»Nein. Ich saß direkt neben ihr. Sie nahm eine ihrer üblichen Kapseln, blau und weiß, und dann stand sie auf und ging, ohne erst zu Ende zu essen.«

»Wohin ging sie denn?«

»Wo sie immer hinging, um uns nicht ertragen zu müssen, in ihr Wohnzimmer. Sie hatte sogar ein Schloß anbringen lassen, um uns auszusperren.«

»Wann war das?«

»Ungefähr einen Monat, bevor sie gestorben ist. Der

Arzt war ganz beunruhigt, denn wenn ihr nun etwas zustieß, konnte niemand zu ihr und ihr helfen. Aber ich sagte ihm, er solle sich abregen, ich könne das Schloß jederzeit mit einer meiner Kreditkarten aufbekommen.«

»Können Sie das wirklich?«

»Kein Problem. Das schafft sogar Juliet.«

»Kommen wir zurück auf das Abendessen am vierten Juli. Warum hat Ihre Mutter vorzeitig den Tisch verlassen, ohne zu Ende zu essen?«

»Sie sagte, das Fleisch sei zäh und sie habe von dem Kerzenlicht eine Migräne bekommen. Miranda nahm zwar die Kerzen sofort vom Tisch, aber sie ging trotzdem aus dem Zimmer.«

»Offenbar teilte sie nicht Mrs. Shaws Ansicht, daß es kultivierter sei, bei Kerzenlicht zu essen?«

»Sie mochte nichts von dem, was Miranda tat.«

»Warum hat sie sie dann nicht entlassen?«

»Weil Miranda oft mit uns aus dem Haus ging und ihr so ein bißchen Luft verschaffte. Mrs. Young konnte uns nicht in ihrer Nähe ertragen, aber sie machte sich Sorgen, wenn wir weg waren. Wir waren viel im Strandklub unten. Ich badete die meiste Zeit, und Juliet war dauernd am Essen, weil sie in einen der Kellner verknallt war. Es war nicht sehr romantisch. Sie wurde fett wie ein Schwein, und dann fand sie heraus, daß er verheiratet war und fünf Kinder hatte. Erst das, und dann auch noch die Abmagerungskur, es war ein schwerer Schlag für sie.«

»Das glaube ich gern. Nun, ich danke Ihnen, Cordelia. Ich habe keine weiteren Fragen.«

Cordelia ging nur ungern aus dem Zeugenstand. Das zweitgrößte Ereignis in ihrem Leben war vorbei, und sie wußte nicht einmal richtig, worum es dabei gegangen war. Außerdem fingen die Schuhe aus rotem Schlangenleder an zu drücken, und das Rubinhalsband fühlte sich ziemlich schwer an, als sei Miranda selbst irgendwie in das silberne Schnappschloß geraten und darin hängengeblieben.

Im Vergleich zu ihrer Schwester war Juliet auffallend nachlässig gekleidet. Sie hatte die Genügsamkeit der holländischen Vorfahren ihrer Mutter geerbt, und alle ihre Kleider kamen aus Verkaufsstellen der Heilsarmee und ähnlicher Organisationen oder aus obskuren kleinen Läden mit Bezeichnungen wie »Erstklassiges aus Zweiter Hand«, »So gut wie neu« oder »Ganze Leistung zum halben Preis«.

Zu dem beigefarbenen Chiffonkleid, das sie anhatte, gehörte ein plissiertes Miederteil, das mit jedem Atemzug auseinander- und zusammenging wie ein Akkordeon. Ihr Atem ging sehr schnell, denn sie kämpfte schon seit dem Frühstück mit ihrer Nervosität. Verschiedene Leute hatten sie aufgefordert, die Wahrheit zu sagen, aber niemand hatte ihr klargemacht, wie die Wahrheit aussah, außer Onkel Charles Van Eyck, und bei ihm redete der Alkohol mit: »Die Wahrheit ist reine Ansichtssache. Du brauchst nur eine Ansicht, Juliet, eine Ansicht.«

Sie wollte, Cordelia könnte mit ihr in den Zeugenstand treten und sie zu einer Ansicht ermutigen, aber der Staatsanwalt erklärte, das verstoße gegen die Regeln einer Anhörung vor dem Großen Geschworenengericht, und sie müsse wohl oder übel allein zurechtkommen. Es war ein beklemmendes Gefühl, ohne Cordelia auskommen zu müssen, sich nicht an einem Stirnrunzeln, Nicken,

Achselzucken orientieren zu können. Als sie nach vorne zum Zeugenstand ging, zitterten ihr die Knie, und die Akkordeonfalten gingen sehr rasch auseinander und zusammen. Sie spürte, daß ihre Lippen bebten und daß sie dieses angespannte Lächeln zeigte, das Cordelia haßte – »Du siehst dabei idiotisch aus!« –, und in ihrem Kopf herrschte eine totale Leere: »Du brauchst eine Ansicht, Juliet, eine Ansicht.«

Sie wußte, daß sich das Geschworenengericht aus neunzehn Leuten zusammensetzte, aber da schienen mindestens fünfzig zu sein, und der Staatsanwalt, der ihr bis dahin eigentlich ganz nett vorgekommen war, hatte auf einmal unbarmherzige Augenbrauen. Flüsternd gab sie ihren Namen und ihre Adresse an, als handle es sich dabei um eine streng vertrauliche Information, die sie nur unter Zwang preisgebe: Juliet Ariel Young, Camino Grande 1220.

Die Augenbrauen des Staatsanwalts gingen auf sie los. »Ich muß sie bitten, lauter zu reden, Miss Young.«

»Ich . . . kann nicht.«

»Sie müssen es versuchen. Möchten Sie ein Glas Wasser?«

Allein schon das Wort »Wasser«, weckte in ihr den Wunsch, zur Toilette zu gehen, und sie antwortete mit einem ziemlich kräftigen Nein.

»Das hört sich schon besser an, Miss Young. Vielleicht fühlen Sie sich weniger angespannt, wenn ich Sie Juliet nenne. Wir können's ja mal versuchen . . . Und jetzt sagen Sie mir mal, Juliet: Wohnten Sie in der ersten Juniwoche, etwa einen Monat vor dem Tod Ihrer Mutter, im Camino Grande 1220?«

»Ja.«

»Am Nachmittag des sechsten Juni wurde im Hause ein Paket für Miranda Shaw abgegeben?«

»Ja. Weil sie nicht im Haus war, bat mich der Bote, an ihrer Stelle zu unterschreiben.«

»Und das haben Sie getan?«

»Ja.«

»Könnten Sie uns das Paket einmal beschreiben?«

»Es war ein unheimlich großer silberner Karton, und er war mit einem weißen glänzenden Band verschnürt. Auf einem eleganten Etikett stand TRÄUME IN WEISS, das ist eine Boutique für Brautmoden in der Innenstadt.«

»Was geschah dann mit dem Karton?«

»Nichts. Er blieb auf dem Tisch in der Diele. Als Miranda kam und ihn sah, geriet sie völlig aus dem Häuschen. Sie nahm ihn sofort mit auf ihr Zimmer und schloß sich ein.«

»Hat sie je darüber gesprochen?«

»Nein.«

»Waren Sie neugierig?«

»Ich glaube schon, bestimmt.«

»Bitte etwas lauter, Juliet. Hat Ihre Neugier Sie veranlaßt, etwas zu unternehmen?«

»Das wissen Sie doch schon. Ich habe Ihnen alles erzählt.«

»Erzählen Sie es jetzt den Geschworenen.«

»Wir halfen Miranda abwechselnd beim Tischdecken. An dem Tag war gerade Cordelia dran, und während sie unten damit zu tun hatten, ging ich nach oben und kam irgendwie in Mirandas Zimmer.«

»Sie haben das Schloß mit einem Trick überlistet?«

»So ähnlich, ja.«

»Haben Sie den Karton gefunden?«

»Ich brauchte nicht zu suchen. Er stand mitten auf dem Fußboden, leer.«

»Und der Inhalt?«

»Da war ein teuer aussehendes Nachthemd aus einem weißen, hauchdünnen Stoff, mit Spitzen und kleinen hellroten Rosenknospen verziert. Ein Morgenrock aus dem gleichen Material lag säuberlich auf einem Stuhl.«

»Wo war das Nachthemd?«

»Der Länge nach auf dem Bett, als liege ein unsichtbarer Mensch drin. Am schlimmsten war die Perücke.«

»Perücke?«

»Sie hatte eine ihrer Perücken auf das Kopfkissen gelegt. Ich hatte auf einmal so ein komisches Gefühl im Magen, da bin ich auf und davon.«

»Haben Sie mit irgend jemandem darüber geredet?«

»Nein.«

»Nicht mal mit Ihrer Schwester?«

»Gerade mit ihr nicht. Sie hätte es selber sehen wollen, und ich hätte mitgehen müssen, und ich hatte Angst, man würde uns ... Miranda würde uns erwischen und ... ach, Sie wissen schon, was ich meine.«

»Nein, ich weiß es nicht. Sagen Sie's mir.«

»Ich hatte Angst, wenn Miranda uns erwischen würde, dann würde sie Maßnahmen ergreifen. Damit hat sie uns immer gedroht, daß sie sagte, sie würde Maßnahmen ergreifen, wenn wir nicht auf sie hörten und ihr gehorchten. Sie hat nie erklärt, was sie damit meinte, aber es war bestimmt nichts Gutes. Wenn mein Vater sie heiratet, wird es fürchterlich. Sie kann ihn um den kleinen Finger wickeln.«

»Stop. Moment mal, Juliet. Sie sagten, wenn ihr Vater sie *beiratet?*«

»Ja.«

»Daß wir das richtig sehen: Die Kleider, die Mrs. Shaw in dem Brautmodengeschäft gekauft hat, wurden am sechsten Juni geliefert, ist das richtig?«

»Ja.«

»Das war einen Monat, bevor Ihre Mutter umkam.«

»Ja.«

»Kommen Ihnen diese Zusammenhänge irgendwie merkwürdig vor?«

»Ich weiß nicht ... kann nicht darüber nachdenken.«

»Warum nicht?«

»Ich wohne im selben Haus wie sie.«

»Haben Sie Angst, Juliet?«

Juliet gab keine Antwort. Sie hatte die Hände ganz fest ineinander verkrallt, so als habe jemand gedroht, sie mit Gewalt auseinanderzureißen.

»Es sei im Protokoll festgehalten«, sagte der Staatsanwalt, »daß die Zeugin durch ein Kopfnicken die Frage bejaht.«

Als Charles Van Eyck in den Gerichtssaal kam, sah der Staatsanwalt auf den ersten Blick, daß sich der alte Mann mit einer Menge Alkohol auf seinen Auftritt vorbereitet hatte. Er bedankte sich bei dem Gerichtsdiener überschwenglich dafür, daß er ihn zum Zeugenstand geleitete, verbeugte sich vor den Geschworenen, begrüßte den Staatsanwalt mit Handschlag und schwor, die Wahrheit zu sagen, die ganze Wahrheit und nichts als die Wahrheit.

»Fühlen Sie sich nicht gut, Mr. Van Eyck?«

»Doch, prächtig. Nie besser gefühlt. Und Sie?«

»Würden Sie jetzt bitte Platz nehmen, falls es Ihnen nichts ausmacht.«

»Aber nein, es macht mir überhaupt nichts aus. Ein Vergnügen, hier zu sein. Hatte sowieso nichts anderes zu tun.«

»Würden Sie bitte fürs Protokoll Ihren Namen und Ihre Anschrift angeben?«

»Charles Maas Van Eyck, Camino Azur 840. Das Azur bezieht sich auf die Jakarandabäume neben der Straße, aber ich finde, daß die Blüten eher ins Rötliche gehen als ins Bläuliche, meinen Sie nicht auch?«

»Sie leben im Ruhestand, nicht wahr, Mr. Van Eyck?«

»Du liebe Güte, nein. Ich schaue der Regierung auf die Finger, daß sie nicht allzuviel Geld vergeudet. Da ist an Ruhestand nicht zu denken, wenn es so wenige von uns und Millionen von denen gibt. Auch *Sie* sind einer von *denen*, weil Sie vom Staat bezahlt werden.«

»Dann würde ich vorschlagen, daß wir rasch zur Sache kommen, um möglichst wenig zu vergeuden. Sie waren mit der Verstorbenen, Iris Young, verwandt?«

»Sie war meine Schwester.«

»War es eine enge Beziehung?«

»So eng, wie wir beide es aushalten konnten.«

»Wann haben Sie sie zum letztenmal gesehen?«

»Gegen Ende Juni, kurz bevor sie starb. Sie rief mich an und bat mich, herzukommen; der Admiral und die Mädchen seien gerade außer Hauses, und sie habe etwas Wichtiges mit mir zu besprechen. Sehr eigenartig. Wir hatten einander nie viel zu sagen.«

»Sind Sie hingegangen?«

»Schwer, bei Iris nein zu sagen. Sie hatte schon immer einen Dickkopf. Als kleines Kind hat sie immer um sich geschlagen und geschrien, und daran hat sich auch später nicht viel geändert.«

»Wer hat Sie ins Haus gelassen?«

»Miranda Shaw. Sie war auf dem Weg in den Garten, um ein paar Blumen zu schneiden.«

»Haben Sie miteinander gesprochen?«

»Ich fragte sie, ab ich möglicherweise einen kleinen Drink bekommen könnte, bevor ich zu Iris ging. Aber sie sagte nein, Iris habe bereits meinen Wagen kommen sehen und warte auf mich. Tatsächlich lief bereits die Musik.«

»Musik?«

»Leute wie Iris, die langsam taub werden, behelfen sich gern mit dem Trick, daß sie eine laute Hintergrundmusik abspielen. Dann muß nämlich ihr Gegenüber schreien, um die Musik zu übertönen. Irritierend, so was. Eine gewöhnliche Unterhaltung wird zu einem Duell im Schreien.«

»Wissen Sie noch, wie das Wetter war?«

»Es ist um die Jahreszeit eigentlich immer gleich, warm, sonnig, ziemlich eintönig.«

»Waren im Zimmer Ihrer Schwester die Fenster offen?«

»Ja, ich erinnere mich noch genau, daß ich mich an ein offenes Fenster setzte, um der Musik zu entkommen. Habe mir noch nie viel aus Mozart gemacht, ewig die gleiche Leier. Wahrscheinlich hat der zu früh damit angefangen, anstatt an die frische Luft zu gehen und Kricket zu spielen, wie die anderen Jungs auch.«

»Können Sie das Gespräch, das Sie mit Ihrer Schwester führten, kurz zusammenfassen, Mr. Van Eyck?«

»Sie war gerade dabei, ein neues Testament zu machen, und sie wollte mir sagen, daß ich nichts zu erwarten hätte, da ich bereits über ein angemessenes Einkommen verfügte. Ich erhob Einwände dagegen, daß sie mir keinen Pfennig hinterlassen wollte – eine Frage des Prinzips, das eigene Fleisch und Blut und all das –, und da meinte sie, also gut, sie würde mir einen Pfennig hinterlassen. Iris hatte einen reichlich groben Sinn für Humor.«

»Hat sie Ihnen sonst noch was über das Testament gesagt?«

»In erster Linie ging es ihr darum, Treuhandkonten für die zwei Mädchen einzurichten, damit sie für den Rest ihres Lebens gut versorgt sein würden, ohne das Geld zum Fenster rauswerfen zu können. Das Kapital sollte schließlich verschiedenen Institutionen und Stiftungen zukommen.«

»Was sollte Admiral Young, ihr Mann, bekommen?«

»Das Haus.«

»Nur das Haus?«

»Mitsamt der Einrichtung, nehm ich an.«

»Kein Bargeld, Aktien, Wertpapiere?«

»Er bezieht eine ansehnliche Pension. Iris meinte, wenn er mehr hätte, könnte er für irgendeine habgierige Frau interessant werden.«

»Erwähnte sie einen bestimmten Namen?«

»Das war nicht nötig. Cooper hatte fast keine Gelegenheit, andere Frauen – ob habgierig oder nicht – kennenzulernen, nur Miranda wohnte unter demselben Dach und war immer in seiner Nähe. Ich sagte: ›Cooper ist zu alt für Miranda.‹ Und sie sagte: ›Und außerdem wird er zu arm sein.‹«

»Fassen wir noch einmal zusammen, Mr. Van Eyck. Dieses Gespräch über das neue Testament Ihrer Schwester fand bei offenem Fenster und sehr lauter Musik statt, so daß sie schreien mußten, um sich überhaupt verständlich zu machen.«

»Ja.«

»Kam Ihnen dabei der Gedanke an einen heimlichen Lauscher?«

»Gewiß. Und ich bin sicher, daß auch Iris daran dachte. Ich würde sagen, wenn ihre Mitteilung einen Sinn haben sollte, war sie auf einen Horcher angewiesen.«

»Damit wollen Sie sagen, sie erwartete und wünschte, daß jemand mithörte?«

»Ja, das glaube ich.«

»Das ist dann alles, Mr. Van Eyck. Haben Sie vielen Dank für Ihre Mühe.«

»Es war keine Mühe, überhaupt nicht. Ich hatte sowieso nichts zu tun.«

Wieder gab Van Eyck dem Staatsanwalt die Hand und verbeugte sich vor den Geschworenen. Dann lehnte sich der Staatsanwalt auf seinem Stuhl zurück und beobachtete die Geschworenen, während sie den alten Mann beim Hinausgehen beobachteten. Sie schienen ein wenig beklommen, so als hätten sie eben zum erstenmal echten Blutgeruch gewittert.

Es war Zeit, die Polizei in den Zeugenstand zu rufen.

Wachtmeister Reuben Orr sagte aus, er habe in den frühen Morgenstunden des fünften Juli, »sobald wir den Untersuchungsrichter wecken konnten«, einen Haussuchungsbefehl für das Haus Camino Grande 1220 erwirkt.

»Und Sie haben das Gebäude durchsucht, Wachtmeister?«

»Ja, Sir. Ich und mein Partner, Ernesto Salazar, verbrachten die nächsten zwei Tage damit, im ganzen Haus Raum um Raum durchzukämmen. Nur den Teil des Hauses, der verbrannt war, überließen wir einem Experten für Brandstiftung.«

»Haben Sie etwas gefunden, was für diesen Fall von Bedeutung sein könnte?«

»Ja, Sir. Mehrere Dinge.«

»Sehen Sie sie in diesem Raum?«

»Ja, Sir, sie liegen auf dem Tisch bei den anderen Beweisstücken. Sie erhielten die Nummern 15A, 15B, 15C und 16.«

»Befassen wir uns zuerst mit 15A. Würden Sie bitte dort hinübergehen, 15A in die Hand nehmen und den Geschworenen zeigen?«

»Ja, Sir.«

»Und nun beschreiben Sie es, bitte.«

»Es ist ein Blatt hellblaues Briefpapier, das erst zerknüllt und dann wieder geglättet worden ist und anschließend zwischen zwei schweren Kunststoffplatten verwahrt wurde. Es handelt sich um Qualitätspapier, aus Hadern und nicht aus Zellulose hergestellt, und es stehen Worte drauf, die mit einem schwarzen Filzstift geschrieben worden sind.«

»Wo haben Sie das gefunden?«

»In einem Abfalleimer vor der Tür zur Hauptküche.«

»Und in welchem Zustand war es?«

»Zerknüllt.«

»Was ist es?«

»Ein Brief oder eine kurze Mitteilung, zumindest der Anfang davon.«

»Wir werden gleich noch darauf zurückkommen. Schauen Sie jetzt bitte 15B an. Was ist das, Wachtmeister?«

»Eine halbvolle Kassette mit hellblauem Briefpapier.«

»Könnte das Blatt Papier mit der Nummer 15A aus dieser Kassette stammen?«

»Es könnte nicht nur, sondern es stammt tatsächlich aus dieser Kassette.«

»Wo wurde die Kassette gefunden?«

»In dem Zimmer, das von Mrs. Miranda Shaw bewohnt wurde.«

»Was hat es mit Beweisstück 15C auf sich?«

»Das fand ich ebenfalls dort, auf dem Schreibtisch in ihrem Zimmer. Es ist ein Adressbuch in einem blauen Ledereinband, der von der Sonne gebleicht wurde und jetzt eher grünlich wirkt. Auf der Vorderseite stehen goldene Initialen, M. W. S.«

»Was enthält das Buch?«

»Namen, Adressen, Telefonnummern, Gedenk- und Geburtstage und eine mehrere Jahre zurückreichende Liste der Adressaten von Weihnachtskarten.«

»Und sieht das alles nach derselben Handschrift aus?«

»Ja, Sir, auch wenn die Einträge zu verschiedenen Zeiten und mit verschiedenen Schreibinstrumenten gemacht wurden – mit Bleistift, Stahlfeder, Kugelschreiber und im Fall der neuesten Eintragungen mit einem schwarzen Filzstift.«

»Hatte in diesem letzten Fall die Handschrift Ähnlichkeit mit der des zerknüllten Briefes aus dem Abfalleimer?«

»Die Handschriften sind sich in jeder Hinsicht ähnlich, bis hin zu dem verwendeten Schreibgerät, einem schwarzen Filzstift.«

»15A steht also auf einem Blatt Papier aus 15B, der in Miranda Shaws Zimmer gefundenen Kassette, und es ist in derselben Handschrift geschrieben wie 15C, Miranda Shaws Adressbuch.«

»Ja, Sir.«

»Würden Sie den Geschworenen vorlesen, was auf 15A steht?«

»Ja, Sir... ›Mein innig Geliebter, ich erwarte nicht, daß Du meinen Plan billigst. Er muß Dir sehr drastisch vorkommen, aber sei Dir bitte im klaren darüber, daß dies die einzige Möglichkeit für uns ist, zusammen zu sein. Und darauf kommt es doch an, daß wir zusammen sind, Du und ich, jetzt und immer...‹ Das Wort ›Klaren‹, mit einem großen K, ist durchgestrichen, und darüber wurde ›klaren‹ mit einem kleinen k geschrieben. Das könnte der Grund sein, weshalb das Blatt zerknüllt und weggeworfen wurde.«

»Erinnern Sie die Worte ›Mein innig Geliebter‹ an irgend etwas Bestimmtes?«

»Sie werden oft bei einer Trauung gesprochen, beim Tausch der Ringe.«

»Beim Tausch der Ringe?«

»Ja, Sir.«

Hinten im Raum machte der Ventilator, als habe er nur auf den richtigen Augenblick gewartet, ein paar röchelnde

Geräusche und gab den Geist auf. Der Staatsanwalt goß sich noch ein Glas Wasser ein.

»Sagen Sie, Wachtmeister, welches der Beweisstücke 15A, B und C haben Sie zuerst gefunden?«

»Wir begannen mit der Durchsuchung im Erdgeschoß, und so fanden wir zuerst den zerknüllten Brief im Abfalleimer, 15A. Der Text schien so merkwürdig, nach allem was geschehen war, und deshalb achtete ich besonders auf irgendeinen Hinweis darauf, wer ihn geschrieben haben könnte. Als ich die Kassette mit dem Briefpapier fand und dann das Adressbuch mit Einträgen in derselben Handschrift, begann ich mich auch für alles andere in Mrs. Shaws Zimmer zu interessieren, was möglicherweise mit diesem Fall in Zusammenhang stehen könnte.«

»Wie zum Beispiel Beweisstück 16?«

»Ja, Sir.«

»Zeigen Sie es den Geschworenen und erklären Sie, was es ist und wo Sie es gefunden haben.«

»Ja, Sir. Es ist ein Fläschchen mit rot- und elfenbeinfarbenen Kapseln, die Dr. Michael Lane am 26. Juni dieses Jahres Mrs. Miranda Shaw verschrieben hat. Ich fand sie im Arzneischrank in Mrs. Shaws Badezimmer. Jede Kapsel enthält dreißig Milligramm Dalman, ein schnell wirkendes Sedativum. Als Dosierung ist auf der Flasche angegeben: eine Kapsel vor dem Schlafengehen.«

»Wieviele Kapseln sind noch in dieser Flasche?«

»Sechs.«

»Wie viele waren es ursprünglich?«

»Nach dem Etikett des Apothekers zu schließen, dreißig.«

»Wenn nun Mrs. Shaw entsprechend dem Rezept jeden

Abend eine Kapsel nahm, und zwar vom zwanzigsten Juni bis zum vierten Juli, dem Tag, an dem sie den Rest aus ihrem Arzneischrank holten, wie viele Kapseln müßten dann jetzt noch in dem Fläschchen sein?«

»Fünfzehn.«

»Und sind es tatsächlich fünfzehn?«

»Nein, Sir. Wie ich schon sagte, es sind noch sechs.«

»Bleibt also eine Differenz von neun.«

»Richtig, Sir, neun Kapseln fehlen.«

»Vielen Dank, Wachtmeister. Das ist alles.«

Es reichte.

Am vierzehnten Oktober faßte das Große Geschworenengericht des Bezirkes Santa Felicia einen Anklagebeschluß gegen Miranda Waring Shaw wegen vorsätzlicher Tötung zum Nachteil von Iris Young, geborener Van Eyck, einem menschlichen Wesen.

Teil VII

Kurz nach Miranda Shaws Verhaftung fuhr Aragon hinaus zum Bezirksgefängnis, um sie zu besuchen. Er wurde in eines der Sprechzimmer geführt, das etwa so groß war wie eine Schuhschachtel und nach einem Desinfektionsmittel roch, das zusammen mit der kalten und trockenen Luft und den unvermeidlichen Geräuschen einer solchen Anstalt aus dem Entlüftungsschacht drang.

Eine Polizistin brachte Miranda bis an die Tür und ging wieder weg oder tat zumindest so. Aragon hatte das Gefühl, daß sie gleich draußen im Gang stehenblieb.

Er sagte: »Guten Tag, Mrs. Shaw«, aber sie antwortete nicht, ja sie blickte nicht einmal in seine Richtung.

Sie hatte sich verändert, seit er vor Wochen in dem Badehäuschen im Penguin-Klub mit ihr gesprochen hatte. Das Make-up um ihre Augen hob deren Glanzlosigkeit noch hervor, und ihr Gesicht schien unter den rosaroten und elfenbeinfarbenen Schichten völlig erstarrt. Man hatte ihr erlaubt, anstelle der baumwollenen Anstaltskleidung ihre eigenen Kleider zu tragen. Sie hatte ein blaues Faillekostüm an, das den Eindruck erweckte, als sei sie auf dem Weg zu einer Cocktail-Party und schaue nur mal eben im Gefängnis vorbei, um eine auf Abwege geratene Verwandte zu besuchen.

»Es tut mir leid«, sagte er. »Es tut mir sehr leid.«

»So, es tut Ihnen leid. Das ändert aber nicht das geringste, oder?«

»Ich dachte, Sie würden es trotzdem gerne hören.«

»Danke.«

Sie setzten sich auf die Stühle aus Stahl und Plastik, die am Fußboden festgemacht waren.

»Smedler schickt mich«, sagte er. »Ich soll Ihnen mitteilen, daß Admiral Young die Kaution aufbringt und Ihre Haftentlassung bewirkt. Das braucht etwas Zeit, da die aufzuwendende Summe mit hunderttausend Dollar sehr hoch ist, viel zu hoch unter den Umständen, aber wir können es nicht ändern. Der Richter hat ein Magengeschwür und zitiert aus der Bibel. So oder so, morgen früh sind Sie wahrscheinlich hier raus.«

»Was dann?«

»Man wird einen Termin für die Gerichtsverhandlung ansetzen, aber das ist dann keineswegs endgültig. Wahrscheinlich gibt es einige Verschiebungen, es werden mindestens drei, vier Monate sein.«

»Und wo verbringe ich diese drei, vier Monate?«

»Nicht hier, das ist zunächst das Wichtigste.«

»Ich weiß nicht, wo ich hin soll. Ich kann ja nicht ins Haus des Admirals zurück. Es wäre einfach unpassend, und ich würde mich auch nicht wohlfühlen, mit diesen Mädchen, die dauernd hinter mir herspionierten. Denen würde es Spaß machen, es wäre für sie wie ein neues Spiel.«

»Oder auch nicht so neu.«

Sie umklammerte die stählernen Armlehnen, und er bemerkte, daß der korallenrote Nagellack größtenteils abgesplittert oder mit Bedacht entfernt worden war. Die

Nägel selbst waren abgekaut. »Sagten sie vor dem Geschworenengericht böse Dinge über mich?«

»Böse? Nein.«

»Warum will mich Cooper hier rausholen?«

»Er hält Sie für unschuldig. Der Meinung sind übrigens viele Leute.«

»Nur schade, daß nicht einige davon zu den Geschworenen gehörten.«

»Einige davon gehörten zu den Geschworenen«, sagte Aragon. »Das Stimmenverhältnis von vierzehn zu fünf besagt, daß fünf Mitglieder gegen den Anklagebeschluß waren. Nach Durchsicht des Protokolls gibt Smedler ihnen recht, und ich auch. Nicht nur, daß die Argumentation des Staatsanwaltes auf schwachen Füßen steht; er hat bei der Beweisfindung auch gegen alle möglichen Rechtssätze verstoßen. Beim eigentlichen Prozeß kommt er mit solchen Methoden nicht durch ... Sind Sie in der Stimmung, mir einige Fragen zu beantworten?«

»Ich weiß nicht recht.«

»Versuchen wir's doch einfach.«

»Bitte.«

»Haben Sie jemals Geschenke für den Admiral gekauft.«

»Natürlich nicht.«

»Beide Mädchen behaupten, gehört zu haben, wie er Ihnen dankte.«

»Dann irren sie sich. Das hat ihnen doch bestimmt niemand geglaubt. Warum sollte ich von meinem erbärmlich niedrigen Gehalt Geschenke für einen Mann wie Cooper kaufen, der soviel Geld hat? Das ist doch lächerlich.«

»Es kann schon vorkommen, daß Leute etwas Lächerliches tun.«

»In diesem Fall haben zwei Leute etwas Lächerliches *gehört.* Das hat ihnen doch bestimmt niemand geglaubt«, sagte sie noch einmal.

»Die Tatsache, daß es beide Mädchen gehört haben wollen, macht die Aussage vielleicht doppelt glaubhaft.«

»Aber die beiden machen doch grundsätzlich in allem gemeinsame Sache.«

»Wir werden zu gegebener Zeit sicher einen Weg finden, wie sich das beweisen läßt.« Er blickte auf den Zettel mit Notizen, die sich Smedler beim Lesen des Protokolls gemacht hatte. »Einer der Punkte, die zur Sprache kamen, war, daß Sie eine Einladung, mit in den Klub zu kommen und das Feuerwerk anzuschauen, mit der Begründung ablehnten, sie wollten Mrs. Young nicht allein lassen. Und dann haben Sie sie doch allein gelassen.«

»Ich führte den Hund aus.«

»Ein paar Stunden früher als sonst.«

»Ja. Sie wollte es so. Sie war der Meinung, Alouette sei krank. Das war nun, weiß Gott, nichts Ungewöhnliches. Sie fütterte das arme Tier mit so absurden Dingen wie Schoko-Eclairs und Käsekuchen.«

»Während des Essens an diesem Abend entfernten Sie die Kerzenständer vom Tisch, weil Mrs. Young von dem flackernden Licht eine Migräne bekam. Wo stellten Sie sie hin?«

»Auf das Büfett.«

»In dem Augenblick hätten also Ihre Fingerabdrücke auf beiden Kerzenständern sein müssen. Haben Sie vielleicht einen davon später noch einmal in die Hand genommen?«

»Nein. Dazu gab es keinen Anlaß.«

Aragon fühlte sich ermutigt. Auch wenn sie unter den gegebenen Umständen nicht gerade fröhlich sein konnte, so wurde sie doch allmählich lebhafter. In ihre Augen kehrte ein klein wenig Glanz zurück, und ihr Gesicht wirkte nicht mehr ganz so starr.

Er sagte: »In Ihrem Arzneischrank wurde ein Fläschchen Dalman gefunden. Nehmen Sie das regelmäßig ein?«

»Nein. Fast nie. Seit dieser Klinik in Mexiko habe ich Angst vor Drogen«.

»Es waren nur noch sechs Kapseln übrig.«

»Sechs? Das ist unmöglich. Die Flasche war noch fast voll, als ich das letztemal einen Blick drauf warf.«

»Und Sie wissen nicht, was mit dem Rest passiert ist?«

»Nein.«

»Hatte irgend jemand Zugang zu Ihrem Zimmer?«

»Zweimal in der Woche kam eine der Zugehfrauen zum Putzen rein, aber sonst war es immer abgeschlossen. Ich habe allerdings den Verdacht, daß die Mädchen irgendeinen Trick wußten, wie die Tür aufzubekommen war. Gelegentlich lagen Dinge nicht genau dort, wo ich sie hingelegt hatte, oder eine Schublade stand halb offen.«

»Sie knackten das Schloß mit einer Kreditkarte«, sagte er. »Auf diese Weise gerieten sie auch an die Artikel aus dem Brautmodengeschäft.«

»Aha.«

»Sie haben sie am sechsten Juni gekauft.«

»Etwa in der Zeit, ja.«

»Warum?«

»Für meine Hochzeit mit Cooper. Ich mußte doch eine anständige Brautausstattung haben.«

»Mrs. Young war zu der Zeit noch am Leben.«

»Ja, aber sie *blieb* nicht am Leben. War es nicht ein hübscher Zufall, daß sie –«

»Halten Sie den Mund. Ich meine, machen Sie um Himmels willen keine solchen Bemerkungen. Es war nicht hübsch, und viele Leute sind der Ansicht, daß es auch kein Zufall war.«

»Deshalb brauchen Sie doch nicht gleich ausfallend zu werden. Ich sehe die Dinge von meinem Standpunkt aus und Sie von Ihrem.«

»Die nächsten paar Monate werden wir uns einen Standpunkt teilen. Meinen.« Trotz der Klimaanlage hatte er angefangen zu schwitzen. Er lockerte seine Krawatte und machte an seinem Hemd den obersten Knopf auf. »Im Grunde genommen stehen Sie von jetzt an ständig vor Gericht. Überlegen Sie genau, was Sie sagen, was Sie tun. Geben Sie gut acht, wohin Sie gehen und in wessen Gesellschaft Sie gesehen werden.«

»Es wäre einfacher, gleich hier im Gefängnis zu bleiben«, sagte sie bitter. »Wenn ich keine Rechte mehr habe, wenn ich nicht mal Leute aufsuchen darf, die ich sehen möchte, da kann ich ebensogut im Gefängnis bleiben.«

»Es kommt ganz drauf an, wen Sie sehen wollen.«

»Das sage ich Ihnen nicht. Sonst werden Sie gleich wieder ausfallend.«

»Grady Keaton. Gehört er dazu?«

»Ja.«

»Warum?«

»*Warum?* Weil wir uns lieben. Und ich muß ihm erklären, daß ich alles nur für uns beide getan habe, damit wir zusammen sein können.«

»Ich glaube, wir sollten Grady nach Möglichkeit aus dem Fall heraushalten«, sagte Aragon.

»Was ändert das schon?«

»So merkwürdig das in der heutigen Zeit auch sein mag, aber Geschworene neigen eher zu einer Verurteilung, wenn sexuelles Fehlverhalten im Spiel ist. Die Ereignisse im Zusammenhang mit Pasoloma könnten Ihnen eine Menge schaden.«

»Ich will Grady sehen.«

»Ich rate Ihnen, tun Sie's nicht, jedenfalls vorläufig nicht. Wenn Sie eine Nachricht für ihn haben, will ich sie gern überbringen.«

Sie schwieg eine ganze Weile und starrte nur die monotone graue Wand an, als sei das ihr Fenster zur Welt.

»Ich liebe ihn«, sagte sie schließlich. »Sagen Sie ihm, ich liebe ihn, und wenn dieses ganze alberne Theater erst vorbei ist, werden wir wieder zusammen sein.«

Die Türflügel am Eingang des Klubs wurden mit untergeschobenen Gummikeilen offen gehalten, und Schilder wiesen darauf hin, daß sie frisch gestrichen waren. Im Büro war niemand, und Aragon konnte ungehindert eintreten.

Unter spätsommerlichen Nebelschwaden lag die Terrasse verlassen da, und im Schwimmbecken war allein eine voluminöse Frau zu sehen, die sich langsam wie ein überladener Schleppkahn durchs Wasser bewegte.

Im Gang stand Walter Henderson, der Manager, am

Schwarzen Brett und befestigte einige der Bilder von der letzten Party, einem Backgammon- und Bingoturnier. Für Hendersons Begriffe war es eine langweilige Angelegenheit gewesen, und eine sehr verwirrende dazu, weil nie klar war, wer eigentlich was spielte. Für die nächste Party mit einem Motto, die an Halloween stattfinden sollte, plante er etwas Dynamischeres. Da der Festausschuß zusätzliche Mittel für Dekorationen abgelehnt hatte, überlegte sich Henderson, wie er die lebensgroßen Plastik-Skelette von der letztjährigen Halloween-Party am geschicktesten noch einmal verwenden konnte. Effektvoll wäre vielleicht eine Galgen-Gala: jedes Skelett wäre als ein berühmter Mörder oder eine berühmte Mörderin verkleidet und strategisch irgendwo im Klub und auf dem Grundstück placiert; sie würden am Sprungturm und an einem Ast der Zypresse hängen (bei einem ordentlichen Wind sehr effektvoll), aus dem Oleanderbusch durch die Fenster in den Ballsaal spähen und sogar auf einer der Damentoiletten hocken. (Er konnte schon jetzt das köstliche Gekreische hören: *Hilfe, Hilfe!*)

»... Sie mir helfen«, sagte Aragon.

Henderson wurde in die Wirklichkeit zurückgerissen, während die Skelette vom Sprungturm und aus dem Baum und vom Toilettensitz stürzten. »Verdammt noch mal. Was wollen Sie?«

»Ich suche Ellen Brewster.«

»Sie ist im Büro.«

»Nein.«

»Da *sollte* sie aber sein. Aber darum kümmert sich hier ja keiner. Versuchen Sie's in der Snackbar. Sie trinkt in letzter Zeit literweise Kaffee.«

»Danke.«

Aragon ging den Gang hinunter zur Snackbar. An ein paar Tischen saßen Jungen und Mädchen in Tenniskleidung. Unter ihnen war auch der kleine Frederic Quinn; er hatte sich den Tennisschläger hinten in den Pullover gesteckt, um die Hände frei zu haben. Im Moment war er damit beschäftigt, Trinkhalme aus ihren Papierhülsen zu pusten. Er quittierte Aragons Ankunft, indem er einen Trinkhalm auf ihn abfeuerte. Der Schuß ging daneben.

Ellen saß an einem Ecktisch vor einer Kanne Tee und einem angebissenen Schmalzkringel. Sie schien zu frieren.

Er sagte: »Darf ich Platz nehmen?«

»Meinetwegen.«

»Irgendwas nicht in Ordnung?«

»Ich kann neblige Sommertage nicht ausstehen. Es ist so deprimierend. Im Winter ist der Nebel was Natürliches, man rechnet damit und ist sowieso deprimiert und – ach Blödsinn, der Nebel hat nichts damit zu tun. Ich fühle mich beschissen, das ist alles.«

»Tut mir leid.«

»Warum sind Sie hergekommen?«

»Um mit Grady zu sprechen«, sagte Aragon. »Ich muß ihm etwas bestellen.«

»Tatsächlich? Dann sind Sie etwa achtundvierzig Stunden zu spät dran. Er ist sofort abgehauen, als er von der Sache mit Miranda hörte. Ich glaube, er wollte sowieso weg. Ich sah doch, daß er anfing, unruhig zu werden, sich zu langweilen. Mirandas Verhaftung gab dann vollends den Ausschlag. Er hatte Angst, sie würde ihn mit hineinziehen und die ganze Geschichte mit dem Porsche würde herauskommen, und vielleicht noch alles mögliche dazu.«

»Wissen Sie, wo er hinging?«

»Er hat keine Anschrift hinterlassen. Er hat mir nur kurz den Kopf getätschelt, gesagt, ich sei ein nettes Mädchen, und seine Sachen gepackt.« Sie hatte begonnen, den Schmalzkringel zu zerkrümeln und fette Kügelchen zu produzieren. »Möchten Sie was Komisches hören? Ich hab ihm fünfzig Dollar geliehen.«

Frederic peilte sie mit einem Trinkhalm an und traf sie an der Schläfe, aber sie achtete gar nicht darauf.

»Bestellen Sie Miranda«, sagte sie, »bestellen Sie ihr, er hätte sich gerne von ihr verabschiedet, aber er mußte umgehend abreisen, weil ihm ganz plötzlich ein guter Job angeboten wurde. In Oklahoma.«

»Weil ihm ganz plötzlich ein guter Job angeboten wurde, in Oklahoma.«

»Ja.«

»Sie wird es nicht glauben.«

»Warum nicht?« sagte Ellen. »Ich hab's doch auch geglaubt.«

Der Anklagebeschluß und die anschließende Verhaftung Mirandas führte auch zu einigen nicht so ohne weiteres voraussehbaren Ereignissen.

Im Frühherbst kaufte sich Cordelia – von der Aufsicht ihrer Mutter und auch weitgehend von der des geistesabwesenden Admirals befreit – einen Aston-Martin, der nach Aussage des Händlers garantiert zweihundertundzehn Kilometer in der Stunde schaffte. Cordelia wollte diese Behauptung unbedingt überprüfen und wählte für den Test eine Nebenstrecke aus, die praktisch menschenleer war. Als sie das Gaspedal voll durchdrückte, war nur ein einziger Wagen in Sicht, doch der gehörte unglücklicherweise einem dienstfreien Verkehrspolizisten.

Zu ihrer Verteidigung sagte Cordelia, in dem Aston-Martin sei fast alles computergesteuert und irgendwas müsse mit dem Schaltsystem für den Geschwindigkeitsmesser schiefgelaufen sein. Den Führerschein mußte sie trotzdem abgeben, und sie stieg aufs Fahrrad um. In farblich aufeinander abgestimmten Jogging-Anzügen und mit Plastikhelmen fuhren die Mädchen auf einem knallroten Tandem in der Stadt umher, mit einer Hupe an der Lenkstange für Cordelia und einer Glocke hinten für Juliet.

Juliet war mit dieser Anordnung nicht ganz einverstanden, denn ihre Sicht war erheblich eingeschränkt: »Du hast ein kolossales Hinterteil.«

»Mich stört's nicht«, sagte Cordelia. »Ich bin vorne.«

Ende September wurde Frederic Quinn – gegen einen angemessenen Preis – wieder in die »Sophrosune School« aufgenommen. Als er für eine Hausarbeit in Gemeinschaftskunde ein Thema brauchte, entschied er sich für eine Giftspinne, die Schwarze Witwe. Die Suche kostete ihn zwei Tage und hundertfünfzig Strafpunkte, doch dann fand er ein Exemplar unter einer Rattenfalle in der Garage und brachte es in dem durchsichtigen Kästchen, in dem sonst seine Schwester April ihre Ohrringe aufbewahrte, in die Schule. Inzwischen hatte die Spinne ein paar Beine eingebüßt, und sowohl ihre Lebensfreude als auch ihre Angriffslust waren erheblich reduziert. Doch die rote uhrglasförmige Zeichnung auf der Unterseite des Hinterleibs war noch deutlich sichtbar und identifizierte sie als gefährlich.

»Bring bloß das verdammte Ding weg«, sagte der Lehrer. »Du solltest dich mit einem aktuellen Ereignis aus der Zeitung beschäftigen.«

»Tu ich doch. Es stand in allen Zeitungen, daß eine Frau, die ich persönlich kenne, verhaftet worden ist, weil sie einen Mord begangen hat, wie eine Schwarze Witwe, die ihrem Lebensgefährten einen tödlichen Stich verpaßt. Nur war es bei ihr nicht der Lebensgefährte –«

»Wirf es in den Papierkorb.«

»Das ist das beste Ohrringkästchen meiner Schwester. Sie wird mich umbringen.«

»Wenn sie's nicht tut, tu ich es«, sagte der Lehrer. »Du hast die Wahl.«

Mitte November – Mirandas Prozeß war bereits zum drittenmal verschoben worden – erhielt Charles Van Eyck den Brief aus Tokio. Er kannte niemanden in Tokio, und diejenigen aus seinem Bekanntenkreis, die sich finanziell eine Reise in den Orient hätten leisten können, waren dazu körperlich nicht mehr in der Lage.

Es gab jedoch keinen Zweifel, daß der Brief für ihn bestimmt war. Die Anschrift auf dem Umschlag war sauber getippt, Charles Maas Van Eyck, Camino Azur 840, Santa Felicia, California, und sogar die Postleitzahl stimmte. Dennoch hatte er es nicht eilig, ihn aufzumachen. In seinem Alter überwogen die schlechten Nachrichten die guten bei weitem, und es schien ihm ratsam, sich mit einem Glas vom Besten auf das Schlimmste vorzubereiten. Er schenkte sich aus der Karaffe in seiner Wohndiele ein halbes Glas Scotch ein.

Es war ein kalter, neblig-feuchter Tag, von der Sorte,

wie er sie bei seinen Reisen nach Schottland erlebt hatte – kein Wunder, daß die Leute dort den Scotch erfunden hatten, es war eine Frage des Überlebens –, und so zündete er den zu einer Art Rundzelt aufgeschichteten Holzstoß im offenen Kamin an, zersägte Äste aus einem Avocadobaum, grau und glatt und nicht größer als ein Kinderarm. Erst dann schlitzte er den Umschlag auf, wobei er seinen Daumennagel als Brieföffner benutzte.

Lieber Charles,

ich weiß nicht, wann oder ob Du diesen Brief erhalten wirst. Ich schicke ihn zusammen mit meinem Schachzug an Professor Sukimoto nach Tokio und bitte ihn, eine Briefmarke draufzukleben und ihn dort einzuwerfen. Ich habe den äußeren Umschlag wie immer an sein Büro an der Universität adressiert, nur diesmal mit dem Vermerk *Nicht Nachschicken.* Ich weiß, daß er für Forschungsarbeiten beurlaubt ist und noch einige Monate in Paris sein wird. Das paßt perfekt in meine Pläne für Miranda.

Es wird dich nicht überraschen, daß ich alles so sorgfältig arrangiert habe, wie das bei meiner eingeschränkten Beweglichkeit nur möglich war. Überrascht sein wirst Du dagegen, wenn ich Dir sage, daß Du selbst dabei warst, als die Idee in meinem Kopf Gestalt annahm. Es war an dem Abend, als Du das letztemal zum Essen in diesem Haus warst. Miranda, die sich als Gouvernante aufspielte, hatte den Mädchen einige Fragen gestellt, die sie beantworten sollten, Fragen an einem Sommerabend, wie sie sie nannte. Juliet protestierte, es sei noch nicht Sommer, und deshalb habe sie auch noch keine Antworten. Ich schon, ich hatte meine Antworten sofort und auf der Stelle.

Kannst Du Dich noch an diese Fragen erinnern? Ich werde sie nie vergessen:

Habe ich heute etwas verdient?

Habe ich heute etwas gelernt?

Habe ich jemandem geholfen?

Habe ich mich meines Lebens gefreut?

Für mich waren die Antworten nicht schwer: nein, nein, nein und nein. Ich hängte noch eine Frage an. Hatte ich irgendeinen Grund, mein Leben fortzusetzen? Nein.

Du hattest recht, Charles, als Du mich in diesem anonymen Brief vor der Jezebel warntest, die ich mir ins Haus geholt hätte. Genau das ist sie nämlich, eine Jezebel. Und Cooper ist das, was er schon immer war, ein netter einfältiger Narr. Und die Mädchen, meine Töchter, sie werden die Opfer sein, wenn ich nicht handle und der Sache ein Ende mache.

Ich muß meine Mädchen beschützen. Sie werden nie heiraten, nie etwas eigenes schaffen, nie für andere arbeiten. (Was ist bloß passiert? Warum sind sie so? Ich habe mir schon tausend Vorwürfe gemacht, und Cooper noch tausend dazu, auch wenn es nichts nützt.) Doch im Rahmen ihrer Möglichkeiten können sie ganz glücklich sein, solange sie nicht kritisiert oder verspottet werden, solange sie nicht einer Frau wie Miranda ausgeliefert sind.

Also habe ich meine Pläne gemacht, und ich glaube, sie werden aufgehen. Selbst einige der Dinge, die ich im Grunde gar nicht geplant hatte, werden sie möglicherweise im Zusammenhang mit meinem Tod belasten. Das Dalman ist so ein Beispiel. Ich nahm ungefähr ein Dutzend Kapseln aus ihrem Arzneischrank – ich habe von Cordelia abgeschaut, wie leicht ein Schloß aufzubekommen ist – um die Schmerzen, die unvermeidlich sind, ein wenig zu lindern. Ich habe schon große Schmerzen ausgehalten, und ich kann sicher noch mehr aushalten, aber ich hoffe doch, die Dalman-Kapseln werden helfen. Ich werde sie schlukken, nachdem die Kerze angezündet ist und bevor ich das Gas aufdrehe und mir meinen Stock auf den Kopf schlage, nicht sehr kräftig, nur gerade so, daß es blutet. Köpfe bluten schnell, vielleicht schneller als Herzen.

Ich rechne damit, daß der Knauf des Stockes und der Kerzenständer, die ja beide aus Metall sind, das Feuer einigermaßen intakt überstehen. Am Stock werden Blutspuren sein, und das sollte der Polizei zu denken geben, und an dem Kerzenständer werden keine Fingerabdrücke zu finden sein, denn ich werde ihn abgewischt haben – und das sollte ihnen noch mehr zu denken geben. An Selbstmord werden sie wahrscheinlich gar nicht erst glauben, weil die ganze Geschichte einfach zu bizarr ist. Deshalb habe ich ja alles so geplant.

Ich werde wohl Miranda auffordern, diesen Brief an Professor Sukimoto zu schicken, ein grotesker kleiner Dreh, dem ich mich nicht widersetzen kann. Ich werde außerdem dafür sorgen, daß sie früher als sonst mit dem Hund rausgeht. Sie wird natürlich der Polizei sagen, ich hätte das gewollt, aber wird man ihr glauben? Wird irgend jemand irgend etwas von dem glauben, was sie auszusagen hat? Cooper vielleicht, sonst niemand.

Armer Cooper. Er tut mir leid, aber er wird über meinen Tod ziemlich schnell wegkommen, selbst ohne Mirandas Beistand. Und den wird er nicht haben. Miranda wird meinen Mann nicht heiraten, mein Geld nicht ausgeben, meine Töchter nicht in die Finger kriegen.

Ich habe das alles vor Dir ausgebreitet, Charles, weil ich das Gefühl habe, Du würdest mich lieber nicht als Opfer sehen. Ich bin in meinem Leben einigen grausamen Dingen zum Opfer gefallen, aber meinen eigenen Tod habe ich absolut im Griff.

Es ist so etwas wie ein Sieg.

Iris

Die Empfangsdame im Büro des Staatsanwalts trug eine senffarbene Uniform, so daß Van Eyck ganz übel wurde.

Matt sagte er: »Vor einiger Zeit, im Juli war es, glaube ich, habe ich dem Staatsanwalt einen Brief zum Fall Iris Young geschrieben.«

»Name, bitte?«

»Mein Name, oder der Name auf dem Brief?«

»Ich denke, Sie haben den Brief geschrieben.«

»Habe ich auch. Aber nicht unterschrieben. Das tue ich nie. Ich meine, es gibt so viele Dinge, die sich besser ausdrücken lassen, wenn man nicht mit seinem Namen unterschreibt.«

»Das mag schon sein«, sagte die Frau. »Aber wenn Sie mit Ihrem Namen unterschreiben, was schreiben Sie dann hin?«

»Ich glaube, in diesem Fall war es Fair Play. Das ist aber gar nicht wichtig. Ich erwähne meinen Brief an den Staatsanwalt nur, um von vornherein – oder vielmehr, um klarzustellen, daß mein Interesse an diesem Fall –«

»Warten Sie einen Augenblick hier, Mr. Play.«

»Nein, nein. Ich bin nicht Mr. Play.«

»Aber Sie sagten doch eben –«

»Vergessen wir den Namen. Wichtig ist, daß ich eben eine Offenbarung hatte, eine ganz erstaunliche Offenbarung.«

»Wir haben in dieser Abteilung keine Zeit für Offenbarungen, schon gar nicht, wenn der Alkohol sie ausgelöst hat. Und Sie *haben* doch getrunken, Mr. Play?«

»Ich sagte Ihnen bereits, ich bin *nicht* Mr. Play. Ich *kenne* nicht mal einen Mr. Play.«

»Warum haben Sie dann seinen Namen unter einen Brief gesetzt?«

»Du großer Gott«, sagte Van Eyck und drehte sich um und rannte.

Zuhause schenkte er sich noch ein Glas Scotch ein. Dann warf er noch einige Avocadoscheite ins Feuer und legte den Brief aus Tokio oben drauf.

Er flammte kurz auf, wurde schwarz, wurde grau und schwebte dann im Aufwind des Kamins nach oben.

Du liebe Güte, dachte er und war selbst ein wenig überrascht. *Ich glaube, jetzt habe ich eben Miranda umgebracht.*

Literarische Thriller im Diogenes Verlag

● **Margery Allingham**

Die Handschuhe des Franzosen
Kriminalgeschichten. Deutsch von Peter Naujack. Zeichnungen von Georges Eckert
detebe 20929

● **Eric Ambler**

Mit der Zeit
Roman. Deutsch von Hans Hermann

Die Maske des Dimitrios
Roman. Deutsch von Mary Brand und Walter Hertenstein. detebe 20137

Der Fall Deltschev
Roman. Deutsch von Mary Brand und Walter Hertenstein. detebe 20178

Eine Art von Zorn
Roman. Deutsch von Susanne Feigl und Walter Hertenstein. detebe 20179

Schirmers Erbschaft
Roman. Deutsch von Harry Reuß-Löwenstein, Th. A. Knust und Rudolf Barmettler
detebe 20180

Die Angst reist mit
Roman. Deutsch von Walter Hertenstein
detebe 20181

Der Levantiner
Roman. Deutsch von Tom Knoth
detebe 20223

Waffenschmuggel
Roman. Deutsch von Tom Knoth
detebe 20364

Topkapi
Roman. Deutsch von Elsbeth Herlin
detebe 20536

Schmutzige Geschichte
Roman. Deutsch von Günter Eichel
detebe 20537

Das Intercom-Komplott
Roman. Deutsch von Dietrich Stössel
detebe 20538

Besuch bei Nacht
Roman. Deutsch von Wulf Teichmann
detebe 20539

Der dunkle Grenzbezirk
Roman. Deutsch von Walter Hertenstein und Ute Haffmans. detebe 20602

Ungewöhnliche Gefahr
Roman. Deutsch von Walter Hertenstein und Werner Morlang. detebe 20603

Anlaß zur Unruhe
Roman. Deutsch von Franz Cavigelli
detebe 20604

Nachruf auf einen Spion
Roman. Deutsch von Peter Fischer
detebe 20605

Doktor Frigo
Roman. Deutsch von Tom Knoth
detebe 20606

Bitte keine Rosen mehr
Roman. Deutsch von Tom Knoth
detebe 20887

Über Eric Ambler
Herausgegeben von Gerd Haffmans
detebe 20607

● **John Buchan**

Die neununddreißig Stufen
Roman. Deutsch von Marta Hackel.
Mit Zeichnungen von Edward Gorey
detebe 20210

Grünmantel
Roman. Deutsch von Marta Hackel.
Mit Zeichnungen von Topor
detebe 20771

Mr. Standfast oder Im Westen was Neues
Roman. Deutsch von Marta Hackel.
Mit Zeichnungen von Topor
detebe 20772

Die drei Geiseln
Roman. Deutsch von Marta Hackel.
Mit Zeichnungen von Tatjana Hauptmann
detebe 20773

● **Raymond Chandler**

Der große Schlaf
Roman. Neu übersetzt von Gunar Ortlepp
detebe 20132

Die kleine Schwester
Roman. Neu übersetzt von W. E. Richartz
detebe 20206

Das hohe Fenster
Roman. Neu übersetzt von Urs Widmer
detebe 20208

Der lange Abschied
Roman. Neu übersetzt von Hans Wollschläger. detebe 20207

Die simple Kunst des Mordes
Briefe, Essays, Fragmente. Herausgegeben von Dorothy Gardiner und Kathrine Sorley Walker. Neu übersetzt von Hans Wollschläger. detebe 20209

Die Tote im See
Roman. Neu übersetzt von Hellmuth Karasek. detebe 20311

Lebwohl, mein Liebling
Roman. Neu übersetzt von Wulf Teichmann
detebe 20312

Playback
Roman. Neu übersetzt von Wulf Teichmann. detebe 20313

Mord im Regen
Frühe Stories. Vorwort von Prof. Philip Durham. Neu übersetzt von Hans Wollschläger. detebe 20314

Erpresser schießen nicht
Detektivstories I. Neu übersetzt von Hans Wollschläger. detebe 20751

Der König in Gelb
Detektivstories II. Neu übersetzt von Hans Wollschläger. detebe 20752

Gefahr ist mein Geschäft
Detektivstories III. Neu übersetzt von Hans Wollschläger. detebe 20753

Englischer Sommer
3 Stories und Essays. Mit einer Erinnerung von John Houseman und dem Vorwort von Patricia Highsmith.
Diverse Übersetzer. detebe 20754

● **Agatha Christie**

Villa Nachtigall
Geschichten. Deutsch von Peter Naujack und Günter Eichel. detebe 20825

Der Fall der enttäuschten Hausfrau
Geschichten. Deutsch von Günter Eichel
detebe 20826

● **Celia Fremlin**

Klimax
Roman. Deutsch von Dietrich Stössel
detebe 20916

● **Henry Rider Haggard**

Sie
Roman. Deutsch von Helmut Degner
detebe 20236

König Salomons Schatzkammern
Roman. Deutsch von V. H. Schmied
detebe 20920

● **Dashiell Hammett**

Der Malteser Falke
Roman. Neu übersetzt von Peter Naujack
detebe 20131

Rote Ernte
Roman. Neu übersetzt von Gunar Ortlepp
detebe 20292

Der Fluch des Hauses Dain
Roman. Neu übersetzt von Wulf Teichmann
detebe 20293

Der gläserne Schlüssel
Roman. Neu übersetzt von Hans Wollschläger. detebe 20294

Der dünne Mann
Roman. Neu übersetzt von Tom Knoth
detebe 20295

Fliegenpapier
5 Stories. Deutsch von Harry Rowohlt, Helmut Kossodo, Helmut Degner, Peter Naujack und Elizabeth Gilbert. Vorwort von Lillian Hellman. detebe 20911

Fracht für China
3 Stories. Deutsch von Elizabeth Gilbert, Antje Friedrichs und Walter E. Richartz
detebe 20912

Das große Umlegen
3 Stories. Deutsch von Walter E. Richartz, Hellmuth Karasek und Wulf Teichmann
detebe 20913

Das Haus in der Turk Street
3 Stories. Deutsch von Wulf Teichmann
detebe 20914

Das Dingsbums Küken
3 Stories. Deutsch von Wulf Teichmann. Nachwort von Steven Marcus. detebe 20915

● Patricia Highsmith

Keiner von uns
Erzählungen. Aus dem Amerikanischen von Anne Uhde

Leise, leise im Wind
Erzählungen. Deutsch von Anne Uhde

Der Stümper
Roman. Deutsch von Barbara Bortfeldt
detebe 20136

Zwei Fremde im Zug
Roman. Deutsch von Anne Uhde
detebe 20173

Der Geschichtenerzähler
Roman. Deutsch von Anne Uhde
detebe 20174

Der süße Wahn
Roman. Deutsch von Christian Spiel
detebe 20175

Die zwei Gesichter des Januars
Roman. Deutsch von Anne Uhde
detebe 20176

Der Schrei der Eule
Roman. Deutsch von Gisela Stege
detebe 20341

Tiefe Wasser
Roman. Deutsch von Eva Gärtner und Anne Uhde. detebe 20342

Die gläserne Zelle
Roman. Deutsch von Gisela Stege und Anne Uhde. detebe 20343

Das Zittern des Fälschers
Roman. Deutsch von Anne Uhde
detebe 20344

Lösegeld für einen Hund
Roman. Deutsch von Anne Uhde
detebe 20345

Der talentierte Mr. Ripley
Roman. Deutsch von Barbara Bortfeldt. detebe 20481

Ripley Under Ground
Roman. Deutsch von Anne Uhde
detebe 20482

Ripley's Game
Roman. Deutsch von Anne Uhde
detebe 20346

Der Schneckenforscher
Vorwort von Graham Greene
Deutsch von Anne Uhde. detebe 20347

Ein Spiel für die Lebenden
Roman. Deutsch von Anne Uhde
detebe 20348

Kleine Geschichten für Weiberfeinde
Deutsch von W. E. Richartz. Mit Zeichnungen von Roland Topor. detebe 20349

Kleine Mordgeschichten für Tierfreunde
Deutsch von Anne Uhde. detebe 20483

Venedig kann sehr kalt sein
Roman. Deutsch von Anne Uhde
detebe 20484

Ediths Tagebuch
Roman. Deutsch von Anne Uhde
detebe 20485

Der Junge, der Ripley folgte
Roman. Deutsch von Anne Uhde
detebe 20649

● Maurice Leblanc

Arsène Lupin – Der Gentleman-Gauner
Roman. Deutsch von Erika Gebühr
detebe 20127

Die hohle Nadel oder Die Konkurrenten des Arsène Lupin
Deutsch von Erika Gebühr. detebe 20239

813 – Das Doppelleben des Arsène Lupin
Roman. Deutsch von Erika Gebühr
detebe 20931

Der Kristallstöpsel oder Die Mißgeschicke des Arsène Lupin
Roman. Deutsch von Erika Gebühr
detebe 20932

Die Gräfin von Cagliostro oder Die Jugend des Arsène Lupin
Roman. Deutsch von Erika Gebühr
detebe 20933

Arsène Lupin kontra Herlock Sholmes
Roman. Deutsch von Erika Gebühr
detebe 21026

● **Joseph Sheridan Le Fanu**

Carmilla, der weibliche Vampir
Vampirgeschichte. Deutsch von Helmut Degner. Zeichnungen von Edward Ardizzone. detebe 20596

Der ehrenwerte Herr Richter Harbottle
Unheimliche Geschichten. Deutsch von Helmut Degner und Elisabeth Schnack. Zeichnungen von Edward Ardizzone
detebe 20619

● **Gaston Leroux**

Das Geheimnis des gelben Zimmers
Roman. Deutsch von Klaus Walther
detebe 20924

● **Ross Macdonald**

Dornröschen war ein schönes Kind
Roman. Deutsch von Wulf Teichmann
detebe 20227

Unter Wasser stirbt man nicht
Roman. Deutsch von Hubert Deymann
detebe 20322

Ein Grinsen aus Elfenbein
Roman. Deutsch von Charlotte Hamberger
detebe 20323

Die Küste der Barbaren
Roman. Deutsch von Marianne Lipcowitz
detebe 20324

Der Fall Galton
Roman. Deutsch von Egon Lothar Wensk
detebe 20325

Gänsehaut
Roman. Deutsch von Gretel Friedmann
detebe 20326

Der blaue Hammer
Roman. Deutsch von Peter Naujack
detebe 20541

Durchgebrannt
Roman. Deutsch von Helmut Degner
detebe 20868

Geld kostet zuviel
Roman. Deutsch von Günter Eichel
detebe 20869

Die Kehrseite des Dollars
Roman. Deutsch von Günter Eichel
detebe 20877

Der Untergrundmann
Roman. Deutsch von Hubert Deymann
detebe 20878

Sämtliche Detektivstories
Mit einem Vorwort des Autors.
Deutsch von Hubert Deymann
Ein Diogenes Sonderband
Auch lieferbar als:

Der Drahtzieher
Sämtliche Detektivstories um Lew Archer I. Mit einem Vorwort des Autors. Deutsch von Hubert Deymann und Peter Naujack
detebe 21018

Einer lügt immer
Sämtliche Detektivstories um Lew Archer II. Deutsch von Hubert Deymann und Peter Naujack. detebe 21019

● **Margaret Millar**

Der Mord von Miranda
Roman. Deutsch von Hans Hermann
Auch als detebe 21028

Liebe Mutter, es geht mir gut ...
Roman. Deutsch von Elizabeth Gilbert
detebe 20226

Die Feindin
Roman. Deutsch von Elizabeth Gilbert
detebe 20276

Fragt morgen nach mir
Roman. Deutsch von Anne Uhde
detebe 20542

Ein Fremder liegt in meinem Grab
Roman. Deutsch von Elizabeth Gilbert
detebe 20646

Die Süßholzraspler
Roman. Deutsch von Georg Kahn-Ackermann und Susanne Feigl. detebe 20926

Von hier an wird's gefährlich
Roman. Deutsch von Fritz Güttinger
detebe 20927

● **Patrick Quentin**

Bächleins Rauschen tönt so bang
Kriminalgeschichten. Deutsch von Günter Eichel. detebe 20195

Familienschande
Roman. Deutsch von Helmut Degner
detebe 20917

● **Georges Simenon**

Betty / Die Tür
Zwei Romane in einem Sonderband
Deutsch von Raymond Regh und Linde Birk

Der Neger / Das blaue Zimmer
Zwei Romane in einem Sonderband
Deutsch von Linde Birk und Angela von Hagen

Maigret hat Angst / Maigret erlebt eine Niederlage
Zwei Romane in einem Sonderband
Deutsch von Elfriede Riegler

Maigret gerät in Wut / Maigret verteidigt sich
Zwei Romane in einem Sonderband
Deutsch von Wolfram Schäfer

Die Fantome des Hutmachers
Roman. Deutsch von Eugen Helmlé
detebe 21001

Die Witwe Couderc
Roman. Deutsch von Hanns Grössel
detebe 21002

Schlußlichter
Roman. Deutsch von Stefanie Weiss
detebe 21010

Brief an meinen Richter
Roman. Deutsch von Hansjürgen Wille und Barbara Klau. detebe 20371

Der Schnee war schmutzig
Roman. Deutsch von Willi A. Koch
detebe 20372

Die grünen Fensterläden
Roman. Deutsch von Alfred Günther
detebe 20373

Im Falle eines Unfalls
Roman. Deutsch von Hansjürgen Wille und Barbara Klau. detebe 20374

Sonntag
Roman. Deutsch von Hansjürgen Wille und Barbara Klau. detebe 20375

Bellas Tod
Roman. Deutsch von Elisabeth Serelmann-Küchler. detebe 20376

Der Mann mit dem kleinen Hund
Roman. Deutsch von Stefanie Weiss
detebe 20377

Drei Zimmer in Manhattan
Roman. Deutsch von Linde Birk
detebe 20378

Die Großmutter
Roman. Deutsch von Linde Birk
detebe 20379

Der kleine Mann von Archangelsk
Roman. Deutsch von Alfred Kuoni
detebe 20584

Der große Bob
Roman. Deutsch von Linde Birk
detebe 20585

Die Wahrheit über Bébé Donge
Roman. Deutsch von Renate Nickel
detebe 20586

Tropenkoller
Roman. Deutsch von Annerose Melter
detebe 20673

Ankunft Allerheiligen
Roman. Deutsch von Eugen Helmlé
detebe 20674

Der Präsident
Roman. Deutsch von Renate Nickel
detebe 20675

Der kleine Heilige
Roman. Deutsch von Trude Fein
detebe 20676

Der Outlaw
Roman. Deutsch von Liselotte Julius
detebe 20677

Die Glocken von Bicêtre
Roman. Deutsch von Hansjürgen Wille und Barbara Klau. detebe 20678

Der Verdächtige
Roman. Deutsch von Eugen Helmlé
detebe 20679

Die Verlobung des Monsieur Hire
Roman. Deutsch von Linde Birk
detebe 20681

Der Mörder
Roman. Deutsch von Lothar Baier
detebe 20682

Die Zeugen
Roman. Deutsch von Anneliese Botond
detebe 20683

Die Komplizen
Roman. Deutsch von Stefanie Weiss
detebe 20684

Die Unbekannten im eigenen Haus
Roman. Deutsch von Gerda Scheffel
detebe 20685

Der Ausbrecher
Roman. Deutsch von Erika Tophoven
detebe 20686

Wellenschlag
Roman. Deutsch von Eugen Helmlé
detebe 20687

Der Mann aus London
Roman. Deutsch von Stefanie Weiss
detebe 20813

Die Überlebenden der Télémaque
Roman. Deutsch von Hainer Kober
detebe 20814

Der Mann, der den Zügen nachsah
Roman. Deutsch von Walter Schürenberg
detebe 20815

Zum Weißen Roß
Roman. Deutsch von Trude Fein
detebe 20986

Der Tod des Auguste Mature
Roman. Deutsch von Anneliese Boton
detebe 20987

Die schwarze Kugel
Roman. Deutsch von Renate Nickel
detebe 21011

Die Brüder Rico
Roman. Deutsch von Angela von Hagen
detebe 21020

Maigrets erste Untersuchung
Roman. Deutsch von Roswitha Plancherel
detebe 20501

Maigret und Pietr der Lette
Roman. Deutsch von Wolfram Schäfer
detebe 20502

Maigret und die alte Dame
Roman. Deutsch von Renate Nickel
detebe 20503

Maigret und der Mann auf der Bank
Roman. Deutsch von Annerose Melter
detebe 20504

Maigret und der Minister
Roman. Deutsch von Annerose Melter
detebe 20505

Mein Freund Maigret
Roman. Deutsch von Annerose Melter
detebe 20506

Maigrets Memoiren
Roman. Deutsch von Roswitha Plancherel
detebe 20507

Maigret und die junge Tote
Roman. Deutsch von Raymond Regh
detebe 20508

Maigret amüsiert sich
Roman. Deutsch von Renate Nickel
detebe 20509

Hier irrt Maigret
Roman. Deutsch von Renate Nickel
detebe 20690

Maigret und der gelbe Hund
Roman. Deutsch von Raymond Regh
detebe 20691

Maigret vor dem Schwurgericht
Roman. Deutsch von Wolfram Schäfer
detebe 20692

Maigret als möblierter Herr
Roman. Deutsch von Wolfram Schäfer
detebe 20693

Madame Maigrets Freundin
Roman. Deutsch von Roswitha Plancherel
detebe 20713

Maigret kämpft um den Kopf eines Mannes
Roman. Deutsch von Roswitha Plancherel
detebe 20714

Maigret und die kopflose Leiche
Roman. Deutsch von Wolfram Schäfer
detebe 20715

Maigret und die widerspenstigen Zeugen
Roman. Deutsch von Wolfram Schäfer
detebe 20716

Maigret am Treffen der Neufundlandfahrer
Roman. Deutsch von Annerose Melter
detebe 20717

Maigret bei den Flamen
Roman. Deutsch von Claus Sprick
detebe 20718

Maigret und die Bohnenstange
Roman. Deutsch von Guy Montag
detebe 20808

Maigret und das Verbrechen in Holland
Roman. Deutsch von Renate Nickel
detebe 20809

Maigret und sein Toter
Roman. Deutsch von Elfriede Riegler
detebe 20810

Maigret beim Coroner
Roman. Deutsch von Wolfram Schäfer
detebe 20811

Maigret, Lognon und die Gangster
Roman. Deutsch von Wolfram Schäfer
detebe 20812

Maigret und der Gehängte von Saint-Pholien
Roman. Deutsch von Sibylle Powell
detebe 20816

Maigret und der verstorbene Monsieur Gallet
Roman. Deutsch von Roswitha Plancherel
detebe 20817

Maigret regt sich auf
Roman. Deutsch von Wolfram Schäfer
detebe 20820

Maigret und das Schattenspiel
Roman. Deutsch von Claus Sprick
detebe 20734

Maigret und die Keller des Majestic
Roman. Deutsch von Linde Birk
detebe 20735

Maigret contra Picpus
Roman. Deutsch von Hainer Kober
detebe 20736

Maigret läßt sich Zeit
Roman. Deutsch von Sibylle Powell
detebe 20755

Maigrets Geständnis
Roman. Deutsch von Roswitha Plancherel
detebe 20756

Maigret zögert
Roman. Deutsch von Annerose Melter
detebe 20757

Maigret und der Treidler der »Providence«
Roman. Deutsch von Claus Sprick
detebe 21029

● **Henry Slesar**

Das graue distinguierte Leichentuch
Roman. Deutsch von Paul Baudisch und Thomas Bodmer. Ausgezeichnet mit dem Edgar-Allan-Poe-Preis. detebe 20139

Vorhang auf, wir spielen Mord!
Roman. Deutsch von Thomas Schlück
detebe 20216

Erlesene Verbrechen und makellose Morde
Geschichten. Deutsch von Günter Eichel und Peter Naujack. Vorwort von Alfred Hitchcock. Zeichnungen von Tomi Ungerer
detebe 20225

Ein Bündel Geschichten für lüsterne Leser
Deutsch von Günter Eichel. Einleitung von Alfred Hitchcock. Zeichnungen von Tomi Ungerer. detebe 20275

Hinter der Tür
Roman. Deutsch von Thomas Schlück
detebe 20540

Aktion Löwenbrücke
Roman. Deutsch von Günter Eichel
detebe 20656

Ruby Martinson
Geschichten vom größten erfolglosen Verbrecher der Welt. Deutsch von Helmut Degner. detebe 20657

Schlimme Geschichten für schlaue Leser
Deutsch von Thomas Schlück. Sonderband
Auch als detebe 21036

Coole Geschichten für clevere Leser
Deutsch von Thomas Schlück. Ein Diogenes Sonderband

Fiese Geschichten für fixe Leser
Deutsch von Thomas Schlück

● **Julian Symons**

Auf den Zahn gefühlt
Detektivgeschichten. Deutsch von Thomas Schlück. detebe 20601

Ein Pekinese aus Gips
Kriminalgeschichten. Deutsch von Günter Eichel. Zeichnungen von Josef Weihard
detebe 20740